沉思的旅程（上册）
——贺绍俊文学批评自选集

贺绍俊 著

春风文艺出版社
·沈阳·

图书在版编目（CIP）数据

沉思的旅程：贺绍俊文学批评自选集. 上下册 / 贺绍俊著. —沈阳：春风文艺出版社，2024.5
ISBN 978 - 7 - 5313 - 6710 - 9

Ⅰ. ①沉… Ⅱ. ①贺… Ⅲ. ①世界文学 — 文学评论 — 文集 Ⅳ. ①I106-53

中国国家版本馆CIP数据核字（2024）第087392号

春风文艺出版社出版发行
沈阳市和平区十一纬路25号　邮编：110003
辽宁新华印务有限公司印刷

责任编辑：韩　喆	责任校对：赵丹彤
封面设计：琥珀视觉	幅面尺寸：170mm × 240mm
字　　数：746千字	印　　张：43.75
版　　次：2024年5月第1版	印　　次：2024年5月第1次
书　　号：ISBN 978-7-5313-6710-9	
定　　价：98.00元（全2册）	

版权专有　侵权必究　举报电话：024-23284391
如有质量问题，请拨打电话：024-23284384

目 录

第一章

建构与叙述

重构宏大叙述 / 003
倡导建设性的文学批评 / 010
文学变动关系中的文学批评伦理 / 015
新经典与非经典化思潮 / 020
文风四题 / 024
文体与文风 / 031
从单一制向生态化转换的批评三十年 / 035
当代文学批评四十年漫谈 / 039
数十年文学批评的随想 / 047
论当代文学批评的主体建构 / 052

第二章

重塑现象

现代汉语思维的中国当代文学 / 085
当代文学的理想主义 / 097
马克思与我们同行 / 107
从精神性到典雅性 / 113

为时代生产思想和储存思想 / 121
现实主义笔记 / 125
无处不在的现实主义 / 131
当代文学的精神贫困 / 136
文学叙事中的政治情怀 / 140
大众文化背景下的文学"四化" / 146
浪漫主义的"创造性转化" / 157
从政治、经济和艺术的合力看国家文化形象 / 163
建立中国当代文学的优雅语言 / 169
重建文学性先从语言性做起 / 174

第三章

批评的限度

新东北文学的命名和工人文化的崛起 / 185
当代小说从宏大叙述到日常生活叙述 / 201
以青春文学为"常项"
——描述中国当代文学的一种视角 / 212
从苦难主题看底层文学的深化 / 221
意义、价值和蜕变
——关于打工文学以及王十月的写作 / 228
当代性与文学性
——关于历史小说写作 / 236
后现实主义语境下的坚守与突破 / 249
中国当代文学的文化碰撞
——以严歌苓、李彦为例 / 256
从宗教情怀看长篇小说的精神内涵 / 267
人类永远属于大自然
——论《云中记》《森林沉默》的生态文学启示 / 275

短篇小说：文学性的活标本　　　　　　　　　/ 284
从"中学西渐"的角度看当代作家的思想变化　　/ 290
类型小说的娱乐性及其他　　　　　　　　　　/ 300
新世纪带给文学的一份厚礼
　　——关于网络文学的革命性和后现代性及其他　/ 308

第一章

建构与叙述

重构宏大叙述

宏大叙述，或者说宏大叙事，一度被看成阻碍新型文学前进的最大敌人，于是解构宏大叙述成为发展文学的首要任务。当然我们也曾欢呼过文学的伟大胜利，因为我们使用现代后现代的重磅炸弹，频频向宏大叙述发动攻击，终于把这个坚固的堡垒摧毁成一片废墟。今天，宏大叙述已经作为一个固定词组进入我们对文学进程的描述，它也包含着一种对文学发展的判断，即新型的文学肯定是消解宏大叙述的文学。我也基本认同这一判断，但我以为，自始至终，都存在着一个关于宏大叙述的误读。

讨论中国当代文学显然已经绕不开全球化的大背景。全球化开辟了一条快捷的知识通道，消除了东西方的文化时差，让我们也能够嗅到西方思想之炉烘烤出来的新鲜面包的香味。这条通道对于中国当代文学的影响无疑是巨大的，这种巨大性尤其还在于，我们对西方思想的接受不仅是一种消除时差的接受，而且通过一种集装箱的方式，将西方一百来年现代主义、后现代主义的思想积累运送过来，把西方现代思想的时间性展示转化成为一种空间性展示。这就意味着我们接收到的理论是没有历史之链约束的在结构之外逃逸的自由分子，它带来的一个后果便是，似乎任何一种西方现代理论都能够很贴切地镶嵌在中国当代文学之中。当然，已经有学者准确地指出，我们对于西方现代或后现代的引用，完全是建立在误读的基础之上的。也有学者认为，这是一种有益的误读，正是这种误读激活了中国当代文学的想象。我以为这样的判断倒基本上指明了这样一个事实，即西方现代后现代思潮对中国当代文学的影响不可低估。但如何评价这种影响显然存在着分歧，从事外国文学研究的学者盛宁就对我们引进西方后现代表示质疑，他称我们的引进不过是一种"话语的平移"。他所谓的"话语的平移"包含着一个意思，即是指我们在引进西方理论观念时"忽略东西方传统的差异、意识形态的差异以及所面临的问题的差异，把本来是西方的文化传统无条件地搬到了东方，嵌入我们的话语系统"。①文化差异是客观存在，我们回避不了差异，正是东西方的多层差异，使我们即使从同一理论起点出发，也会在原因、结果以及目的等方面大相迥异。具体到文学批评，就有不少值得我们检讨的问题。

后现代思潮使文学批评的功能发生了重要的改变。按罗蒂的描述，西方对于人类文明的思考，经历了三个阶段，先是从上帝那里寻找救赎，继之从哲学，如今则从文学。从文学中寻找救赎，指的就是后现代思潮兴起以来的文学理论和文学批评所承担的思想任务。②从韦伯开始的理论，历经奥尔特、阿多诺、本雅明、哈贝马斯、利奥塔，都把文学艺术作为从资本主义社会的痼疾中救赎人类精神和心灵的有效武器。因此作为后现代以来的一个重要趋势，文学越来越与哲学、社会学、历史学、人类学融为一体，而且在其中，文学成为领军人物，大有替代哲学等学科的姿态。因而一系列有关哲学认识论和本体论的探讨就能够引起文学的极大兴趣，似乎成了文学理论的基本内容。据盛宁介绍，"今天在英语国家的大学里，开设较多的有关法国和德国哲学课程的不是哲学系而是英语系。'文学理论'成了一个远远超出传统的文学理论概念的专门领域，它所包括的许多极其有趣的著作并不明显地诉诸文学，但它又不同于时下所谓的哲学，它既包括索绪尔、马克思、弗洛伊德、德里达、福柯和雅克·拉康，又包括黑格尔、尼采、海德格尔、利奥达、保罗·德曼和汉斯—乔治·伽德默尔。"③代之而起的，是文学批评从拘泥于文本的新批评中走出来，转变成视野更为广阔的文化批评。文化批评表现出这样一种愿望：即使是对文学的文本发言，也必须表达出介入社会和政治的思想主张。同样的，文化批评

---

① 盛宁《人文困惑与反思——西方后现代主义思潮批判》，第Ⅴ页，生活·读书·新知三联书店1999年10月版。

② 陆扬《文学不是常有振聋发聩的力量吗？——罗蒂在南开大学作讲演》，《文艺报》2004年7月27日。

③ 盛宁《人文困惑与反思——西方后现代主义思潮批判》，第95页，生活·读书·新知三联书店1999年10月版。

也体现出对文学的新的定义：文学没有明确的边界，它包容着社会、历史所折射的一切问题。文学是我们认知世界的重要方式。尽管西方现代后现代思潮风起云涌，流派纷呈，观点迥异，但我们大致上可以看到一个整体的趋势，就是文学和文学批评在现代后现代理论的激发下，具有越来越鲜明的社会批判性和现实针对性。

毫无疑问，西方现代后现代的思想集装箱运送过来后，被我们全部照单收下。但有意思的是，我们的文学批评并没有因此而更加底气十足起来，相反其功能和影响越来越萎缩。文学批评不仅没有一种介入社会和政治的气度，甚至对于文学本身也越来越失去其权威性。当然，我们的文学批评对于西方思想丝毫也不陌生，而且我们的文学批评能够娴熟地运用西方的理论和术语。但这些理论所蕴含的社会批判性和现实针对性却在我们的移植过程中丧失殆尽。这固然说明了西方理论对于中国本土的文化和现实存在着不适应性，但同时也说明我们在接受西方理论的过程中还存在着认知的偏差，这种偏差同时包括了对本土认知的偏差。

就文学批评本身来说，可以从主客体两个方面来检讨这种认知偏差。

首先从批评者主体来看，文学批评的职责转化为批评者的身份确立，文学批评不过是批评者实现自己社会职责的具体方式。20世纪以来中国社会的现代化进程固然培育起中国的现代意义上的知识分子，但文化传统与社会结构的根本差异，使中国知识分子的社会职责带有强烈的中国特色。中国的知识分子应该是从传统的士阶层脱胎换骨产生的，虽然"五四"以后的社会变革赋予了中国知识分子以现代性意义，但社会结构的沿袭决定了中国知识分子与传统士阶层的延续性。中国传统的士阶层是仕的基础，"学而优则仕"，"士"的社会道德职责与"仕"的国家政治职责融合为一体，而且，"士"的社会道德职责更多的时候必须通过"仕"的国家政治职责才能得以实现，这就先天性地决定了士阶层的政治属性，这种政治属性在诞生于现代化进程中的中国知识分子身上并没有得到根本的改变。因此，当大的政治环境发生变化，知识分子首先觉醒到的是自身的独立性，而现代后现代理论自然而然地就成为知识分子寻求独立性的思想通道。自20世纪80年代以来，我们学习西方现代后现代理论的过程，就成为知识分子对其身份的传统性不断进行"脱脂"的过程，特别是对"仕"意识的"脱脂"，注重于对传统性的"脱脂"就带来一个后果：我们认同了现代知识分子的独立品格，却抽去了知识分子社会职责中的政治内涵。说到底我们还是对本土和传统缺乏真正现代意义上的认识，仍然在"入世"还是"出世"间游离。事实上，中国知识分子独立品格的缺失并不在于对政治的热情投入，而是在于社会政治结构的约束，因此我们所要否定的是致"士"与"仕"于一体的政治、文化结构，而不是传统士阶层沿袭至今的忧国忧民的政治立场。因为对社会职责的放弃，知识分子独立意识的觉醒最终导致了知识分子的自我放逐。这一点在文学批评中表现得尤为突出，20世纪80年代的文学批评一度引领着思想解放的潮流，但到了80年代末期，伴随着"向内转"，文学批评逐渐从政治、思想、社会批判等阵地大幅度地后撤。后来，人们抱怨说文学被边缘化了（同时也有人欢呼文学的边缘化），从一定意义上说，文学边缘化不是一个被动式，而是自我放逐的必然结果。

另一个方面，从批评客体即文学的承担来看，文学应该是人类精神的承担者，文学提供给人们的是精神的想象，是理想的家园。文学批评的重要功能就是将文学的精神内涵进一步阐发出来。现代社会基本上由三股力量构成发展的合力：政治、经济与艺术。这里所谓的艺术并不是平常意义的艺术创作和艺术作品，而是哲学层面上的一种人类特殊的精神活动。在这三股力量中，艺术明显不同于前二者。政治和经济是一种制度化、工具化和权力化的物质性的硬力，而艺术是一种非制度化、情感化和道德化的精神性的软力，艺术通过无形的、精神熏陶的方式实施影响，艺术精神的本质体现在哲学、文学艺术等人文性的作品中，体现在社会的文化活动、教育活动中，体现在知识分子的公共话语中。在一定意义上说，西方现代后现代思想家都是在企图发挥艺术在人类文明进程中的作用，以匡正政治、经济带来的社会发展偏差。当然这有一个重要前提，就是艺术作为一种精神的力量是独立的，它才可能与政治、经济一起在现代社会进程中构成三足鼎立的局面。在20世纪80年代得以复苏的中国当代文学迫切希望从政治的束缚中摆脱出来，独立成为第一要务而压过了文学对精神的承担，西方现代后现代思想顺理成章地成为其武器，这一点显然也是与当时的知识分子寻求独立性相互应合的。后现代关于颠覆的理论得到了格外的青睐。颠覆使80年代末期的文学在狂欢与恣肆中开创了一个多元化的非中心时代。西方后现代的颠覆理论固然是对以往的理性主义进行了彻底的摧毁，但颠覆不是理论的唯一目标，颠覆的目的是要营造与这个时代相吻合的精神空间。

可惜的是中国当代文学只完成了颠覆理论的前半截工作，他们还来不及营造自己新的精神空间，就受到了市场经济的巨大冲击。20世纪90年代的中国社会逐渐给市场化加温，经济几乎成为社会的主宰。而自我放逐中的文学此刻就像一个流离失所的弃儿一头撞进了市场化的甜蜜乐园，市场经济的利益原则和自由竞争原则诱使文学朝着物质主义和欲望化的方向发展，这就是我们看到的90年代文学的整体形象。文学与政治的蜜月期终于结束，文学可以逍遥于政治之外。这对于政治来说似乎并不是什么损失，一方面因为政治本身正在走向科学和民主，它不需要再把文学绑在同一辆战车上；另一方面，文学尽管不再成为政治意识形态的重要部分，但也不会对政治意识形态构成威胁。真正受到损失的还是文学自身，文学虽然从政治中获得解放，但它转眼又沦为经济的附庸，它的独立性在市场化的腐蚀下大打折扣。

　　文学批评同样没有逃脱市场化的腐蚀。文学批评与市场是通过媒体作为中介而发生关系的。市场化的重要标志之一就是把我们所处的时代变成一个媒体的时代。特别对于处在社会主流中心位置的城市来说，这一点表现得更为突出，几乎可以说一切公共或个人的生存活动，都需要通过媒体作为中介，而媒体出于自身的需要便充满了攻击性，它无限扩张自己的话语霸权。另一方面，媒体具有一个消化功能极强的巨大的胃，它可以吞噬性质各异甚至与自己完全相左的物质，以一种狸猫换太子的颠覆方式，变成与媒体终极目标相一致的东西。于是，媒体也对文学批评表现出极大的兴趣，因为它需要文学批评所具有的权威面貌、理论色彩和评判立场，支撑这一切的文学批评的独立品格却被阉割掉，以便更好地服务于媒体的实际利益。随着国内媒体大战，促使媒体批评迅速发展起来。媒体批评的直接结果之一便是使得文学批评变成了公众化的角色，而另一个结果便是造成了社会的普遍误解，以为媒体批评就是文学批评的全部内容，媒体批评的强烈光芒遮蔽了其他的批评活动。媒体与消费的合流，形成当下的文化主体，他们对文学批评采取的是一种收买的政策。收买的结果是造成了许多变异的批评活动，同时也使得批评有可能成为一种谋生的手段。这两年兴起所谓的酷骂批评，可以说是媒体批评的登峰造极之作。比较有代表性的是《十作家批判书》的出版。据策划者介绍，他们是试图以媒体批评和商业批评的话语方式来表达学理批评深刻的思想内容，是要"让批评从批评家的课堂里、书斋里和那些发行只有几百份、几千份的所谓学术刊物上解放出来"。①我以为这也许只能是一种良好的愿望而已。因为这种操作的商业本质是不容改变的,在这种状况下,其学理性是十分虚幻和空泛的,它所表现出的咄咄逼人的批判性和尖锐性,充其量不过是萎靡不振的文学批评服用了商业的"伟哥"之后,发出的一种虚张声势的威力而已。

也许可以这样来描述中国当前的文学理论和文学批评:尽管我们在理论和话题上越来越与世界"接轨",但我们的文学理论与文学批评与现实的关系越来越疏远,而这一点恰是与现代后现代的精神实质背道而驰的。改变文学理论与文学批评现状的途径之一,便是重建起文学的宏大叙述。当然,后现代思想首先就是从消解宏大叙述打开缺口的。在中国当代的文学批评中,消解宏大叙述一直是我们用以对抗政治意识形态的理论出发点。但我们还应该对宏大叙述作更细致的辨析。利奥塔在20世纪70年代宣布宏大叙述的解体,在他看来,后现代的努力都是向一切标志着"同一性"的宏大叙述进行挑战。②宏大叙述显然是指被社会认可的秩序和原则,而最宏大的叙述可以说就是资本主义体制"大一统"的宏大叙述。因此,关于解构宏大叙述的论题是一个很具体的西方语境的论题。另外,后现代对于宏大叙述的解构是为了建立起新的知识标准,解构本身就包含着重构。而这个重构过程至今也没有终结,因为它面对着社会文化现实的新的矛盾和问题。这些新的矛盾和问题也在为后现代理论提出种种悖论,一方面,旧的宏大叙述被解构了,一切差异都具有存在的合法性;但另一方面,我们又在被装进新的宏大叙述结构之中,这个宏大叙述就是全球化的叙事,全球化的叙事正在通过经济、政治和文化的方式,把新的一致性和标准化贯彻到世界的每一个角落,全球化最终取消了所有的差异。后现代思想的批判精神当然不会在全球化趋势面前止步的。这同样也是对中国的当代文学和文学批评的设问。

中国当代文学为了从中国特定的"大一统"的政治格局中摆脱出来,借用解构宏大叙述的观点,不失为一种聪明的借用。但是,我们必须看到这只能说是一种策略,而不构成真正意义上的理论主张,因为对于中国当代文学来说,宏大叙述不过是一种理论的虚构。当代文学曾经要摆脱的是极端的政治意识形

---

① 中国文联理论研究室编《双刃剑下的评说》,第67页,大众文艺出版社2001年3月版。

② 周宪《20世纪西方美学》,第159—164页,南京大学出版社1999年6月版。

态化，而不是启蒙思想的终止。对于西方后现代思想家而言，他们的确面临一个资产阶级启蒙神话的解体，而中国当代文学却是在一种迥然不同的社会形态中发展起来的。也许可以说我们有一个革命的神话，在革命的名义下，所有的思想之脉，如中国文化的道统、五四开启的启蒙，等等，不是被掐断遏止，就是被扭曲变形。所以新时期开始的中国当代文学，的确面临着从革命神话中挣脱出来的问题，但挣脱革命神话的目的是开启所有思想的阀门。这实际上就是一个重构知识标准的问题。二十年过去了，这期间文学又受到经济权力的严峻威胁，重构的问题再一次凸显出来。今天，我们是一个多种社会形态交织在一起的状况，前现代、现代和后现代呈现在同一空间内，而每一种状态都是在发育不良的过程中生长起来的。在这样一种复杂的社会形态下，艺术精神对于保证社会良性、和谐发展的作用就显得非常重要，因为在政治、经济、艺术这三股力量中，政治和经济往往是现实主义的，追求的是现实的利益；只有艺术才是浪漫主义的，艺术指向人的精神世界，指向人的未来。文学应该是艺术精神最大的策源地和栖息地，这也就是文学的精神承担。那么，文学批评是干什么的？文学批评要通过自己的阐释和批判功能，最终完成文学的精神承担。因此文学批评应该为文学的精神承担重构起自己的宏大叙述，这个宏大叙述独立于政治、经济之外，体现出批评主体的独立品格和社会职责。从这个意义上，如果要问什么是宏大叙述，那么回答就是：文学的精神承担就是最根本的宏大叙述。

我们过去对于宏大叙述是一种有益的误读，这种有益的误读带给中国当代文学的积极作用显然是毋庸置疑的。但当文学发展到今天，越来越失去其应有的精神承担时，我们就有必要询问一下继续延续这种误读的后果了。从文学的本体出发，从中国的本土语境出发，我们应该重构起我们当代的宏大叙述。

2004年

倡导建设性的文学批评

　　文学批评与文学创作相伴相随，共同建造了一座文学的辉煌殿堂。在这个过程中，人们也在探询文学批评所起的作用和功能，这种探询尤其是从初步确立起文学批评的主体意识后，就从来没有间断过。文学批评的作用和功能显然不可能是单一的，但文学批评家会侧重于发挥文学批评的某一方面的作用和功能，这取决于文学批评家的批评姿态。

　　在相当长的时期内，法官与导师的姿态统领着文学批评的园地，大多数的文学理论教科书在解释文学批评时，也都强调文学批评是一种分析和判断的活动。众多的文学批评家认真履行着法官与导师的职责，但他们的工作不见得会让作家们买账，因为文学创作是一个非常复杂的精神活动，文学作品是一种充满玄机的精神产品，要对其做出准确的判断并非易事。并非人们不接受文学批评家以法官与导师的姿态出现，问题在于，在这种姿态下，文学批评家是否站在公正的立场，以什么为评判的标准，却是难以统一的。公正的立场，评判的标准，这就涉及文学批评家其他方面的素养。当一名文学批评家的思想准备、知识准备以及道德准备难以让人们信服时，其批评就难以被人们接受。托尔斯泰就讥讽批评家是"聪明的傻瓜"。有的作家则声称他们根本不读文学批评。如果文学创作与文学批评长期处于这种对立的状态，文学批评的后果也是不堪设想的。文学批评中的法官和导师的姿态似乎注定了作家与批评家之间只能处于对立的关系。法国文学批评家蒂博代为了解决创作与批评之间的对立关系，他干脆主张由作家自己来当批评家。他将文学批评分为自发的批评、职业的批评和大师的批评。所谓大师的批评，也就是指那些能够称得上"大师"级的作家所进行的文学批评，也就是作家自己来当批评家，蒂博代最为推崇大师的批评，他认为，大师们既然是作家，就会努力站在作者的立场上进行批评，他看待别人的作品时，就会有一种理解和同情之心，说他们的批评"是一种热情的、甘苦自知的、富于形象的、流露着天性的批评"。按蒂博代的方式来解决问题，职业的批评家都要失业，而作家从此兼上批评家的职责，大概也就无暇顾及创作了。蒂博代的办法并不高明。

问题的关键不在于批评者是作家的身份还是职业批评家的身份，而在于采取什么样的批评姿态。文学批评在最初的发展阶段基本上是以法官和导师的姿态出现的，这是与人们的认知思维的历史处境相适应的，在人类文明的创立阶段，人类主要面临的任务是对未知世界进行认知和判断，文学作为一门人类自己创造的精神产品，同样需要进行认知和判断，因此文学批评首先承担起了认知和判断的功能，这就决定了文学批评家最初所采取的姿态是法官和导师的姿态。但是，随着文学观念的成熟，随着现代思想的深化，人们对文学的多义性和复杂性有了逐渐深入的把握，意识到不能停留于简单的认知和判断，否则会有损于文学的多义性和复杂性。文学批评家逐渐觉悟到，法官和导师的姿态不仅得不到作家们的广泛认同，而且也无助于文学批评的正常开展。因此许多文学批评家在批评的姿态上做出了调整，采取了一种对话和交流的批评姿态，通过文学文本与作者进行平等的对话和交流，从而达到审美的共振。

对话与交流的姿态是人类文明发展到现代以后的认知世界的趋势。德国哲学家马丁·布伯在20世纪初就认为，"你—我""我—他"是两种基本的人类关系，"你—我"关系是一种平等的交流和对话关系，每个人都需要通过"你"而成为"我"，因此人与人之间通过对话而获得相互性的尊重与追求。胡塞尔的交互主体性现象学也论证了个体所具有的通过自我、他人进而在更高层次上理解普遍性实体的可能性。巴赫金发现了对话的三个基本特征：开放性、未完成性和语言性。他认为，人类生活的本质是对话性的，而生活是无限的，不可能终结的，对话总处在不断运作的过程之中，产生了不同的意义，永远是多种声音的对话。哲学家们意识到，对话本身就是一种哲学探索的方式，哲学通过对话来打开一个新的视域，新的创造便寓含在这一过程之中。对话和交流吻合了多极化、多样化的文化形态，是哲学发展和创新的有效途径。

这种对话与交流的关系也同样表现在文学作品和文学批评领域。因此，从法官和导师的姿态到对话与交流的姿态，是文学批评家在姿态上的一种进步的表现。对话与交流的批评姿态改变了作家与批评家之间的关系状态。在法官与导师姿态阶段，批评家与作家之间也存在一定程度的交流，但这是一种单向度的交流，是批评者向批评对象施予式的交流，因为当批评家采取法官与导师的姿态时，就预设了一个真理掌握者的前提。而在一元解读现象破灭以后，那些以真理掌握者自居的批评家反而遭到了人们的抵制。对话并不是自说自话的众声喧哗，而是作者和读者之间以及读者与读者之间面对一个具有客体化内容的文本在一定的语言、文化共同体内进行的协商。因此，对话既包括对多元性与差异性的追求，也表达着对宽容与共通性的渴望，是一种交织着主动与被动、多元与一元、断裂与联系的复合过程。如果说批评的本体价值在于建构一个充满意义的世界，而这个世界的建构又是以作品意义的阐释为基础的，那么，阐释作品意义的途径对于批评价值的实现起到了举足轻重的作用。法国当代文学理论家和批评家托多罗夫非常准确地概括了当代批评所做出的调整，他说："批评是对话，是关系平等的作家与批评家两种声音的汇合。"

当文学批评家采取对话与交流的姿态时，批评的功能也相应地做出了调整，批评不再侧重于是非判断，而是进行一种建设性的探询。蒂博代明确地否决了法官的姿态，他之所以对职业的批评颇多贬义，就在于他反对职业批评家以法官自居的传统，但他没有找到克服法官弊端的好办法，只好让作家来接替批评家的工作。德国文学批评家赫尔德的办法就高明些，他的办法就是强调交流和对话，他认为"批评家应当设身处地去体会作者的思想感情，怀着作者写作时的精神去阅读他的作品，这样做有困难，然而却是有道理的"。当他以这样一种交流和对话的姿态去进行文学批评时，自然就会立足于建设性，因此他说："我喜欢我所读的大多数作品，我总是喜欢找出和注意值得赞扬而非值得指责的东西。"当然，建设性包含着赞美和肯定的意思，对作者所做出的努力和创新给予赞美和肯定，但建设性并不意味着为了赞美而赞美，建设性强调的是对文学作品中积极价值的发现与完善。也就是说，批评家即使需要进行赞美，也是建立在积极价值基础之上的赞美，而绝不是溢美之词；另一方面，出于对积极价值的完善，批评家也会对批评对象进行批评，指出其不完善之处。从这里也可以看出，对话与交流的批评姿态虽然不再侧重于是非判断的批评功能，但并不是彻底放弃判断，而是通过建设性的方式来传达判断。中国现代的文学批评家李健吾就是力倡批评的建设性的,他对建设性的理解是:"同时一个批评家,明白他的使命不是摧毁,不是和人作战,而是建设,而是和自己作战,犹如我们批评的祖师曹丕,将有良好的收获和永久的纪念。"李健吾将"摧毁"与"建设"对举,更加突显了建设性批评的终极目的,也就是说,批评的目的不是要把批评对象当成敌人将其摧毁,而是要把批评对象当成有价值的东西,同时要与作者一起将这个有价值的东西建设好。这就决定了批评家的温和善良的批评态度:不是从恶意出发,而是从善意出发;不是从否定和摧毁对象出发,而是从肯定和扶持对象出发;不仅从自我出发,而且从能够兼顾他我出发。在李健吾看来,以建设为宗旨的批评可能会用上赞美和恭维,但批评不是"一意用在恭维","一个批评者应当诚实于自己的恭维"。既"用不着漫骂",也"用不着誉扬",而必须做到"言必有物"。鲁迅是一位充满战斗精神的作家和批评家,即便如此,在鲁迅的批评观中,同样注重建设性。鲁迅说:"批评家的职务不但是剪除恶草,还得灌溉佳花,——佳花的苗。譬如菊花如果是佳花,则他的原种不过是黄色的细碎的野菊,俗名'满天星'的就是。但是,或者是文坛上真没有较好的作品之故罢,也许是一做批评家,眼界便极高卓,所以我只见到对于青年作家的迎头痛击,冷笑,抹杀,却很少见诱掖奖劝的意思的批评。"鲁迅的比喻非常形象地说明了建设性的意义。如果说批评家面对的批评对象只是"满天星"的野菊花,但它毕竟是"佳花的苗",那么,建设性的批评就是要指出它的潜在的价值,指出它能够培育成"菊花"来的潜在事实。建设性批评的背后透露出文学批评家的善意。尽管不能断然说凡是破坏性的批评都是出于文学批评家的一番恶意,但一个批评家如果怀着恶意的姿态去进行批评的话,他的批评肯定是不具备建设性的。因此鲁迅尽管在批判中毫不留情,但他对恶意的批评家是非常反感的。他说:"恶意的批评家在嫩苗的地上驰马,那当然是十分快意的事;然而遭殃的是嫩苗——平常的苗和天才的苗。"鲁迅坚定地表示,对于这样的恶意批评家,"无论打着什么旗子的批评,都可以置之不理的!"[①]

建设性是对话的必然归宿。在文学批评中采用对话的姿态,就意味着批评者以平等的方式与批评对象进行交流,批评者并不把自己的看法当成是不可更改的结论,而是以一种商榷探讨的方式,在交流和对话中,让双方的观点相互

[①] 鲁迅《未有天才之前》,《鲁迅全集》第1卷,第176页,人民文学出版社2005年版。

碰撞和渗透，通过双方的共同努力而建设出一个新的文学形象。这就是建设性的效果。相对来说，建设性的批评比破坏性的批评更加艰难，因为批评家要从批评对象中发现真正有价值的东西，哪怕这种价值还很微弱，隐藏在大量平庸的叙述之中，批评家也很珍惜这点微弱的价值。破坏性批评以求全责备的态度对待批评对象，往往以轻率的否定让作家煞费苦心的努力化为泡影。破坏性的批评就像是鲁迅所形容的那样"在嫩苗的地上驰马"，这对批评家来说是一件十分快意的事，但更容易给作家以及文学事业造成伤害。其实，无论是提出建设性的建议还是采取破坏性的否决，在文学批评实践中都是合理的，有时当文学处于僵化和停滞不前的状态中，破坏性批评反而能带来振聋发聩的作用。关键问题还在于批评家的姿态，也就是说，即使是进行破坏性的批评，批评家也不是怀着恶意的姿态，而是从善意出发。当批评家用善意的姿态去进行破坏性的批评时，他的目的是要通过破坏引起作家的惊醒，他就会谨慎地使用破坏性的武器，以免伤及无辜。鲁迅在批评实践中不乏破坏性的、战斗性的批评，鲁迅并不反对破坏性批评，他所反对的是批评家在批评中采取类似于"迎头痛击，冷笑，抹杀"等各种恶意的姿态，对恶意姿态的批评，鲁迅坚定地表示"置之不理"。今天，文学在众声喧哗中只是比较微弱的一种话语，尤其需要文学批评以建设性的方式给予帮衬。当然，当下的文坛也流行着献媚的批评、溢美的批评、说大话的批评、表扬至上的批评，但这些批评都不能与建设性的批评画等号。前面所列的批评都不需要付出艰辛的努力，只要舍得丢掉面子、降低人格，就能办到。而建设性的批评是需要付出艰辛的努力的，是要真正研读文本、思考问题的。因此，建设性批评兴旺发达起来后，那些乌七八糟的批评才会偃旗息鼓。

批评家从法官和导师的姿态转变为对话与交流的姿态，吻合了思想文化演进的趋势，但也带来一个问题，就是如何处理批评的标准。当批评家以法官和导师的姿态出现时，批评标准无疑是手中最有效的武器。而当批评家采取对话与交流的姿态时，他就不认为文学世界只能由他来做出决断了，他要倾听作家、读者的想法，他要在对话中学习别人的智慧，从别人的意见中吸取有用的内容，他在对话中也会不断地修正自己的想法。那么，在对话与交流中批评家还有没有自己的批评标准呢？答案显然是有的。这一点应该毫无疑义，只不过此时的批评家在处理标准的方式上与法官和导师式的处理方式不一样而已。

2009年

文学变动关系中的文学批评伦理

变动社会中的文学关系，自然会涉及文学批评。文学批评与文学创作以及文学生产的关系今天已经变得暧昧不清了，这至少说明了尽管我们基本上仍是一元化的政治体制，但文学早已冲决了一元化的约束，文学批评因此也不再能够像过去那样可以发号施令、指手画脚了。当然，我们仍能读到发号施令、指手画脚的批评文章，但那只能代表一种文风而已，实际上起不到发号施令和指手画脚的作用了。在一个非一元化的文学时代，文学的功能也被拆分，有的彻底娱乐化，有的追求精英化的审美。在这种状况下，文学批评的标准也难以形成统一，真理明显具有相对性。针对不同的文学类型，文学批评应该采取不同的评价系统。简单地说，我们不能用评价精英文学的标准去评价通俗文学，我们也不能用评价传统文学的标准去评价网络文学。伴随着批评主体的独立意识越来越强大，我们也应该宽容不同批评个性的彰显，既可以有犀利、尖刻的批评，也可以有谦逊的批评；既可以有破坏性的批评，也可以有建设性的批评。这真是一个批评的百家争鸣时代。在百家争鸣时代，批评无定法。但是，批评无定法，并不意味着批评可以乱来和胡来。在这里，我提出一个文学批评的伦理问题。每一个专业的文学批评家，首先应该恪守一些基本的文学批评伦理。

所谓文艺批评的伦理是指什么呢？是指人们在批评活动中应该遵循的行为规范，这种行为规范是从文艺批评的基本原则出发而设定的，是为了彰显文艺批评的宗旨和目的。强调文艺批评的伦理，并不是要求批评家都成为道德圣人，也不是要求批评家所写的文章都是道德文章，而且为了让文艺批评能够成为真正的文学批评，是为了尽量真正减少非文学的因素伤害到批评的实质。从这个角度来说，我觉得提出文学批评的伦理问题，不过是要求一个专业文学批评家应该遵守伦理的底线。

文学批评应该有好说好，有坏说坏，但无论是说好的批评还是说坏的批评，都应该是一种真诚的批评，这样才会使批评具有信服力。真诚，是文学批评家必须恪守的批评伦理。

所谓真诚就是说对文学批评抱有真诚的态度，期待通过文学批评达到弘扬文艺精神目的，要用文学批评的方式来传递真善美。因此文学批评尽管会不留情面地揭露文艺创作中的问题和缺陷，但这种揭露从根本上说是具有建设性的。

真诚同时意味着批评是有一说一，是言之有据的。因为真诚是和真实联系在一起的。真诚同时还意味着善意，也就是说即使是最尖锐的批评，最刺激的言语都是带有善意的。有人针对现在的文学批评一味地说好话，就积极倡导否定性的批评。这样的倡导是对的，有益于改变目前不良的批评生态。但是否定性的批评同样需要恪守文学批评的伦理。否定性的批评会很尖锐，甚至刺耳。但你的态度是真诚的话，尖锐、刺耳的话会说得在理。而且当你抱着真诚态度进行否定性批评的时候，你也会很慎重很严谨；你就会遵循着一个最小伤害原则。最小伤害原则是从美国新闻工作者的伦理规则中借用过来的，美国的职业新闻工作者协会定了一个伦理规则，其中就有这样的话："对那些可能受到新闻报道负面影响的人表示同情。"就是说，一个职业的新闻工作者要在新闻报道中揭露社会的问题，但是他又要谨慎地注意到这种揭露不要伤害到无辜，于是他们就提出了一个"最小伤害原则"的伦理规则。最小伤害原则强调的是一种同情心。所以我觉得真诚是跟同情心连在一起的，也就是说，一个真诚的文学批评家，自然是富有同情心的。

真诚，在文学批评伦理中，还特别意味着面对学术的真诚。面对学术的真诚，也就是要求批评家在批评实践中，向内对自身的言行做出规范要求，使自己恪守真诚。哈贝马斯对人类的言行进行了分类，分类的原则是根据行为的不同性质和目的。例如，第一类行为是目的性的，即人为了某个目标的实现而做出此行为，此行为是达成该目标的手段。第二类言行是受规范调节的言行，这即是说，人之所以做出此言行，乃因它是社会的道德规范或生活习惯所要求的。第三类言行是所谓"戏剧化"的行为，即此言行是为了表现人的自我而做出的。这就是哈贝马斯的行动理论。以哈贝马斯的行动理论来看文学批评的话，我以为基本上有两种行动：其一为策略性行动，其二为沟通性行动。按哈贝马斯的解释，策略性行动是私人性的、合理的，以追逐自己利益为行动之最终诉求；沟通性行动则是公共性的、理性的，将私人利益之考量完全摒弃在外。但在商业社会中，策略性行动是支配性的，也是无孔不入的。在文学批评中，就存在着大量的策略性行动的文学批评。诸如所谓的人情批评、红包批评、媒体批评，其实都可以归结到策略性行动的文学批评。当然，策略性行动在商业社会具有合理性，因为商业社会就是以追逐利益为最大原则的，文学既然也要作为文化产品进入商业流通渠道，当以文化产品的身份出现时，它必然要遵循商业社会的规则，但这样的文学批评只能在商业流通环节中有效，比如出现在图书市场的宣传广告物上，出现在市场化运作的媒体上。但如果一个文学批评家在学术性批评中也采用这种策略性行动时，就是严重的丧失批评伦理的行为了。哈贝马斯认为，学术研究、科学研究这些追求精神价值和探寻真理的行为，必须以沟通性行动来行事，否则，你做的学术研究或科学研究只能是"伪学术""伪科学"。沟通性行动首先要做到的就是行动者的言行是真诚的。今天，我们的学术交流不畅通，文学批评中的对话关系很紧张，究其原因，主要还是缺乏足够的真诚性。

另外一个基本的文学批评伦理就是从文本出发。其实在我看来，将从文本出发纳入文艺批评的伦理规范之中，完全是一个常识的认定，无须再做什么解释。文本是文学批评的对象，没有对象的批评还是批评吗？但是我们所看到的文学批评中就存在着为数不少的违背这一常识的文学批评，批评者完全可以不从文本出发，就对文学作品和作家进行严厉的指责，甚至有的批评者还公开表示他就是没有阅读作品，但他仍然可以理直气壮地展开批评。我觉得这实在是有些匪夷所思。这些批评家如此理直气壮，难道就不怕别人质疑他有没有批评的资格吗？但并没有多少人来质疑，这就说明，我们并没有意识到从文本出发是一个批评的常识，更没有把它当成一种批评的伦理规范，所以人家可以理直气壮地说我就是没看你的作品，但是我就要批评你。忘记常识，践踏常识，是当代社会普遍存在的问题，这是我们的社会在发生了巨大变化之后，社会秩序的建设和文明规范的建设没有及时跟上而造成的。所以，在文学批评中有些人完全无视从文本出发的常识，放在大的社会背景下来看，也是不足为奇的。但我们不应该听之任之，不能让这种违背常识的行为最终成为一种正常的行为。为什么要把从文本出发作为文学批评的伦理规范之一，就是要通过文学批评的伦理规范，恢复常识的权威性和普遍性。不从文本出发，不认真研读文本，就没有批评的资格，我觉得这并不是一个多高远的要求，完全是一个起码的底线。

不从文本出发的批评，有多种表现形态，我这里特别想点出一种与学院派批评有关的表现形态。学院派批评对当代文学批评的发展有着重要的贡献，这是必须肯定的。学院派批评将理论的光芒引入文艺批评中，使得当代文艺批评的理论品位得到大幅度的提升。学院派批评也逐步形成了自己的格局，在批评实践中，产生了一大批精彩的批评文章。但学院派批评也有一个批评伦理的问题需要认真对待。学院派批评的伦理也许更为复杂，批评家既要遵循批评的伦理，也要遵循理论的伦理，而且要让两种伦理规范协调起来。一些成熟的学院派批评家在这方面做得比较好。但学院派批评的发展过程中也出现一种只重理论不重文本的趋势。有一些批评家基本上是从理论出发，而不考虑文本的具体存在，以理论肢解文本。以这样的方式写出来的文章，也许不违背理论研究的伦理，但显然违背文艺批评的伦理。学院派批评对于当代文艺批评的建设具有特别重要的意义，放眼世界，自现代主义思潮以来，理论批评化和批评理论化成为一种普遍的趋势，许多伟大的现代思想家，往往是通过批评方法来建构自己的思想体系的。我也期待中国的学院派批评能够通过批评而建构起中国自己的文艺理论体系。也正因为抱有这种期待，我们对学院派批评的要求应该更严格些。何况，学院派批评在双重伦理的规范下，难免顾此失彼，特别是在理论性的强烈诉求中，很容易就遮掩了其轻视文本肢解文本的问题。这一点特别是在文化研究成为学术新潮之后表现得尤为突出。所以我们不妨对学院派批评强调一声，不要忽略了从文本出发，要将其作为一种伦理规范来约束自己。因为忽略了从文本出发这一批评的伦理，不仅会对文艺批评自身造成伤害，而且批评家的理论建树也会因为这种伤害而付诸东流。

在文学批评公信力越来越下降的今天，强调文学批评伦理，要求批评家首先要做到真诚和从文本出发，就显得格外重要。

当然，在文学变动关系中强调建设文学批评伦理的重要性，首先在于我们的文学环境缺乏伦理的自觉性。所以当我们说要建立文学批评伦理时，首先是针对我们的文学环境来的，首先必须解决文学环境缺乏伦理意识的问题，文学伦理才得以推广。那么，我们怎么认识文学变动，也就决定了我们怎么来营造今天的文学环境。我以为，文学变动是顺应着对话和民主的思想文化潮流而变动，因此我们应该营造一个非权威和多中心的文学环境，在这样的文学环境里，文学批评不能像过去那样充当法官和裁判的角色，也不需要将文学批评当成匕首和刺刀使用。我以为，在这样的文学环境里，文学批评更应该是一种绅士活动。也只有当文学批评成为一种绅士活动时，文学批评伦理才会发挥作用。坚守文学批评的伦理，也就是保持了一个批评绅士的姿态。文学批评的伦理，只是一系列被社会公认的行为准则，只有当批评家们在批评实践中遵循这些行为准则时，文学批评的伦理才有效。而当批评家们遵循批评伦理开展文学批评时，不就是一种绅士的行为吗？这让我想起一个英语词组 Fair play。这个英语词组本来是体育运动竞赛和其他竞技所用的术语。意思是公平竞赛，光明正大地比赛，不要用不正当的手段。当年英国人曾将其作为一种普遍的的精神加以推广，认为这是每一个绅士所应有的涵养和品质，并自称英国是一个"费厄泼赖"的国度。"费厄泼赖"是 Fair play 的音译，这个音译词被我们牢牢记住，还是因为鲁迅先生的一篇文章，这篇文章的标题就是《论"费厄泼赖"应该缓行》。鲁迅先生所处年代是革命年代，是一个不公平的社会，上层社会的人欲借"费厄泼赖"来掩饰他们对社会的不公平的占有，是不可能有真正的"费厄泼赖"的。我们的文学批评界，似乎多少年来都处在一个秩序混乱的状态之中，批评可以不负责任地胡乱批评，既可以肉麻地吹捧，也可以恶心地谩骂。纠正文学批评的乱象自然需要多方面的努力，但建立起大家共同遵守的文学批评伦理，无疑是很重要的一环。文学批评伦理就是要保证我们的文学批评是一场 Fair play。

2014年

新经典与非经典化思潮

在为《新中国·新经典》这个栏目写文章时，第十届茅盾文学奖的结果出来了，这一届茅盾文学奖授予了《人世间》《牵风记》《主角》《北上》和《应物兄》。这些获奖作品能否成为当代文学的"新经典"呢？我想恐怕还没有人敢拍着胸脯做出肯定的答复。因为经典不是可以由任何一个文学奖来宣布的，即使这个奖具有极高的权威性。另一方面，我们也应该看到，一个具有极高权威性的文学奖对于文学作品能否成为经典将发挥重要的作用。回顾历届茅盾文学奖所评出的四十余部作品在读者群、图书市场以及专家的文学史叙述中的变化，就可以看出，是茅盾文学奖将不少优秀的当代作品带上了经典化的快速车道，如《平凡的世界》《白鹿原》《尘埃落定》《秦腔》《蛙》《长恨歌》《无字》，等等。这说明了一个问题，新经典的产生，不仅需要作家的努力，也需要有一个经典化的过程。作家写出了具有经典潜质的优秀作品，通过经典化过程，把作品的经典潜质充分彰显出来，其经典的地位才得到人们的普遍认可。中外文学史上不乏这样的例子，有些具有经典潜质的作品因为没有得到经典化而被埋没在浩瀚的文学海洋中。

文学经典是经过时间的淘洗，经受了社会和读者等各个方面的考验，自然形成的。这个淘洗和考验的过程就是一个经典化的过程。当代文学作品与古典文学的区别之一，就在于当代文学还没有完成经典化。经典化是一个复杂的文化行为，应该把作家的创作、批评家的批评，以及整个社会的文学生产和文学消费，都看成是经典化过程中必不可少的元素。文学评奖制度显然也是一个重要元素，它会以自己的方式影响文学作品的经典化。20世纪80年代是一个热衷于创新和突破的年代，西方现代派成为作家们争相效仿的新文学样本，在这样的背景下，如果不是茅盾文学奖对现实主义文学的偏爱，也许就会将《平凡的世界》这样优秀的现实主义文学作品遗漏掉。路遥是新时期成长起来的年轻作家，他对当时的文学环境应该有所感知，但他并不被新奇的文学观念所煽惑，而是能够在文学观上保持淡定和坚守，这同样也很不容易。因为创作实践中的现实主义出了问题，并不能说明现实主义本身就必须抛弃了，现实主义还有没有生命力，这同样需要作家通过自己的实践来证明。路遥就宁愿做这样一名作家。这正是路遥的可贵之处。路遥在文学上有自己崇拜的对象，他的崇拜对象就是同为陕西人的作家柳青，他不仅认同柳青的创作方式，更认同柳青对待农村和农民的立场和态度。他构思《平凡的世界》时，应该是想到了柳青写《创业史》，他也希望自己能像柳青那样，去写一部反映农村现实的史诗性的作品。路遥坚守了自己的文学立场和文学理想，他也通过自己的奋斗，证明了传统现实主义仍然具有生命力。但是，在当时的"西风劲吹"的大潮下，《平凡的世界》出版后并没有受到好评。茅盾文学奖此刻却能坚持自己的宗旨，肯定了《平凡的世界》的现实主义文学品格。显然，茅盾文学奖对于《平凡的世界》的经典化起到了提速的作用。

在我们呼唤文学新经典的时候，关注一下我们的社会是否为文学作品经典化建设起一个良好的文化环境，还是很有必要的。

在当代文学的生态环境中，一直弥漫着一种非经典化、去经典的思潮，人们对于当代文学，热衷于做的就是摧毁和破坏，从来不认为建构当代文学的经典是当代人应当做的事情。我在大学从事现当代文学的教学，对这一点感触尤其深。依我的看法，人们到大学来学习，首先就是要学习经典。当代文学专业就应该学习当代文学的经典。否定经典的社会时尚对当代文学的冲击最大。那些学习期间的必读作品一个个被宣布不是经典了，这也真让我们教当代文学的老师惶惑不安。经典都不存在了，我们还有必要在大学里设置当代文学专业吗？当然，经典化过程本身就包含着质疑与否定，有些文本一度被认定为经典，但在岁月的淘洗下最终被证明还没有经典的含量，自然就要被淘汰出局。特别是中国现当代文学是在一个非常政治化的时代下走过来的，经典化过程受到外在因素的影响太大，特别是政治和意识形态的影响甚至将左右经典化的过程。随着时间的推移，外在因素逐渐衰落，真正的经典也许才会水落石出。也就是说，经典始终处在一个动态变化的状态之中，在"建构—解构—再建构"的过程中一再地确认自己的身份。所以基洛里在为《文学研究批评术语》撰写"经典"条目时，也特别强调了经典的动态性。他写道：经典是"这样一个历史事实，经典中不断有作品添加进来，与此同时，其他的作品又不断地被抽去"。但是，必须承认，经典的动态性和不确定性与非经典化和去经典化完全属于两种思维方式，不应该混为一谈。尽管当下的非经典化和去经典化的思潮带有对过去的政治和意识形态左右经典化的历史的一种反拨，但我们不能因此就完全认同非经典化和去经典化的思维方式，因为这涉及我们应该以什么样的姿态和方法来进行文学批评。

  我以为，文学批评家不仅要有经典意识，而且也要有经典化意识。文学批评最根本的功能就是制造经典。文学批评的过程就是经典化的过程。在当下，文学批评仿佛成了一个最污浊的词语，一方面，文学批评家不好好呵护它，他们用自己的不负责任的批评行为给这个词语涂抹上污浊的色彩；另一方面，文学批评越来越成为媒体时代的贱儿，它可以随意地"被"丑化、"被"辱骂、"被"作为一些社会问题的遁词。所以在当下的文坛，作家是最看不起批评家的，你要去问作家，你读了评论你的作品的文章没有，十个作家有八个会以一副不屑的神气对你说："我从来不读评论文章的。"但我猜想，作家们从内心来说，仍然是希望从文学批评中获得灵感的，他们不过是因为当下的文学批评变得非常世俗，想以拒斥的态度表示他们与这种世俗化的批评划清了界线，以显其仍保持着清高。以我有限的了解，我觉得大多数的作家私下里还是很认真地对待文学批评的。我记得有一年在福建参加一次文学研讨会，会上既有文学批评家，也有作家。李建军发言时尖锐地批评了莫言，莫言就在会场上，针对李建军的发言他也进行了反批评。关于这场争论的具体内容不去说它，重要的是这个事件后来引起媒体的极大兴趣。有的记者也以此问莫言如何看待李建军对他的批评。莫言说："我更多的是从我个人的角度来反思自己。首先，我觉得像我这样一个写作了二十多年、已经五十多岁的人，在听到批评，哪怕是尖刻的批评的时候，还是应该保持一种冷静的心态。批评家对我的作品的艺术方面的批评我可以争辩，我有反批评的自由；至于涉及人格和道德方面的批评，这个就没有必要辩解，更没有必要反诘，而是应该反思，应该警惕，应该有则改之，无则加勉，应该保持这么一种心态。""这场争论让我非常冷静地考虑了自己今后应该以怎样一种真实的、不虚伪的态度来对待批评，应该用善意去想批评家，不要把别人的意图往坏里想。不管问题提得多么尖刻，不管批评多么粗暴，都应该从善处去想，都应该从自身来找问题。"在这里，我既欣赏李建军直率的批评，尽管当时我并不完全赞成他的一些观点；同时也欣赏莫言对待否定性批评的宽容姿态。事实上，一个作家与一个批评家的关系如何并不重要，他们之间也许是朋友关系，也许是"敌我"关系；也许是和气一团，也许是剑拔弩张。但关键是整个社会的批评生态应该是健康良好的，是有序循环的。只有在这样一种良好的批评生态中，各种声音都能够被容纳下来，都能够转化为一种经典化的努力。现在我们最缺乏的就是这样一种良好的文学生态环境。

20世纪被韦勒克称为"批评的时代"。20世纪的确也是文学批评特别风光的世纪。从马克思主义学派、新批评、精神分析学派到结构主义、解构主义、新历史主义，一批又一批的批评团体纷至沓来，声势逼人。而20世纪以来现代主义的文学经典之所以能够如此迅速地占据历史舞台，大放异彩，完全盖过了古典文学经典的风头，就因为20世纪以来文学批评在经典化过程中的积极自觉的行动。更有必要指出来的是，文学批评不仅为现代主义文学经典的生成做出了巨大贡献，而且也让批评自身生成了现代主义的思想经典。在今天这样一个娱乐化的时代，文学批评的风光不再，但"批评的时代"余韵尚在，文学批评应该在当代文学经典化的过程中有所作为。

文风四题

　　文风，狭义的解释就是行文的风格。如今文风又成为社会普遍关心的问题了，每一个写文章的人在下笔的时候都得掂量掂量自己写出的文章会不会遭人厌弃。整顿文风首当其冲的就是学术论文，学术论文形成了一种"学八股"，尽管广遭诟病，却仍挡不住它的四处蔓延，而且越演越烈。我写这篇文章的时候，就在给自己敲警钟，千万别用"学八股"的腔调来谈文风问题。

一

　　所谓"学八股"的腔调，其实就是文章的行文造句，这不过是一个形式问题，按说写文章首先要思考的是内容，你写的文章有没有新意，能否给读者带来启发，有新意，能带来启发，你的文章就成功了。然而现在我为了迎合当前的文风话题，写文章首先想到的却是形式问题，这大概说明了，文风的表现形态确实就是一个形式的问题，所以一提到改变文风，我们首先会在形式上做些处理。那么是否形式改变了，文风的问题就解决了呢？显然不是的。因为文风问题看上去是一个形式问题，本质上却是一个思想贫乏的问题。但我们在解决文风问题时往往会着眼于形式，也止步于形式。因为着眼于形式，所以每一次整顿文风，伴随着的就是一阵热闹的跟风；因为跟风很热闹，所以最终整顿文风就止步于形式。我听说有一个省会城市新的美术馆落成，举办一个很大的美术展览，省一级的领导班子全部成员都出席了，但他们为了表示要落实党中央的号召，所以会标也没有，剪彩都没有，使得一个重要的艺术活动变得不伦不类。这就是一种跟风。我觉得跟风是我们中国社会的一个顽疾，很多问题都可以归结到跟风上。现在党中央有这个指令要纠正文风，并提出了一系列具体的要求，这一段就发现各种跟风的做法有时候真是非常可笑的。别看现在讨论文风和纠正文风非常热烈，但有些是以一种恶劣的文风在讨论文风和纠正文风。

所以我想今天我们谈文风，千万不要把它搞成一个跟风的事情，我们不要跟在政治或文件的后面说些现成的话和现成的词。首先，我们不要把文风当成一种形式主义的东西来对待，以为从形式上改变就可以了。当然文风看上去是一个形式主义的表现，其实这种形式主义的背后所反映的是一个思想贫乏的问题，思想的贫乏只能用一种形式主义的东西来掩盖。反过来这种形式主义的东西又会遏制思想的创新。这种形式主义的东西体现在文风上就是党八股、学八股。我觉得现在有一种很严重的学八股，它甚至比党八股还要严重。学八股是我们日益僵化的学术体制下的果实，这个果实吃起来一点也不香甜，这应该是绝大多数人的体会，指责学八股的声音也一直不绝于耳。但是学八股的果实越结越多，因为我们身边栽种的都是这种学术体制的树。更为可悲的是，你虽然不喜欢学八股这种果实，但你生活在这样一种学术体制下，又不得不变得学八股起来，因为你不这样做，就得不到相应的利益，你在大学不发这样的论文就不能评职称，这是很切实的利益问题，也是生存的问题。

我同情在学术体制下求生存的人们，事实上我自己也摆脱不了学术体制的羁绊，因此说这种话也是在为自己开脱，但是我们必须看到自己的弱点，反躬自省，我们为什么很轻易地跟学八股这种文风走呢？这是因为我们缺乏一种充满生命力的思想，因为我们的思想贫乏，所以只能用这种形式主义的东西掩盖。从这一点出发，学术界在讨论文风问题时，就不要把全部责任都推到学八股这样的形式主义上，也要反省我们主观上的原因。因为文风也揭示出我们的学术缺乏一种生机勃勃的思想。一个人的思想真正有活力的话，他要表达出来，是任何一种八股都阻止不住的。其实学术界不少人是相当喜欢学八股这种东西的，因为有了学八股，他缺乏思想，或者说他也不必去费劲地思想，仍能在我们的学术体制下活得相当滋润。当然还必须看到这种学八股遏制了我们思想的创新，有可能有一些真正有思想活力的年轻的学者，就因为陷入这种文风的陷阱，思想也就慢慢被腐蚀。

无论我们什么时候讨论文风，是否扼制了思想创新应该是衡量文风有没有问题的第一标准。

二

文风问题说小也很小，说大也很大。往小了说，连小学生的作文都存在着文风问题；往大了说，文风问题则涉及文化领导权的问题。为什么政治家特别是执政的领导者以非常积极的态度谈文风？就因为文风不仅关乎言说及行文的形式，而且更影响到能否真正掌握领导权的大问题。

文化领导权的理论是由葛兰西提出来的，他认为，资本主义社会并不会由于经济危机等经济上的灾难性袭击而导致整体性的危机，因为资本主义社会还有一道更强大的堡垒，这就是文化领导权。程巍在《中产阶级的孩子们》这本书中非常形象地描述了资产阶级是如何确立起文化领导权的。资产阶级在政治上和经济上虽然取得了胜利，但他们并没有掌握全社会的文化领导权，"贵族和无产阶级分别控制着资产阶级时代的美学领导权和道德领导权"。直到20世纪60年代，资产阶级的后代们才意识到文化领导权的重要性，便开始了一场争夺文化领导权的运动。引起我深思的是，从程巍在书中的介绍可以看出，这场运动的重要切入点就是"文风"，程巍称其是语词的"委婉化工程"，资产阶级改称为中产阶级，小资产阶级改称为白领，工人阶级改称为蓝领，血汗工厂改称为劳动密集型企业，等等。正是通过这种文风的变革，资产阶级在意识形态中得到了"原命题的美化"，从而分别从贵族和无产阶级手中夺回了美学和道德的文化领导权。

中国共产党历来重视文化领导权的建设，中国革命的胜利也在很大程度上有赖于对文化领导权的争夺和控制。延安时代开展的整风运动，可以说就是中国共产党在尚未全面夺取政权时进行的文化领导权的建设工作。整风运动自然也包括了整顿文风。大批知识分子奔向延安，他们是来参加革命的，但毛泽东认为，知识分子的文风有问题，他要求知识分子向工农学习，学习工农的语言。知识分子在整风运动中首先要过的就是文风一关。作家欧阳山回忆当年参加整风运动时就说："我过去心爱的欧化语言和欧化风格也必须重新接受新的农民和新的农民干部的考验。"语言的改变必然会带来世界观和价值观的重新审视。因此有人认为延安整风的宗旨就是要使知识分子有机化，这样的看法是有道理的。也有人认为，延安时期的知识分子需要改变文风，是因为他们的言说方式已经过时，解决不了现实的问题。我以为问题并不是这么简单。"五四"以来知识分子所创造的启蒙话语，到了延安时代逐渐成为一种模式，的确不能有效地解答革命现实中的问题，当然，对于革命者来说，他们所要解决的问题也不是能够用启蒙所涵盖的，所以，毛泽东要用新的话语取代启蒙话语。但我以为，启蒙话语在当时并不是完全过时的话语，因为启蒙的任务远远没有完成，只是因为启蒙话语属于知识分子的话语，启蒙话语在确立的过程中也就确立了知识分子的话语权。如果认同启蒙话语，也就是认同知识分子对文化的左右和评判。所以毛泽东在延安时代是从无产阶级文化领导权的角度来看待知识分子的言说方式的，他找到了一个非常便利的切入方式，这就是文风问题，从文风入手反对知识分子的言说方式，也就削弱了知识分子的话语权。今天回过头看当时的延安整风，我觉得当时在延安的知识分子并不是在文风上有多么严重，严重的是他们在思想和立场上还不能跟上党的要求，也就是一个如何与延安的革命以及人民结合的问题，知识分子的启蒙话语并不能很好地解决这个问题。当然，延安时代的整顿文风不仅仅是一个解决知识分子的问题，更为重要的是反对党八股。反对党八股虽然看上去是一个文风问题，但它同样涉及文化领导权，是由执洋教条的人来领导革命，还是由从中国传统智慧出发的人来领导革命。

在学术界有一种学八股，虽然人们非常厌恶它的面孔，它却大行其道，风光无限。学八股扼制了学术思想，这是毫无疑问的。但我认为，在大量按照学八股的样式制造出来的文章的包围下，仍然存在着一些生机勃勃的文章。只不过这种生机勃勃的文章，很难得到体制的承认，已经被体制化了的那些刊物也不愿意刊登这些生机勃勃的文章。为什么？就因为他们要这样做的话，就会感到领导权有可能丧失的危险。也许这些文章发在非核心、非权威的刊物上，发在一些游离于体制约束的刊物上，也许更多的是在网络上。这也说明一个问题，如果一个人有自己的思想，有生机勃勃的创造力，就不会被这种学八股所约束，哪怕他会按照一定格式去写，这种格式也禁锢不了他的思想。所以纠正文风一定不要纠缠于形式，特别是不要止步于形式。比方说，反对学八股，并不在于我们写文章要不要写主题词，要不要有引文。其实说到底，假如你真的有思想的话，形式不过是一个载体而已；假如你没思想的话，你就会被形式所统领。但那些为了维持利益集团控制文化领导权的文风和形式就必须坚决反对。

三

　　文风既可以从广义的角度来谈，也可以从狭义的角度来谈。我更倾向于从狭义的角度谈，即把文风理解为一种写文章的作风和特征，每个人写文章都会或多或少体现出一些习惯性的特征，就形成了自己的文风。甚至包括小学生也有文风的问题。从狭义的角度来看文风的话，文风问题就是一个常态问题，是一个会不断出现、需要反复对待的问题，也就是说，我们不可能一次性地解决文风问题，文风问题既是常态的，也是动态的，它是在发展过程中出现的问题，旧的文风问题解决了，慢慢地，在行文过程中又会滋长出新的文风问题。为什么这么说呢，因为我们是用文字写文章，文字是什么，文字就是规范语言的一种工具，文字的这一功能很重要，它要将语言规范化，规范了的语言才能流传得更加久远和广泛，才有利于交流。但文字在规范过程中间又会逐渐地走向模式化，就会变成八股的东西，这时文风问题就出现了，我们就要反对八股。但是要注意，反对八股，并不是反对规范；整顿文风，并非否定文风。反对八股是为了让文字的规范化更有利于思想的创新和交流；整顿文风是为了文风始终操持清新与活力。规范化的语言为什么到后来成了约束人们思想的"八股"呢？是因为规范化的语言不再表达新的思想，变成了一个空壳。因此要把文风问题作为一个常态的问题，就是要经常反省自己的文章是否承载着实在的思想，就是要经常提醒自己不要让自己的文风蜕变成一个空壳。唯有把文风问题当成一个常态的问题，才会始终使自己的文章保持活力。千万不要等到全社会都在大谈文风和纠正文风了，再来解决自己的文风问题，这个时候也许文风问题已经变得积重难返了。如果缺乏一种常态的意识，光靠运动式的方式来解决文风问题，有时候就会把应有的规范也当成文风问题反掉了。

　　强调文风问题是一个常态问题，就是要求我们在写文章的时候始终注意形式与内容的相统一，注意不要把形式与内容分开来单纯地追求形式。但在纠正文风的过程中，往往会出现一种情况，就是把形式孤立起来对待，比如将文风问题归纳出几种表现形式，以为抛弃了这种表现形式，文风问题就解决了。但我以为，如果将形式孤立起来看，任何一种表现形式都有存在的理由，关键在于其表现形式是否与所要表现的内容相吻合。比如，我们批评那些西方后现代名词概念满天飞的文章在文风上有问题,这样的批评是对的,但我们也要弄清楚,这些文章的问题并不是因为它引用了西方后现代名词概念,而是作者还没有真正理解这些名词概念,就在文章里生吞活剥。但我们在纠正文风的过程往往是在否定生吞活剥的同时也把后现代名词概念一起也否定了,只要发现文章中有这些后现代名词概念,就认为这篇文章的文风有问题。我是坚决不赞成这样纠正文风的,我就要为那些受冤屈的后现代名词概念辩护,我们的文学理论要发展,就需要这些后现代名词概念的参与。关键是我们必须把这些后现代名词概念搞明白,真正变成自己的东西。

把文风问题看成一个常态的问题也就是说不要单纯把文风问题看成一个大问题,不是说因为今天提倡了,我们就都来纠正文风。我们不是因为政治才谈文风,即使政治上没有这样的运动,我们也存在文风问题,从小的范围来看,有时它并不涉及意识形态性的问题,它可能就纯粹是一个学风的问题,那我们就要把它当成小问题来对待,而且要认真对待。

四

文风问题不能用革命的方式来解决。文风问题既然是一个常态问题,我们就始终要有关于文风的警钟,经常把这个警钟敲响,旧的模式打破了,可能又会有新的模式产生,我们有这样一个常态思想的警钟。另一方面我们不能用革命的方式来对待文风。文风是发展过程中出现的问题,文风从健康的文风逐渐变成八股式的文风,就会贻害我们的学术,就会遏制我们的思想,这个时候当然要批判和否定这种八股式的文风,但应该看到它是在发展过程中产生的,我们不能因为反对这种八股式的文风就把过去所有的文章一概否定。革命的方式往往就是这样一种结果,因为要彻底否定一种八股式的文风,就把文风形成过程中的所有文章也统统都给否定掉了。"五四"新文化运动采取的就是一种革命的方式,当然这种革命方式是当时的社会形势和时代背景所决定了的,因为当时的封建文化的势力太强大,新文化运动的倡导者不得不采用革命的方式,但无论"五四"新文化运动采取革命的方式包含着多么大的历史必然性,也拦不住它因此在纠正文风的角度上仍然留下了后遗症。在新文化运动中,完全是以决绝的态度对待文言文,这就是以革命的方式来处理文风问题,这样一来,文言文的精华转移到白话文中的渠道就被中断了，文字的传承产生了断裂，这是很大的可惜，为什么白话文长期以来难以变成一种优雅的语言，我觉得就跟这种文字传承的断裂大有关系。同样，延安时代的整顿文风，也是一种革命式的运动，同样也有一个后遗症的问题。延安时代反对洋八股，这是对的。洋八股以教条的方式理解西方马克思主义理论，教条固然不对，但教条所依凭的西方的马克思主义仍然是个好东西。不能因为反对洋八股就不敢从西方的马克思主义理论出来解释中国的革命现实了。在相当长的一段时期内，人们对于准确阐释马克思主义著作的原本含义显得谨小慎微，"照本宣科"完全成为一个贬义词，我以为，学习马克思主义必须有一个"照本宣科"的阶段，通过"照本宣科"逐渐接近马克思主义的实质，在这个前提下才有可能将马克思主义与中国实际结合起来。但是我们宁愿长期处在"摸着石头过河"的状态之中，也不愿好好地通过"照本宣科"去接受理论的滋养，还以整顿文风的方式取消"照本宣科"。中国当代的思想文化建设对"洋"理论的学习和吸收不是多了，而是很不够。特别是在新中国成立以后怎么建设的理论，关于社会主义社会的理论，假如有更多的人真正能够从"洋"的理论入手，也就是从西方的马克思主义理论入手进行思考，效果会大不一样。所以我的感觉就是，文风问题以革命的方式来解决，是会带来恶果的。包括今天我们在学术上反对新的学八股，这种新的学八股是对西方现代理论的食古不化，那么我们就不能因为今天形成了这种洋味十足的学八股，就忽略甚至否定西方现代思想理论对于20世纪90年代以来的中国思想文化的发展所带来的积极作用。20世纪80年代的思想解放和理论突破，就是从吸收西方新的思想营养开始的，但是西方东西在我们的思想发展过程中逐渐被模式化了，变成一种八股式的东西，约束了我们的思想，我们就难以在其基础上培植出真正属于自己的新东西，这个时候我们应该果断地反对洋八股，但是我们反对洋八股，不是把洋八股形成的过程全部否定掉。

2013年

文体与文风

在中国古代文学传统里是很重视文体的。古代没有"文学"这个词，却有"文体"这个词，而且古人说："文以体制为先。"就是说，你必须严格按固有的文体来作文，作文先要考虑好用什么样的文体，文体定下来了，作文才能作好。文体意识在古人那里是很强的，刘勰的《文心雕龙》被认为是中国第一部成系统的文学理论著作，但刘勰在这部文学理论著作中，首先拿出上半部专门讨论文体，下半部才论述创作和批评的问题。看来古代的文学理论家和文学批评家如果缺乏文体意识是成不了气候的。文体意识之所以重要，是由文体在读写中的独特功能决定的。文体为文学创作提供了编码程序，同时也为阅读时的解码起到了暗示的作用。这就是文体的独特功能。构成文体的代码种类繁多，比如法国文学批评家巴尔特在分析巴尔扎克的小说时，认为其中包含了五种代码：释义性代码、语义素或能指代码、象征代码、行动代码和文化代码。文体模式是代码组合的一定方式，作者和读者通过文体模式达到对代码的共同理解，从而使信息的传递得到保证。

文体意识的淡薄，在当代文学中是一个普遍性的问题，既包括文学批评，也包括文学创作，但二者在当下的呈现方式完全不一样。在文学创作中呈现的是文体的错乱和文体的混淆，完全没有了文体的界限，以为文体可以任意拼贴，以为拼贴就是创新，还命其名为"跨文体"。曾经跨文体写作成为非常时髦的行为，一些刊物大加提倡，但最终跨文体写作留下的文本并没有产生他们所预期的反响，倒是给人们留下了值得在文体上进行反思的反例。表面上看，这种跨文体的想法应该是主动强调文体的作用，似乎证明了作家们的文体意识很强，但这种想法是一种对文体还没有真正弄懂的前提下的想法，缺乏理性和学理的支持，因此带来的只会是在创作上的莽撞行为，或许可以将其诊断为文体意识的高烧症。高烧症的后果至今仍在蔓延。比如对虚构的无边界化，将小说文体中的虚构随意地挪用到非虚构类文体如散文、纪实文学中，这就完全违背了写作伦理，这些作家却堂而皇之地以打破文体界限的借口来为这种违背写作伦理的行为辩护。关于文学创作中的文体意识问题暂不去讨论，回到文学批评上来，文学批评的文体意识患的是另一种病症。如果将文学创作中的文体意识状态比喻为高烧症的话，文学批评中的文体意识状态则是冷漠症，因此在文学批评中呈现的是文体的单一化和僵尸化。所谓单一化，是指批评文体在结构、语言等方面缺乏变化，模式单一。而僵尸化则是指批评只有适应单一化批评文体的结构和文字，却缺乏批评的真情实感，缺乏思想的活力，仿佛是一堆批评的概念和理论的符号犹如僵尸般地在游走。一个正常的文学批评环境应该是由不同的批评文体组成的。因为文学批评不是法院的判决书，也不是提供阅读指南的说明书，它是包含着思想智慧和审美感悟的复杂的精神活动，一个批评家会以不同的思维状态进入到批评活动中，他要寻求最佳的语言代码来表达他的批评思维。不同的语言代码也就对应着不同的批评文体，有的文体强调了一种思想、观点或主张，有的文体呈现为直觉、情绪或情感，有的文体则凸显为一种生动的形象。多样的批评文体当然包括了以学理为基础的论文体，同时还包括有对话体、随感体、杂文体、书信体，等等。文学批评不是仅仅板着面孔讲道理，而是嬉笑怒骂皆可为之。但在当下的文学批评中，我们很难看到批评家的嬉笑怒骂，很难感受到批评家的真情实感。

　　文学批评在文体上的单一化和僵尸化又集中反映在文学批评刊物上。这说明文体问题首先直接与中国现在学术体制的问题有关系。从这个角度说，文学批评的文体问题并不是一个高深的理论问题，而是一个学术体制的现实问题。但我想并不能因此将责任推卸到批评刊物身上，批评刊物不过是被动的接受者，学术体制的恶性规定导致了批评刊物在文体上的取舍，所以解决文体问题必须从学术体制这个根子上开刀，首先应该问责的是那些社会的管理者们和制定政策的权力者们。事实上，不少批评刊物也在尝试着以自己的努力来改变文学批评的单一和贫乏。我们曾经与《文艺争鸣》联合举办过一次"学术期刊和学术生产研讨会"，会议首先是由《文艺争鸣》的同仁们倡议的，目的就是想要探讨如何建设起学术期刊良性发展的路径。文体的问题最终还要与物质和生存问题连在一起，从根本上说，也就是学术生产的问题。记得我为这次研讨会写了这样一段话："如何建立起一个切实可行的学术生产模式，这是一个为了更好地发挥各类学术期刊的作用所必须解决的问题，同时，这也关系到能否保存好这笔社会主义文学的重要财富并使其发扬光大。学术生产，虽然称为生产，但它不同于一般的物质生产，它关乎一个国家和民族的精神文明建设和文化素养的提高，显然我们应该以处理精神文明建设的方式来处理学术生产。如今却流行着一种看法，觉得要用市场经济的方式来对待学术生产，要把所有的文学刊物包括学术期刊都推向市场，用市场来决定刊物的生死。我以为，这是一种对历史和民族不负责任的看法，甚至可以说，是一种对人民犯罪的看法，如果真的以这种看法来处理这笔中国社会主义文学的重要财富的话，其结果只会是让一笔宝贵的财富付诸东流。这样看来，我们这次研讨会所要研讨的内容具有现实的紧迫性，我们应该针对这种流行的看法，在学术生产上提出我们自己的建设性意见。"这一次《文艺争鸣》又组织了关于文学批评与文体意识的研讨，可以说是对上一次研讨的继续和深入，也就是说将学术生产问题具体化，具体到文学批评的文体问题。它同时也提醒我们，文体问题不是一个孤立的问题，只有将其放在学术生产的大背景下，与其他问题综合起来看，才会触摸到问题的实质，才会找到解决问题的答案。

由此便说到文风问题。文体问题与文风问题是相互关联的。文学批评在文体上的单一化和僵尸化，必然会形成一种枯燥的、八股文式的文风。记得有一段时间特别强调文风问题，因为政治权威部门也发话了要纠正文风，于是各级部门都把文风问题当成一件大事来抓。学界本来文风问题就很严重，借助政治的东风，更是把反对学八股的口号叫得很响。尽管呼声很大，拥护者众多，但效果甚微。为什么？因为恶劣文风的土壤还很肥沃。这块土壤就是单一化和僵尸化的批评文体。而单一化和僵尸化的批评文体尽管被众人贬斥却能广为流行，又因为学术生产为其提供了保护伞。

最后还要说说文学批评家自身。我们不能因为学术体制的问题很大就把文学批评家的责任撇得干干净净。选择什么样的文体是由批评家自己来做主的，一个批评家如果有了精彩的思想要表达，难道他不知道要选择最适合的文体来表达吗？但问题恰恰在于，我们的批评家们没有精彩的思想要表达。因此，无论是文体问题还是文风问题，归根结底，它反映出我们的文学批评思想太贫乏。因为我们的思想贫乏，所以只能用一种形式主义的东西来掩盖。单一化和僵尸化的文体可以让平庸、懒惰的批评家大行其道。但一个批评家的思想真正有活力的话，他要表达出来，是不会被单一化和僵尸化的批评文体所阻止的，他会自然地选择一种最恰当的文体。这说明，与有活力的思想相伴随的是自觉的文体意识。其实文学批评界有不少人是相当喜欢单一化和僵尸化的批评文体的，因为他缺乏思想，或者说他也不必去费劲地思想，但借助单一化和僵尸化的文体，他仍能在我们的学术体制下活得相当滋润。总之，一个有思想的文学批评家，首先应该是一个文体论家；文学批评家的文体意识，要靠他的有见地的批评思想来滋养。

2017年

从单一制向生态化转换的批评三十年

讨论改革开放三十年与文学的关系，其实就是讨论新时期文学三十年的问题。新时期文学的三十年是与改革开放三十年有着密切关系的，前一个三十年依着于后一个三十年。把三十年作为一个整体提出来，是想强调这三十年的历史具有一致性、一贯性、延续性。但是我们回过头来看这三十年的文学，就会感觉到很难从这三十年看到历史的一体性，它在历史发展过程中具有明显的断裂痕迹。我以为大体上可以把这三十年的文学分为两个部分。一个部分是"80年代"，一个部分是"90年代"。事实上人们也注意到了这三十年之间的变化，并用不同的方式给这两个部分命名，如称之为"新时期文学"和"后新时期文学"，或者叫作"新时期文学"和"新世纪文学"。我比较认可新世纪文学的提法，这不是一个时间上的概念，它强调的是新时期文学到了20世纪90年代末期就基本上完成了历史使命，当代文学开始了一个新的阶段。这个历史阶段的更迭是因为20世纪90年代以来中国社会发生了重大的转型，由过去以计划经济为主导变为市场经济为主导，社会的变化也带来文学的深刻变化。因此，改革开放三十年也不是一个完满的整体，其间也是有断裂痕迹的。事实上，文学的转变就是建立在社会转型的基础之上的。在这里，想要将文学从社会外部抽离出来，拒绝文学的外部研究，单纯从文学内部出发，就不可能说清楚90年代以来当代文学的深刻变化。

我这里重点谈谈文学批评的变化。20世纪90年代的文学批评看上去与80年代的文学批评发生了严重的脱节，是80年代建立起来的文学秩序的反动，并逐步建立起文学批评的新秩序，今天我们大致上可以比较清晰地看到90年代文学批评的运行轨迹，可以这样描述这个运行轨迹：它正在建构起一个崭新的中国文学批评大厦。因此90年代的文学批评并不是简单地延伸过去的批评历史，而是在新的基础上进行开创性的工作。它具有特殊的意义和学术价值。在这个过程中学院派批评起到了重要的作用。

20世纪90年代的文学批评作为一个崭新的阶段，它的意义在哪里呢，它的意义就在于它开始形成一个比较完整的文学批评生态环境。从20世纪90年代主要是90年代中后期以来，文化语境、文学格局、知识谱系、学科体制及知识生产的方式都已经有了大的变化，这些变化深刻地影响了当代文学批评。当代文学批评在此基础上开启了一个新的时代，这个新时代一直延续至今。人们感到90年代的文学批评与80年代文学批评缺少明显的承接关系。80年代文学批评讲述的是中国现代文学的启蒙和革命的元话语，但这种元话语是脆弱的，必须依赖于适宜的政治土壤。80年代后期的文学批评已经积蕴起充分的创造力，但又受制于这种脆弱性。90年代初期文学批评的沉寂是这种脆弱性的必然结局。但随之而起的中国社会转型，为文学批评也提供了新的契机。文学批评便选择了与过去断裂和错位，在市场经济提供的新地上逐步营造出比较良性的生态环境，为文学批评的发展提供了越来越多的可能性。生态环境的建立，是90年代文学批评与80年代文学批评相比的根本性区别。80年代缺少良性的文学生态环境，因而它的批评形态比较单一，它的生存状态也是十分脆弱的。

20世纪80年代的文学批评形态是比较单一的，是缺乏生态性的。若要对此有一个全面的认识，就需要将80年代的文学批评放到一个更大的历史背景中来考察。就是说，需要把80年代与五六十年代甚至40年代作为一个历史阶段来看，它们属于同一个知识谱系，构成一个历史阶段。顺便说一下，从历史的合逻辑性来看，显然"新时期文学三十年"的提法除了具有一种纪念性的意义外，是无助于我们正确把握历史的。那么，80年代文学批评所处的历史阶段是一个什么样的历史阶段呢，是一个批评被完全政治意识形态化的、单一制的文学环境，批评最终都得服膺于政治意识形态，它就像是农业生产活动中，规定了只能种植一种农作物，所以它是缺乏生态性的。但是90年代以来文学批评彻底改变了这种单一制作物的方式，逐步营造出一种批评的生态环境，这种批评的生态环境具有多样性、协调性、互文性、整体性的特点。正是在这样一种生态环境下，90年代中后期到新世纪以来的文学批评取得了很重要的成绩，基本上确立了一个多元对话的批评场域，并逐步朝着自主的、自立的批评方向发展。

我们可以分别从思想知识资源、批评制度、媒体社会、批评主体等几个方面来看20世纪90年代以来文学批评生态化的趋势。从思想知识资源看，新旧资源并行不悖地获得了协调和整合，在丰富资源的基础上逐渐显露出构建自己思想体系的可能性。从批评制度看，既包含一套行之有效的、共同遵守的批评规范，也包含政治思想体制、社会法规对于批评活动的约定，文学批评要得到社会的认同，必须遵循着批评制度的约定。90年代的批评制度在对传统沿革的基础上发生了重要变化。进入20世纪90年代以来，伴随着市场经济的建立，我们社会也基本形成一个媒体社会，媒体是批评生态环境中重要的有机体，它影响着批评的进程和走向，它对批评又起着放大和屏障的作用。同时，它也形成了"媒体批评"这一样式。网络这一新媒体的兴起也对文学批评带来非同小可的影响。而从批评主体来看，90年代以来当代文学批评形成了一支庞大的队伍，不同的身份和不同的地域特征，使其各有自己的批评风格和批评姿态。下面不妨以媒体社会为例，对生态化趋势做一些具体的展开。从20世纪90年代以来，学院派批评获得长足的发展，但建立在体制化和概念化基础上的学院派明显有脱离实际的弊病，因此当代文学批评目前缺乏的不是理论，而是问题意识，从创作实践中提炼出来的问题意识。问题意识既需要有理论的眼光，也需要有对现实的敏锐观察和体验，如何把这二者整合起来，文学批评刊物就起到了衔接和沟通的作用，在批评家类型化越来越明显的状态下，文学批评刊物的作用就更加突出了。我们目前有数十种公开发行的文学批评刊物（包括几份专业性的批评报纸如文艺报、文学报），比较有影响的也有十余种之多。这些文学批评刊物不仅是当代文学的宝贵财富，而且也是我们能够在一个全面市场化的社会形态中坚守文学精神的一道屏障，更重要的是，这些文学批评刊物已经成为当下文学生产链条中的不可缺少的环节。许多问题都是由文学批评刊物最先提出来的，问题意识也是文学批评刊物赖以生存发展的关节，一份文学批评刊物的质量水平往往可以从它有没有足够的问题意识衡量出来。因此，在媒体社会，各种类型的批评不仅分野明显，而且相互之间也形成阻隔，正是文学批评刊物这种专业的媒体因其在文学生产链条中的特殊作用而为各种类型的批评提供了一个相互沟通和牵制的生态环境。

我们在谈论20世纪90年代文学批评时，自然会想起文学批评屡屡遭遇到尖锐指责的处境。90年代的文学批评可以说就是在指责和谩骂中走过来的。既然骂声不断，为什么还要如此充分肯定90年代的文学批评呢。其实，在一个生态系统里，指责和谩骂并不可怕，指责和谩骂的存在，恰好证明批评的生态环境是良好的。在一个良好的批评生态环境中，各种声音构成了互补互动的作用。80年代的文学批评的确充满了创造的激情，充满了新鲜活力，这些都是值得我们怀念的。但是80年代又是脆弱的，它的创造激情经受不起一点点打压，如果80年代的文学批评遭遇到90年代以来责骂，可能很快就会崩溃。

必须承认，尽管从20世纪90年代以来，文学批评呈现出生态化的趋势，但并不能乐观地说，如今我们的文学批评已经有了一个完整的良好的生态环境。生态学作为一种隐喻，它描述了文学内部的文本与文本、文本与主体之间以及文学外部的与政治、社会、经济、文化等因素的错综复杂的、互动的、对话的、立体的关系。真正意义上的批评生态环境也许还在不断的建构之中。

2009年

当代文学批评四十年漫谈

中国当代文学批评从20世纪80年代起至今四十年了，很有必要引入史的概念进行研究。我或许算一位在这四十年间始终处在文学批评现场的亲历者，从亲历者的角度谈一点感性的认识，假如我以后有能力研究当代文学批评史的话，希望我的这种认识能成为研究的起点。

20世纪80年代对中国当代文学批评来说是一个关键性的时期，批评家在这一时期的一切努力都可以归结为一点，即争取文学批评的独立品格。在20世纪80年代之前，当代文学批评最突出的特点是政治的强大干预，它在很大程度上成了政治的工具和附件，另外在理论资源上它基本上就是单一的现实主义批评，而且对于现实主义的理解也存在着分歧和误解，文学批评要获取自己的独立品格，必须在这两方面加以突破，一是突破政治的干预，二是解决思想资源贫乏的问题。

20世纪80年代初期和中期的相当长的一段时间内，社会思想政治主潮是"拨乱反正"，文学正是在这一政治主潮的推动下恢复了自己应有的社会位置，文学批评很快就能够重振昔日威风，恢复了现实主义的传统，在文学前沿指点江山。但当时主要盛行的仍然是社会政治批评，文学批评通过"写真实"等一系列争论试图纠正对于现实主义的错误认识，恢复现实主义理论的原初定义。因此新时期之后关于"现实主义"的讨论反复在进行，不仅持续时间长，而且参与的人数也多，讨论主要围绕现实主义的真实性、典型性、文学与生活的关系等，这些问题之所以会引起热烈讨论，多半都是因为在创作中作家们的探索和突破不可避免地会触及这些理论问题，当作家们试图以真正的现实主义姿态去面对创作实践时，就必须要在理论观念上解除过去在这方面为作家设置的种种障碍。但这些争论基本上还是持续过去的思路，在思想资源上并没有增加新的东西。值得注意的是，真正为文学批评打开思想封闭之门的是"美学"。在20世纪80年代初兴起了一股"美学热"，并持续了四五年之久，它为文学批评提供了理论准备。美学热是一个很值得探讨的社会现象，因为在当代先后出现过多次美学热。美学热从一定意义上说，体现了当代文学理论和批评对于理论突破和创新的焦虑。当代文学是从中华人民共和国成立开始算起的，当代文学可以说是执政者的文学，执政者强调了社会科学和思想文化的党派属性和阶级属性，加强了对社会科学和思想文化的统一领导，同时明确认为，文学应该成为政治的工具，这一点在主流文学理论和批评上表现得尤为突出，文学批评以及文学批评所遵循的理论，受到政治意识形态的规约和掣肘，难以对纯粹的文学性问题进行讨论和思考。但文学理论家和文学批评家在其批评实践中必然要涉及这些问题，文学理论的发展也绕不开这些问题，他们发现，美学可以成为容纳他们思考这些问题的一个思想空间。这与美学的性质和特征有关。美学是哲学的分支，抽象性是其基本特征之一，它与现实的关系不是那么直接，因此相对来说它容易避开政治意识形态的规约。"文革"之后进行的"拨乱反正"，就是要在各个领域整顿思想，使其回到正确的轨道上来。这也激发了思想文化界寻求理论突破和创新的思想冲动，这种突破和创新的尝试一开始就面临政治意识形态的种种规约，于是人们再一次找到美学这一能够绕开政治意识形态规约的思想空间。这是20世纪80年代美学热的文学背景。这一次的美学热是围绕马克思《1844年经济学—哲学手稿》而展开的。马克思早期写的这部著作涉及许多在过去正统马克思主义宣教中几乎被忽略的理论问题，如关于自然的人化以及人的感觉的社会化的思想、关于人是依美的规律来建造的思想、关于异化的思想，等等。这一系列理论观点对于长期处于十分封闭状态的中国思想文化界来说，无异于发现了一个新的理论世界，它也大大启发了当时的中国理论家和批评家们，给他们提供了理论突破的方向。这本薄薄的马克思早期的天才式著作，就成为中国20世纪80年代思想解放运动的启示录，也成为学理重建的思想基础。它包含了人道主义问题、异化问题、审美的主体性问题、审美尺度和标准问题。所有这些问题，都是20世纪80年代思想解放、拨乱反正亟待解决的第一步的理论难题，这些难题不突破，"文革"后的理论与批评则无从打开新的路径。

但这并不意味着20世纪80年代的美学热是由文学批评界直接参与的。事实上，当美学热兴起时，文学批评还在满腔热情地投入到"拨乱反正"之中，二者就像是两条互不交集的平行线，各自在干着各自的事情。美学热在马克思手稿的激发下，对于"异化""人化的自然"等一系列新鲜概念和观点进行着热烈的讨论和申发，由此大胆地再一次挑起关于美能否超越阶级、关于共同美等敏感话题的讨论。文学批评则在围绕伤痕文学的评价而纠缠于文学的宗旨是"歌颂"还是"暴露"的争论之中。当然，这种争论也是"拨乱反正"必须要解决的问题，它是在为建立正常的文学秩序而进行政治上的"清场"，但是，毫无疑问，这种作用基本上是政治上的，对于文学理论和批评来说，并没有提供什么新的思想空间。相反，美学热所涉及的理论问题，却起到了打破僵化的文艺思维定式的作用，为以后的现实主义文学理论的深化和突破，做了扎实的理论铺垫。尽管20世纪80年代美学热的兴起与文学批评没有直接的关联，但应该看到，"文革"刚刚结束就兴起一场美学热，这绝对不仅仅是美学自身的原因，它也是在意识形态上出现种种思想困惑的反应，因此美学热中，不少意识形态战线的专家和领导人也参与到美学热的讨论中。美学热对文学理论和批评的影响也是很显著的。一些文学批评家受美学热启发，开始从文学自身来寻找批评的视角和话题，从而带来批评转向的趋势。当时就有批评家将这种趋势描述为文学"向内转"。如鲁枢元在1986年10月18日的《文艺报》上发表的《论新时期文学的"向内转"》，在描述了文学创作"向内转"的种种表现后，还特别强调，"向内转"的创作趋势也促使文学理论向着文学内部进行勇敢的探索，当代文学对于文学自身认识的深化，这是文学理论研究中的"向内转"。文学理论研究的"向内转"从诸多方面表现出来，如关于文学主体性的提出和研究，关于文学批评方法的突破和创新，对文学形式的强调和批评，对现实主义典型问题的重新认识，对审美意识形态理论的批评，等等。而且最重要的是，在这一系列进入文学内部的讨论和研究中，都能明显看到"美学热"的思想痕迹。如关于文学主体性的提出和研究，就与李泽厚在新时期之初提出的"主体性实践哲学"有关，正是在此基础上，"主体性"成为20世纪80年代中期一个最具原创力的理论原点。在美学热中，李泽厚将其延展出"积淀说"。刘再复将主体性引入文学批评，并对其进行了系统化的理论阐释，并在文学主体性的理论基础上，提出"二重性格组合论"，是一次在现实主义批评深化上的理论尝试。

20世纪80年代的文学批评隐含着问题，但由于它一直处在兴旺、红火的状态中，这些问题基本被掩盖了。其中一个主要问题是它的话语系统没有顺应时代的要求而发生改变。20世纪80年代文学批评所操持的话语系统是"启蒙与革命"，这是中国现代文学建立起的"元话语"，这种"元话语"一直所向披靡，但它只能生长在合适的政治土壤中，脱离这种政治土壤，它就难以存活。这种元话语在20世纪80年代初是有效的，因为20世纪80年代初的文学批评是与现代文学正统一脉相承的，强调现实主义传统的主张，是具有历史合逻辑性的，也就是说，20世纪80年代与五六十年代之间的内在联系，它们属于同一个知识谱系，构成一个连续性的历史阶段。这就暴露出20世纪80年代文学批评的弱点，它还没有摆脱一个束缚文学批评自由展开的历史，也就是说，文学批评所处的环境基本上仍是被政治意识形态化所控制的、缺乏多元格局的文学环境，文学批评缺乏独立于政治意识形态的空间，因此文学批评的思维、话语以及文本形态都显得比较单一，这不是一个良好的文学批评生态。良好的文学批评生态应该具有多样性、互文性、协调性和整体性等特征。而这正是我们应该肯定20世纪90年代文学批评的重要原因。因为90年代以后，文学批评开始突破了80年代文学批评的单一性，逐步朝着一个良好文学批评生态的方向而努力，这一努力一直延续到21世纪，并基本上确立了一个多元对话的批评场域，使文学批评逐步朝着一个自主的、自立的方向发展。

文学批评在20世纪90年代另辟蹊径最直接的成果是媒体批评和学院派批评。媒体批评主要是借助社会转型中市场经济全面放开的边际效应，学院派批评主要得益于当代文学作为一门学科建设在高校受到广泛重视。无论是媒体批评还是学院派批评，都在话语系统上做出了重大改变，从而使文学批评呈现出与以往完全不同的新局面。所谓媒体批评，不能简单地从字面上理解为所有刊载在媒体上的批评都叫媒体批评。中国的社会体制强调媒体的意识形态性，中国有不少刊载文学批评和文学理论的媒体，它们都承担着意识形态的职责，20世纪80年代这些媒体在推进文学批评发展中发挥了重要作用，不少兴风作浪的批评文章也是刊载在这些媒体上面的。但90年代兴起的媒体批评一词并不是指这些媒体，而是指社会转型后逐渐涌现出的一大批大众媒体（为加以区别），人们将前面所提到的媒体称为主流媒体，也就相应地将主流媒体上的文学批评称为主流批评。但这些批评类型的划分都不是很严谨的），这些大众媒体着眼于大众和市场来调整自己的编辑方针，大大弱化了意识形态性，它们所刊发的文学批评显然带有大众媒体的共同特点，它要服膺于时尚性和商业性的要求，在瞬时性和夸饰性上做文章。它们在文学批评的选择上就会关注社会情绪寒暑表的变化，并因其媒体自身的力量，它们的媒体批评反过来又会对社会情绪寒暑表的变化产生明显的影响。比较正式提出学院派批评的概念大概是在1990年，王宁在《上海文学》发表的《论学院派批评》对此有比较充分的论述。北京大学中文系在1991年举行的一次关于"中国当代理论批评的回顾与展望"的研讨会上，倡导学院派批评成为研讨会的重要议题之一。主持会议的谢冕教授说："我更欣赏把学院批评当作一种批评品质和批评风格的倡导和张扬，学院批评的建设过程是批评家逐渐学者化的过程。学院是学院批评渗透的学术环境，以及在这里生长起来的科学主义的观念、姿态和方法。"[①]随着大学一批博士生和硕士生毕业，学院派批评队伍日益壮大，几乎占据了文学批评的半壁江山。对于学院派批评的界定，徐刚在他的一篇文章中论述得比较准确。他认为学院派批评具有三个要素，其一是批评者具有学者身份，其二是在文学批评中注重学理性，其三是在写作中强调学术规范和专业化特征。这就决定了学院派批评在方法上更注重知识和学问的谱系化，在批评风格上更倾向于严谨、庄重的论说体，很少用到自由活泼的印象体。从身份特征来看，当代文学的学院派批评家基本上是由就职于高等院校或科研机构的专家学者组成。他说："概而言之，'学院派'批评意味着理性、严谨、引经据典的特征，它力图建立批评者与学者的双重身份，保持与商业、政治、社会体制的一定距离，而寻求批评的独立意义。"[②]

媒体批评在1990年后期非常引人注目，他们经常制造话题，夺人眼球，让人误以为媒体批评就是文学批评的全部。相对来说，学院派批评就要小众得多，似乎静悄悄地在一些学术性刊物发发声而已。媒体批评和学院派批评最初基本上是两条平行线，相互交集和影响的程度非常小。20世纪90年代的文学

[①] 王利芬《无可回避的省思——记一次文学理论批评研讨会》，《文学自由谈》1992年第2期。

[②] 徐刚《末路与生机：漫谈"学院派"批评》，《长江文艺》2015年第9期。

批评还有一大特点，它被指责和诟病的程度前所未有。媒体批评的商业气息、恶俗炒作招致批评自然在情理之中，而对于强调严谨和学术的学院派批评，人们同样也不满意。对于学院派批评的指责主要是认为它远离文学现场，以及它过于呆板，卖弄知识，过于学术化和理论化，等等。说句极端的话，90年代的文学批评遭遇了大量的指责甚至是谩骂，无论这些指责和谩骂是否合理，但至少它说明人们对于文学批评现状是不满的。既然如此，为什么还要肯定90年代的文学批评呢？因为正是这些指责和谩骂能够轻易地传播开来，便证明了当时的文学批评生态环境处在一个比较好的状态中。其实在一个良好的文学批评生态系统里，没有指责和谩骂反而不正常，它应该是多种声音并存、互补的关系。指责和谩骂对于文学批评来说也不可怕，可怕的是指责和谩骂能权力结合起来构成合谋，20世纪90年代既然指责和谩骂声不断，文学批评仍能正常进行，这也说明权力并没有过度干预进来。另一方面，文学批评能否经受住指责和谩骂，也在于它自身是否足够强大。20世纪80年代的文学批评充满激情与活力，这是90年代的文学批评所不能比拟的，但必须看到，80年代的文学批评具有脆弱性的一面，它难以承受外在的打压。

努力建设一个良好的批评生态环境，以此来描述进入新世纪以来的文学批评发展趋势，也许比较恰当。所谓批评的生态环境，应该是允许不同的批评方法、批评形态共同存在，相互之间具有一种对话和互补的关系，不同的批评方法和批评形态承担着各自不同的功能，从而达到一种立体的、动态的批评效果。从建设批评生态环境的目标出发，就应该强调建设性，以建设性的思路整理文学批评，建设一个立体化的、动态的、开放的文学批评系统。

文学批评应该是分层次的，不同层次的批评完成不同的批评功能，尽管文学批评是一种高层次的精神活动，它应该服膺于真理和心灵，但它同时也要处理一系列低层次的功能，比如推广、宣传等。哈贝马斯将人类行为分为两种行为：交往行为和工具、策略行为，后者寄生于前者之上。工具、策略行为指行为人将行事当作达到某个目的的手段，它是工具理性的实践结果。而交往行为的基础是交往理性，交往理性指隐含在人类言语结构中，并由所有能言谈者共享的理性。交往理性不是以单个主体为中心的，是以知识对象化来认知的。交往理性强调真实性、正当性和真诚性。真实性是指语言的内容和语言本身都是真实的。正当性表示在道德规范上是合适的、合理的。如果听话人不认为我们说的话是真诚的、真实的和正当的，共识就很难达成。哈贝马斯区分的策略性行为与交往性行为的不同之处，他认为策略性行为是私人性的，以追逐自己利益为行动之最终诉求；交往性行为是公共性的、理性的，是摒弃私人利益考量的。他同时强调，在商业社会，策略性行为具有支配性，也是无孔不入的受哈贝马斯行动理论的启发，我以为，文学批评大致上可以分为策略性行为和交往性行为两大层次。所谓策略性行为的文学批评，是指那些人情批评、红包批评、媒体批评等，应该承认，在商业社会中这些策略性行为的文学批评有存在具有其合理性，文学作品作为文化产品要进入到商业流通渠道，这时候它就应该遵循商业社会的规则，策略性行为的文学批评就是在商业社会规则下参与到作为文化产品的文学作品的商业流通环节的。但同时必须强调，这样的文学批评只能在商业流通环节中有效，比如出现在图书商场的宣传广告上，或者出现在市场化运作的媒体上。但策略性行为的文学批评必须严格遵守其边界限定，不能在文学性批评中也采用这种策略性行为。如果一个文学批评家是这样做的话，我们就可以指责他丧失了批评伦理。哈贝马斯同时还认为，学术研究和科学研究都是属于追求精神价值和探寻真理的行为，必须以交往性行为来对待，否则，你所做的学术研究和科学研究只能是"伪学术"或"伪科学"。哈贝马斯的言论还包含着这样一层意思，在交往性行为中，行动者的言行必然是真诚的。以此来对照当下我们的文学批评，为什么在文学批评中很难进行沟通和对话，一个关键的原因，就是我们缺乏足够的真诚性。

文学批评要做到多样化，首先体现在批评方法的多样化上。方法是一种工具、一种手段，是开掘一条道路，"条条道路通罗马"，过去我们在方法论上犯的一个错误，就是把方法与意识形态等同起来，意识形态强调唯一性，那么也就只有一种方法可以相匹配。自20世纪80年代以来，文学批评最大的突破之处就是大量引进了各种新的批评方法，从而打破了社会学批评单一性的格局。现在我们仍然需要强调批评方法的多样化。一种方法就是一条道路，要把每一条道路都铺设好，批评家可以自由选择不同的道路，让每一条道路都能够使批评家更便当地接近批评的目标。谈到批评方法时，特别需要正确认识马克思主义。有人认为，强调方法的多样性，势必会否定马克思主义对文学事业的指导性。事实上，马克思主义的指导性与方法的多样性并不冲突，因为马克思主义不是一种方法，不是一种学派，而是思想原则和思想立场，这是首先要辨析清楚的。在这里也有一个处理好一元与多元的辩证关系问题。所谓一元和多元，是针对不同的层次而言的。我们必须强调我们的社会要坚持马克思主义思想的指导，这是一元化的，不能有多元的思想指导，我们的文学批评必须从马克思主义的哲学观、世界观、历史观出发，去观察问题、认识问题。但是在具体评论作品的方法上和视角上，又应该是多元和多样的。这也说明，马克思主义文论与其他批评方法应该具有一种互补关系。这一点对于中国当代文学批评来说，具有实践性的意义。但我们在这方面研究得非常不够。其次，文化批评的兴起，对文学批评的发展也起到了有力的促进。

当前尤其要强调文学批评的学理化。我更愿意把学院派批评称为学理批评，其实文学批评并不在乎是否有学院出身，而是在乎批评有没有学理。这才是批评的关键。学理批评真正体现了文学批评作为一种独立学科的批评存在方式，它需要批评者将其批评建立在某种学术立场上，以一定的理论系统作为开展批评的基础。可以毫不夸张地说，文学批评的大厦必须要靠坚实的学理批评来支撑。但学理性并不应该成为学理批评的唯一条件，而应该成为所有文学批评的追求目标，只是不同文学类型对学理性的要求不同而已。因此，加强学理性应该是当代文学批评特别需要重视的工作之一。

2020年

数十年文学批评的随想

我做文学批评也有几十年了，几十年来在文学批评的实践中，还是收获了很多的喜怒哀乐。

要说时间的话，或许最早可以追溯到20世纪70年代。那时候我在乡下当知识青年，前途渺茫。但那时候对读书仍充满极大的兴趣。我尤其喜欢论辩性的文字。当然能读到的书籍少得可怜，我侧重于读几本理论色彩很浓的马恩著作，比方《反杜林论》，还有鲁迅的书，甚至当时上海出的《学习与批判》杂志，我也是每期必会找来读的。我也试着写一些论辩性的文章，但这些文章既没有发表，也没有留下半点纸片，可以想象，那是一些多么幼稚可笑的文字。但我同时也相信，这样的经历无形中也在训练我的文学批评思维。

真正进行文学批评实践是在20世纪80年代，更具体点说，是我1983年大学毕业来到文艺报社工作后，因为工作直接与文学理论和批评发生关系，自己也不由自主地拿起了笔。从20世纪80年代开始文学批评，这对我来说也许是一种幸运。那是一个让文学理想之花激情绽放的年代，我们沐浴着80年代的文学精神一路走过来，因此一直心存对她的眷念。新时期之初人们的思想在经历了"拨乱反正"的反复较量后，头脑中的种种思想禁区逐渐被撤除，特别是随着一大批在"十七年"和"文化大革命"中被"解放"，一些在政治斗争中被定性为"毒草"的文学作品被"平反"，文学界一个相对比较宽松的政治环境不期然地到来了，从而带来了80年代文学思潮的此起彼伏。那时候，我们被各种新奇的理论所震撼，这些新奇的理论也激活了我们的大脑，各种"奇谈怪论"由此应运而生。我们聚在一起，就愿意"高谈阔论"，每一个人都有新的想法和新的见解。相聚和讨论，成了80年代的文化时尚。"沙龙"一词在当时并不流行，可那时候在我们的身边其实有着大大小小的沙龙式聚会，或者在我们的单身宿舍，或者在下班后的办公室，或者在某一个周末的郊游，或者在某次会议的间隙。我们当时还年轻，旺盛的青春荷尔蒙却甘愿挥洒在相聚和讨论上。我们讨论的话题固然从文学出发，但不时会扩散到政治、哲学与历史，而扩散开去有时就收不回来，有时又回归到了文学。我们的讨论是热烈的，有时甚至争得面红耳赤，但心态则是平等的，谁都可以反驳他人的观点，谁同时也会认真倾听他人的申辩。当然那毕竟还是乍暖还寒的时代，我们的耳边不时还会听到政治的警钟在敲响，但这并没有太多地影响到我们的相聚和讨论，在这样的小环境里，我们感受到了心灵最大的自由，思想的激情在自由地释放。现在回想起当年的场景，才体会到那种心灵的自由是一种多么难得的精神享受！说实在的，当时一波又一波的思想斗争和批判声音，加上我们身处工作岗位的特殊，让我们不得不常常绷紧思想的弦。但我们不能指望别人给你自由，因为别人给予的自由并不是真正的自由，现在看来，我们能够在当时为自己开辟出一个心灵自由的空间，实属不易，当然我们也在这个空间里真正享受到自由的愉悦。还得感谢我们那时候旺盛的青春荷尔蒙。终究还是年轻气盛，有一股初生牛犊不怕虎的劲头，更重要的是，"我们"是一个大的群体，分布在全国各地，因此在全国各地都有这种心灵自由的小空间，那时候没有QQ、没有微信、没有互联网等迅捷的交流方式，但我们仍能通过书信或电话，交流不同空间的相聚和讨论。那时我们都很珍惜出差的机会，到了某一个地方，办公事往往变成了次要的任务，首要的则是和当地的朋友接洽上，参与到当地的小空间里，在异地也来一次相聚和讨论。我要特别感谢我的批评搭档潘凯雄。我们俩曾一起从大学来到《文艺报》，在一个办公室，一起编稿，也一起参与当时热烈的文学讨论。也许有一种志同道合的感觉吧，我们常常在观点上能达成一致，于是我们成了一对"批评双打"，一起合作撰写批评文章。但潘凯雄比我更有恒心和毅力，经常是他催着我甚至逼着我动笔写文章。如果不是我的这位好伙伴的敦促，也许我就是三天打鱼，两天晒网了。好吧，那时候，常常挑灯夜战赶写文章，或者趴在资料室里翻查材料，现在想想也是顶累的活儿，但那股文学激情和理想精神，至今也不会忘记！

　　新世纪之后，我从文学报刊的岗位来到了东北的一所大学。工作的变化也带来视野的变化。过去仿佛置身于文学现场，进大学后，则可以站在岸上冷静地望海观潮。大学提供了一种相对独立的环境，我可以钻进象牙塔里做自己的学问，但《文艺报》作为当代文学的一个风眼，一个聚焦点，一个风浪的旋涡。我在此工作了一二十年，耳濡目染，使我不由自主地追随着文艺的最新动向、最新潮流，也逐渐培养起我的问题意识。正是这种问题意识，让我在大学封闭的空间里打开了一扇窗口，我觉得很有必要将文学批评与学术研究衔接起来。这使我的文学批评到达了一个新的起点。

我越来越发现，当代文学研究必须与文学批评结合在一起，文学批评能够使当代文学研究始终保持旺盛的生命力。在所有文学研究的领域中，唯有当代文学是没有终点的，这意味着当代文学具有无限的可能性。当代文学的这一特征给当代文学研究带来极大的刺激和挑战，因为你的研究对象是一个活的机体，在你的研究过程中，当代文学仍在不断地生成出新的因素。当代文学的生成功能与当代文学的研究就构成了一种张力，一方面，研究者试图左右或预示这种生成的可能性，另一方面，生成的现实又在改变或扭曲研究的方向。从这个意义上说，当代文学研究就是当代文学中的一部分，它的研究对象也就是它自身。如果把其他的文学研究如古代文学研究、现代文学研究界定为是对"他者"的研究，那么，当代文学就不完全是对"他者"的研究，而应该是一种对"自我"的研究；研究者应该在研究对象中看到自我的影子，如果研究者看不到自我的影子，那只能说明他的研究没有抓住当代文学的根本。换一个角度说，其他的文学研究是在阐释历史，顶多是在建构历史；而当代文学研究则应该是在生成历史。所以，从事当代文学研究的同仁们完全有理由为自己的选择而自豪，因为这种研究更富于创造性，它是参与到创造当代文学经典的过程之中的。当代文学研究的特征就决定了它与文学批评的密切关系。文学批评为当代文学研究提供了一个畅通无阻的绿色通道，使研究者能够时刻保持着与不断变异着的当代文学实践的联系。

当代文学批评自20世纪80年代以来可以说是风起云涌、蔚为壮观。无论是批评家阵营，还是批评方法和批评理论，与80年代初相比显然可以看到明显的进步和发展的程度之大。特别难得的是，今天的文学批评现场更加看重批评家的主体精神，更加强调批评家的独立品格。因此也就带来文学批评的丰富性和多样性，也就是说，文学批评有不同的批评个性，也有不同的批评样式。

有的是犀利尖刻的批评，但也有非常谦逊的批评；有的是充满着破坏性的批评，但同样也有具有建设性的批评，可以说这是一个批评百家争鸣的时代。百家争鸣是建设一个良好批评生态的基础，但坦率地说，文学现场一直以来并没有给百家争鸣提供一个良好的批评生态环境，究其原因是多方面的，而且从根本上说要从文学制度的改革和建设的宏观角度来考虑，才是解决问题之本。但我想对于批评家个人来说，应该认真对待文学批评的伦理问题。

每一个专业的文学批评家，首先应该恪守一些基本的文学批评伦理。那么什么是文学批评的伦理？所谓文学批评的伦理，就是指人们在批评活动中应该遵循的行为规范。这种行为规范是从文学批评的基本原则出发而设定的，是为了彰显文学批评的宗旨和目的，强调文学批评的伦理，并不是要求批评家都成为道德圣人，也不是要求批评家所写的文章都是道德文章，而是为了让文学批评能够成为真正的文学批评，是为了尽量真正减少非文学的因素，伤害到批评的实质。

从这个角度来说，提出文学批评的伦理问题，不过是要求一个专业文学批评家应该遵守伦理的底线。文学批评应该有好说好，有坏说坏，这是没有错的。但是无论是说好的批评，还是说坏的批评，都应该是一种真诚的批评，这样才会使批评具有信服力。真诚，这是文学批评家必须恪守的批评伦理。所谓真诚就是对文学批评抱有真诚的态度，是期待通过文学批评达到弘扬文学精神的目的，是要用文学批评的方式来传递真善美。因此，文学批评尽管会不留情面地揭露文学创作中的问题和缺陷，但这种揭露从根本上说是具有建设性的。

真诚，同时也就意味着批评是有一说一、言之有据的，因为真诚是和真实联系在一起的。真诚同时就还意味着善意，也就是说即使是最尖锐的批评、最刺激的言语，都是带有善意的。有人针对现在的文学批评一味地说好话，就积极倡导否定性的批评，这样的倡导一般来说也是对的，它有益于改变目前不良的批评生态，但是否定性的批评同样需要恪守文学批评的伦理，否定性的批评会很尖锐甚至刺耳，但只有你的态度是真诚的话，尖锐刺耳的话会说得在理。

而且当你抱着真诚态度进行否定性批评的时候，你也会很慎重，很严谨，你就会遵循着一个最小伤害原则，"最小伤害原则"是从美国新闻工作者的伦理规则中借用过来的。美国的职业新闻工作者协会订立了一个伦理规则，其中就有这样的话："对那些可能受到新闻报道负面影响的人表示同情。"这就是说一个职业的新闻工作者，一方面要在新闻报道中揭露社会的问题，但是他又要谨慎地注意到这种揭露不要伤害到无辜。所以他们就提出了一个"最小伤害原则"的伦理规则，最小伤害原则所强调的是一种同情心。所以真诚是跟同情心连在一起的。也就是说一个真诚的文学批评家自然是富有同情心的。

真诚在文学批评伦理中，还特别意味着面对学术的真诚，也就是要求批评家在批评实践中向内对自身的言行做出规范要求，使自己恪守真诚。哈贝马斯对人类的言行进行了分类，分类的原则是根据行为的不同性质和目的。以哈贝马斯的行动理论来处理文学批评，我以为基本上有两种行动：第一是策略性行动，第二是沟通性行动。按照哈贝马斯的解释，策略性行动是私人性的、合理的，以追逐自己利益而采取行动，是最终的诉求。沟通性行动则是公共性的，理性的，将私人利益之考量完全凭借在外。因为在商业社会中，策略性行动是支配性的，也是无孔不入的，所以在文学批评中也就难免存在着大量的策略性行动的文学批评，比方说所谓的人情批评、红包批评、媒体批评，这些都可以归结到策略性行动的文学批评。当然策略性行动在商业社会具有合理性，因为商业社会就是以追逐利益为最大原则的，文学作为文化产品自然也要进入商业流通渠道，当它以文化产品的身份出现时，它必然要遵循商业社会的规则。但这样的文学批评只能在商业流通环节中有效。比如出现在图书市场的宣传广告上，出现在市场化运作的媒体上，但如果一个文学批评家在学术性批评中也采用这种策略性行动，那就是一种严重丧失批评伦理的行为了。哈贝马斯认为，学术研究、科学研究这种追求精神价值和探寻真理的行为，必须以沟通性行动来行使，否则你所做的学术研究或者科学研究只能是伪学术、伪科学。沟通性行动首先要做到的就是行动中的言行是真诚的。今天我们的学术交流不畅通，文学批评中的对话关系很紧张，究其原因，主要还是缺乏足够的真诚性。所以谈到文学批评伦理，真诚是伦理的第一条。

转眼间我已到了人生暮年，如果我还继续从事文学批评的话，就以真诚作为对自己的告诫吧！

2020年

论当代文学批评的主体建构

文学批评的主体是进行文学批评的人。进行文学批评的人可以是不同身份的人，既有普通的读者，也有职业的批评家；既有报刊的编辑记者，也有从事学术研究的大学教授；不同的身份角色在进行文学批评时会有不同的侧重点，共同构成了文学批评的多样性。但是，对于他们来说，都有一个文学批评主体意识的确立问题。文学批评的成功有赖于文学批评主体意识的觉悟和成熟。文学批评的主体意识却有一个成长的历史过程。文学创作与文学批评是一对孪生物，伴随着文学创作的开始，就有了文学批评。鲁迅曾经是这么设想文学起源的：远古的人在原始的劳动中，为了齐心协力，有一个人发出了劳动的号子"杭育杭育"，大家跟着喊"杭育杭育"，劳动效率就提高了。鲁迅说，第一个喊"杭育杭育"的人就是最早的文学创作，他创作的文学可以称为"杭育杭育"派。鲁迅说："假如那时大家抬木头，都觉得吃力了，却想不到发表，其中有一个叫道'杭育杭育'，那么，这就是创作；大家也要佩服，应用的，这就等于出版；倘若用什么记号留存了下来，这就是文学；他当然就是作家，也是文学家，是'杭育杭育派'。"[1]鲁迅在这段话中已经提到了文学批评的雏形，这就是"大家也要佩服"中包含的意思。可以设想当时的情景：劳动之后，大家在休息时，有一个人对喊出"杭育杭育"的人竖起了大拇指，"哇呀哇呀"地夸奖他刚才的创作。这个人的行为不就是在对"杭育杭育"进行文学批评

---

[1] 鲁迅《且介亭杂文·门外文谈》，《鲁迅全集》第6卷，第96页，人民文学出版社2005年版。

吗？于是，在文学创作诞生不久之后，文学批评也诞生了。而这个人的文学批评就可以称为"哇呀哇呀"派的批评。因此人们把文学创作和文学批评比喻为文学的两翼是非常贴切的。

但是，文学批评的主体意识的形成和确立，则要比文学创作晚了很多。古希腊文学是西方文学之源头，文学创作在当时达到了相当兴旺的程度，与创作相呼应的是，文学批评活动非常活跃，也取得了非凡的成就，留下了《柏拉图文艺对话集》、亚里士多德的《诗学》等经典著作。但是，当时尽管有了诗人、剧作家以及修辞学家的称谓，却没有文学批评家的称谓，这是因为人们还没有把文学批评当成一项独立的事情来做，苏格拉底、柏拉图、亚里士多德等人对文艺作品有很多批评，但这些批评基本上是融化在他们的哲学思想体系之中。西方文学批评主体意识大约在18世纪末、19世纪初才初步确立，这个时候专门从事文艺批评的人已在社会上确立了稳固的位置，如写作《汉堡剧评》的莱辛，而且批评家们也将文学批评作为一门独立的学科来对待，提出要把"批评这门科学归纳成固定的形式"。[①]中国文学批评史可以上溯到先秦时期，但这个时期的文学批评观念还处在萌发阶段，文学批评只是寄生于先秦诸子的思想文化著作之中，以只言片语的形式呈现出来，"严格来说还没有什么正式的文学理论批评"。[②]直到魏晋南北朝时期，批评家们认识到批评家不同于作家、诗人，批评家要具备一定的条件才能从事文学批评。刘勰感叹真正理解创作用心的"知音"很难求，他说："知音其难哉！音实难知，知实难逢；逢其知音，千载其一乎！"[③]他所谓的知音指的就是文学批评家。知音其难，就在于批评家还没有明确的批评主体意识，对批评缺乏统一的标准，仅凭批评者的个人嗜好，因此就不能对文学作品做出正确的评价。他说："篇章杂沓，质文交加，知多偏好，人莫圆该。慷慨者逆声而击节，酝藉者见密而高蹈，浮慧者观绮而跃心，爱奇者闻诡而惊听。会己则嗟讽，异我则沮弃，各执一隅之解，欲拟万端之变。所谓'东向而望，不见西墙'也。"[④]他认为文学批评家应该具有博大精深的学问："凡操千曲而后晓声，观千剑而后识器；故圆照之象，务先博

---

① [美] 韦勒克《近代文学批评史》第1卷，第153页，上海译文出版社1987年版。
② 张少康《中国文学理论批评史教程》，第3页，北京大学出版社2000年版。
③ [梁] 刘勰《文心雕龙》，第267页，浙江古籍出版社2001年版。
④ [梁] 刘勰《文心雕龙》，第269—270页，浙江古籍出版社2001年版。

观。阅乔岳以形培塿，酌沧波以喻畎浍，无私于轻重，不偏于憎爱，然后能平理若衡，照辞如镜矣。"①在魏晋南北朝时期，随着文学批评主体意识的觉悟，出现了一些专门的文学批评家，产生了以刘勰的《文心雕龙》为代表的一些文学批评著作。这些文学批评家不仅具有一种主体意识的自觉，而且还把自己的文学批评事业提到"成一家之言"的高度，把他们的文学批评论述归类于对整个社会、人生看法的著述之中，即所谓的"子书"。刘勰说，他写《文心雕龙》，是"君子处世，树德建言"的表现，"岂好辩哉，不得已也"。②后人把魏晋南北朝时期称为"文的自觉"时期，这种文的自觉是与文学批评主体意识的觉悟密不可分的。

通观中西文学史，可以发现，文学批评主体意识的成熟有赖于文学发展的水平，同时也有赖于文学批评家的精神准备。精神准备包括知识准备、理论准备、艺术准备以及人格准备。俄罗斯著名文学批评家别林斯基说："批评才能是一种稀有的、因而受到崇高评价的才能；如果说，多多少少天生有一些美学感觉、能够感受美文学印象的人是寥寥可数的，你们，极度拥有这种美学感觉和这种美文学感受力的人，又该是多么少呢？"③显然，在别林斯基看来，不是随便一个人就可以成为文学批评家的，文学批评家必须具备"稀有的"才能，这种"稀有的"才能包括"美文学印象的感受力"，"用思辨来检定事实"和"对艺术的热烈的爱，严格的多方面的研究，才智的客观性"以及"不受外界诱引的本领"。别林斯赋予文学批评家这么多的条件，因此在他看来，文学批评家"担当的责任又是多么崇高"。④文学批评是一项涉及美学和科学的综合性很强的精神活动，无疑有必要对文学批评的主体提出较高的要求。尽管每一个人都可以对文学作品评头论足，但并不是每一个人都可以成为合格的文学批评家。合格的文学批评家应该有清醒、独立的主体意识，而主体意识的确立需要多方面的条件，不少文学理论家对其条件从不同方面进行了论述，有的侧重于批评家的思想能力，有的侧重于批评家的艺术感受力，有的侧重于批评家的人格魅力，有的侧重于批评家的道德操守。综合起来，大致上可以把这些

---

① [梁] 刘勰《文心雕龙》，第270页，浙江古籍出版社2001年版。
② [梁] 刘勰《文心雕龙》，第280页，浙江古籍出版社2001年版。
③ 《别林斯基选集》第1卷，第324页，上海译文出版社1979年版。
④ 《别林斯基选集》第1卷，第324—325页，上海译文出版社1979年版。

条件概括为四个方面，即：理论的积淀，感知的能力，批评的姿态，批评的立场。

一、理论积淀：批评的基石

文学批评家首先要具备较深厚的理论积淀。文学批评不同于文学创作，首先在于思维方式的不一样，文学创作建立在形象思维的基础之上，而文学批评建立在理论思维的基础之上，因此一个文学批评家如果具备了较深厚的理论积淀，也就为自己的文学批评打下了良好的基石。文学创作充满着偶然性，其必然性的意义蕴藏在偶然性之中，文学作品又是以形象来说话的，文学形象具有多重的意义指向，是多义性的；文学创作还是个人化的精神活动，是个人经验和情感的表达。文学批评家要从偶然性的迷雾后面清理出必然性的旨归，要在多义性的炫惑中确立最具说服力的解答，要从作家个人化的精神活动中寻找出与公众沟通的轨迹。而一个文学批评家要做到这一切，就需要具备良好的理论思维能力和抽象思维能力。这一点甚至与科学家面对纷繁杂乱的物质世界要从中发现内在的规律有相似之处，因此，兰色姆认为："批评一定要更加科学，或者说更加精确、更加系统化"，他甚至规定，"文艺批评一定要通过学问渊博的人坚持不渝的共同努力发展起来——就是说，批评的合适场所是在大学"，是大学中的"专业人员"。[①]也许，兰色姆认为只有大学中的教授和学者才适合当文学批评家的观点有些偏狭，但他之所以有这种偏狭的观点，是因为他认识到文学批评活动对于批评家的理论思维能力和科学思维能力有相当高的要求。

（一）理论积淀首先在于哲学思想的积淀

哲学思想是统领理论思维的灵魂。罗素说："要了解一个时代或一个民族，我们必须了解它的哲学。"[②]文学批评是一种理论性很强的精神活动，同样需要哲学思想的引领。因此别林斯基说："批评是哲学意识。"在文学批评的初创阶段，文学批评家还没有确立起自己的主体意识，承担文学批评的多半都是当时有影响的哲学家，如古希腊罗马时期的柏拉图、亚里士多德，中

---

① ［美］约·克·兰色姆《批评公司》，见［英］戴维·洛奇编《二十世纪文学评论》（上册），第385页，上海译文出版社1987年版。
② ［英］罗素《西方哲学史》，第12页，商务印书馆2005年版。

国先秦时期的孔子、孟子等。在文学批评成为一门独立的学科，批评家普遍确立了主体意识之后，哲学思想在文学批评中的作用不是减弱了而是更加突出了。因为哲学是关于世界观的理论，是研究自然、社会和思维的普遍规律的科学，批评家哲学思想积淀的深度和厚度直接影响到批评家的文艺观和方法论的确立，使批评家具有超凡的理解力、思辨力和判断力，从而能够对文学作品中的人生经验上升到哲学的高度，阐发其精神价值。许多有深刻造诣的文学批评家，无不得益于他们深厚的哲学思想积淀。从文学史看，有成就的文学理论家往往也是出色的文学批评家，不少文学理论家的理论建树正是在批评实践中完成的。像莱辛的《汉堡剧评》既是具体的戏剧批评，又是宏观的戏剧理论，莱辛通过具体的批评，为18世纪德国市民阶级民族戏剧做了坚实的理论奠基。著名的文学批评家韦勒克对黑格尔、康德等哲学家的哲学思想有着深入的研究，他们的哲学思想精髓为韦勒克的批评实践提供了强大的思想武器，韦勒克从而开拓了自己的批评视野。他抓住康德美学体系中的核心之一——想象力，拓展了自己的批评理论，他因此在批评中强调对文学的想象性因素的关注，通过对文学想象性因素的充分阐释，他从而深刻论述了文学文本的符号性与形象性等特征。韦勒克在思维方式上有效吸收了黑格尔的辩证法，提出了一种深入浅出与浅入深出相结合的客观论证的批评方法。他在《近代文学批评史》中论述弗·威·贝特森的文学批评观念与实绩时，就指出"贝特森未曾理解黑格尔辩证法的主要观念，否则是有可能避免那种片面的与人为的建构的"。韦勒克本人在批评实践中自觉运用辩证法观念去分析文本，使其批评具有深邃的整体意识和综合的系统视域，在对诸种对立因素逐一分析与取舍之后，建立起自己的、令人信服的观点。有没有哲学思想的深厚积淀，是区分文学批评高下的重要因素。缺乏哲学思想积淀的文学批评家顶多对文学作品的事实进行概括、描述和介绍，而具有哲学思想积淀的文学批评家就能从文学作品的事实上升到哲学认识，洞察文学作品中蕴含的思想见解和精神价值，也使得文学批评自身充满着智慧的魅力。因此，克罗齐强调："批评家不是工匠加乎于艺术作品，而是哲学家加乎于艺术作品。"[1]20世纪以来，文学批评更加趋向于哲学化、理论化。许多现代的思

---

[1] ［意］克罗齐《美学原理·美学纲要》，第280页，外国文学出版社1983年版。

想家都以文学批评和文学研究作为入口，来建树自己的理论体系。美国文学批评家莫瑞—克里格描述说："作为一种知识形态，而不是仅仅作为我们与文学的情感遭遇的具体描述，文学批评必须理论化。"正是这种理论化的批评使得"理论的作用业已深化和广泛"。[1]通观20世纪以来的理论家，如德里达、伊格尔顿、杰姆逊、罗兰·巴尔特等，都是重要的批评家，他们的理论往往是通过批评实践建构起来的。著名现代派诗人艾略特也是一位卓越的批评家，他对文学批评的看法代表了这一趋势。他说："我想文学批评是一种思想体系，它是为着去探寻诗歌是什么，诗歌的用途是什么，诗歌满足什么欲望，为什么要写它、读它和背它；并且要在自觉或不自觉地认为我们已经知道以上这些问题的答案的前提下，对实际的诗歌进行评价。"[2]

（二）文学批评家要通过丰厚的理论积淀来培养自己的思辨性想象力

文学批评家要有深厚的哲学思想修养，但文学批评家不等同于哲学家，哲学家直接面对理论术语和概念，而文学批评家所面对的是首先诉诸感官的文学形象，文学形象蕴含着哲学意义和思想意义，但其哲学意义和思想意义不是以概念和理论的方式直接呈现出来的，而是深藏在形象的里面，因此，文学批评家就不能像哲学家或思想家讨论哲学问题或理论问题那样直接从概念到概念的论证和阐释。文学批评必须借助思辨性想象力。当文学批评家以丰厚的哲学思想积淀进入到文学批评活动之中时，他的思辨性想象力就会特别发达，这种思辨性想象力就能帮助他对批评对象的形象化、意象化的符号进行理论化的组接，揭示出形象的意义内涵。沃尔夫冈·凯塞尔将这种思辨性想象力形象地比喻为文学批评家在表演自己是如何使用理论武器的，他说，文学批评家"对读者稍微表演一下理论武器的使用，似乎是必要的"。[3]文学批评家运用思辨性想象力，就能在感性与理性之间搭起一座桥梁，从文学作品中的一系列感性的形象中推演出合乎逻辑的思想结论。著名哲学家海德格尔对画家凡·高的油画

---

[1] ［美］莫瑞—克里格《批评旅途：六十年代之后》，第226页，中国社会科学出版社1998年版。

[2] 刘若愚《中国的文学理论》"绪论"，见《新概念新方法新探索——当代西方比较文学论文文选》，第141页，漓江出版社1987年版。

[3] ［瑞士］沃尔夫冈·凯塞尔《语言的艺术作品》，第11页，上海译文出版社1984年版。

《农鞋》所做的艺术批评成为一个展开思辨性想象力的典范。海德格尔是这样阐释油画《农鞋》的:"从鞋具磨损的内部,那黑洞洞的敞口中,凝聚着劳动步履的艰辛。聚积在硬邦邦、沉甸甸的破旧农鞋里的,是那永远在料峭寒风中、在一望无际的单调田垄坚韧和滞缓的步履。鞋帮上沾着湿润而肥沃的泥土。暮色降临,这双鞋底在田野小径上踽踽而行。在这鞋具里,回响着大地的无声召唤,显示着大地对成熟谷物的宁静馈赠,表征着大地在冬闲的荒芜田野里朦胧的冬眠。这器具浸透着对面包的稳靠性无怨无艾的焦虑,以及那战胜了贫困的无言喜悦,隐含着分娩阵痛时的哆嗦,死亡逼近时的战栗。这器具属于大地,它在农妇的世界里得到保存。""借助于这种稳靠性,农妇通过这个器具存在(指农鞋)而被置入大地的无声召唤之中;借助于器具存在的稳靠性,农妇才对自己的世界有了把握。世界和大地为她而在此,也为与她相随以她的方式存在的人们而在此,只是这样在此存在:在器具存在中。"①凡·高油画中的这双非常具象化的农鞋直接作用于海德格尔的视觉感官,海德格尔又将这种视觉的感性印象转化为一种理性认识,并在此基础上展开丰富的思辨性的想象。他不仅从农鞋想象到具体的农家生活场景,更从农鞋想象到鞋具与农民生命的粘连,从农鞋踩踏在大地上的情景想象到农民与大地之间的关系,想象到稳靠性和焦虑等哲学的命题。

(三)文学批评家还要通过丰厚的理论积淀来培养自己的从感性形象到理性意义的还原能力

文学作品的复杂性就在于其精神内涵不是直接诉诸语言文字的表层,而是蕴含在由作家塑造的文学形象中,作家将自己对世界和人生的认知以及生活阅历所积累起来的经验,寄寓在文学形象之中。文学形象首先作用于人的感性,引起意志和情感的活动,在这种意志和情感的活动中,逐渐领会作家所寄寓的思想意义。欣赏文学作品因此也需要具备一种还原能力,能将渗透在感性化的、具象化的文学形象中的理性内容还原出来,从而理解文学作品的意义。法国美学家杜夫海纳是这样解释文学批评家的还原能力的:"公众没有批评家在行,单靠他们自己的才智是不可能理解作品的。作品——这里仅限于文学作品——是为了被理解的:它有一种意义,但这种意义可能是不明确的或隐蔽

---

① [德]海德格尔《艺术作品的本源》,第18—19页,上海译文出版社2004年第1版。

的,这就由批评家去辨认,去翻译成更清楚的语言,使之能被公众掌握。"[1]杜夫海纳在这里将批评家的还原能力解释成"辨认"和"翻译",其关键性就在于,文学作品的意义是"不明确的或隐蔽的",是需要通过合乎逻辑和事理的途径将其意义彰显出来。每一个读者在阅读文学作品时要去理解作家的意图,他实际上也是在做还原的工作。但文学批评家应该比普通读者技高一筹,能够将这种还原工作做得更为彻底。这就有赖于批评家的理论积淀更为深厚。还原能力也是批评家的理论经验与文学作品中的内在意义的一种沟通和呼应,所以弗莱说:"那种用'洞悉生活'字样形容的文学批评,也即从文学作品中发现对于自己经验具有特别重要意义的东西,也许是文学批评能够获得的最易于显示它所研究的作品的手段了。"[2]另外,批评家依据自己的理论目标,对文学作品的还原就会有所侧重。比方说,依重社会学的批评家。

(四)文学批评家还要通过丰厚的理论积淀来培养自己的实证能力

文学作品指涉社会人生,穿越历史宇宙,从认识论的角度来看,文学是对现实存在的反映,文学作品的精神价值和意蕴都与它所反映的对象有密切关系,文学批评家面对文学作品就无异于面对一个丰富广袤的世界,因此文学批评家需要有渊博的知识和学问,才能从认识论的基础上把握文学作品与客观世界的关系,揭示其认识价值。另一方面,批评家要把握文学作品丰富内容与社会、历史的对应关系,又必须做大量细致的实证工作,使自己的判断建立在广博材料的基础之上。兰色姆因此认为,在文学批评中,"几乎所有的论题都需要做一些艰苦的调查事实的工作,但每一个问题又要求非常特定的事实材料。"[3]在中外文学批评史上,凡是大批评家往往都是大学问家。刘勰、李贽、王国维等,仅从他们的理论批评著作即可见其学识之渊博。俄国的革命民主主义批评家车尔尼雪夫斯基出身于书香门第,家里藏书很多,在童年时代就读了大量俄国及世界各国的文学名著,读了许多历史、地理和其他科学著作,学习了拉丁、希腊、法、德、英各种语言,并常同伙伴们在伏尔加河沿岸漫游,积

---

[1] [法]杜夫海纳《美学与哲学》,第8页,中国社会科学出版社1985年版。
[2] [加]弗莱《诺思洛普·弗莱文论选集》,第29页,中国社会科学出版社1997年版。
[3] [美]约·克·兰色姆《批评公司》,见[英]戴维·洛奇编:《二十世纪文学评论》(上册),第397页,上海译文出版社1987年版。

累了丰富的生活知识，后来又在大学里博览群书，深入研究学问。没有这样的知识积累，车尔尼雪夫斯基后来不可能写出那么著名的美学著作和批评著作。法国19世纪的著名批评家丹纳，自幼博闻强记，中学时代文理各科都名列第一，在国立高等师范毕业后，又在医科学校学过生理学。他除了长期与书本打交道外，还漫游英、比、荷、意、德诸国，广泛搜集材料。他不仅长于希腊文、拉丁文，而且很早就精通英文、意大利文、德文。没有深厚的知识基础，丹纳不可能建立自己完整的种族、环境、时代三要素的学说，不可能把文学批评这门科学向前推进一大步。为什么知识对于文学批评非常重要呢？因为文学作为一种精神活动，反映了作家对于世界和人生的体验和把握，包含着丰富的社会内容。恩格斯评价巴尔扎克的《人间喜剧》时就充分肯定了作品内容的丰富性，人们从这些作品中能够学习到丰富的知识，恩格斯承认他从巴尔扎克的《人间喜剧》中就学到了很多东西。他说，《人间喜剧》"汇集了法国社会的全部历史，我从这里，甚至在经济细节方面（如革命后动产和不动产的重新分配）所学到的东西，也要比从当时所有职业的历史学家、经济学家和统计学家那里学到的全部东西还要多"。[①]恩格斯的评价也证实了在批评巴尔扎克的《人间喜剧》时实证能力的重要性。因为，批评家如果在知识方面没有相应的准备，没有对作品中的相关知识进行实证研究，就会面对丰富的知识内容而茫然，不知所云。文学批评家要理解文学作品的丰富内涵，不仅是一个知识准备的问题，也是一个人生经验积累的问题。因为文学形象浸透了作者的人生体验和感悟，没有相应的人生体验，就难以体会到作者所传达出的酸甜苦辣。元代的诗评家吴师道谈到生活阅历对他读杜甫《兵车行》的影响。年轻的时候他读到"长者虽有问，役夫敢伸恨？"这两句时，觉得诗句很寻常，"不过以为漫语而已"。但他"更事之余"，也不是说有了丰富的生活阅历之后，也经历过世事炎凉、感受到社会的贫富不均、权贵嘴脸之后，就真正体会到这两句诗的深刻性和真实性："盖赋敛之苛，贪暴之苦，非无访察之司，陈诉之令，而言之未必见理，或反得害。不然，虽幸复伸，而异时疾怒报复之祸尤酷，此民之所以不敢言也。'虽'字、'敢'字，曲尽事情。"[②]文学批评家的实证能力还表现在

---

① 恩格斯《致玛·哈克纳斯》，《马克思恩格斯选集》第4卷，第684页，人民出版社1995年版。

② ［元］吴师道《吴礼部诗话》，《历代诗话续编》，第614页，中华书局1983年版。

批评家能够将批评对象放置在更为广博的社会和历史环境中加以考察，在历史沿革和承续的过程中把握批评对象的个性和价值。英国批评家约翰逊说："为了对一位作家的才华和长处做出实事求是的评价，考察一下他那个时代的天才和他同时代人的各种看法总是必要的。"[①]约翰逊所说的"考察"就是最基本的实证方法，这不仅依赖于批评家的学识，而且需要批评家付出艰辛细致的努力。认真负责的批评家为了廓清批评对象的知识谱系，就会收集大量的资料，进行比较分析。

（五）文学批评家的理论积淀最终决定了批评家的思想创造力

文学批评与文学创作一样，也是一种创造性的精神活动，所不同的是，文学创作侧重于感性的和形象的创造，而文学批评侧重于理性的和思想的创造。文学批评家应该具有旺盛的思想创造力。思想创造力首先是由人的天性所决定的，缺乏理论积淀的文学批评家在进行文学批评时，只能停留在复述归纳作品内容或简单分析评判的层面，这样的文学批评虽然对于一般读者理解文学作品有所帮助，但并不能为文学大厦提供有效的资源。著名作家福克纳曾经嘲讽过文学批评家，他说："评论家其实也无非是想写句'吉劳埃（二战期间美国兵的代名词）到此一游'而已。他所起的作用绝不是为了艺术家。艺术家可要高出评论家一等，因为艺术家写出来的作品可以感动评论家，而评论家写出来的文章感动得了别人，可就是感动不了艺术家。"[②]其实，福克纳所嘲讽的文学批评不过是那种缺乏创造力的文学批评。而像巴赫金针对陀思妥耶夫斯基的小说所进行的文学批评，就是充满了思想创造力的批评，它不仅应该能够感动艺术家，而且也会影响到艺术家的创作。可以说，最高境界的文学批评就是富有思想创造力的批评。法国文学批评家蒂博代将文学批评分为三种类型，即自发的批评、职业的批评和大师的批评，虽然不同类型的批评其功能和特点不同，它们在不同的场合发挥着不同的作用，但在蒂博代的心目中，创造才是批评最终的目的，所以他说："给予一位大批评家的最高赞誉是说批评在他手中真正成为一种创造。""一个伟大的批评家和一个平庸的批评家之间的区别在于，前者能够给这些重要的概念以生命，能够用呼吸托起它们，并时而通过雄辩，时而

---

① [美]韦勒克：《近代文学批评史》第1卷，第139页，上海译文出版社1987年版。
② 《"冰山"理论：对话与潜对话》上册，第105—106页，工人出版社1987年版。

通过精神，时而通过风格，给它们注入一种活力，而对后者来说，这些概念始终是没有生气的技术概念，总之，不过是概念而已。哪里有风格、独创性、强烈而富于感染力的真诚，哪里就有创造。"①蒂博代认为，文学批评家的创造是与作家的创造相关联的，是继续着作家在文学作品所进行的创造，批评家的创造首先要建立在发现和理解作家的创造的基础之上。在蒂博代看来，文学批评家应该具备作家相同的创造才能，能够在某些方面与作家达成一致。他说："真正的创造的批评，真正与天才的创造一致的批评，在于孕育天才。"②这段充满哲理性的话中应该包含着这样一层意思，文学的永久魅力是由作家和批评家共同创造出来的。英国文学批评家阿诺德对批评的思想创造力有着十分精当的阐述，他说："它最后可能在理智的世界中造成一个局势，使创造力能加以利用。它可能建立一个思想秩序，后者即使并不是绝对真实的话，却也比它所取而代之的东西真实一些；它有可能使最好的思想占了优势。没有多少时候，这些新思想便伸入社会，因为接触到真理，也就接触到人生，到处都有激动和成长；从这种激动和成长中，文学的创造时代便到来了。"③阿诺德的预言在他身后的一个世纪成为现实，文学批评不再是创作的附庸，而成为思想史和文化史的创造者，在这个过程中，文学批评家的思想创造力得到了充分的展现。正是依赖于文学批评家强大的思想创造力，才开启了一个文学批评理论化，文学理论批评化的新时代。

二、感知能力：批评的素养

文学批评尽管是一种认识和判断的精神活动，需要有理论思维的能力，但它又不同于一般的认识和判断，它与艺术欣赏和价值判断相关联，是一种涉及人的意志和情感的精神活动。英国狂飙突进运动的主将赫尔德出于对文学创作的切身经验，对文学批评的认识也抓住了本质，他认为："批评主要是一个达

---

① [法] 蒂博代《六说文学批评》，第196—197页，生活·读书·新知三联书店2002年版。
② [法] 蒂博代《六说文学批评》，第205页，生活·读书·新知三联书店2002年版。
③ [英] 阿诺德《当代批评的功能》，《西方文论选》（下卷），第77页，人民文学出版社1964年版。

到移情、同化和产生某种直觉的非理性的东西的过程。"①也就是说，作为文学作品，它不完全是理性思维的产物，文学创作过程包含着大量的直觉的非理性的东西，作为文学批评家，要真正进入文学作品中，也需要以作家的思维方式，通过移情、同化等感性的方式去领悟文学作品。这些感性的方式涉及艺术感知力。因此，文学批评家单纯具有理论积淀还不够，还必须具备良好的艺术感知力。艺术感知力是人类天生具备的一种感受世界的特殊能力，是以人的感官接受外界的美，只是每一个人的程度大小不一，另外，艺术感知力是一种潜在的能力，需要后天通过文化的刺激才能得以开发。作家艺术家往往都在艺术感知力上超过平常人，因为文学艺术创作是靠艺术感知力完成的。同样，每一个读者要有一定的艺术感知力才能欣赏文学作品。文学欣赏是一种通过艺术感知力接受文学形象中的艺术信息并引发思想感情反应、获得审美享受的精神活动。文学作品只对具有艺术感知力的读者来说才具有实在的意义，因为在一个完全缺乏艺术感知力的读者的眼里，文学作品只是一些语言文字的组合而已，他只能接收到文字本身传达出的固定的意思，却无法感知作家通过语言文字塑造出的文学形象。德国哲学家费尔巴哈曾经说过："如果你对于音乐没有欣赏力，没有感情，那么你听到最美的音乐，也只是像听到耳边吹过的风，或者脚下流过的水一样。"②马克思非常赞同费尔巴哈的观点，在《1844年经济学——哲学手稿》中，马克思把有音乐感的耳朵、能感受形式美的眼睛这类审美感觉称为"能感受人的快乐和确证自己是属人的本质力量的感觉"，认为"只有音乐才激起人的音乐感；对于没有音乐感的耳朵来说，最美的音乐毫无意义，不是对象"。③由此，他特别强调提高艺术修养对于艺术接受的重要性："如果你想得到艺术的享受，那你就必须是一个有艺术修养的人。"④马克思虽然论述的是音乐、美术等艺术欣赏，但同样通用于文学欣赏，因为文学欣赏与艺术欣赏从本质上说是同一种精神活动，只不过所使用的媒介不同而已，音乐的媒介是声音构成的旋律、节奏等，美术的媒介是色彩、线条等与视觉有关的东

---

① [美] 韦勒克《近代文学批评史》第1卷，第244页，上海译文出版社1987年版。
② [德] 费尔巴哈《基督教的本质》，《十八世纪末—十九世纪初德国哲学》，第551页，商务印书馆1975年版。
③ 马克思《1844年经济学哲学手稿》，第87页，人民出版社2000年版。
④ 《马克思恩格斯全集》第42卷，第155页，人民出版社1979年版。

西，而文学的媒介则是人们用以表达思想的语言文字。对于文学阅读来说，人们实际上在同时进行两种信息的接受工作：一是接受文字表层的含义，一是接受作品的文学意蕴。接受文字本身传达出的固定的意思是一种理性思维，是一种知识判断，只与一个人的知识水平有关。而由作家所塑造的文学形象，虽然使用的工具仍然是语言文字，但文学形象所蕴含的内容远远大于语言文字本身所表达的固定意思，作家凭借艺术的想象力赋予语言文字特殊的韵味和色彩，因此文学形象诉诸读者的意志和情感，直接抵达读者的心灵。而这一过程主要是靠艺术感知力来完成的。作家萧乾曾这样描述文学形象与语言文字之间的关系：" 在文学作品中，文字是天然含蓄的东西。无论多么明显地写出，后面总还跟着谁的东西：也许是一种口气，也许是一片情感。即就字面说，它们也只是一根根的线，后面牵动着无穷的经验。"[1]读者同样要通过语言文字才能接受到作家所塑造的文学形象，但在语言文字和文学形象之间有着一层屏障，读者只有依靠艺术感知力才能越过这层屏障，否则他就只能理解语言文字本身的固定意思，而感受不到文学形象所蕴含的韵味和色彩。这一阅读过程就是文学欣赏的过程，文学欣赏是建立在艺术感知力的基础之上的。文学批评的对象是作家通过语言文字塑造出来的文学形象，因此，文学批评首先是一种文学欣赏的活动，文学批评家要通过文学欣赏的环节才能进入到文学批评。这就要求文学批评家不仅要具备艺术感知力，而且必须比一般的读者在艺术感知力方面显得更全面更强大。

（一）文学批评家的艺术感知力特别表现在对语言的领悟力和联想力上

艺术感知力是人对自身感官能力的开发。绘画和书法直接关联着视觉感官能力，音乐直接关联着听觉感官能力。文学是语言的艺术，语言不仅表达人的思想，也能够塑造虚拟的形象，人们通过思维的想象力去感知语言所塑造的形象。这是一个复杂的精神活动过程，作家正是借助这种想象力营造起一个形象的文学世界。这种思维的想象力调动起人的各种感觉功能，并且让各种感觉功能互相沟通，以语言的方式凝聚起来，再现各种感官刺激下所产生的情感和心理过程。法国诗人波德莱尔曾把诗歌艺术殿堂比作自然界中的大森林，在这个大森林里，能感受到视觉、听觉、嗅觉、味觉、触觉等不同的效果，达到色、

---

[1]《萧乾选集》第4卷，四川人民出版社1984年版。

香、味、声和形的和谐与默契。钱锺书将语言的这种特点称为"通感"。钱锺书解释说:"在日常经验里,视觉、听觉、触觉、嗅觉等等往往可以彼此打通或交通,眼、耳、鼻、身各个官能的领域可以不分界限。颜色似乎会有温度,声音似乎会有形象,冷暖似乎会有重量。诸如此类在普通语言里就流露不少。譬如我们说'光亮',也说'响亮',把形容光辉的'亮'字转移到声响上面,就仿佛视觉和听觉在这一点上无分彼此。"[1]通感可以说是人的艺术感知力在语言上的综合表现,通感在其他艺术形式中也会发生作用,但在文学作品中,通感构成了艺术感知的基础,这也是文学与其他艺术相区别的重要方面。钱锺书举到了古代诗歌中使用通感的两个典型例子:一是宋祁《玉楼春》词中的名句"红杏枝头春意闹",一是苏轼《夜行观星》中的一句"小星闹若沸",认为诗人用"闹"字,"是想把事物的无声的姿态描摹成好像有声音,表示他们在视觉里仿佛获得了听觉的感受。用现代心理学或语言学的术语来说,这两句都是'通感(Synaesthesia)'或'感觉移借'的例子。"[2]这样一种修辞方式在古典诗歌中运用得相当普遍,给诗歌营造出特别的意境。通感不仅表现在中国诗歌中,在西方的诗歌中同样经常出现。钱锺书指出,在古希腊的大诗人和大悲剧家的作品里这类词句就不少,他列举了荷马的一句采用通感的诗"树上的知了泼泻下来百合花似的声音",因为这句诗巧妙地采用通感的表现方式,为我们营造出一种复杂的审美意象,使得许多翻译者对这句诗踌躇难于下笔,他们找不到合适的对应诗句来呈现这种意象。通感现象早就存在于诗歌创作之中,令钱锺书感到奇怪的是,"亚里士多德虽然在心理学里提到通感,而在《修辞学》里却只字不谈。这不能不说是那位系统周密的思想家的一个小小疏漏"。[3]

通感是艺术感知力在文学上的重要表现方式,它尤其需要通过文化的熏陶来加强。马克思说过这样的意思:人的所有的艺术感觉都是人类文明历史造就的,他说:"五官感觉的形成是迄今为止全部世界历史的产物。"[4]通感的能力是五官感觉的融会贯通,是建立在对语言的联想和转喻的基础之上的,尤其需要文化的积累和训练。因此有些人尽管在艺术的某个门类具有超凡的

---

[1] 钱锺书《通感》,《文学评论》1962年第1期,第13页。
[2] 钱锺书《通感》,《文学评论》1962年第1期,第14页。
[3] 钱锺书《通感》,《文学评论》1962年第1期,第16页。
[4] 马克思《1844年经济学哲学手稿》,第87页,人民出版社2000年版。

艺术感知力，若对通感缺乏领悟的话，也很可能欣赏不到文学独特的魅力。仍以"红杏枝头春意闹"这句诗为例，明代的一位戏曲艺术家李渔就认为这句诗中的"闹"字是一大败笔。他的理由是："争斗有声之谓闹。桃李争春则有之，红杏闹春，予实未之见也。'闹'字可用，则'吵'字、'斗'字、'打'字皆可用矣……予谓'闹'字极粗俗，且听不如耳。非但不可加于此句，并不当见之诗词。"显然，李渔对"闹"的理解是从戏曲的艺术欣赏方式出发，将"闹"字完全拘泥于听觉感受，而关闭了不同艺术感觉之间的沟通渠道，就领会不到"闹"所造成的"形容其花之盛（繁）"的意境。而另一位诗人、清代的美学家王国维对这句诗的意境大为赞赏，他说："着一'闹'字境界全出。"因此，通感是文学批评家把握文字语言的审美内涵的重要途径。萧乾将这种能力解释为"善读"，他说："书评家应把'善读'的艺术视为基本的工作。'善读'首先就要具备良好的语言感受力。在文学作品中，文字是天然含蓄的东西，无论多么明显地写出，后面总是跟着一点别的东西：也许是一种口气，也许是一片情感。即就字面说，它们也只是一根根的线，后面牵动着无穷的经验。"

艺术感知力往往通过直觉的方式表现出来。直觉是人类把握世界的一种特殊方式，是人类对外部世界或内在心灵的一种直接认知的能力。直觉所包含的汉语语义恰如其分地表达了这一哲学概念的内涵，它包含着"直观""觉察"和"觉悟"三个汉语词汇的语义，这三个汉语词汇的三重意义基本上就构成了"直觉"的内涵。直觉会发生在人们的各种认知活动之中，而对于文学批评而言，主要是指艺术直觉的能力。艺术直觉执着于对象的感性外观，关注人类生存的境遇，渗透了浓郁的情感，超越了对事物的反映或反应，趋向于人生的诗意境界；艺术直觉具有深刻性、瞬间性、潜意识性诸特点，是直观、理解和想象有机结合的产物。[①]文学创作离不开艺术直觉，作家就是凭借直觉才能将感性、理性和情感有机地黏合在一起，构成一个整体性的文学形象的。俄国作家果戈理形象地描述了创作过程中如何依重直觉的，他说："我绝不是根据什么推论或结论来认识你的灵魂，因为上帝把听取灵魂的美丽的感觉放在我的灵魂

[①] 胡家祥《艺术直觉纵横观》，《江汉论坛》2007年第12期。

里了。"①文学批评家同样需要具有灵敏的艺术直觉，他的艺术直觉不是用来创造文学形象的，而是用来把握文学形象的。美国批评家迪克斯坦就非常强调直觉在文学批评中的作用，他说："我们的直觉比依然扎根于昔日的教条之中的美学强得多，批评的功能就是质询这种感觉，把它变成一种新的范畴，变成一种新的美学。拙劣的批评编造聪明的理论，出色的批评则为出人意料的直觉提供根据。"②

（二）艺术感知力使文学批评家把文学作品当成一个艺术整体来对待

法国批评家泰纳在谈到莎士比亚时说："他是整块整块地想，而我们却是零零碎碎地思考。"③也就是说，批评家面对批评对象时，首先是启动了艺术感知力，感应到作家所构建的艺术世界，这种感应是整体性的效应，从而避免了对批评对象做纯理性的技术分析。在文艺心理学中，一般把这种把握文学作品的过程称为直觉的心理活动。苏联美学家卡冈曾以音乐作品为例描述了这种直觉的过程："只有运用直觉的认识，在理智和感悟的机制共同平衡地发挥作用的情况下，才能真正地掌握作品的含义，要是感情和理智的机制互相排斥，相互闹独立性，艺术知觉马上就会遭到破坏，要么变为该作品结构的纯理性的、音乐学的分析，要么变为悦耳或者不悦耳的和音和节奏的纯生理效果的反应。"④阅读文学作品同样是这样，有些文学批评家由于缺乏艺术感知力，感受不到作品的文学意蕴，就无法从整体上去把握文学作品。艾略特说："诗人，任何艺术的艺术家，谁也不能单独地具有完全的意义。他的重要性以及我们对他的鉴赏就是鉴赏对他和以往诗人以及艺术家的关系。你不能把他单独地评价；你得把他放在前人之间来对照、来比较……现存艺术经典本身就构成一个理想的秩序，这个秩序由于新的（真正新的）作品被介绍进来而发生变化。这个已成的秩序在新作品出现以前本是完整的，加入新花样之后要继续保持完整，整个秩序就必须改变一下，即使改变得很小；因此每件艺术作品对于整体

---

① [苏] 魏列萨耶夫《果戈理是怎样写作的》，第72页，天津人民出版社1980年版。
② [美] 迪克斯坦：《伊甸园之门：六十年代的美国文化》，第236页，译林出版社2007年版。
③ [德] 玛克斯·德索《美学与艺术理论》，第183页，中国社会科学出版社1987年版。
④ [苏] 卡冈《卡冈美学教程》，第464页，北京大学出版社1990年版。

的关系、比例和价值就重新调整了；这就是新与旧的适应。"①

（三）文学批评家的艺术感知力能够接应上理性思维

文学批评家的艺术感知力特别表现在对文学作品中的艺术创新的敏感度上。出于批评的需要，文学批评家的艺术感知力并不是用于创造艺术形象上，而是使自己在批评过程中具有一只灵敏的鼻子，能够嗅到作家们在艺术上的提供的新质，并对这种艺术新质加以总结概括。批评家通过对艺术新质的及时发现，丰富和发展的文学观念。因此美国批评家艾布拉姆斯说："文学上凡有创新，几乎无一例外地会相应地出现批评新观念；有时正是这些新观念的不完善之处，使得相应的文学业绩别具一格。"②

杜勃罗留波夫曾嘲讽过缺乏艺术感知力的批评家，说他们"只会拿死气沉沉的理想以及抽象性去麻痹生活。当一个人看到一个美妙的女人，就忽然饶舌说，她的身段不像米罗的维纳斯一样，嘴的轮廓不及美提契的维纳斯漂亮，眼神也缺少我们从拉斐尔圣母像上发现的表情，等等。你说，对这种人你怎么想呢？像这一类先生所做的一切议论和比较，也许十分公平，十分机智，可是他们要得出什么结果呢？他们有没有向你说明，他谈到的那个女人，本身是不是漂亮呢？"③如果片面理解杜勃罗留波夫的话，就以为批评家不应该以"米罗的维纳斯""美提契的维纳斯"等这样的审美理想去要求批评对象。实际上这个批评家的问题不是出在他的"理想以及抽象性"上，而是出在他对那个美妙的女人"本身是不是漂亮"毫无感觉。杜勃罗留波夫的观点指出了一个基本事实：批评家首先是审美主体，然后才能进行审美的批评，由艺术感知进入到理性判断。

文学批评家的艺术感知力不同于一般读者的艺术感知力，甚至也不同于作家的艺术感知力，就在于文学批评家的艺术感知力能够接应上理性思维。审美反应毕竟不过是一种自发的和捉摸不定的感应，它没有固定的形式和范围，很难直接用理性的话语对之加以限定和表达。批评家所要做的事情恰恰是要将这种自发的和捉摸不定的艺术感受转化为理性的话语，从理性上加以总结和概

---

① ［英］戴维·约翰·洛奇编《二十世纪文学评论》，第130—131页，上海译文出版社1987年版。

② ［美］艾布拉姆斯《镜与灯——浪漫主义文论及批评传统》，第4页，北京大学出版社1989年版。

③《杜勃罗留波夫选集》第2卷，第352页，上海文艺出版社1959年版。

括。法国文学理论家托多罗夫将这种能力称之为平衡的能力,他说:"批评就是在对事物的忠实与系统的关联,'对作品的感受与推理能力'之间寻求一种平衡。"[1]蒂博代区分了批评家和作家艺术家的不同,他说:"批评只有把创造服务于智慧,而不是像艺术家那样把智慧服务于创造,才能得以继续它的存在。"[2]蒂博代这里所说的创造,显然是文学形象和艺术形象的创造,这种创造是凭借艺术感知力完成的,但这些创造背后又凝聚着作家艺术家的"智慧",即他们对世界的理性认识。批评家同样也需要艺术感知力去感知这些创造,但批评家的目的不在创造本身,而是通过这些创造回到"智慧",即对世界的理性认识。陀思妥耶夫斯基的小说在艺术形式上有着很突出的创新,他突破了"基本上属于独白型(单旋律)的已经定型的欧洲小说模式",创造出一个"复调世界",这种新颖的叙述方式给人们带来耳目一新的感觉。巴赫金以其敏锐的艺术感知力把握到了这个"复调世界",但他并没有停留在艺术感知层面,而是上升到理性思维,从而提出了以"对话""复调""狂欢"为核心概念的新颖独到的小说理论。

三、话语交流:批评的姿态

文学批评与文学创作相伴相随,共同建造了一座文学的辉煌殿堂。在这个过程中,人们也在探询文学批评所起的作用和功能,这种探询尤其是从初步确立起文学批评的主体意识后,就从来没有间断过。文学批评的作用和功能显然不可能是单一的,但文学批评家会侧重于发挥文学批评的某一方面的作用和功能,这取决于文学批评家的批评姿态。文学批评被视为文学创作的孪生物,但在文学的童年阶段,文学批评与文学创作之间大概是处在对立和对峙的状态之中的。这与人们对文学批评的认识有关。在人类创建文明的初期,人类的身边充斥着大量的未知世界,需要智慧的人去进行判断,做出结论。认知是当时人类最主要的思维活动。而对人们的每一项认知结果都需要经过检验,以确证其正确性,在检验过程中就产生了批评。只要看看古希腊和中国先秦时期留下的

---

[1] [法]托多罗夫《批评的批评》,第150页,生活·读书·新知三联书店1988年版。
[2] [法]蒂博代《六说文学批评》,第186页,生活·读书·新知三联书店2002年版。

丰富文化遗产，就可以发现，批评是当时人们非常重要的思想方法，也是当时社会上最具权威的哲人贤士们主要的工作。从词源学来考察，希腊文中的"kitēs"一词就是批评（criticism）的来源，该词在古希腊时代即为"判断者"的意思。人们在接受文学作品时会有所感触，做出一番评判。文学批评家们对待文学作品也是这种态度，他们往往以法官或导师的身份出现，古希腊的亚里士多德就说："批评就是公允地下判断。"古罗马的贺拉斯则宣称："我自己不写什么东西，但是我愿意指示（别人）：诗人的职责和功能何在，从何处可以汲取丰富的材料，从何处汲取养料，诗人是怎样形成的，什么适合他，什么不适合他，正途会引导他到什么去处，歧途又会引导他到什么去处。"[①]他把批评喻为"磨刀石"，虽然"自己切不动什么"，但"能使钢刀锋利"。孔夫子可以说开了中国文学批评的先河，而他为我们树立的也是一个法官与导师的形象。他对流行于社会的诗歌不满，于是有了整理和编辑《诗经》的行为，他是以法官的身份来进行诗歌的筛选的，最终只有三百首诗能入他的法眼，"思无邪"则是他判定诗歌好坏的标准，他对这些诗做出结论："《诗》三百，一言以蔽之，曰：思无邪。"[②]

（一）批评姿态是批评正常进行的关键

在相当长的时期内，法官与导师的姿态统领着文学批评的园地，大多数的文学理论教科书在解释文学批评时，也都强调文学批评是一种分析和判断的活动。众多的文学批评家认真履行着法官与导师的职责，但他们的工作不见得会让作家和诗人们买账，因为文学创作是一种非常复杂的精神活动，文学作品是一种充满玄机的精神产品，要对其做出准确的判断并非易事。并非人们不接受文学批评家以法官与导师的姿态出现，问题在于，在这种姿态下，文学批评家是否站在公正的立场上，以什么为评判标准，却是难以统一的。公正的立场，评判的标准，这就涉及文学批评家其他方面的素养。当一名文学批评家的思想准备、知识准备以及道德准备难以让人们信服时，其批评就难以被人们接受。托尔斯泰就讥讽批评家是"聪明的傻瓜"。有的作家则声称他们根本不读文学批评。如果文学创作与文学批评长期处于这种对立的状态，文学批评的后果也

[①] 贺拉斯《诗艺》，第153页，人民文学出版社1979年版。
[②] 《论语注译》，第14页，巴蜀书社1990年版。

是不堪设想的。法国文学批评家蒂博代为了解决创作与批评之间的对立关系，干脆主张由作家自己来当批评家。他将文学批评分为自发的批评、职业的批评和大师的批评。所谓大师的批评，也就是指那些能够称得上"大师"级的作家所进行的文学批评，也就是作家自己来当批评家，蒂博代最为推崇大师的批评，他认为，大师们既然是作家，就会努力站在作者的立场上进行批评，他看待别人的作品时，就会有一种理解和同情之心。蒂博代说："伟大的作家们，在批评问题上，表达了他们自己的意见。他们甚至表达了许多意见，有的振聋发聩，有的一针见血。他们就美学和文学的重大问题发表了许多见解。"[1]这是一种热情的、甘苦自知的、富于形象的、流露着天性的批评。蒂博代非常明确地否定了文学批评的法官姿态，为此他也就充分肯定了作家自己出面当批评家的行为。而他所说的"职业的批评"则是"由对事物有所认识的思想诚实的人进行的"，这类批评家学识广博，熟悉文学历史，通晓文学规则和标准。但这类批评家的批评姿态往往采取的是自古沿袭下来的法官和导师的姿态。这些批评家虽然以文学批评为职业，其身份是当然的文学批评家，但他们所坚持的文学审判官的姿态却是有碍批评的正常进行的姿态。蒂博代对于职业批评家的贬责显得比较偏激，但他的偏激又是有所针对性的。蒂博代当时所处的时代，文学批评已经被长期的法官和导师的姿态推到了一个登峰造极的地步，严重阻碍了文学批评的正常开展。像文学批评家布伦蒂埃就把文学批评的原则拟定为判断、分类和解释，突出其文学审判官的职能。因此蒂博代批评说："布伦蒂埃所倡导的职业批评帝国主义只是想把整个文学变成为批评的附庸"，"这种帝国主义却出人意外地适应了想把批评绑在自己战车上的文学专制主义。"[2]

但问题的关键并不在于批评者是作家的身份还是职业批评家的身份，关键在于采取什么样的批评姿态。文学批评在最初的发展阶段基本上采取一种法官和导师的姿态，这是与人们的认知思维的历史处境相适应的，在人类文明的创立阶段，人类主要面临的任务是对未知世界进行认知和判断，文学作为一门人类自己创造的精神产品，同样需要进行认知和判断，因此文学批评首先承担起了认知和判断的功能，这就决定了文学批评家最初所采取的姿态是法官和导师

---

[1]［法］蒂博代《六说文学批评》，第110页，生活·读书·新知三联书店2002年版。
[2]［法］蒂博代《六说文学批评》，第118页，生活·读书·新知三联书店2002年版。

的姿态。美国诗人叶芝曾说："没有文艺批评家作为保护人和解释者，伟大的艺术就无从产生。"叶芝将文学批评家视为作家的保护人和解释者，实际上也是充分认可了文学批评的判断和解释功能。文学批评家以法官和导师的姿态也的确有效地保护了优秀的文学作品。16世纪，英国的一名清教徒斯蒂芬·高森写了一本小册子《骗人学校》，攻击诗人和剧作家所写的作品都是诲淫诲盗的毒物。高森将这本小册子寄给了文学批评家锡德尼。锡德尼便写了一篇《诗辩》的答辩文章，有力反驳了高森的观点。他充分肯定了文学是道德艺术，他说，如果文学不道德，那只是"人类糟蹋了文学，而不是文学糟蹋了人类"。但是，随着文学观念的成熟，随着现代思想的深化，人们对文学的多义性和复杂性有了逐渐深入的把握，意识到不能停留于简单的认知和判断，否则会有损于文学的多义性和复杂性。文学批评家逐渐觉悟到，法官和导师的姿态不仅得不到作家们的广泛认同，而且也无助于文学批评的正常开展。因此许多文学批评家在批评的姿态上做出了调整，采取了一种对话和交流的批评姿态，通过文学文本与作者进行平等的对话和交流，从而达到审美的共振。

（二）对话与交流的姿态是批评家在姿态上的进步表现

对话与交流的姿态是人类文明发展到现代以后的认知世界的趋势。德国哲学家马丁·布伯在20世纪初就认为，"你—我""我—他"是两种基本的人类关系，"你—我"关系是一种平等的交流和对话关系，每个人都需要通过"你"而成为"我"，因此人与人之间通过对话而获得相互性的尊重与追求。胡塞尔的交互主体性现象学也论证了个体所具有的通过自我、他人进而在更高层次上理解普遍性实体的可能性。巴赫金发现了对话的三个基本特征：开放性、未完成性和语言性。他认为，人类生活的本质是对话性的，而生活是无限的，不可能终结的，对话总处在不断运作的过程之中，产生了不同的意义，永远是多种声音的对话。哲学家们意识到，对话本身就是一种哲学探索的方式，哲学通过对话来打开一个新的视域，新的创造便寓含在这一过程之中。对话和交流吻合了多极化、多样化的文化形态，是哲学发展和创新的有效途径。这种对话与交流的关系也同样表现在文学作品和文学批评领域。因此，从法官和导师的姿态到对话与交流的姿态，是文学批评家在姿态上的一种进步的表现。对话与交流的批评姿态改变了作家与批评家之间的紧张关系状态。在法官与导师姿态阶段，批评家与作家之间也存在一定程度的交流，但这是一种单向度的交流，是批评者向批评对象施予式的交流，因为当批评家采取法官与导师的姿态时，就预设了一个真理掌握者的前提。在一元解读现象破灭以后，那些以真理掌握者自居的批评家反而遭到了人们的抵制。对话并不是自说自话的众声喧哗，而是作者和读者之间以及读者与读者之间面对一个具有客体化内容的文本在一定的语言、文化共同体内进行的协商。因此，对话既包括对多元性与差异性的追求，也表达着对宽容与共通性的渴望，是一种交织着主动与被动、多元与一元、断裂与联系的复合过程。如果说批评的本体价值在于建构一个充满意义的世界，而这个世界的建构又是以作品意义的阐释为基础的，那么，阐释作品意义的途径对于批评价值的实现起到了举足轻重的作用。法国当代文学理论家和批评家托多罗夫非常准确地概括了当代批评所做出的调整，他说："批评是对话，是关系平等的作家与批评家两种声音的汇合。"①托多罗夫曾是结构主义批评的一员主将，结构主义批评拒绝对文学作品进行价值判断，只关注文学话语的结构及其运作方式。托多罗夫经过对文学批评发展史的考察和反思，放弃了结构主义立场，强调文学批评与真理和道德的密切关系，强调文学批评进行价值判断的必要性。但他并不是回到法官和导师的姿态，而是认识到，要以对话的方式才能真正阐发文学的价值和意义。

（三）建设性批评是对话与交流的必然归宿

当文学批评家采取对话与交流的姿态时，批评的功能也相应地做出了调整，批评不再侧重于是非判断，而是进行一种建设性的探询。建设性批评能够最有效地体现文学批评的宗旨，因此即使是在法官式批评盛行的年代，建设性批评也成为作家们的一种期待。作家歌德当年把批评家诅咒为母猪，对批评家毫无好感，但他并不反对"建设性的"批评，不过他知道"建设性的批评则困难得多"。②当然，歌德心目中的建设性还是比较狭窄的，他只是强调批评家应该对作家抱有同情心，并对作家今后的创作有所帮助。到了蒂博代，他干脆明确地否决了法官的姿态。他之所以对职业的批评颇多贬义，就在于他反对职业批评家以法官自居的传统，在他看来，克服法官弊端的好办法，就是让作家来接替批评家的工作，因为作家在批评时会对作家采取一种理解和同情的态度。

---

① ［法］托多罗夫《批评的批评》，第185页，生活·读书·新知三联书店1988年版。
② ［美］韦勒克《近代文学批评史》第1卷，第294页，上海译文出版社1987年版。

蒂博代所谈到的大师的批评就包含着建设性的内容，但蒂博代用的是另一个词语：寻美的批评。他将批评分为求疵的批评和寻美的批评两种，寻美的批评"不仅要理解杰作，而且要理解这些杰作里面自由的创造冲动所包含的年轻和新生的东西"。因此，寻美的批评不仅比求疵的批评更难做，而且更加贴近批评的本质，"贮存着批评的灵魂"，[1]蒂博代所说的寻美，就是要以热情的态度去发现文学作品中的创造性的东西，在这个基础上，批评就能有效地发挥它的"建设"和"创造"的功能。德国文学批评家赫尔德的办法更为直接，他的办法就是强调交流和对话，他认为"批评家应当设身处地去体会作者的思想感情，怀着作者写作时的精神去阅读他的作品，这样做有困难，然而却是有道理的"。当他以这样一种交流和对话的姿态去进行文学批评时，自然就会立足于建设性，因此他说："我喜欢我所读的大多数作品，我总是喜欢找出和注意值得赞扬而非值得指责的东西。"[2]当然，建设性包含着赞美和肯定的意思，对作者所做出的努力和创新给予赞美和肯定，但建设性并不意味着为了赞美而赞美，建设性强调的是对文学作品中积极价值的发现与完善。也就是说，批评家即使需要进行赞美，也是建立在积极价值基础之上的赞美，而绝不是溢美之辞；另一方面，出于对积极价值的完善，批评家也会对批评对象进行批评，指出其不完善之处。从这里也可以看出，对话与交流的批评姿态虽然不再侧重于是非判断的批评功能，但并不是彻底放弃判断，而是通过建设性的方式来传达判断。中国现代的文学批评家李健吾就是力倡批评的建设性的，他对建设性的理解是："同时一个批评家，明白他的使命不是摧毁，不是和人作战，而是建设，而是和自己作战，犹如我们批评的祖师曹丕，将有良好的收获和永久的纪念。"李健吾将"摧毁"与"建设"对举，更加突显了建设性批评的终极目的，也就是说，批评的目的不是要把批评对象当成敌人将其摧毁，而是要把批评对象当成有价值的东西，同时要与作者一起共同将这个有价值的东西建设好。这就决定了批评家的温和善良的批评态度：即不是从恶意出发，而是从善意出发；不是从否定和摧毁对象出发，而是从肯定和扶持对象出发；不仅从自我出发，而且从能够兼顾他我出发。在李健吾看来，以建设为宗旨的批评可能会用

---

[1] [法]蒂博代《六说文学批评》，第127页，生活·读书·新知三联书店2002年版。
[2] [美]韦勒克《近代文学批评史》第1卷，第244页，上海译文出版社1987年版。

上赞美和恭维，但批评不是"一意用在恭维"，"一个批评者应当诚实于自己的恭维"。既"用不着谩骂"，"用不着誉扬"，而必须做到"言必有物"。[①]鲁迅是一位充满战斗精神的作家和批评家，即使如此，在鲁迅的批评观中，同样注重建设性。鲁迅说："批评家的职务不但是剪除恶草，还得灌溉佳花，——佳花的苗。譬如菊花如果是佳花，则他的原种不过是黄色的细碎的野菊，俗名'满天星'的就是。但是，或者是文坛上真没有较好的作品之故罢，也许是一做批评家，眼界便极高卓，所以我只见到对于青年作家的迎头痛击，冷笑，抹杀，却很少见诱掖奖劝的意思的批评。"[②]鲁迅的比喻非常形象地说明了建设性的意义。如果说批评家面对的批评对象只是"满天星"的野菊花，但它毕竟是"佳花的苗"，那么，建设性的批评就是要指出它的潜在的价值，指出它能够培育成"菊花"来的潜在事实。建设性批评的背后透露出文学批评家的善意。尽管不能断然说凡是破坏性的批评都是出于文学批评家的一番恶意，但一个批评家如果怀着恶意的姿态去进行批评的话，他的批评肯定是不具备建设性的。因此鲁迅尽管在批判中毫不留情，但他对恶意的批评家是非常反感的。他说："恶意的批评家在嫩苗的地上驰马，那当然是十分快意的事；然而遭殃的是嫩苗——平常的苗和天才的苗。"鲁迅坚定地表示，对于这样的恶意批评家，"无论打着什么旗子的批评，都可以置之不理的！"

建设性是对话的必然归宿。在文学批评中采用对话的姿态，就意味着批评者以平等的方式与批评对象进行交流，批评者并不把自己的看法当成是不可更改的结论，而是以一种商榷探讨的方式，在交流和对话中，让双方的观点相互碰撞和渗透，通过双方的共同努力而建设出一个新的文学形象。这就是建设性的效果。相对来说，建设性的批评比破坏性的批评更加艰难，因为批评家要从批评对象中发现真正有价值的东西，哪怕这种价值还很微弱，隐藏在大量平庸的叙述之中，批评家也很珍惜这点微弱的价值，破坏性批评以求全责备的态度对待批评对象，往往以轻率的否定让作家煞费苦心的努力化为泡影。破坏性的批评就像是鲁迅所形容的那样"在嫩苗的地上驰马"，这对批评家来说是一件十分快意的事，但更容易给作家以及文学事业造成伤害。其实，无论是提出建

---

① 《李健吾文学评论选》，第4页，宁夏人民出版社1983年版。
② 鲁迅《并非闲话（三）》，《鲁迅全集》第3卷，第162页，人民文学出版社2005年版。

设性的建议还是采取破坏性的否决，在文学批评实践中都是合理的，有时当文学处于僵化和停滞不前的状态中，破坏性批评反而能带来振聋发聩的作用。关键问题还在于批评家的姿态，也就是说，即使是进行破坏性的批评，批评家也不是怀着恶意的姿态，而是从善意出发。当批评家怀着善意的姿态去进行破坏性的批评时，他的目的是要通过破坏引起作家的惊醒，他就会谨慎地使用破坏性的武器，以免伤及无辜。鲁迅在批评实践中不乏破坏性的、战斗性的批评，鲁迅并不反对破坏性批评，他所反对的是批评家在批评中采取恶意的姿态，对恶意姿态的批评，鲁迅坚定地表示"置之不理"。车尔尼雪夫斯基也说过："谁想要证明一切艺术作品是如何贫弱，他有非常多的机会。自然，这种做法与其说是表明他没有偏见，不如说是表明他心地尖酸。"车尔尼雪夫斯基在这里所指责的同样是批评家的姿态，一个心地尖酸的批评家无疑对待批评对象也不会怀有好意的。今天，文学在众声喧哗中只是比较微弱的一种话语，尤其需要文学批评以建设性的方式给以帮衬。当然，文坛中也流行着献媚的批评、溢美的批评、说大话的批评、表扬至上的批评，但这些批评都不能与建设性的批评画等号。前面所列的批评都不需要付出艰辛的努力，只要舍得丢掉面子、降低人格，就能办到。而建设性的批评是需要付出艰辛的努力的，是要真正研读文本、思考问题的。因此，建设性批评兴旺发达起来后，那些乌七八糟的批评才会偃旗息鼓。

　　批评家从法官和导师的姿态转变为对话与交流的姿态，吻合了思想文化演进的趋势，但也带来一个问题，就是如何处理批评的标准。当批评家以法官和导师的姿态出现时，批评标准无疑是手中最有效的武器。没有批评标准，作为法官的批评家也就没有了宣判的依据，作为导师的批评家也就没有了宣讲的目标。批评家强调他掌握了真理，他就是真理的执行者，文学世界的是非善恶都必须由他来裁定，所以他可以不由分说地对批评对象进行宣判。但是，当批评家采取对话与交流的姿态时，他就不认为文学世界只能由他来做出决断了，他要倾听作家、读者的想法，他要在对话中学习别人的智慧，从别人的意见中吸取有用的内容，他在对话中也会不断地修正自己的想法。那么，在对话与交流中批评家还有没有自己的批评标准呢？答案显然是有的。这一点应该毫无疑义，只不过此时的批评家在处理标准的方式上与法官和导师式的处理方式不一样而已。这就涉及批评家采取什么样的价值立场的问题。

四、价值谱系：批评的立场

文学批评无论是侧重于评判还是侧重于阐释，都要涉及价值判断，因为文学作为一种精神产品，是与精神价值的取舍有着密切的关系的。文学批评家应该在确立正确的世界观基础上选择自己的价值立场，他相信自己的价值立场是与人类精神文明的正价值相吻合的，在一个规范的价值体系中进行文学批评。人们期待批评家的文学批评是公正的，这就需要批评家在进行批评活动时对自己的价值立场保持清醒的认识，坚持崇高的文学操守，从而尽最大的努力摆脱政治权力、经济利益以及各种世俗利诱对文学批评的干扰。文学批评家对于社会、人生和文学的自我认识和理解决定了他的价值立场的选择，价值立场是文学批评家对社会、文学发展的自我认识和理解，是个人言说的依据。文学批评家在价值立场上的表现取决于他的独立品格。越是具有独立品格的批评家，越是具有鲜明、坚定的价值立场。

文学批评家的价值立场历来受到优秀文学批评家的重视，在注重文学批评的判断功能的时代固然如此，在强调对话和交流姿态的现代阶段同样如此，这是因为文学作为精神产品，要作用于人的心灵，必然体现为一种精神价值。英国的理论家阿诺德就指出，文学批评作为一种改良社会人生、思想文化道德的工具，文学批评家所要做的工作就是"只要知道世界上已被知道和想到的最好的东西，然后使这东西为大家所知道，从而创造出一个纯正和新鲜的思想的潮流"。[1]丹麦的文学批评家勃兰兑斯则更明确地认为文学批评对心灵具有指点方向的意义，他说"批评是人类心灵路程上的指路牌，批评沿路种植了树篱，点燃了火把，批评披荆斩棘，开辟新路"，"批评移动了山岳，权威的偏见的、死气沉沉的传统的山岳"。[2]文学批评家的价值立场决定了他在文学批评活动中的价值取向，他要对文学作品中的社会理想、道德观念、审美趣味等精神内涵进行价值判断，体现出文学批评的评判功能。在文学史中，为了反对文学批评以

---

[1] ［英］阿诺德《当代批评的功能》，《西方文论选》（下卷），第81页，人民文学出版社1964年版。

[2] ［丹麦］勃兰兑斯《十九世纪文学主流》第5册，第382—383页，人民文学出版社1982年版。

审判官的姿态粗暴地否定文学作品,有的人主张取消文学批评的价值判断,如法国作家莫泊桑就要求批评家"应该是一个无倾向、无偏爱、无私见的分析者"。针对取消价值判断的观点,英国文学理论家和批评家瑞恰兹是"新批评"的开创者之一,尽管"新批评"强调的是形式主义批评,但瑞恰兹并不因此就否定价值的重要性,而是始终把价值问题放在一个极为重要的位置上,他说:"批评理论所必须依据的两大支柱便是价值的记述和交流的记述。"①在他的专著《文学批评原理》中,他还专门设了"批评家注重的价值""价值作为终极真理""心理学价值理论"讨论价值的三章,并在这本书的附录里专收了一篇题为《论价值》的短文,瑞恰兹指出要取消价值判断的观点和做法是荒唐透顶的悖谬言行,他认为:"价值理论并非是文不对题,脱离了人们想象中的深入文学艺术本质的探索。因为如果说一种有根有据的价值理论是批评的必要条件,那么同样确凿无疑,理解文学艺术中发生的一切乃是价值理论所需要的。"②

文学批评家选择什么样的价值立场,其价值立场是否明确和坚定,与文学批评家的知识水平、性格信仰、人生阅历等有着直接的关系。价值立场的选择也折射出文学批评家对现实社会和文学发展态势的分析、把握和预见。在纷繁复杂的社会面前,要坚守一种明确的价值立场并不是一件很容易的事情。批评家不仅要对人类文明的正向价值有着清醒明确的判断,而且要在世俗社会的各种利益诱惑和各种权威的威逼下能够做到不丧失自己的价值立场。在中外文学批评史中,不乏这样的例子,有些批评家具有卓越的才华,但或者因为经受不住金钱等物质的利诱,或者因为屈从于政治威权的胁迫,不得不放弃自己的理想追求,丧失自己的价值立场,说出与自己内心的价值判断相悖的话来。

(一)体现崇高的精神担当

文学批评家具有鲜明的价值立场,就会在文学批评中体现出一种崇高的精神担当。一个具有精神担当的文学批评家就不会沉湎于现实,徘徊于眼前,他的内心一定充满着理想主义精神,他的文学批评实践是为了捍卫文学的尊严和理想,为了张扬文学的价值。别林斯基就是这样一位文学批评家,他表示他的文学批评"不是为了求得酬报,而是为了真理和善良本身,背起沉重的十字

---

① [英]瑞恰兹《文学批评原理》,第16页,百花洲文艺出版社1997年版。
② [英]瑞恰兹《文学批评原理》,第28—31页,百花洲文艺出版社1997年版。

架，受尽苦难，然后重见上帝，获得永生，这永生必须包含在你的我的融化中，在无边至福的感觉中！"[1]在他的批评生涯中，他始终不渝地褒扬优秀的作家和作品，阐发文学作品中的伟大意义，也毫不留情地批判那些亵渎文学的言行，他的坦率和直言也遭到一些人的侮辱和攻击，甚至公开散布诋毁他的谣言，但这一切都不会改变他的价值立场，相反，他更加坚定地说："我将死在杂志岗位上……我是文学家，我带着病痛的、同时是愉快而骄傲的信念这样说。俄国文学是我的生命和我的血。"[2]中国文人具有深厚的精神担当的品格，这种品格突出体现为一种忧国忧民、济世救国的文人气质。中国历代著名的文学批评家大多具有这种文人气质，因而在他们的批评实践中凸显出为社稷为黎民的精神担当，他们也将这种精神担当作为批评文学作品的重要依据，因此，在中国文化传统中，"文以载道"是一条被广泛接受的基本标准。时代发生着巨大的变化，社会形态也在不断地更迭，但这一切并不影响"文以载道"的代代传承，其原因就在于人类社会的发展和进步的终极目标是人的精神获得最大限度的解放。而文学的终极意义就在于是人类精神解放的有效工具。"文以载道"尽管在不同时代会有不同的解释，特别是对"道"的解释会带上时代认识的局限，但文学应该承载"道"也就是承载精神价值的立场却是一脉相承的。文学批评家既以"文以载道"为宗旨去评价文学作品，同时也以"文以载道"的宗旨要求文学批评活动本身。在当代，"文以载道"之道更多地体现为一种人文关怀。人文关怀是对人类生存境遇的关注，对人的尊严和价值的肯定，对人的自由、解放的追求。

（二）贯穿严肃的政治情怀

文学批评家具有鲜明的价值立场，就会在文学批评中贯穿一种严肃的政治情怀。文学与政治具有密不可分的关系，文学批评更是如此。文学批评不同于一般的学术研究，就在于它始终面对当下的现实发言，批评家不能像学者那样可以躲进金字塔内，藏在故字堆里，以此来回避政治的干扰。批评家却需要有清醒的政治意识，有严肃的政治情怀。一个优秀的、具有广泛社会影响的文学批评家往往就是一个政治思想家，他通过自己的批评实践参与到社会政治之

---

[1]《别林斯基选集》第1卷，第19—20页，上海译文出版社1979年版。
[2]《别林斯基选集》第1卷，第422页，上海译文出版社1979年版。

中。许多政治思想家也关注文学批评,并通过文学批评来表达自己的政治见解。马克思和恩格斯就属于这样的政治思想家,他们不仅写了大量的文学批评,而且还将文学批评作为他们政治论文的论证材料,他们的这些文学批评都具有强烈的政治情怀。马克思明确指出:"什么也阻碍不了我们把我们的批判和政治的批判结合起来,和这些人明确的政治立场结合起来,因而也就是把我们的批判和实际斗争结合起来,并把批判和实际斗争看作同一件事。"①恩格斯就十分关注当时一批现实主义作家的创作变化,当狄更斯等作家将"穷人和受轻视的阶级"作为他们小说的表现对象时,恩格斯敏锐地指出"在小说性质方面发生了一个彻底的革命",称他们"无疑是时代的旗帜"。②

一个文学批评家在批评实践中所体现出的政治情怀应该是严肃的,就在于他的政治情怀体现出知识分子的独立品格,他的政治情怀不是附庸于政治权力的媚态和非我态,因此批评家的政治情怀不会始终与政治现实尤其是政治权力保持谐调一致的状态,二者之间的矛盾对立往往导致文学批评屈从于政治权力,逐渐丧失了知识分子的独立品格。为了保持知识分子的独立品格,有的文学批评家远离政治,淡薄政治情怀,却又造成了知识分子的自我放逐。事实证明,那种淡薄政治情怀的独立品格是以牺牲知识分子社会责任和精神担当为代价的,因此也是很脆弱的。一个文学批评家要保持政治情怀的严肃性,就必须坚守知识分子的独立品格。在多元化的时代,文学批评家更要关注社会多种政治诉求,力戒成为政治权力的附庸,成为政治利益的短视者。英国社会学家安东尼·吉登斯认为,当代世界政治取向的趋势是从解放政治向生活政治的转变。解放政治和生活政治,是吉登斯的两个基本概念。吉登斯把解放政治定义为"力图将个体和群体从其生活机遇有不良影响的束缚中解放出来的一种观点";生活政治则是指应对现代化发展中解决现代性所带来的问题的政治策略,"关注个体和集体水平上人类的自我实现"。③解放政治和生活政治这两种政治模式在复杂的全球化时代,并不是谁取代谁的态势,而是相互依存,相互补充,形成纠缠在一起的难舍难分的关系。文学批评家应该在两种政治模式的辩

---

① 《马克思恩格斯全集》第1卷,第417—418页,人民出版社1956年版。
② 《马克思恩格斯全集》第1卷,第594页,人民出版社1956年版。
③ [英]安东尼·吉登斯《现代性与自我认同》,三联书店1998年版;[英]安东尼·吉登斯:《失控的世界——全球化如何重塑我们的生活》,江西人民出版社2001年版。

证关系中确立自己的公正的价值立场。

(三) 显现高尚的学术人格

文学批评家不仅要具有鲜明的价值立场,而且也要真正做到自己的价值立场是与人类文明发展的走向相一致的,是与真善美相吻合的;这既取决于文学批评家的学识和世界观,也取决于文学批评家的人格修炼。法国启蒙时期的伟大作家狄德罗是这样要求作家和批评家的:"真理和美德是艺术的两个朋友。你想当作家吗?你想当批评家吗?那就请首先做一个有德行的人。如果一个人没有深刻的感情,别人对他还能有什么指望?而我们除了被自然中的两项最有力的东西——真理和美德深深地感动以外,还能被什么感动呢?"[1]在狄德罗看来,人格力量对于作家和批评家来说都是很重要的因素。这是非常中肯的见解。人们常说,作家是人类灵魂的工程师,也就是说,文学作品作为一种精神产品,直接作用于人类的灵魂,文学作品是通过它所蕴含的精神价值达到对人类灵魂的陶冶作用的。作家自身的人格修炼必然会影响到他在自己作品中的精神建树。因此狄德罗强调作家要有美德,即要有高尚的人格。不仅如此,他还要求批评家也同样要有美德。显然,狄德罗认识到,文学作品的精神价值是通过作家和批评家共同创造,特别是通过批评家的阐释才能完全实现的。从这个角度说,文学批评家是与作家一起共同完成文学作品的经典化过程。一部文学作品能否经受经典化的考验,最终成就为文学经典,是由多方面的原因决定的,其中作家和批评家的人格也是不容忽视的因素之一。当批评家意识到自己的批评实践是为人类文明创造和积累精神财富时,他应该会以一种出于公心的博大胸怀来对待自己的文学批评。在批评时就表现出强烈的社会责任感和艺术良知,既不屈从权势,也不被金钱利诱;不让批评文字沾染上江湖气和铜臭味;坚持好处说好,坏处说坏;把文学批评营造成一个神圣的精神殿堂。当然,纯粹从写作技巧上说,批评家的人格并不会对写作产生直接的影响。有的批评家因此就认为,批评完全是一种客观的理性的评判活动,与人格无关,强调批评家的人格修炼是一种过度道德化的要求。其实不然,文学批评作为一种精神活动,即使是以一种非常客观的姿态进行写作,批评家的人格仍然会在字

---

[1] [法] 狄德罗《论戏剧诗》,《西方文艺理论名著选编》上卷,第257页,北京大学出版社1995年版。

里行间和价值取向中显现出来。人们从那些特别刻毒的或嘲弄的文字、特别轻蔑的或狂妄的态度、特别偏执的或武断的观点中，就可以看到一个批评家在人格上的欠缺；人们也会从那些充满热情的、善意的、严肃的或平等商榷的文学批评中感受到一个批评家高尚人格所闪耀的光芒。当代社会在市场经济良性秩序还没有完全建立起来的情景下迅猛地发展经济，带来物质欲望的极度扩张，社会的公信度因此受到严重的伤害，假烟、假酒、假药等等充斥于市，乃至假学问、假专家也泛滥成灾。在这种状况下，文学批评的诚信也变得格外重要。文学批评的诚信度取决于文学批评家的人格力量，具备高尚人格的文学批评家就能够在批评实践中坚守独立思想、独立人格，坚守批评的文化品格，坚守自己对艺术价值的公正判断，从而使自己的文学批评获得公众的信任，并能够取得引导和提升公众审美能力的作用。这样的文学批评也就有了更长久的生命力。

第二章

重塑现象

现代汉语思维的中国当代文学

中国当代文学史是一门年轻的学科,也是一门影响广泛的学科。在现行的大学学科体制中,中国当代文学与中国现代文学合并在一起,称为"中国现当代文学"。它其实告诉人们,这两个专业具有内在的一致性。它们研究的对象都是以现代汉语为基础的文学。在19世纪末期,闭锁的中国在洋枪洋炮的威逼下被迫门户开放,开始迈出了中国现代化的艰难一步。其中一个突出变化就是兴办现代报刊,这些现代报刊以城市市民为主要读者对象,基本采用白话文或文白夹杂的语言,以白话文为主要叙述语言的文学作品逐渐在这些报刊中占据更多的版面,这类文学作品可以视为以现代汉语为基础的文学形态的雏形。但标志着一个新的文学时代的诞生,却是自觉提出文学革命的"五四"新文化运动,"五四"文学革命的一个重要措施就是在语言上断然与传统划清界限,强调新文学是以白话文进行写作,坚决反对传统文学的文言文写作。白话文即现代汉语的起点,它孕育了中国现代文学的新生命,而中国现当代文学近一百年的发展和实践,一个重要的功绩则是催熟了现代汉语,使现代汉语逐渐规范化和经典化。现代汉语的叙述特点、审美特点和它与现实的密切关系,决定了中国现当代文学的整体性和延续性,也先天地注定了当代文学发展的走向和局限。

从现代汉语的角度来对待中国当代文学,并不是单纯地在当代文学史研究中引入语言学的方法,而是想通过分析现代汉语生成的历史背景所带来的现代汉语思维的特殊性,进而分析这种特殊性对现当代文学的内涵和形态所造成的影响。我把中国现当代文学定义为现代汉语文学,显然这里的现代汉语是特指一种书面语，是对应古代文学的书面语——文言文而言的。这两种书面语言的关系完全是一种否定性的革命关系，而不是渐进的改良关系，因此现当代文学与中国古代文学的关系基本上是一种断裂的状态，二者之间缺乏美丽圆润的过渡，中国古代文学积累起来的审美经验要移植到现当代文学之中来，出现了严重的"水土不服"，但这种移植在中国现当代文学近百年来的过程中从来就没有间断过。中国古代文学的审美经验是中国当代文学最具本土性的、最具原创性的精神资源，当代文学发展到今天，应该认真总结经验，更好地开发我们独有的精神资源。为了更好地开发古代文学的精神资源，应该从二者断裂的根源总结起，断裂的根源就在于现代汉语对文言文的彻底否定。这也是本文从现代汉语思维入手来讨论中国当代文学的基本理由。

一、现代汉语的革命性和日常性

作为一种新的文学体系，现当代文学相对于古代文学当然不仅仅是语言形态的改变，而是在于语言形态的改变所带来的思维方式的改变。现当代文学是以现代汉语思维为逻辑关系的新的文学体系。现代汉语取代文言文，成为一种新的书面语言，首先是中国现代化运动进程中的启蒙运动的需要。胡适、陈独秀等人以《新青年》为阵地开展一场思想革命，而这场思想革命则是以语言革命为先导的。胡适在其《文学改良刍议》中提出的"八事"："一曰不用典；二曰不用陈套（滥调）；三曰不讲对仗（文废骈、诗废律）；四曰不避俗字俗语（白话可入诗）；五曰须讲求文法之结构；六曰不作无病之呻吟；七曰不模仿古人话语、须有个我在；八曰须言之有物"，其中有"五事"是纯语言问题，一句话，就是要以白话代替文言，要"有什么话，说什么话；话怎么说，就怎么写"。白话是指当时人们日常生活中的口语，因为只有采取日常生活中的白话，才能让思想革命落到实处，让广大的民众能够接受。五四新文化的先驱们反复强调，文言文是死去的文字，必须摒弃不用，而白话则是活的语言。其实，说文言文是死去的文字并不完全符合当时的情景，文言文在当时是通行的书面语言，在传统社会里，它还是活得有滋有味的。如果依胡适的极端主张，还很难看出文言文与白话文谁优谁劣。胡适就说过，要把《丁文江传》改为《丁文江的传》，这样才是彻底的白话文。若真要按这种思路进行文学革命，恐怕白话文是难以战胜文言文的。但文言文只对传统社会有效，它无法处理一个新社会新时代的思想和文化，五四新文化的先驱们不得不舍弃文言文，而选定白话作为启蒙的语言工具，于是一种活在引车卖浆之流口中的语言登上了大雅之堂。这就决定了现代汉语思维的两大特点：一是它的日常性，一是它的革命性。现代汉语革命性的思想资源并不是当时的白话所固有的，它主要来自西方近现代文化。五四新文化运动的先驱们多半都有出国留学的经历，他们在国外直接受到西方现代化思想的熏陶，并以西方现代化为参照，重新思考中国的社会问题。通过翻译和介绍，五四新文化运动的先驱们就将西方的思维方式、逻辑关系和语法关系注入白话文中，奠定了现代汉语的革命性思维。高玉在研究现代汉语与现代文学的关系时注意到思想革命与语言变革具有密不可分的关系，他说："思想革命对五四新文学运动绝对是重要的，而思想革命并不像五四先驱者们所理解的是独立于语言之外的理论上可以独立运行的运动，它和语言运动是紧密结合在一起的，并没有语言之外的思想革命。"[①]反过来说，现代汉语从它诞生之日起，就不仅仅是一种日常生活的交流工具，而是承担着革命性的思想任务。五四新文化的先驱们以现代汉语建构起新的文学时，必然采取的是宏大叙事，现代汉语的革命性思维在宏大叙事中得到充分的展开。另一方面，现代汉语的日常性思维又将现代文学与现实生活紧紧地铆在了一起，生成了一种日常生活叙事。宏大叙事与日常生活叙事交织在一起，共同构成了现当代文学绚丽多彩的风景，而这一切，我们都可以从现代汉语的思维特征上找到本源。

对于现代汉语思维的革命性和日常性的根本特征，海外的汉学家也许是"旁观者清"的缘故看得比较清楚。夏志清在其《中国现代小说史》中把五四叙事传统的核心观念明确地表述为"感时忧国"精神，认为"感时忧国"精神是因为知识分子感于"中华民族被精神上的疾病苦苦折磨，因而不能发奋图强，也不能改变它自身所具有的种种不人道的社会现实"而产生的"爱国热情"。而这种"感时忧国"精神让中国现代文学从一开始就负载着中国现代化运动的重负。夏志清、李欧梵等一些海外学者将这种文学叙事称为"五四"和"左翼"的宏大叙事，或称之为革命叙事，或称之为启蒙叙事。而中国内地的现当代文学史基本上是以这种革命叙事或启蒙叙事建构起来的。他们提出了另

[①] 高玉：《现代汉语与中国现代文学》，中国社会科学出版社2003年版，第153页。

一种中国现代文学史的思路，认为在中国现代文学中存在着一种日常生活叙事，挖掘出代表着日常生活叙事的张爱玲、钱锺书、沈从文等作家的资源，并勾画出一张中国现代文学的新地图。这张新地图无疑把一些被遮蔽的历史显露出来，但由此颠覆以革命叙事或启蒙叙事为主线的现代文学史，又可能会导致另一种历史的遮蔽。事实上，不应该将革命叙事或启蒙叙事与日常生活叙事看成是截然对立的两种叙事，它们恰好是现代汉语思维的两种表现形态，是一张面孔的两种表情，会同时存在于一个作家的写作之中，不过在有些作家那里，启蒙叙事处于显性的状态，日常生活叙事处于隐性的状态；而在有些作家那里正相反。进入到当代文学阶段，革命叙事或启蒙叙事被赋予唯一正统地位，日常生活叙事受到严重的打压，但它仍以潜在的方式存在于作家的创作之中，或者在政治气候比较宽松的时候，展示自己的风采。20世纪80年代以后，由于政治环境的大改变，日常生活叙事得到显性的发展。这也得益于文学理论的推进。特别是海外学者关于文学史建构的理论的影响，使现代文学中一直被遮蔽的日常生活叙事显露出来，并成为作家们寻求创新和突破的重要参照对象。于是启蒙叙事和日常生活叙事就像是两辆并驾齐驱的马车，共同获得充分驰骋的自由天地。80年代中后期当代文学的不少被认为具有创新性的作品，追根溯源，都可以看到重张"日常生活叙事"传统的影响，甚至文化寻根热都与这种影响有某种关联。无论是启蒙叙事，还是日常生活叙事，现代汉语思维这两种内在的叙事在新的文化气候中都结出了新的果实。

二、现实主义文学的主潮

现代汉语思维的革命性和日常性都不约而同地选择了现实主义文学作为宣泄的载体。

现实主义文学不仅是反映现实生活的文学，而且也是最适宜进行启蒙的文学，因为启蒙是面对现实的启蒙，如果文学缺乏现实的内容，启蒙就变成虚空的启蒙，不可能打动现实中的民众。现代文学初期，文学研究会与创造社分别代表着"为人生而艺术"和"为艺术而艺术"的两种主张。文学研究会的"为人生而艺术"直接呼应着五四新文化运动的启蒙思想，采用的是现实主义的创作方法，生活在"人间"，感受着国家、社会和人民的苦难。创造社尽管强调艺术的激情，大举浪漫主义的大旗，但在启蒙和救亡的大语境下，他们很快就转向了革命文学，创造社的代表性人物成仿吾反省说："我们自己知道我们是社会的一个分子，我们知道我们在热爱人类——绝不论他们的美恶妍丑。我们以前是不是把人类忘记了。"[①]创造社的同仁们就以现实主义的叙事来表达他们的浪漫和激情，将现代汉语思维的革命性发挥到极致。中国现代文学就因为先天性地承载着启蒙的思想任务而将自己托付给了现实主义，现实主义在现当代文学史的发展过程中自然就成了最强音。当代文学作为革命胜利者的文学，也就确立了现实主义文学的正宗地位，现实主义文学成为当代文学史的主潮。因此，描述中国当代文学的历史，现实主义文学是一个至关重要的切入点。

仅仅从现实主义文学的角度去描述当代文学史，是不是过于狭窄了，是不是就会忽略文学的丰富多样性，就无法涉及现实主义文学流派以外的作家和作品。如果我们仅仅把现实主义仅仅理解为一种创作方法，一种文学流派，那么的确会影响我们对文学史的全面描述。然而，现实主义文学不仅仅意味着一种创作方法，而且也意味着一种世界观。法国新小说派的领袖人物阿兰·罗伯-格里耶曾经很深刻地谈到现实主义与文学的微妙关系，他说："所有的作家都希望成为现实主义者，从来没有一个作家自诩为抽象主义者、幻术师、虚幻主义者、幻想迷、臆造者……"罗伯-格里耶对此的解释是："他们之所以聚集在现实主义这面大旗下，完全不是为了共同战斗，而是为了同室操戈。现实主义是一种意识形态，每个信奉者都利用这种意识形态来对付邻人；它还是一种品质，一种每个人都认为只有自己才拥有的品质。历史上的情况历来如此，每一个新的流派都是打着现实主义的旗号来攻击它以前的流派：现实主义是浪漫派反对古典派的口号，继而又成为自然主义者反对浪漫派的号角，甚至超现实主义者也自称他们只关心现实世界。在作家的阵营里，现实主义就像笛卡儿的'理性'一样天生优越。"[②]罗伯-格里耶提示我们，一个作家在创作方法上可能是非现实主义的，但他的世界观中仍然包含着现实主义的要素。也就是说，现实主义文学是以现实主义的世界观为根本原则的。因此从考察作家的现实主义态度入手来描述文学史是有理论依据的，是能够把握到历史的脉搏的。而中国

---

① 成仿吾《艺术之社会的意义》，《中国新文学大系·文学论争集》，第191页。
② 阿兰·罗伯-格里耶《从现实主义到现实》，柳鸣九主编《二十世纪现实主义》，第320页，中国社会科学出版社1992年版。

政治赋予现实主义正宗的地位，使现实主义成为一种显在的、主宰的文学意识形态，从而也造成了当代文学基本上以现实主义文学为主潮的事实。因此，描述当代文学在现实主义文学主潮下的千姿百态，剖析这种千姿百态的成因和意义，应该是把握中国当代文学特殊性的适当方式。

现实主义的世界观强调对自然、现实的忠诚态度，是人类最早成形的世界观，与人类的思维史相伴而生。它体现在现实主义文学理论中，最基本的内涵便是要求文学艺术要客观再现社会现实。而"再现"本身就包含着对意义的诠释。20世纪最忠诚地维护现实主义地位的卢卡契是这样定义现实主义的"客观再现"原理的："艺术的任务是对现实整体进行忠实和真空的描写。"所谓整体描写就是反映社会、历史的整体性，探索隐藏在现象背面的本质因素，发现事物内在的整体关系。卢卡契肯定了主观认识在现实主义文学中的重要性，强调客观性和主观性的统一。在中国当代文学的历史场景中，作为世界观的现实主义被凸显和强调出来，现实主义的主张其实就是一种世界观的主张，具体到文学创作中，提倡现实主义的当代文学的文艺政策制造者们和理论家们所强调的正是主观认识这一方面，因此，现实主义在其文学实践的具体展开中，就演化为一个意义规范化的问题。也就是说，人们以现实主义来要求文学，从根本上说，并不是说要求文学"真实"地反映现实，而是要求文学"正确"地反映现实。

1953年在全国第二次文代会上，提出要把社会主义现实主义作为中国文艺创作和文艺批评的最高准则，周扬说："判断一个作品是否社会主义现实主义的，主要不在它所描写的内容是否社会主义的现实生活，而是在于以社会主义的观点、立场来表现革命发展的生活的真实。"[1]也就是说，社会主义现实主义把现实主义的意义规范在"社会主义"这一政治内容上。但这种意义是政治以生硬的方式加进来的，并不是现实主义在叙述中自然生成的，因此，当代文学的现实主义始终存在着一个叙述与意义之间的矛盾，作家在叙述中会有意无意地修正政治赋予的意义，会溢出规范化的意义，会让现实自身生成出新的意义。20世纪50—60年代，是社会主义现实主义的意义规范化确立期，随着规

---

[1] 周扬《社会主义现实主义——中国文学前进的道路》，《人民日报》1953年1月11日。

范化的确立，现实主义被限定到一个非常狭窄的政治框架内，现实主义的意义阐释到了一个偏执的程度，它给文学留下的空间非常逼仄，这一情景在"文革"时期更是推向极端化，社会主义现实主义的意义阐释演变为"三突出"原则，文学几乎失去了自由创造的能力。粉碎"四人帮"之后，文学界首先要解决现实主义的偏执的意义阐释，借助政治上的拨乱反正，现实主义文学导演了一场拨乱反正的宏大叙事，从"五七干校"回来的知识分子和知识青年，以历史受害者的身份获得了优先的发言权，他们成为拨乱反正宏大叙事的主角，并以现实主义的名义使得拨乱反正的宏大叙事成为新时期文学最具合法性的通道。20世纪90年代初，政治形势发生极大的改变，这为年轻的作家们松动现实主义与拨乱反正宏大叙事的联结提供了机会。作家们试图解除现实主义叙事中的意义承载，于是有了一次"新写实"的潮流。"新写实"强调零度情感，强调原生态。新时期文学的30年，现实主义基本上仍是文学的主潮。但现实主义经历了一场自我解放的过程，在这之前，现实主义的意义阐释达到了偏执的程度，于是现实主义叙述受到偏执意义的严重束缚。新时期文学从拨乱反正开始，拨乱反正的根本目的就是要改变意义偏执的状况，但它并没有改变现实主义叙述与意义之间的紧张关系。在后来的发展中，现实主义经历了疏离意义、放逐意义、重建意义的螺旋往复的过程。中国在20世纪90年代以来社会大转型带来中国当代"新的现实"，则是重建意义的必要条件。"新的现实"是当代文学的重要资源，"新的现实"变幻莫测的生活万象和前所未有的生活经验对于当代作家来说确实也是充满诱惑力的，但由此在对"新的现实"的叙述中也形成了越来越多的写作模式和小说样式。20世纪80年代，由知识分子政治精英话语建立起来的新时期文学拨乱反正宏大叙事与现实主义度过了一段蜜月期，但90年代的中国社会逐渐给市场化加温，经济几乎成为社会的主宰，市场经济的利益原则和自由竞争原则诱使文学朝着物质主义和欲望化的方向发展，这为现实主义与拨乱反正宏大叙事的亲密关系的松动乃至瓦解创造了最合适的条件。但另一方面，现实主义摆脱意义约束之后，便朝着形而下的方向沉沦。因此，20世纪90年代的现实主义就像是一头在泥淖里痛快玩耍的猪。当然，在这个过程中，不少现实主义作家反省到意义对于现实主义的重要性，希望现实主义能从泥淖里飞升，而意义就是飞升的翅膀；作家们也为文学争取到更多的自我阐释的空间，这就意味着有可能重建现实主义的宏大叙事。新世纪以来的文学变化可以看作是作家们在这方面做出的努力。

三、当代文学的组织性和合目的性

毛泽东在《在延安文艺座谈会上的讲话》中指出，文艺应该是"整个革命机器的一个组成部分"。①在中华人民共和国宣告成立的前夕，共产党正处在指挥军队"宜将剩勇追穷寇"全面摧毁国民党政府的关键时刻，仍腾出精力着手认真筹备成立领导全国文学艺术的机构，1949年初北平和平解放后，党中央就召集一批文学艺术界名人在北平商议成立中华全国文艺工作者联合会，即以后的中国文联。1949年6月30日，第一次中华全国文学艺术工作者代表大会在北平正式召开，7月23日，正式成立中华全国文学工作者协会（简称"全国文协"，即中国作家协会的前身），全国文协的领导成员为：主席茅盾，副主席丁玲、柯仲平。丁玲为文协党组组长，冯雪峰为副组长。全国文协在1953年召开的第二次代表大会上更名为中国作家协会，大会通过的章程规定："中国作家协会是以自己的创作活动和批评活动积极地参加中国人民的革命斗争和建设事业的中国作家和批评家的自愿组织。"但实际上它是国家领导和组织文学事业的特别机构，理论上说是群众团体，实际上是被纳入国家正式编制中的执行国家文化政策的、具有行政性质的机构，其工作列入国家决策计划之中，是有国家正式编制和相应的政治待遇的。作家协会是社会主义国家的特殊产物，它不完全同等于其他国家内部的作家协会或作家同盟组织。在20世纪阶级斗争对抗的时代，社会主义国家都有相似的作家协会机构，随着苏联东欧等社会主义国家的解体，这些国家的作家协会也形存实亡，或者性质发生根本的变化。社会主义国家对待文学的态度，反映了在阶级对垒分明的时代，无产阶级要从资产阶级手中夺回文化领导权的愿望。这一愿望对于中国的无产阶级政党来说显得更加迫切，因为中国的无产阶级政党是在东方专制文化土壤上开展的革命，缺乏资产阶级文明的广泛传播和精英阶层的集结，无产阶级政党以唤醒民众的方式，将启蒙与革命合为一体，这一切决定了当代文学的组织性和合目的性。如全国文协（即中国作家协会前身）成立不久，便创办了文学刊物《人

---

① 毛泽东《在延安文艺座谈会上的讲话》，《毛泽东选集》第3卷，第805页。

民文学》，时任主编的茅盾在创刊词中是这样阐述刊物的编辑方针的："作为全国文协的机关刊物，本刊的编辑方针当然要遵循全国文协章程中所规定的我们的集团的任务。这一任务就是这样的：一、积极参加人民解放斗争和新民主主义国家的建设，通过各种文学形式，反映新中国的成长，表现和赞扬人民大众在革命斗争和生产建设中的伟大业绩，创造富有思想内容和艺术价值，为人民大众所喜闻乐见的人民文学，以发挥其教育人民的伟大效能。二、肃清为帝国主义者、封建阶级、官僚资产阶级服务的反动的文学及其在新文学中的影响，改革在人民中间流行的旧文学，使之为新民主主义国家服务，批判地接受中国的和世界的文学遗产，特别要继承和发展中国人民的优良的文学传统。三、积极帮助并指导全国各地区群众文学活动，使新的文学在工厂、农村、部队中更普遍更深入地开展，并培养群众中新的文学力量。四、开展国内各少数民族的文学运动，使新民主主义的内容与各少数民族的文学形式相结合，各民族间互相交流经验，以促进新中国多方面的发展。五、加强革命理论的学习，组织有关文学问题的研究与讨论，建设科学的文学理论与文学批评。六、加强中国与世界各国人民的文学的交流，发扬革命的爱国主义与国际主义的精神，参加以苏联为首的世界人民争取持久和平与人民民主的运动。"[①]这一编辑方针更像是在完成一项政治思想任务，而这恰恰说明，当代文学从一开始就是被纳入国家的社会主义政治和经济建设的宏伟规划的，具有明确的政治目的。

但成立中国作家协会等相应的文学组织，只是国家全方位领导文学的方式之一，国家领导文学的方式是多方面的，还表现在国家文化政策的制定，文学制度、文学体制和文学生产方式的确立，等等。总之，国家通过多种方式使其领导和组织文学事业的意图得以实现。这一切，给文学创作带来深远的影响，因此，要更为准确、全面地描述当代文学史，就不能忽略对文学制度的考察。不少学者已经注意到当代文学中的文学制度和文学体制问题，并将其引入文学史的写作中。洪子诚的《中国当代文学史》为我们率先做出了一个良好的样板，他在这部著作中注重从文学制度入手去分析一些文学现象的成因，提出了许多新的见解。王本朝的《中国现代文学制度研究》则是国内第一本系统研究中国现当代文学史以来文学制度的专著，他在这部专著中阐述了文学制度的现

---

① 刘宏全主编《中国百年期刊发刊词600篇》，解放军出版社1996年版。

代性意义。

　　相对于政治制度、经济制度等社会制度，文学制度更为隐性，更多地通过一种社会习惯和精神指令加以实现。不同的社会形态具有不同的文学制度，文学制度是一个社会使文学生产获得良性循环、文学能被广大社会成员接纳的基本保证。中国当代文学的文学制度有一个最大的特点，就在于执政者对文学有着明确的政治要求，其文学制度是为了最大化地保证其政治要求的实现，通过相应的文学制度，将文学纳入到政治目标中，这使得当代文学从一开始就具有明显的组织性和合目的性。这样一种文学制度从根本上说是与文学的自由精神相冲突的，因此文学制度与文学创作之间的内在矛盾就十分尖锐，这导致了文学制度和文学创作双方的相互妥协和调整。尽管当代文学制度最初明显表现出与文学自由精神的冲突，不利于发挥文学的积极性。但我们在对待这一历史现象时，不应该轻易地从否定文学制度的角度来总结历史经验。菲舍尔·科勒克说过："无一社会制度允许充分的艺术自由。每个社会制度都要求作家严守一定的界限。""社会制度限制自由更主要的是通过以下途径：期待、希望和欢迎一类创作，排斥、鄙视另一类创作。这样，每个社会制度——经常无意识、无计划地——运用书报检查手段，决定性干预作家的工作。"[①]而对于中国当代文学来说，新中国的执政者是有意识、有计划地通过文学制度来干预作家的工作。

　　新中国成立初期，国家首先通过组织建设保证了对文学的统一领导，但随着创作实践中出现的问题，文学的领导者发现，光有组织上的严密建设，并不能保证每一个作家以合目的性的思想进行创作。为了确保文学的合目的性的发展，执政者在文学领域开展了规模广泛的思想改造运动和文学批判活动。1950年《人民文学》第3期上发表了萧也牧的短篇小说《我们夫妇之间》，这篇作品今天读来仍能感觉到作者力图站在工农兵立场上的态度，对有着知识分子情调的"我"采取了自我反省式的批判。但即使如此，这样的作品与执政者所要求的"社会主义现实主义"仍有距离，文学领导者感到不能任这样的思想发展，因此在几乎事隔一年之后，展开了对《我们夫妇之间》的批判，与此同

[①] ［德］菲舍尔·科勒克《文学社会学》，《现当代西方文艺社会学探索》，海峡文艺出版社1987年版。

时，一些新的作品如碧野的长篇小说《我们的力量是无穷的》、白刃的长篇小说《战斗到明天》等被认为有相同思想倾向，也成了批判的对象。对萧也牧等人的批判，反映了执政者对作家思想的不信任，为了从思想上保证当代文学的合目的性，就必须改变作家的思想，从而产生了以思想改造为目的的文学制度，这就是一次又一次的思想批判运动。新中国成立之后，相继开展了几次大规模的思想批判运动：1951年对电影《武训传》的批判，1954年对俞平伯《红楼梦》研究的批判，1955年对胡风文艺思想的批判，1957年的反右派斗争，每一次运动都是发动了全国思想文化界参加，在全国各类大型报刊上展开，有的还是全民性的运动。这种运动方式无疑会对人们的思想产生深远的影响甚至震慑的作用。

当代文学的组织性和合目的性，显然与文学创作的个人性的自由精神是有冲突的，这种冲突也构成了当代文学发展的内在动因之一。

当代文学在文学制度上的过于刚性的要求，则导致了文学体制的脆弱和功能退化，因此到了20世纪60年代以后，文学体制陷入重重困境，无力解决文学的问题，而将文学问题政治化。加之中国大的政治环境的改变，到"文革"时期，新中国成立以来逐步建立起来的文学体制几乎彻底溃散，文学制度也蜕变成完全政治化的制度。"文革"结束之后，执政者在总结经验教训的基础上不断改善和调整文学制度，特别是20世纪90年代以来，社会的转型也推动着文学制度的变革，一个多元化的文学格局逐步形成，体制内文学与体制外文学并行不悖，一个显性的文学制度逐步让位于一个隐性的文学制度。在这样的趋势下，当代文学的组织性和合目的性与文学创作的个人性和自由精神的冲突不再像当代文学发展初期那么尖锐和突出，当代文学的组织性和合目的性也被大大地削弱，但当代文学的这一特征并没有彻底改变，只不过组织性和合目的性不再是通过一种强制性的、行政性方式实现，而是渗透在文学制度的建设和实施之中。如今，中国作家协会已经是一个庞大的机构，目前有会员近万名，每年还以批准三四百名新会员的速度递增，至于各省市的作家协会所拥有的会员数就更多了。作家协会虽然不同于计划经济时代的运作方式，但仍通过不同方式养了一批专业作家。如今，在中国内地办有近千种文学期刊，这在世界范围来看也是一个惊人的数字，因为它们的存在，使得中国当代文学每年都能有数以万计的新作公开问世；而数十个文学专业的出版社以及大大小小的出版社都可以出版文学图书，因此每年仅长篇小说就出版有上千部。新的文学现象不断在挑战现有的文学制度，包括网络等新的文学载体的出现，因为大大拓展了文学的空间，从而使得在当代文学的组织性和合目的性与文学创作的个人性和自由精神的冲突中，后者占据了更多的主动性。

中国当代文学史已经有了轰轰烈烈六十年的历史，它留下大量的文学文本，这将是我们进行文学史叙述的主要对象。对于这些文本的解读我们可以不断地翻出新意，不断地在重写文学史中修改我们的阐释。但不论怎样修改，应该修改不了当代文学是以现代汉语建构起来的文学这一基本事实。现代汉语形成发展的历史语境决定了现代汉语思维的特殊性，或者说是一种现代汉语思维的定势，这种思维定式又与当代文学发展的外部条件相吻合，相协调。可以说，中国当代文学是在一个有限的平台上"戴着镣铐跳舞"，我们不应该忽略它的难度。

2005年

当代文学的理想主义

当代文学是中国革命获取胜利后的文学,革命者当年是怀着伟大的社会理想来进行革命的,革命获取了胜利,建立起新中国,这既是理想主义的胜利,也是继续实现伟大理想的起点。这就决定了,理想主义是当代文学的重要精神资源,也是奠定当代文学的一块基石。回顾当代文学七十年,可以看到其中贯穿着一条理想主义的红线。

当代文学是中国现代文学的延续和继承,同时又意味着一种新文学的诞生。从延续和继承的角度说,二者都是五四新文化运动的产物,是以启蒙精神为动力的。而从新文学诞生的角度说,当代文学是革命胜利的产物,是以理想主义精神为动力的。在新中国成立前夕的1949年7月2日,第一届全国文学艺术工作者代表大会在北京召开,周扬在大会上作的主题报告就是以"新的人民的文艺"命名的,他宣告这是一个"伟大的开始"。而这"伟大的开始"正是由高昂的理想主义精神拉开序幕的。诗人何其芳写了诗歌《我们伟大的节日》,发表在《人民文学》1949年10月的创刊号上,率先以高亢的曲调唱出了理想的颂歌。胡风的长诗《时间开始了》也写于这一时期。长诗由"欢乐颂""光荣颂""青春曲""安魂曲""胜利颂"五个乐章组成,其主题就是赞颂人民共和国,赞颂共和国的领袖。这些颂歌无疑洋溢着理想主义的精神。它也意味着,刚刚诞生的当代文学就是以理想主义为主调的。七十年来,理想主义精神时而高昂,时而低回;既有正声,也有变奏。这里面有很多值得我们认真总结和讨论的话题。

理想主义深化了现实主义文学的主题意识。现实主义始终是当代文学的主潮，新中国成立后，正是在现实主义思潮的推动下，迎来了当代文学的第一个长篇小说丰收期。革命历史小说有孙犁的《风云初记》、杜鹏程的《保卫延安》、杨沫的《青春之歌》、梁斌的《红旗谱》、刘知侠的《铁道游击队》、吴强的《红日》、曲波的《林海雪原》、冯德英的《苦菜花》等，现实题材作品则有柳青的《创业史》、周立波的《山乡巨变》、草明的《乘风破浪》等。这些作品的普遍特点都是在主题上强调了理想主义和英雄主义。理想主义对现实主义文学的影响我们研究得还不够，我们过多关注它带来同质化的负面影响，而没有考虑到理想主义是如何影响到作家的思维方式和行为方式的。在现实主义作家的眼里，理想主义不是虚幻的乌托邦，而是真实的未来。柳青在这一点上表现得特别彻底。柳青就是一位理想主义精神就特别突出的作家，他不仅要做理想主义的书写者，而且要做理想主义的实践者。实践者对理想主义的书写会更加真实和深刻。他在皇甫村生活了十四年，这里既是他创作《创业史》的生活基地，同时也是他实践理想的基地，皇甫的王家斌对于柳青来说，不仅仅是《创业史》主人公梁生宝的生活原型，而且也是他以理想中的新农民标准去培养的对象。当时的区委副书记董廷芝回忆柳青对他说过这样的话："玉曲这么大一片就王家斌这一个社会主义苗苗，我们要拿出党性来，把这个苗苗扶持成。"柳青在皇甫更多的时间考虑的不是写作，而是如何把皇甫村建设好，他为此付出了极大的心血。中国古代文人不仅看重著书立说，也很看重文化实践，他们活跃在乡村社会，让文化普惠民众，以文化构建起一个良序的社会。人们称这些文人为乡绅或乡贤。柳青在皇甫就是一名新乡绅，当然是一名具有革命信仰和革命理想主义的新乡绅。他在皇甫的十四年大大拓宽了作家的意义，作家不仅通过笔，也能通过自己直接参与到社会实践中来达到以文化人。

　　理想主义也为浪漫主义文学开辟了表现的空间。浪漫主义在现代文学期间并没有得到充分的发展，特别是在现代文学后期，它几乎处在苟延残喘的处境了。但当代文学因为理想主义精神具有非现实的品质，便为浪漫主义提供了表现的可能性。新中国成立后，新的政权、新的国体具有一股朝气蓬勃的气势，自然与年轻人的青春气息相呼应，一大批热爱文学的青年在这种时代氛围下激发起创作热情，当他们拿起笔进行文学创作时，内在生命的青春力获得最自然的表达。而他们的这种最自然的表达又恰如其分地印证着时代精神。王蒙、路翎、宗璞、邓友梅、刘绍棠都是在新中国成立后成长起来的青年作家，他们的创作因为这一特点便具有鲜明的浪漫色彩,比如他们不约而同地通过讲述爱情故事来释放他们浪漫的青春。但是他们又不是缠绵于个人化的爱情书写,而是要将爱情纳入更为远大的理想之中。青春、爱情、理想必须协调一致。如宗璞的《红豆》叙述了女大学生江玫和学物理的男青年齐虹的爱情故事,但最终因为理想的差异而使绵绵的爱情成为追忆。茹志鹃的《百合花》抒发了同志间的真挚友谊和异性间朦胧的爱恋,给残酷的战争和艰难的岁月留下了一缕浪漫的怀想。王蒙写于这一时期的《青春万岁》将理想主义做了最青春的表达,将一个时代的风采定格在这部作品之中。

  人类为什么创造了文学,是因为人类需要理想。与理想相对应的是现实,人类因为有理想,才会不满足于现实,才会在理想的激励下去改造世界,才会有了人类文明的生生不息。而人类理想经过思想的整合便形成了理想主义,理想主义是高于现实并能调校现实的一种思想倾向。如果说思想性是文学的基本构成的话,那么,理想主义就应该是文学思想性的母体。其实,这并非我的一己之见。在漫长的文学史中,它仿佛就是一个不证自明的真理。鲁迅曾经说过:"文艺是国民精神所发的火光,同时也是引导国民精神前途的灯火。"把文学比喻为火光和灯火,不正是因为理想精神能够照亮人们前行的路程吗?诺贝尔文学奖的颁奖宗旨也强调了要奖励那些"具有理想倾向的最佳作品"。当然,人类社会的复杂性决定了人们对于理想的期盼以及赋予理想的内涵都是具有无限的多样性的,因此,人们会对理想主义做出不同的诠释。另外,如果人们将错误的信息植入到理想之中的话,也可能对文学造成伤害。正是这一原因,中国的文学界自20世纪80年代以来兴起了一股否定理想主义的思潮,从此文学的理想色彩逐渐淡化。这股文学思潮所带来的变化并非一无是处,它纠正了文学曾被一种虚幻、僵化的理想所束缚的困局,解放了作家的思想,使作家更加贴近现实,更加倾心于对现实生存状态的精细描摹。但必须看到,这股思潮造成了长期对理想主义的拒斥和贬责,当时就有人宣称,理想主义已经终结。在有些人看来,告别了理想主义,文学将会获得空前的发展。而事实是,在这种思潮影响下的当代文学由于缺乏理想的润泽而变得干瘪和扁平、低俗和猥琐;文学成了藏污纳垢、群魔乱舞的场所。有的作家干脆把写作当成了亵渎理想的发泄。所幸的是,文学并没有死去,这至少是因为众多的作家并没有放弃理想,并且为了捍卫理想而努力与平庸、堕落的行为抗争。20世纪90年代的

"人文精神"大讨论就是在这一背景下发生的。张承志、张炜、史铁生等作家以重建理想主义和文学崇高感为目标，高高树起理想主义的旗帜，对抗当下物质与欲望极度膨胀的文坛。"人文精神"大讨论尽管没有达成一致的结论，但在这个过程中，人们更加廓清了文学中的理想主义应该是什么。文学中的理想主义表现在对人生价值与意义的追问，表现为对平庸生活与平庸人生的永无止境的超越以及对生命极限的挑战，这种理想主义主要不是以其道德伦理内涵表现为"善"的特征，而是表现为求"真"、求恒的执着与坚定，是对精神与哲学命题的形而上学思索，其极致状态的美感特征是悲凉与悲壮。比如史铁生就是这样一位孜孜追求理想的作家。他的写作不掺杂任何世俗功利目的，从而能够真正进入到人的心灵和浩瀚的宇宙进行搜索与诘问。他以惨痛的个人体验与独特的审美视角叩问个体生存的终极意义，寻求灵魂的超越之路，形成了有着哲理思辨与生命诗意的生存美学。在思想日益被矮化和钝化的当下社会里，看看史铁生在活着的时候是怎么思想的，是怎么写作的，我们可能会惊出一身冷汗。史铁生从他写《我的遥远的清平湾》起，双腿就失去了行走的能力，但因为他始终没有放弃对理想的追求，所以他可以用头脑继续行走，并走向了一个鸟语花香的精神圣地。

在七十年的岁月里，理想主义走过了一段由高到低，再由低到高的U字形的曲折变化。20世纪70年代，理想主义在极端政治化的诠释下，几乎失去了生命的症候。20世纪80年代，在思想解放的激荡下，理想主义不仅很快苏醒，而且将80年代创造成一个理想精神高扬的时代。但是，20世纪90年代理想主义遭遇经济大潮的激烈冲击，它陷入"衰微""退潮"（均为当时评论家语）的尴尬处境中。但我以为，应该将这一切都视为对理想主义的锻造，正是经过岁月的千锤百炼，今天的理想主义才更加坚实有力。

今天的理想主义更加沉稳。它不取张扬的姿态，而是紧贴着大地行走；它渗透在作家的骨子里，隐藏在写实性的叙述背后。诺贝尔文学奖宣称他们的宗旨是奖励具有理想主义倾向的优秀作家。他们最终选择了中国作家莫言。莫言的确是一位具有理想主义精神的作家，他的理想主义是建立在民间狂欢和生命自由基础之上的，这种理想主义针对着死板、庸俗、空洞的中国文化现状，是一种新的理想主义的表达方式。事实上，理想主义在作家们的笔下呈现出多样化的姿态。莫言是一种表达方式，而史铁生又是另一种表达方式。史铁生以非常低调的姿态书写理想主义，学者许纪霖敬称其为"另一种理想主义"，认为这是"一种个人的、开放的、宽容的、注重过程的、充满爱心的理想主义"。这是一个尊重个性的时代，我们应该让丰富的个性融入理想主义之中。个性化的理想主义也正是新世纪以来文学创作的重要趋势。比如"70后"一代曾被认为是失落理想的一代，然而"70后"作家徐则臣自称是一个理想主义者，不过阅读他的作品，就会发现他所表现的理想主义精神不同于80年代曾经盛行的宏大叙事，他更愿意从一个流浪汉身上发现理想主义的火种。

当代文学七十年，理想主义精神的内涵处在不断调整变化的动态之中。总的来说，有两种趋势值得引起人们重视。

其一，由政治的理想向人文的理想转变。

当代文学的理想主义不仅包含着政治内涵，也包含着人文内涵。新文学在诞生之际就埋下了思想启蒙的种子，在以后的文学发展中，这颗种子长成了大树，也赋予理想主义鲜明的政治理想成分。当代文学就是这株大树结出的果子，政治理想也是它最初的乳汁。20世纪50年代的理想主义是在政治理想的键盘上敲打出来的音符。20世纪80年代，政治理想再一次让当代文学迸发出火花。因为文学直接参与到"拨乱反正"的思想斗争之中，从伤痕文学到改革文学，许多文学作品因其明确的政治诉求而在社会上引起热烈的反响。张洁在《爱，是不能忘记的》中借钟雨之口表白："我只能是一个痛苦的理想主义者。"她的第一篇小说《从森林里来的孩子》就可以归入伤痕文学之列，充满"救赎意识"和理想主义，是与整个社会的政治诉求相吻合的，体现出中国知识分子的政治情怀。以这样的政治情怀，她接着写了呼应社会改革意愿的《沉重的翅膀》，在这部典型的改革文学中，我们能感觉到张洁在努力挣脱政治意识动态的影响，因此她对改革的叙述相对来说比较纯粹。张洁的变化不是孤立的。从20世纪80年代中期开始，文学界明显出现"向内转"的趋势，这表现在文学作品中，就是作家们的兴奋点由外部社会转向的人的内心，理想的内涵也由偏重于社会性转向偏重于人性和精神性。20世纪90年代的社会转型进一步刺激了当代文学，当经济大潮迎面扑来，人们久被压抑的世俗欲望得到充分释放时，把以往的精神追求当成一种羁绊，理想的圣殿也在一点点坍塌。人文精神大讨论其实也是一次对理想主义精神内涵的质疑和诘问。尽管人文精神大讨论最终不了了之，但它的一个后续行为便是，人们逐渐在置换理想主义的精神内涵，置换的整体趋势是增加了人文精神的分量。所谓人文精神，是一种普遍的人类自我关怀，是对人的尊严、价值和命运的维护和捍卫。人文理想是人文精神最完美的体现和终极目标。

对于文学来说，应该感谢20世纪90年代以来经济大潮的冲击，它不仅大大松动了文学与政治的密切关系，而且也将文学逼至绝境。处于绝境的文学越来越意识到维护人性之善和心灵之美才是文学的根本，因此在理想主义的书写上越来越注重人文内涵的分量。张洁就是在这一背景下完成了《无字》的创作。这是一部对自我和历史进行深刻反思的作品，她的反思其实也是对理想主义的清理和反思。小说通过吴为与胡秉宸的爱情历程来表现这种反思。吴为是一名投身革命队伍的知识分子，胡秉宸是革命队伍中的高级干部。作为革命者的胡秉宸忠诚于革命事业，也必须服膺于革命原则；作为恋人的胡秉宸忠诚于自己的爱情，敢作敢为。作为恋人的胡秉宸可以为吴为献出一颗炽热的心；但作为革命者的胡秉宸又不得不违背自己的情感屡屡伤害了吴为。是社会历史一步步铸造了胡秉宸的双重人格，胡秉宸的复杂性无不映照着社会历史的复杂性。吴为最初是怀着火热的激情参加革命的，她的成长和挫折都与革命历史的轨迹相应合。吴为对胡秉宸的态度也发生着变化，从崇拜和依恋，到质疑和反叛，吴为的个人自主性也越来越明确。吴为对爱情的追求代表了文学对理想的追求。胡秉宸则是理想的承载体，吴为以为跟着胡秉宸的政治性就能够解决一切问题。但胡秉宸的双重人格说明了政治并不能解决要自身的问题。张洁在后来的创作中越来越强调理想主义的人文内涵，在她眼里，人文精神是高贵的，她要以高贵的姿态去抵抗世俗的欲望，她蔑夷道："世界已无可救药地走向粗鄙、流俗，连肉感与性感的界限也分不清了。"她从此成为一位理想追求的完美主义者。张洁在中篇小说《听彗星无声地滑行》中塑造了一个完美主义者艾玛，艾玛在热恋中也会在意自己的行为方式是否合乎理想标准。在长篇小说《灵魂是用来流浪的》中，张洁则虚构了一个远离现实的小岛，墨非对现实的功利和物质毫无兴趣，他要到岛上来破解一个古玛雅人留下的数字之谜。尽管这样的破解毫无实际用处，但张洁就是要告诉人们，墨非的行为就是让灵魂去流浪，我们只有在流浪中摆脱俗世的困扰，从而获得精神的自由。

有人说《北去来辞》写的是"北漂"，我更倾向于说它写的是"北上"，柳海红北上寻找自己的幸福。在中国文学的叙述中，南方、北方往往不仅仅是一个地理概念,柳海红身上的生机勃勃属于南方,在史道良的引导下,她走进了她所向往的肃穆的北方。但现实的洪水在不间断地冲决肃穆的堤坝,北方已经不是以往的北方。海红在一点点地缩短她与现实的距离,虽然她与现实的紧张关系并没有缓解,但她的精神日益走向了自由。而作为海红的引导者,史道良却越来越不适应属于自己的北方。

史道良这个文学形象应该是林白在这部小说中给予文学最大的贡献。史道良的典型意义就在于,他代表了与新中国风雨岁月一起沉浮的一代知识分子的精神面貌。这一代知识分子的最突出的精神特征是他们的理想主义精神和对信仰的依赖。柳海红最初愿意跟随史道良北上,又何曾不是被他神情中所闪烁着的理想光芒所打动呢?但是,史道良显然是一个悲剧性的人物,当他坚守着理想的时候,没想到整个社会的理想已经在悄悄地发生蜕变,虽然城头并没有变幻"大王旗",但旗帜的颜色已经褪尽。史道良并不愿随波逐流,这导致了他的精神痛苦,他几乎与现实格格不入。知识分子的命运其实折射了中国的命运。不少作家都愿意借知识分子形象去反思中国历史,比如王蒙的《活动变人形》,比如格非的"乌托邦三部曲"。林白对史道良的观照,有比别人更清晰的地方,因为她本人并没有纠缠在知识分子身份之中,她有一种"旁观者"的视角,但她又有亲人和恋人的身份,从而去掉了"旁观者"的隔膜感。林白在对史道良的认知上,体现出她在处理个人经验的反复与成熟上。林白并不否定史道良身上的理想主义。在这一点上,可悲的不是史道良,而是今天的社会,社会的空间被物欲挤压得满满的,哪有理想主义的插足之地。史道良的悲剧则在于,他将自我与理想、信仰捆绑在了一起,当理想、信仰在现实中失去根基之后,他也就找不到自我了。史道良这一代知识分子或许可以说就是迷失主体的知识分子,他们的主体必须在理想和信仰中才得以呈现。史道良这一代知识分子在现实的裂变中自然也各自寻找去处,有的人也许寻到了新的"主义",主体有了新的附着体。但史道良是一个执拗者,这使他的主体始终处在迷失和焦虑之中,也只有在他面对自己的爱人海红时,在表现自己的爱情时,他的自我在能够真实地呈现出来。史道良最终的出走,或许是他要到茫茫宇宙中寻回真正的自我。

其二,由精英化的理想向平民化的理想偏移。

这里使用的动词不是转变而是偏移,是想说明精英化与平民化并不构成对立，只是二者在理想内涵中所占的分量发生变化而已。关于这一点我想以梁晓声为例加以阐述。

　　知青文学从整体上说具有理想主义特征。因为知青一代是在洋溢着理想主义的教育环境中完成自己的世界观建构的，理想主义已经铸进了知青一代的灵魂之中。知青一代的理想主义明显打上了时代的烙印，其主体是与当时的政治理想合拍的。但同时也要注意到，知青的理想主义还有另一个精神源头，这就是文学经典。当时能够读到的文学经典尽管有限，但这些文学经典对于正处于如饥似渴求知阶段的知青们来说好似久旱的甘霖，成为他们建构理想的重要蓝本。文学经典赋予了知青理想主义的精英化特征。比如梁晓声理想主义的另一个重要的精神源头就是俄苏文学。俄苏文学具有浓烈的社会忧患意识，传递出俄苏作家强烈的人文理想。赫尔岑曾说过，我们的全部文学史，就是一部殉道者的史册，放逐者的列传。自现代文学以来，俄苏文学对中国作家的影响一直很大，梁晓声的少年时期能够公开接触到的外国文学作品几乎只有俄苏文学。梁晓声对俄苏文学则有一种偏爱。他曾记述自己当年热爱俄苏文学的情景："我对俄罗斯文学怀有敬意。一大批俄国诗人和小说家是我崇拜的——普希金、莱蒙托夫、果戈理、赫尔岑、屠格涅夫、陀思妥耶夫斯基、托尔斯泰、契诃夫、高尔基，等等。……高尔基之后或与高尔基同时代的作家，如法捷耶夫、肖洛霍夫、马雅科夫斯基等，同样使我感到特别亲切。更不要说奥斯特罗夫斯基了，《钢铁是怎样炼成的》几乎就是当年我这一代中国青年的人生教科书哇！"他曾将《钢铁是怎样炼成的》中的不少段落抄录下来，奉为自己进行创作的范例。梁晓声在北大荒当知青时曾仿俄罗斯风格写过一篇小说，故事框架是中国古代著名短篇小说《杜十娘怒沉百宝箱》，但他将背景换成了俄罗斯的村庄，小说人物的名字也用的是俄罗斯名字。在他早期的知青文学作品中，刻下了明显的俄苏文学印记。事实上，无论是知青作家，还是知青作家的前一代——20世纪50年代进入文学创作、经历过反右派和"文革"等政治运动的"五七干校"作家，他们的文学背景中都或多或少地有着俄苏文学以及西方古典现实主义文学的影子，因此决定了他们在书写理想主义时都具有精英化的共同特征。精英化特征从一定程度上冲淡了政治化带来的局限性。比如在前面所提到的柳青，他写作《创业史》尽管表达政治路线的主观意图很明确，但正式进入文学叙述时，精英意识的作用，使他能够调整自己对人物形象的塑造。

精英化的理想面对世俗化的现实时就显得软弱无力，因此在20世纪80年代，尽管精英化的理想主义能够帮助作家摆脱政治的约束，但由于缺乏现实的支持，这种精英化的理想主义也难以持久。梁晓声应该也感受到了这一点，但他作为一名执着的理想主义者，迫切希望在现实中寻找到理想的生长点。《雪城》就是在这一背景下写出来的。《雪城》的上部在说，知青一代的理想终于随着一个时代的过去而失落了，于是上部悲怆地结束在"返城待业知青们的旗帜倒了，被踏在他们自己的脚下"这句话上。但《雪城》的下部则是在说，知青一代要在新的时代寻回自己的理想，于是下部的结尾出现了大学生高呼"振兴中华"的慷慨激昂的场景以及主人公之一姚守义的"倒退和前进都不那么容易"的壮语。那么他是否从现实中找到了理想的生长点呢？他找到了，这个生长点就是平民化。他将平民精神引入到理想之中，并且抨击了精英、贵族对文化的垄断。《雪城》的人物设置就明显体现出梁晓声关于理想的重新思考。凡是被赋予理想色彩的人物基本上出身于平民，而出身于高贵家庭的子女则总有一个背叛高贵血统的悲剧经历。这种强烈的平民意识一方面是作者不满于社会不公的主观愿望，另一方面也折射出那个时代的社会思潮变化。2018年梁晓声写出了更厚重的作品《人世间》，这部作品可以说是他的理想主义的全面表白，也是他对自己的理想主义追求进行全面的反省。反省首先从平民化的理想开始。他认为把理想完全寄托在平民身上也是不靠谱的，尽管这部小说是以平民为主角的。周家三兄妹中，老大周秉义成了高级领导干部，老二周蓉成了作家，只有老三周秉昆仍是普通工人。他们一个代表政治权力，一个代表知识分子，一个代表底层平民，但梁晓声选择了代表底层平民的周秉昆作为第一主人公，并以其作为叙述的主视角。虽然周秉昆没有当领导干部的哥哥那样有赫赫政绩，也没有当作家的姐姐周蓉那样能以自己的作品影响广大读者，但他善良，讲情义，踏实本分地做自己该做的事。梁晓声在道德上美化周秉昆，但他同时也意识到，底层是一个复杂的社会存在。在一次兄妹与好友一起讨论国家大事时，大家历数贪官污吏给社会带来的危害，却是周秉昆愣愣地问了一句："贪官污吏和刁民，哪种人对国家的危害更大？"底层既有好人，也有刁民，怎么解决刁民的问题呢？梁晓声又回到了"五四"的启蒙精神，回到启蒙精神也就是回到文学，因为"五四"先驱们是以文学来进行启蒙的。这也正是梁晓声反思理想的又一成果，因为只有坚定地站在人道主义的立场上，我们的理想才会真正代表正义和未来。因而梁晓声在《人世间》中突出了人道主义的主题，他面对人世间的普通百姓，看到了普通百姓的情和义。他反复书写的也是情和义。不少关于情和义的细节非常感动人。人道主义也使梁晓声对人民性有了更准确的理解。在人民性问题上，有的作家滑向民粹主义，有的作家则完全把人民性作为一个抽象的政治话语对待。但梁晓声对这两种观念都保持了足够的警惕，他的《人世间》可以说是一部形象阐释人民性的作品。

理想主义给作家添加了一架时间的望远镜，能够超越现实看到未来的图景。这使我想起六年以前项小米的一部长篇小说《记忆洪荒》。这是一部反映20世纪五六十年代成长起来的一代人的精神成长史。项小米意识到，这一代人的最大特点便是理想精神特别强大。理想精神也是这一代人最宝贵的精神财富。当然，在荒诞的年代里理想也成为一种荒诞性的符号。项小米既写出了在那个荒诞年代里理想主义的异化，同时也重点写了许北北、陈海平们如何在一个荒诞年代里有限地践行着理想主义的。项小米的重点是写理想主义在当下的处境。她通过陈海平、朱晓军等人物的故事，表达了这样一层意思，理想主义作为这一代人的精神内涵，在当今这个越来越注重功利和实际的时代里变得格外珍贵，而且具有顽强的生命力。小说为此专门设计了一条研究中国芯片的情节线。中国芯片是朱晓军一直在做的科研项目，他要做这个项目并不是为了赚钱，而是为了国家的安全和民族的未来。小说通过这条情节线提醒人们：芯片是计算机的核心部件，现在全世界的计算机系统都是使用美国的芯片，这就意味着，"美国人哪天一不高兴，全世界便没有秘密可言"。这对于一个国家和军队而言，是"最高级别的危险"。一位作家六年前在小说中对未来的预警，没想到很快在今天就成为现实！

今天，对于当代文学而言，理想主义不再是一种高调和夸饰，也不再是远离现实的乌托邦。它可能化作了一股和煦的风，潜行在作品的字里行间。七十年来理想主义的嬗变，似乎给当代文学带来不少亮色。但是，我们也不要忘记，缺乏科学精神和理性精神支撑的理想主义是如何导致人的痴迷和疯狂。因此，理想主义作为重要的精神遗产，很有必要进行认真的整理和研究。

2019年

马克思与我们同行

《马克思恩格斯列宁斯大林论文艺》又出版了一本由中国作家协会和中央文献研究室共同编辑的新版本，这并不是一个多大的新闻，因为，马克思主义文艺观是我们文艺的指导理论，关于马克思主义文艺观的著作出版了很多的版本，这是很正常也很平常的事情。如今又出一个新版本，在译文上更加精准，在选文上也有新的考虑，这也是锦上添花的事情。但是我在参加为这个新版本而举行的研讨会时仍然收获了不少感慨。

我听到非常年轻的批评家说，他们是第一次阅读其中的一些文章，他们才发现，马克思的文章写得这么有文采。也许他们的发言有某种策略性的考虑，但应该承认他们的发现是由衷的。我们总是强调马克思主义在理论上和思想上的唯一性和权威性，于是人们就不再注意马克思的文采了。我想，马克思的著作在我们的身边应该是轻易就能获得的书籍，然而人们也许太容易获得，反而熟视无睹了吧。今天有年轻人注意到马克思的文采，是一件很可喜的事情。不过还有比文采更重要的问题，年轻人能否发现呢？就说这本新出版的《马克思恩格斯列宁斯大林论文艺》吧，收入书中的文章，基本上都是马列文论的经典文章，是学习马克思主义文艺观的必读文章。但即使是这些文章，如果是一位不熟悉马克思主义的年轻批评家来读的话，是不可能真正读懂的。这并不是说马列文论是多么晦涩难懂的读物，恰恰相反，马列文论在文风上都是清新明快的，但是，有的人也许只能读懂字面上的含义，而不能真正把握到这些文章的思想价值，因为马列文论是以马克思主义为哲学基础的文学理论，不了解作为基础的哲学思想，遑论对马列文论的了解。马列文论的特殊性就在于，它是马克思主义哲学思想的组成部分，它不可能脱离马克思主义哲学思想而独立存在，一个不会运用马克思主义哲学思想进行思维的人也就不可能真正理解马列文论的精髓。

我的感慨之一：马克思离我们是远还是近？

马克思主义在中国当下的处境是相当特别的，因为它的特别就使得关于远与近的答案变得非常迷离。首先，它无疑是近的。马克思主义作为执政党的指导思想，不仅写进了党章，而且也写进了宪法。在政治场合，在公共领域，马克思主义是说得最响亮的词语。但是，在我们的日常生活中，在非政治性的场合里，它似乎又是离我们很远的。特别是在学术界，除非你是专门研究马克思主义的，人们一般都似乎尽量回避自己的研究是与马克思主义有关联的。有的人曾做过统计，称在申请国家社科基金项目中，专门研究马克思主义的申请项目才占了百分之几。然而以我的观察，马克思离我们既远又近，远的是一个被意识形态化的、被套话化的马克思，近的则是真正的、作为理论思想武器和观察世界方式的马克思。即使是思想学术界，中年以上的学者和知识分子基本上都是在马克思主义的熏陶下成长起来的，尽管在这个过程中，人们会接触到教条式的、被篡改了的、挂羊头卖狗肉式的各种各样的假马克思主义，但正是在对真与假的反复识辨过程中，人们逐渐理解了、学会了马克思主义观察世界的方法，从而在其世界观和方法论的塑型过程中融入了大量的马克思主义的元素。同样，我们也丝毫不应该低估马克思主义在当代文学理论批评建设中的作用和影响。也许人们在理论和批评实践中没有直接引用马克思主义的言论，但他们的观察和分析文学的视角和方式却是马克思主义的，或者受到马克思主义的主要影响。比如对当代现实主义的辨析，比如对底层文学的倡导和讨论，比如对现代性的批判性反思，比如关于文学中的道德精神重建的呼吁，等等。事实上，马克思不仅离我们很近，而且就活在当下，活在人们看待世界的方法中。

问题在于，许多人似乎看不到当下仍然活着的马克思，也不认同在我们思想中还活跃着的作为方法论的马克思主义。这就有了我的第二个感慨。

我的感慨之二：马克思是孤单的吗？

一百多年前，马克思和恩格斯说，有一个幽灵在欧洲大地上徘徊。这个幽灵就是马克思主义。按照通常的说法，是"十月革命一声炮响"，给中国送来了马克思主义。在其后的近一个世纪的岁月里，马克思主义不断发展壮大，并成为社会的主流意识形态。在这个过程中，我们始终在进行着真假马克思主义的辨析，并且形成了一种顽固的思维定式，非要强调自己的马克思主义才是正宗的，才是正统的，进而言之，也只有他们自己的马克思主义才是唯一正确的。这种思维定式其实就是将丰富多彩的现代思想理论全部都视为马克思主义的对立面，在这种思维定式下，马克思主义自然是孤单的。但实际情况完全不是这样的，回望一百多年来的世界思想史，我们看到的是马克思主义与现代思想理论有着千丝万缕的联系。马克思主义作为一种重要的精神遗产，在20世纪思想发展的进程中一直发挥着作用。与中国的思想学术界相反，西方现代思想家们并不讳言他们从马克思那里汲取了营养，他们乐于称自己是马克思主义的继承者。德里达甚至说："地球上所有的人，所有的男人和女人，不管他们愿意与否，知道与否，他们今天在某种程度上都是马克思和马克思主义的继承人。"[1]因此，可以说，马克思从来就没有孤单过。

　　同样的，我们说到马克思主义文艺观，显然不仅仅是指收录在《马克思恩格斯列宁斯大林论文艺》这本书中的经典文章，而且也应该包括后来的文艺理论家和思想家以马克思主义的哲学思想和方法去处理当下社会新的现象而产生的思想成果。所以，马克思主义文艺思想是一个大家族，一代又一代不断繁衍，生生不息。马克思主义文艺思想又是一条滔滔不绝的大河，我们既要追溯到它的源头，也要重视它的运行。为了更好地展示马克思主义文艺思想的当代性，我们应该认真地整理出一个马克思主义文艺思想大家族的谱系图。在这张谱系图中，不仅有普列汉诺夫、卢卡契，而且还有葛兰西、阿多诺，还有哈贝马斯、马尔库塞、詹姆逊、德里达、罗蒂……这些如雷贯耳的名字我们还可以继续开列下去，那么在整理这张谱系图时，我们就会发现，马克思主义文艺思想的大家族是一个多么庞大的家族。不仅如此，我们同时还会发现，进入这张谱系图中的思想家理论家们在中国当代的文学批评界和学术界都是颇有影响的人物；中国当代的文学批评家们，特别是年轻的文学批评家们经常将他们的名字和经典句子挂在嘴边。我们应该把这看成是中国的文学批评界学习马克思主义文艺思想的一种途径，正是在与当代一系列思想家和理论家的接近过程中，

---

[1] 德里达《马克思的幽灵》，第127页，中国人民大学出版社1999年版。

中国当代的文学批评家们学习到了马克思主义如何应对当代世界的方式。这充分证明了马克思主义的当代性。马克思主义从它诞生起就是和当代结合在一起的,它不是收藏在图书馆书库里的典籍,它是活在当代的思想和方法。马克思主义的当代性决定了它是在不断地发展、变化,甚至变异。发展、变化中的马克思主义就是当代的马克思主义,正是从这个角度说,马克思始终与我们同行。如果我们恪守书本上的马克思主义,不能接受发展、变化,甚至变异的马克思主义,实际上也就是拒绝与马克思同行。回望一百多年历史,马克思从来就没有孤单过,真正孤单的,应该是那些把马克思当成一成不变的偶像来崇拜的人。

我的感慨之三,我们该怎样与马克思同行?

马克思主义的当代性是由它的实践哲学基础所决定的。马克思曾在《关于费尔巴哈的提纲》中有一段经典性的言论:"人的思维是否具有客观的真理性,这不是一个理论的问题,而是一个实践的问题。人应该在实践中证明自己思维的真理性,即自己思维的现实性和力量,自己思维的此岸性。"[①]这段话就是对马克思主义本身最好的诠释。马克思主义是一种实践的哲学,它只有面对活生生的现实才会呈现它的思想力量。这也决定了我们与马克思同行的方式。马克思主义作为一种实践哲学,具有强烈的社会批判性和革命性,即使在今天这样一个笼罩着一片"告别革命"的和平年代,我们也不应该放弃马克思主义的社会批判功能和革命功能,否则我们就有可能阉割了马克思主义的本质。

德里达对待马克思主义的态度给我们重要启示。德里达反对将马克思已有的结论当成"指令",相反他明确质疑马克思有关劳动、阶级等方面的理论,但是他在批判当代资本主义社会时,完全采用了马克思主义的方法。德里达以幽灵来命名马克思主义,其深意就在于此,事实上,马克思当时对西方工业文明的淋漓尽致的批判,对于那些向往更加理想化社会的思想家们来说具有强大的吸引力。马克思就像幽灵一样钻进了他们的思维之中。因此,德里达强调,马克思的幽灵不是单数,而是复数。现在,在我们的前面集合着的是阵营强大的"马克思的幽灵们"。作为复数的马克思,对于我们来说意味着有了更多的

---

① 马克思《关于费尔巴哈的提纲》,《马克思恩格斯列宁斯大林论文艺》,第47—48页,作家出版社2010年版。

选择，但是，显然这并不是要求我们去把幽灵们的理论当成"指令"。事实上，我们可以挑剔出幽灵们在理论上的各种各样的缺陷。然而他们的现实批判精神却是共同的，他们对传统哲学的批判都导向现实问题的政治关怀，导向实践性。在这种共同性中让我们看到"马克思的幽灵"是如何在新的现实面前不断焕发出新的生命力的。当然，它也说明了一个事实："我们今天仍然处于马克思主义的政治及历史'场域'中，处于马克思主义的'问题域'中，无论这种场景是马克思主义创造的，还是那些为对抗马克思主义的理论及社会运动而做出的回应构成的，总之，马克思主义远未终结，我们的一切思考和行动都不由自主地置于这种场景之中。"[1]

当代中国的文学批评家仍然处在这样的"问题域"中，他们不乏自己的思考。我曾读到赵勇的一篇文章《文学活动的转型与文学公共性消失——中国当代文学公共领域的反思》（发表于《文艺研究》2009年第1期）。作者的"文学公共领域"概念来自"马克思的幽灵"，哈贝马斯在《公共领域的结构转型》中论述兴起于18和19世纪早期的资产阶级社会的公共领域的发展与衰落，公共领域是其核心概念。赵勇借用这个概念来探讨中国当代文学的公共性问题。在他看来，中国在20世纪80年代大体形成了一个文学公共领域，到了90年代以后，这个公共领域则逐渐消失了。在赵勇的论述中隐含着他对当下文学的彻底失望。他认为80年代的可贵之处就在于知识界有一种"求真"的欲望，他们争论、思考，并让这种争论和思考进入到公共空间之中，但90年代以后文学已经没有能力提出与公共性有关的问题了。赵勇的文章发表后曾有人提出质疑，认为他所阐述的文学公共领域并不是哈贝马斯所要表达的意思。尽管这种质疑本身也不见得真正符合哈贝马斯的原意，但即使赵勇所论述的公共领域与哈贝马斯有区别，这并不妨碍他借用这个概念来表达他对当代文学的批评。重要的是他受到了哈贝马斯对于政治活动空间理想化的启示，从而发现了中国当代文学在近二十年间逐渐退出公共性空间的蜕变过程。他在论述中所体现出的问题意识、实践精神和政治情怀，是与哈贝马斯相通的。从这个角度看，他们都是与马克思同行在现实的道路上。赵勇似乎过于悲观，他认定了文学再也无法返回到公共领域，重建公共性的伟大工作也与文学无缘，这大概也是由于

---

[1] 张立波《后现代思想家与马克思》，《天津社会科学》2000年第2期。

我们眼下的文学现实和社会现实没有给我们提供希望的信息，但无论文学的现状如何，至少文学批评界应该有一种重返公共性、重建公共领域的社会担当，哪怕这只是乌托邦的想象。哈贝马斯的文学公共领域又何尝不是一个理想化的概念，他所界定的公共领域是指"政治权力之外，作为民主政治基本条件的公民自由讨论公共事务、参与政治的活动空间"，[①] 这样一个空间在现实中就从未存在过，但这并不影响哈贝马斯以此去批评现实。我们这样做，在很大程度上就是马克思与我们同行的缘故。

2010年

---

① 哈贝马斯《公共领域的结构转型》，第121页，学林出版社1999年版。

从精神性到典雅性

当代长篇小说处在空前的繁荣期。这不仅指它的数量，而且也指它的质量。长篇小说的质量是建立在中国现代汉语文学百年发展的基础之上的，在我们的面前站立着一位文学的巨人，这就是现代汉语文学前辈们开创的现代文学传统。这个传统与我们的写作有着最直接的关系，因此我们完全应该像牛顿一样说，我们今天是站在巨人的肩膀上。我以为，当代小说叙述要比过去更加成熟，小说内涵也要更加深邃。对此，我们丝毫不应该妄自菲薄。这是从整体上来说的，就是说，今天我们的小说叙述起点都比较高，但是让我们感到不满足的是，我们缺乏挺拔的高峰，缺乏令人们"高山仰止"的经典。从这个角度说，我们的小说家仍然有努力的空间。我觉得，当前的长篇小说可以在以下几个方面加大关注的力度，它或许能够提升长篇小说的品质。

一、让现实性与精神性相结合

现实主义是现代文学传统的重要组成部分，现实主义传统赋予了当代长篇小说强烈的现实性。小说家从来就没有冷却过关注现实的热情，现实生活始终是长篇小说的最主要的写作资源。我写过周梅森的小说评论，他20世纪90年代以来的小说基本上都是直接反映现实生活的，我几乎都读过他的这些作品，我发现，周梅森是以政治的眼光来观察现实的，他从政治的角度去观察现实变革中的新动向新因素，所以我说他的小说是"政治白皮书"，他凭着他的持续的政治热情，以小说的方式记录着现实变革的进程。恩格斯曾评价巴尔扎克的《人间喜剧》是提供了一部法国社会的现实主义历史,说他从巴尔扎克的小说中所学到的东西"比从当时所有职业的史学家、经济学家和统计学家那里学到的全部东西还要多"。我觉得,当代长篇小说所记录的现实生活特别是改革开放三十年来的社会变迁,也是非常全面非常丰富的,可以借用恩格斯这样的评价,因为我们从反映现实的长篇小说中所学到的东西,恐怕也可以说要比从史学家、经济学家和统计学家那里学到的东西还要多,特别是恩格斯所讲的"细节方面",而且我以为还应该包括心灵和精神方面,这更是文学的长处。

  但是,长篇小说仅仅有现实性是不够的,仅仅满足于"记录"也不是真正的文学。我以为,有不少长篇小说仅仅止步于现实性上,现实性也许会带来故事性,有些小说故事编得很好看,也让人联想到现实,但除此之外就没有了。小说不同于历史学、经济学、社会学的方面就在于它要为读者提供精神性的东西。文学从根本上说也是慰藉人的精神的,所以好的文学作品应该是一座精神的寺庙。人们的很多愿望在现实世界中不可能满足,在现实世界中还会遭遇到很多挫折、受到伤害,带来心灵的痛苦。那么有没有一个地方来满足人们未曾实现的愿望,来抚慰人们受到伤害的心灵呢?有,这就是作家们通过想象而提供的一个文学世界。作为精神慰藉之所,精神性就应该是第一位的因素。精神性涉及世界观、人生观、价值观,但在文学作品中这一切不是直接裸露着的,它渗透在文学形象之中,在长篇小说中就会凝聚成一种诗性精神。红学家周汝昌在谈到《红楼梦》为什么会成为稀世的文学瑰宝时就认为,关键在于《红楼梦》有"诗的素质"。因此,尽管从内容、样式上看,《红楼梦》与过去的才子佳人小说有相似之处,可是诗的素质使它超越了所有的才子佳人小说,曹雪芹以诗性精神在作品中建构起一个宏大的精神宇宙,小说完全写的日常生活,也有世俗的欲望,但我们从这些内容里能得到一种诗性的感染,比方说,贾宝玉的"意淫"与西门庆的纵欲相比,带给我们的感受就完全不一样。所以,诗性精神是文学的灵魂。

  我以为,长篇小说应该在现实性与精神性的结合上下功夫,这种结合并不容易,不是说作家把一些伟大的思想、崇高的观念贴到作品中就有了精神性。这种结合应该是像糖溶到水中的结合。有时我也看到作家力图丰富作品的精神性,但他没有找到将现实性与精神性结合起来的方式。最好的结合方式其实就是最好的文学方式。最近我读到四川作家春绿子的小说《空城》，小说讲述成都市民的日常生活，一个个鲜活的人物构成了一幅成都的世象画廊，是一部市井风情特别浓郁的作品。但作者并不满足于反映现实的日常生活，他想对日常生活的描写进行精神的拓展，因此他写到了汶川大地震，他也不是一般性地写地震发生了什么事情，他是想表现，"像水一样闲适"的成都人在这场大地震面前心灵受到怎样的震撼。作者通过人物之口表达这样的忧虑，沉湎在世俗中的人类需要得到拯救，但宗教已无力拯救人的心灵，现在需要一种超时空、超自然的力量。而作者从震惊世界的汶川大地震中感受到了这种警示人类的超时空、超自然的力量。汶川大地震之后我读到了不少以这次大地震为题材的文艺作品，但还没有一个作品像《空城》这样从一个哲学的高度来写的。尽管如此，我对这部作品仍然感到不满足，关键就在现实性与精神性这二者没有找到一种最佳的结合方式。作者在写日常生活时，洋溢着非常欣赏的闲适的情调，他自然就难以从世俗中超脱出来。比如说，情欲在春绿子的笔下不仅是一种积极乐观的生活态度，而且是一种富有日常生活情趣的审美材料，他描写成都的景色时，往往会加进去情欲的成分，凸显出成都的风情万种。如："成都的春天格外长，像一个沉溺在温柔乡里的情种，几度缠绵，总不愿离开。"又如："那些大大小小的街巷，从早到晚却充满一种病态的温暖，到处弥漫着经日不散的热气，那热气里是稠密而醉人的烟火味。"又如："旁边有一家烧烤店，里面挤着很多人，一蓬蓬味道厚实的青烟，从那屋子里肆无忌惮地飘出来，从巷子里一路流过，像无所顾忌的娼妓一样，引诱那些不甘于夜晚的寂寥的男男女女。"又如："春雨里的成都，像一个两鬓插满春花的女人，虽浑身烟雨，却格外风情，格外柔丽。"在春绿子的叙述里，情欲真像是一个精灵。春绿子在小说中也嘲笑了那些追求精神脱俗的主张，在他看来，单纯把精神与物质和欲望割裂开来的主张是虚假的。但作者并不是一味地为情欲辩护，而是把情欲这个精灵看成是一个中性的"酶"，"酶"总是在发酵，但有时候发酵是做出香甜可口的蛋糕，有时候发酵却是催长了可怕的病菌，他在表现情欲时也在不断地反省。他的自我欣赏和自我反省构成一种内在的矛盾。这种内在矛盾带来小说叙述风格的不协调，精神性的东西就没有灌注到整个叙述之中。这样的小说可以说是差那么一点火候，很多小说也就是差那么一点火候。

二、让批判性与人文情怀相结合

批判性是现实主义的灵魂。我们都知道列宁评价托尔斯泰时，称他是俄国革命的镜子。列宁的这个比喻不仅指出了托尔斯泰的现实性，而且也是通过这个比喻指出了托尔斯泰的批判性。因为列宁在这篇文章的一开头就说，革命是托尔斯泰不了解也要避开的事情，托尔斯泰分明不能正确地反映革命，但为什么还要说是镜子呢，这就在于列宁是一位"强烈的抗议者、激愤的揭发者和伟大的批评家"。在我看来，用镜子来比喻现实主义文学，不仅有真实反映的意思，而且还有暴露、呈现、监督的意思，也就是强调了现实主义文学的批判性。法国学者在总结19世纪以来的法国文学时认为，理性的批判，是"法国文学中最富活力、最有影响、冲击力最大、生命力也最强的部分"。我以为，也可以这样来评价批判性在当代长篇小说中的作用。我们的作家对社会有着一分责任心，对社会中的丑恶和弊端有着一种疾恶如仇的情感。

但有时候我读到一些充满批判性的小说时又总觉得欠缺点什么。作家在小说中对丑恶的东西毫不留情，不惜用最渲染的方式将丑恶放大了揭露出来，弥漫着苦难，充斥着邪恶，传达着绝望和悲观。阅读这样的作品时，就觉得是身陷漫无天日的荒漠之中，四周都是干燥的，这时候哪怕有一口清水润湿一下干渴的嘴唇都会感到满足。这就是这些作品所欠缺的东西，它是一种温润的人文情怀。温润的人文情怀是沙漠中的绿洲。

有一位"80后"的作家将他的一部长篇小说的提纲给我看。从这个提纲中我看到了年轻人对现实的质疑和不信任。小说是以一个孩子的视角来看世界的，这个孩子看到了世界上种种毁灭美好、丑恶盛行的事情。他的母亲与人偷情被发觉又输了官司，只好喝农药自杀。他的父亲被亲人欺骗，遭受种种打击，性情大变，竟强奸了继女。孩子在孤独之中只能与一个疯子交往。疯子在社会上不仅得不到同情，反而受到一些利欲熏心的人的虐待，有人把他的眼珠子剜出来卖到南方城市的医院黑市上。孩子同情疯子，但长久相处，又发现疯子身上猥琐的一面。这一切都使得孩子产生绝望之感，最后，他为了解脱自己，也为了解脱疯子，就在美丽的河心岛上，用鹅卵石向疯子砸去。在这里我看到不一样的"80后"，他有强烈的现实感，关注社会现实，对社会的不公和道德恶化充满了义愤。显然他是要以一种批判的态度来表达这一切的。但我同时也感到，一个年轻人为什么如此绝望呢？于是我在邮件中对他说，我觉得你的故事过于绝望过于阴沉，如果加进去一点温暖的因素会不会好一些呢。他在回给我的邮件中认为我说得对，同时他说我的意见也使得他思考这个问题，我们这一代人为什么会那么绝望，这根源似乎很深，又很浅。但他最终说："温暖才能照亮世界，我会郑重采纳您的意见的，至少这部小说不会那么消沉，依然会有温暖的力量存在。"

人文情怀还是一种超越个人情感的博大胸襟。文学应该是个人化的创造活动，否则就没有独特性，但作家的个人化应该有一个博大的胸襟所承载，否则你的创造就难以引起共鸣。我曾读到一部"70后"女作家的小说，写了三个女性的情感遭遇。小说的名字叫《在疼痛中奔跑》。这个标题中的疼痛二字刺痛了我的眼睛，"疼痛"也许就是这部小说的关结点，甚至我认为小说写的就是三位具有尖锐疼痛感的年轻女性。疼痛对于人类的进步来说非常重要，它不仅是一种生理感觉，也是一种心理反应。当人类的精神成熟起来后，疼痛感便有了更丰富的内涵，它既是人类趋利避害的一种本能反应，也成为人类精神追求的一个疏导方式，因此它包含着人的精神价值评价。精神价值评价甚至使得人们的生理疼痛与心理疼痛产生分离。比如在英雄主义精神的左右下，一个人宁愿为了某种英雄举动而承受皮肉上的痛苦，这种生理的疼痛带给他的却是心理上的荣耀和自豪。在公共价值主宰着整个社会的精神活动时，人们的心理疼痛阀域就会不断增大，在这种时代人们对疼痛的忍耐性甚于对疼痛的敏感。当今的社会是一个越来越强调个人性的社会，特别在年轻一代的价值世界里，公共价值的分量越来越轻，因而他们的疼痛神经格外发达，这部小说可以说相当典型地表现出这一时代特征。疼痛感缘于对苦难的反应，我们今天有了很多的书写苦难的小说，相比那些读来令人心碎的苦难，也许我们就会觉得《在疼痛中奔跑》中的三位女主角所经历的苦难属于比较平常的现象。比如芊芊一直生活中幸福和谐的家庭氛围中，父亲的突然病倒就使得她"疯狂""绝望""仇恨地看着周围的每一个人"。她们有着敏锐的疼痛神经，这也许意味着我们社会的精神解放。也就是说，过去人们的精神天空笼罩着过于沉重的乌云，今天这片乌云逐渐驱散，个人性的精神价值在年轻一代的内心萌动发芽。但就像小说中所描述的三位女性形象一样，个人性的精神价值过于强大时，有可能使她们陷入自恋的心态中,难以对世界和他人产生沟通和理解。小说叙说杨芊芊"不明白为何自己的世界已经崩溃,别人却都这样若无其事、兴高采烈",就是这样一种心态的反应。毫无疑问,《在疼痛中奔跑》中的年轻女孩子所经受的疼痛只是一种"小"疼痛。所谓"小",既是从生理的角度来衡量,也是从心理的角度来衡量。在一个和平环境里长大的年轻人,无论是身体还是精神,都没有经历过太多的苦痛,因此他们生理上的疼痛感和心理上的疼痛感都变得异常敏感,稍有一点刺激,他们可能就承受不了。温室里的花朵——用过去这个老掉牙的比喻来形容他们也许再贴切不过了。当然单纯从历史的纵向来说年轻的一代有些不太公正,因为在空间的横向纬度上同样也是有着差异的。我们的社会存在着很大的不公,贫富悬殊,城乡差距越来越大。一个孩子如果生活在贫困的家庭,他的疼痛阈域显然要比芊芊们大得多。但《在疼痛中奔跑》所描写的年轻女性却是最具典型性的,她们身上所表现出的"小疼痛"与她们缺乏较大的精神容量有关,在她们的精神空间里,给他人、给社会几乎很少的位置。在公共舆论中曾有一种为年轻一代人的生存能力而忧虑的观点,《在疼痛中奔跑》可以说为这种观点提供了很形象的素材。但作者汪洋并没有意识到这一点,她不是以一种批判的态度而是以一种赞赏的态度对待自己笔下的人物,甚至在她的叙述中明显感到一种自恋的倾向,也就是说她将自我投射到笔下的人物特别是主角芊芊的身上。这就带出了另外一个问题,不仅小说中的人物缺乏大的精神容量,而且作者本人也缺乏大的精神容量。这就使得作品难以达到一个更高的境界,作者就只能跟着笔下的人物为一点点小事就去诅咒整个世界,而看不到世界真正的希望在哪里。即使在这里作者想要对社会进行批判,这种囿于个人狭隘情感的批判也不会是有力的。高尔基在回答为什么他在童年的苦难经历中没有堕落成一个坏人时是这样说的:"因为天使一直伴随着我成长。"我觉得《在疼痛中奔跑》中缺少的正是这样的"天使"。这个"天使"就是一种人文情怀。

三、让语言的口语化与典雅性相结合

文学的问题最终都可以归结到语言上来,文学的永恒魅力最终是通过语言来实现的,因为文学就是语言的艺术。语言不仅决定了我们的叙述方式、审美方式，也决定了我们的思维方式。但由于长篇小说需要有一个庞大的故事结构，故事性往往遮盖了语言的问题。即使长篇小说讨论起了语言问题时，也只是局限在如何讲好故事的层面，比如要口语化，要吸收生活中鲜活的语言。我把中国现当代文学定义为现代汉语文学，显然这里的现代汉语是特指一种书面语，是对应古代文学的书面语——文言文而言的。这两种书面语言的关系完全是一种否定性的革命关系，而不是渐进的改良关系，因此现当代文学与中国古代文学的关系基本上是一种断裂的状态，二者之间缺乏美丽圆润的过渡，中国古代文学积累起来的审美经验要移植到现当代文学之中来，出现了严重的"水土不服"，但这种移植在中国现当代文学近百年来的过程中从来就没有间断过。中国古代文学的审美经验是中国当代文学最本土性的、最具原创性的精神资源。但现代汉语与文言文的断裂，使我们难以深入地、有效地开发这一宝贵的精神资源。语言在诗歌中会表现得更加纯粹，所以我觉得当代诗歌在解决语言的问题上比小说做得好。小说家完全可以借鉴诗歌成功的经验，但小说家与诗人的交流太少。有一些诗人转行来写小说，他们往往会在语言方面带来一些新东西，但这方面做得还是不够，因为我们缺乏一种反思语言的自觉。

很多年以前，我看到一条新闻，一位移居海外的华人用英语写的一部小说在加拿大获得了最佳图书提名奖，这个奖是加拿大主流文学的一个比较重要的奖项。我当时对这条新闻特别感兴趣，因为海外华人很难进入当地的主流文学，而这位华人是改革开放以后出去的中国人，她怎么就能得到加拿大主流文学的认可呢？去年，这部小说由作者本人译写为中文在国内出版了，我特意拿来认真读了。这是由作家出版社出版的《红浮萍》，作者叫李彦。小说原来的英文名字叫"红土地的女人们"。小说讲述革命年代中一家三代人的命运悲欢，着重塑造了三代女性形象。从故事情节上看，类似于内地近十来年流行的家族小说，小说通过外婆、母亲雯和自叙者"平"在革命风云和政治斗争中遭际和坎坷，写出了她们就像水中的浮萍一样经历着精神的漂泊，从而叩问了中国人的信仰所在。就是这种中国革命的故事，加拿大人不仅爱读，而且还要给它评奖。为什么。我觉得语言是很重要的原因。李彦的英语写作水平肯定很不错，但她不仅仅掌握了英语的语法，而且也学会了英语的思维方式，当她用英语思维来处理她的生活记忆和中国经验时，她就摆脱了国内作家难以摆脱的语言思维定式，能够从容地对待中国经验中的芜杂的现实纠葛，触摸到精神层面，进入人物的内心深处。对于一个具有鲜明的知识分子身份的作者来说，当她处理20世纪的中国革命和新中国历程这一段历史记忆时，无疑绕不开巨大的政治苦难，但李彦在书写这段历史时，完全超越了狭隘的怨恨，以一种宽容、博大的胸襟去承揽苦涩的记忆，以文学的精神去消化这些记忆，也就没有了拘泥于今天的具体的历史评判所带来的局限性。这一次，她用中文再一次来译写这部小说时，英语思维带来的特点还保留了下来，因此我读这部《红浮萍》时，虽然感觉人物和故事很熟悉，但作者叙述故事的特殊方式和对叙述中的语言的讲究，给我留下很深的印象，作者极其用心地选择那些具有文学色彩的语言，从而使得小说充满了书卷气和典雅性。如小说写到打成"右派"的雯下放到农场里进行劳改，与十几个同样背着政治恶名的女人合住在一个大房间里，这个大房间无疑充满着严酷的政治气氛，但作者以一种典雅的语言写到了这个大房间里的一个细节："一个漂亮女人端着脸盆袅袅婷婷地走进来，将横穿大屋的铁丝上挂着的所有毛巾撸到一边，然后，在众目睽睽之下，从容不迫地把她那二十多条花色各异的手绢整整齐齐地晾在上面。"这样的细节显然就不是在简单地记录客观物象，它具有一种精神的穿透力。书卷气和典雅性还不能说就是口语化的对立面，好的口语同样也具有典雅性。书卷气和典雅性更不能等同于知识分子写作。知识分子写作的立足点是思想，中国现代知识分子的成长是有缺陷的，这种缺陷就在于与传统的断裂，其思想主要来源于西方。西方文化也赋予了知识分子写作的某种洋味的书卷气，但这种洋味的书卷气毕竟少了强大的气场。传统的断裂所造成的后遗症就是文学不再追求书卷气，因此语言的典雅性也荡然无存。

我们的长篇小说缺乏了典雅性，而典雅性藏在古代文学的文字里。

以上三点其实相互关联，无论是精神性，还是人文情怀，还是典雅性，都指涉到精神价值、指涉到信仰和理想，它让人们有了一种敬畏之心和自省之力，让人们充满了对无穷和无限的兴趣和向往。长篇小说既然是宏大工程，更应该追求这些东西。

2010年

为时代生产思想和储存思想

小说既有娱乐的功能，也有思想的功能，当然还有其他多种功能，但娱乐功能和思想功能是小说最主要的两种功能。进入现代小说时代，小说出现明显的分野，分野的规律大致上就是形成了以娱乐为主的小说和以思想为主的小说。我这里想专门谈谈以思想为主的小说。尽管以思想为主的小说不属于读者最多的小说，但它们起到了为一个时代生产思想和储存思想的作用。

把小说当成生产思想和储存思想的工具，相信会遭到很多人的质疑。如果人们要表达思想，为什么要采用小说的方式，直接写成理论文章不是表达得更直接更明确吗？我要强调的是，小说是人们观察世界的重要方式。特别是进入现代社会以后，现代社会是一个公民社会，小说家应该具有公共知识分子的担当，应该通过小说直接参与到对社会、人生进行理性的思索之中。另一方面，小说作为观察世界的重要方式之一，具有整体把握复杂性的优势。进入现代社会以后，绝对真理、一元化思想越来越缺乏说服力，人们对世界的复杂性、矛盾性看得更加清楚，而抽象的思想理论往往难以统领这个复杂的世界。理性思维和理论思维是采取抽象的方式，它把世界的活生生的细节都抽象成一个个概念，把世界上各种类型的人，男人和女人，老人和孩子，爱打呼噜的人和爱吃零食的人，都抽象成一个"人"字，而每一个人都是有血有肉的，这些血肉都被抽象掉了，过去崇拜抽象思维时，会认为这些血肉对于认知世界没有意义，但后来人们逐渐认识到，这些细节，这些血肉，对于认知世界是很重要的方面。而这时候就显出了小说思维的长处，小说是作家构建的一个形象的世界，形象具有多义性，同一个形象，因为读者条件的不同，会做出不同的理解。小说形象也是一种意义符号,但它是一种能指要无限大于所指的意义符号,这一特点更好地吻合了人们对于世界复杂性的认识。小说用形象来思维,就是一种有血肉的思想,就带来了小说思想性的神奇性和无限可能性。比如我们经常会引用恩格斯对巴尔扎克的评论。恩格斯认为,巴尔扎克所坚持的思想立场和他所描写的小说形象是相矛盾的,他说:"不错,巴尔扎克在政治上是一个正统派;他的伟大的作品是对上流社会必然崩溃的一曲无尽的挽歌;他的全部同情都在注定要灭亡的那个阶级方面。但是,尽管如此,当他让他所深切同情的那些贵族男女行动的时候,他的嘲笑是空前尖刻的,他的讽刺是空前辛辣的。而他经常毫不掩饰地加以赞赏的人物,却正是他政治上的死对头,圣玛丽修道院的共和党英雄们,这些人在那时(1830—1836)的确是代表人民群众的。这样,巴尔扎克就不得不违反自己的阶级同情和政治偏见;他看到了他心爱的贵族们灭亡的必然性,从而把他们描写成不配有更好命运的人;他在当时唯一能找到未来真正人的地方看到了这样的人,这一切我认为是现实主义的最伟大的胜利之一。"我们一般引用恩格斯的这段话是要来证明现实主义是如何伟大的。但我以为,恩格斯所指出的巴尔扎克的这种矛盾性,不仅仅是一个现实主义的问题,它充分证明了小说形象的复杂性和多义性,小说形象所包含的能指,可能完全出乎作家本人的想象,也可能完全违背作家的思想。巴尔扎克在小说中表达的深切同情,恩格斯却从中读出了空前尖锐的嘲笑。同样还有像恩格斯所指出的,人们可以从巴尔扎克的小说中看到贵族们灭亡的必然性,而这显然不是巴尔扎克的本意,而是巴尔扎克的小说形象带来的认识,是小说中的血肉带来的认识,这应该属于小说中有血肉的思想。

昆德拉是20世纪一位伟大的小说家,他是非常强调小说的思想能力的。他很欣赏福楼拜的小说《包法利夫人》,就因为他在阅读这部小说时,被作家的思想所震撼,他感叹说:"判断一个时代的精神不能仅仅根据其思想和理论概念,而不考虑其艺术,特别是小说。19世纪发明了蒸汽机,黑格尔也坚信他已经掌握了宇宙历史的绝对精神。但是,福楼拜发现了愚昧。在一个如此推崇科学思想的世纪中,这是最伟大的发现。"昆德拉在这里特别强调了小说在总结一个时代的精神实质时所具有的不可替代的作用。他因此还提出了"小说精神"的概念。昆德拉所说的小说精神是与极权社会相对抗的,他说:"极权的唯一真理排除相对性、怀疑和探询,所以它永远无法跟忽说的'小说精神'相调和。"所以昆德拉非常看重小说的精神素质，一部优秀的小说除了提供一种新的美学风格、想象世界之外，它还应该包括对当代社会的积极反应，对存在进行意义的探索。科学是为了实用，哲学陷入了总体原则之中，而文学却致力于把人心的混沌、复杂和文明发展的另一面展示出来，它告诉人们"世界并非如此"，在这里，文学发挥了它的思想能力，让民众产生新的思想维度，质疑、批判，或重新思考文明、制度、政治、文化等关乎社会现实和人生的诸种问题。小说比其他文学门类具有更便利的条件，因为它是直接以现实和人生为摹本的。我还要引用一段昆德拉的话，昆德拉说："小说存在的理由是要永远地照亮'生活世界'，保护我们不至于坠入对'存在的遗忘'。"

现代小说充分证明了这一点。如卡夫卡的《城堡》，它让我们感受到现代官僚制度的可怕，以及这种制度对生命的压抑。加缪的《局外人》，让我们看到现代生活中人的"异化"，这些小说都展示了文学想象在现代社会中的思想价值。福楼拜，还有狄更斯、雨果等作家，他们是在资本主义文明处于欧洲上升时期进行写作的，那个时候是资本主义的黄金时期，科学、技术和理性成为时代的最高原则，文学却颠覆了这一基本的公共理念，它提醒人们，这个最高原则具有"愚昧"和"可怕"的一面。

作家应该成为思想家，但同时作家又不能代替思想家，相反，作家经常要从思想家那里吸收思想资源。因此，作家和思想家从现代社会以来逐渐结成了最亲密的联合阵线，作家和思想家的结合，就将思想的力量发挥到最大的地步。像上面提到的那些作家，他们在小说中表达的思想，也是充分吸收了当时思想家的成果。在整个19世纪和20世纪，许多思想家，如维柯、斯宾格勒、尼采、雅斯贝斯、阿尔都塞，都对"科学""技术"持基本的反思立场。很多作家接受了这些思想成果，包括卡夫卡、加缪，他们之所以能够写出《城堡》《局外人》这样的批判现代性的小说，是与当时整个思想界具有了这样的思想境界大有关系的。所以，从作家与思想家的关系来看，是二者共同完成了对世界的新的反思。思想家提出了新的思想，小说家将血肉赋予了这种思想，同时也就更加深化了思想。

小说是以一种特殊的方式在表达思想。铁凝曾把这种小说的特殊表达称为"思想的表情"，她说："小说必得有本领描绘思想的表情而不是思想本身，才有向读者进攻的实力和可能。"思想的表情这个说法很有意思，这也就是说，小说家并不是像思想家那样直接宣讲思想，他不过是在描绘思想的表情，小说是通过思想的表情而不是思想本身向读者发起进攻的。一般的读者阅读小说也只是在感受思想的表情，而不再去追究思想本身。但批评家所要做的工作则是要对隐藏在表情背后的思想进行阐释，甚至应该将小说中的思想激活，使其变得更加丰富。人们曾描述20世纪以来现代思想的一大特点是"理论批评化"和"批评理论化"。许多思想家的理论建构是通过文学批评而实现的。这既说明思想家的理论更贴近现实，另一方面，也说明了现代小说具有丰富的思想内涵，因此小说才会为思想家提供源源不断的炮弹。英国文学批评家阿诺德曾精辟地论述的文学批评的创造力，他说："它最后可能在理智的世界中造成一个局势，使创造力能加以利用。它可能建立一个思想秩序，后者即使并不是绝对真实的话，却也比它所取而代之的东西真实一些；它有可能使最好的思想占了优势。没有多少时候，这些新思想便伸入社会，因为接触到真理，也就接触到人生，到处都有激动和成长；从这种激动和成长中，文学的创造时代便到来了。"从阿诺德的论述中可以发现，批评的创造力之所以被阿诺德如此高看，就在于小说对思想的强有力的参与。阿诺德也是一名诗人，但作为批评家的阿诺德远远超过了作为诗人的阿诺德，因为作为批评家的阿诺德紧紧抓住了文学（在当代主要以小说为代表）的思想力量。那么，批评家应该采取什么样的小说读法，我的回答就是，做一个阿诺德式的批评家，去发现小说中蕴含的思想，并让小说中的思想通过批评的创造力得以"激动和成长"。

　　假如要问我对当代小说最大的不满是什么，我以为那就是当代小说还未能有效地担当起思想的功能，没有成为收藏当代思想成果的地方。当然，这个问题也要从两方面来看，一方面，从小说家的角度看，小说家对当代思想的走向和突破缺乏敏感和热情。另一方面，从当代思想家的角度看，中国当代的思想家缺乏自己的思想见解，特别是缺乏建立在本土经验上的思想见解，缺乏足以让小说家感动的思想成果。但我以为也不必妄自菲薄。事实上这些年来我能明显感到作家们在思想上的努力，一些有影响的小说无不闪耀着思想的光芒。中国自20世纪以来，走着一条独特的路，积累了丰富的新经验。最伟大的思想就应该从中国本土经验中生长出来。

2012年

现实主义笔记

现实主义与中国现当代文学结下不解之缘，在讨论当代小说创作时，现实主义显然是一个绕不开的话题。当代作家对待现实主义有一种复杂的情感，有的爱之犹深，有的恨之入骨，但无论以何种情感对待，每一个作家都没有走出现实主义这株大树的树荫。从这个角度说，即使在今天各种现代主义后现代主义思潮已经变得像家常便饭一般，现实主义仍是值得我们正视的话题，然而也由于我们情感之复杂状况折射到现实主义上面，使现实主义的面貌变得暧昧不清，如果我们从现实主义的角度来考量当代小说创作的话，就会发现人们对现实主义的理解和表达不仅存在着越来越深的困惑，而且在这种理解和表达中逐渐丢失掉了一些现实主义最重要的东西。

现实主义是一个外来词语。在19世纪末20世纪初那一段时间内，长久封闭的中国国门大开，一大批为中国未来而担忧的志士文人积极引进和推介西方思想理论，文学的变革也势在必行。但在众多的理论概念中，现实主义受到了特别的礼遇，这显然与当时中国社会激烈的政治改革的现实有关。政治家思想家寻求改革的新途，把文学也纳入政治的行列。梁启超于1902年发表在《新小说》创刊号上的《论小说与群治之关系》一文，现在被广泛征引。在这篇文章中，梁启超强调了文学为政治服务的特殊功能，他说，"欲新政治，必新小说"，"欲改良群治，必自小说界革命始；欲新民，必自新小说始"，可以说是为新文学的启蒙主题定下了基调。现实主义是欧洲19世纪兴起的艺术理论，最初是由法国一些画家提出来的，后来移植到文学，特别成为小说家所倡导的一种理论。而这种强调与现实世界关系的小说理论很快被以启蒙为己任的文学家和思想家所看重。当现实主义与启蒙、革命结合起来后，情况就逐渐发生了改变，现实主义被赋予了多重的含义，它不再仅仅是一种小说理论了。更重要的是，现实主义在与政治和革命的密切结合中，越来越加重其意识形态性，因而它对于文学创作的影响就大大超出文学理论的范畴了。现实主义的确是检视当代小说创作成果的重要标尺。自新时期以来，在二十余年的探索、突破、发展的过程中，作家们逐渐卸下现实主义厚厚的意识形态外衣，在现实主义的叙述中融入更多的现代性意识，大大丰富了现实主义的表现能力。在创作观念越来越开放的背景下，我们应该认真总结现实主义在艺术表现上的无限可能性。因为从一定意义上说，现实主义是最适宜于小说的叙述方式。现实主义遵循的是常识、常情、常理的叙述原则，这不是一个艺术风格或艺术观的问题，而是一种讲故事的基本法则。所以小说家进行革命，哪怕采取反小说的极端方式，革命可能带来艺术上的重大突破，但最终小说叙述还是会回归到现实主义上来（当然回归的现实主义与过去的现实主义相比已经有所变化）。

我们对现实主义有一种误解，以为现实主义的作品最容易写，只要有了生活或者选对了题材就成功了一大半。岂不知，现实主义是一种最艰苦、最不能讨巧也丝毫不能偷工减料的创作方法，它需要付出特别辛劳的思考才能触及现实的真谛，缺乏思考的作品顶多只能算是给现实拍了一张没有剪裁的照片而已。所幸，现实主义作为当代长篇小说的主流，仍然显示出它强大的生命力。而这种生命力首先来自作家的思想深度。陶纯的《浪漫沧桑》和王凯的《导弹与向日葵》都是典型的现实主义方法，而且两位作家都是军旅作家。我发现军旅作家在对待现实主义的态度上往往更加严肃认真，这是否与军队更注重铁的纪律与不能马虎敷衍的训练有关系呢？两位作家对军旅生活非常熟悉，也为创作做足了功课，但更重要的是，他们有着自己的思考。陶纯写革命战争有自己的反思。他塑造了一个特别的女性李兰贞，她竟然是为了追求浪漫爱情而投身革命，一生坎坷走来，伤痕累累，似乎最终爱情也不如意。陶纯在这个人物身上似乎寄寓了这样一层意思：爱情和革命，都是浪漫的事情，既然浪漫，就无关索取，而是生命之火的燃烧。王凯写的是在沙漠中执行任务的当代军人，他对军人硬朗的生活有着感同身受的理解，也对最基层的军人有着高度的认同感。他不似以往书写英雄人物那样书写年轻的军人，因此小说中的军人形象并不"高大上"，然而他们的青春和热血是与英雄一脉相承的。

现实主义必须认真倾听社会共识。所谓社会共识，是指人们从公共价值系统出发而形成的得到社会普遍认可的是非评价。现实性的小说往往是在导引出社会共识，但在社会共识形成后，作家再次讲述同一现实问题的故事时，有可能就只是在重复表达已有的共识，这时候作家就难以避免重复的烦恼。那么，是否同一现实问题的故事只能讲述一次呢？作家如何才能做到既不想与社会共识发生冲突，又能将同一现实问题的故事讲出新意来呢？我以为关键还是要对现实有深刻的思考。从一些作家成功的实践来看，作家要善于使自己的思路在已有的共识路径上再延伸开去。比如写矿难的小说比较多见，矿难所带来的愤怒和思考也基本上达成了共识，胡学文的中篇小说《装在瓦罐里的声音》看似是以矿难为题材的，但他力图从关于矿难的共识中延伸开来，于是他写频繁的矿难造就了寡妇村，寡妇村的出现虽然是悲伤的事情，却解决了农村光棍的难题。农村的光棍"嫁"到寡妇村，还算计着寡妇从矿难中获得的赔偿金。这不仅延伸了矿难的故事，而且也揭示了矿难存在的复杂原因。刘庆邦的中篇小说《哑炮》同样也写到了矿难。但他完全放弃了社会苦难的考量，而是趋向于去探询人类的共同性的问题。乔新枝知道江水君是杀害自己丈夫的凶手，但她最终原谅了他。更重要的是，乔新枝传达给我们的不仅仅是"原谅"。原谅，宽恕，这类主题也曾在许多文学经典中做过精彩的表现。乔新枝不急于原谅，是因为她把内心隐痛看成是埋藏在江水君内心的精神"哑炮"，她知道如果引爆了这颗"哑炮"，将会对江水君的精神带来摧毁性的打击，于是她总是牵着江水君的手引他小心地绕过这颗精神"哑炮"。她这么做，自然出自她善良的本性和豁达的胸怀，还有她内秀般的聪慧。可以说，刘庆邦在这篇小说里为我们塑造了一位看似平常实则不同寻常的善良聪明的女性形象。小说最有新意的思想发现也就在这里。当善与恶的幽灵在我们的内心世界里游走时，也许不经意间就在我们的心底埋下了一颗精神"哑炮"。所以我们得提防着，我们也得小心地处置精神"哑炮"。我以为，这就是一个人类共同性的问题。

现实主义必须发展，对此人们似乎没有疑义，因此现实主义作家也在为如何创新与突破而焦虑。我希望作家多一些焦虑，因为作家的焦虑正是推进现实主义不断发展的动力。但作家们多半是从技巧和手法上寻找突破口，却忽略了思想上的突破。现实主义之所以能够具有旺盛的生命力，就在于它能够直面现实，对现实中发生的新变具有高度的敏感，能够随着现实的变化调整自己的思路。所以寻求突破的现实主义作家更应该到现实中去寻找思想的突破口。比如我们经历过一次大的社会转型，由过去的阶级斗争为纲转为以经济建设为中心。如此巨大的社会变化必然要给文学带来深远的影响。这种影响当然首先会体现在经济生活在作品中所占的比重越来越大，而且经济题材可能会成为一种重要的题材类型。但最值得我们关注的影响也许悄悄发生在思想层面。我注意到深圳作家丁力，他过去一直在企业工作，对深圳的经济潮流充满了热情，他所写的小说多与经济活动有关。我读他的小说，就发现他改变了我们在经济题材上的文学思维，在处理经济题材时，不少作家仍停留在革命时代的思维。革命时代的思维基本上是从物质与精神的二元对立模式出发来对待经济的。这样的思维深刻揭示了人类社会发展进程中所付出的沉重代价以及人性的弱点。但我以为，它并不能引导我们认识经济活动的全部，特别是在以经济建设为中心的时代下，如果仍固执于这样的思维去观察世界，获得的只会是一种失真的镜像。丁力完全没有采取这样的思维，比如在他最近的一部小说《中国式股东》里，他以客观和理性的态度对待股份、资本、金钱等这些经济活动的基本元素，当这些元素在一个合理的经济环境中运行时，能产生积极的结果，而这些元素对于人的影响，既有激发奋进的一面，也有引诱堕落的一面。丁力的着力点放在做人上，也就是放在人性和人生上。他并不认为资本、股份、金钱等是可恶可怕的东西。那么他是彻底否定了以往经典性作品对于资本和金钱的批判吗？我以为不是。丁力的小说中不乏批判性，只是他要把造成恶与罪孽的原因辨析得更清楚。责任并不在资本、股份、金钱本身，而在掌控这些东西的人以及社会经济运行法则上。在经济活动中，人性中的善与恶都在进行积极的表演，作家不仅要从中发现恶，也要从中发现善，更要由此告诉人们，怎样才能让善在现实中得到最大的张扬。可以说，丁力的小说提供了一种积极面对经济时代的新文学思维，这同时又是一种充分体现出现实主义精神的新文学思维。

中国现实主义传统最早可以追溯到《诗经》的"风雅颂"。但后来我们谈现实主义传统，却只谈《诗经》中的风，好像风才是真正的现实主义传统，我觉得应该把三者看作统一体。风是土风歌谣，来自民间。雅是贵族文人的审美，带来典雅的东西。颂是在庙堂祭祀歌颂祖先功业的，有赞美的意思在内。所谓现实主义不是说我们写了现实生活就是现实主义的，而是说我们面对现实的姿态，是指作家看世界的方式。风雅颂的传统告诉我们，赞美歌颂的姿态早在两千多年前的《诗经》时代就被确立了下来，我们看世界时不会忽略那些应该被我们赞颂的内容。自从《诗经》确立了"风雅颂"的传统后，中国文人一直保持着良好的赞美歌颂的姿态，以这种姿态书写的文学作品也不乏优秀之作。当然，在当下的现实主义书写中，我们同样能够感受到作家的赞美歌颂的姿态，于是给小说带来一种温暖、善意和阳光的色调。我以为迟子建就是一位非常善于也非常成功地采取赞美歌颂姿态的作家。她在小说中构建起一个温暖的世界，她以温暖善良的意愿接近普通人的内心，她乐于与普通人的世界交流，在交流中表达深深的爱意。她代表着温暖，代表着善良，代表着热爱生活、热爱生命的强者。但这一切并不妨碍她的现实的批判和揭露。

但是，赞美歌颂的姿态对于作家而言，又是一种具有危险性的姿态，特别是在创作并不自由的环境里，或者在面对功名诱惑的情景下，赞美歌颂的姿态有可能带来的是阿谀奉承以及和假话谎话连篇的后果。因此我们也要对那些充满赞美歌颂之辞的作品采取审慎的阅读方式。赞美歌颂姿态在主旋律的创作中所受到的伤害尤其为烈。主旋律是一个普遍的文学现象，一个国家、一个民族，在不同的时代都会有自己的主旋律。我们社会一直倡导主旋律创作，并给予各种优待，这无可厚非，但我们同时也应该看到，在这样的背景下，主旋律创作缺乏自省和完善的良好环境，在无形中就会形成一些模式化的思维，这些模式化思维是阻碍主旋律创作得到提高和突破的主要因素。模式化思维和表现之一就是以为主旋律创作只能采取赞美歌颂的姿态，这显然有悖于现实主义精神。因此，一个真正坚守现实主义精神的作家，在进行主旋律创作时，要对赞美歌颂的姿态保持足够的警惕，要了解其危险性。由此我想起了被誉为人民作家的赵树理。赵树理无疑是一位现实主义作家，他又是与主旋律创作有着密切关系的作家。他在文学上的正式出场是因为主旋律创作的需要而出场的。当年，延安时期的文学最初带有强烈的知识分子情结，主旋律的声音难以得到表达。正是在这样的背景下，赵树理涌现出来了。赵树理站在农民的立场，讲述普通农民的故事，与当时所强调的主旋律相吻合，因此，党的文学理论家陈荒煤兴奋地表示，主旋律文学就是要"向赵树理方向迈进"。但赵树理并没有被赵树理方向的提法所陶醉，相反，当他被赋予"方向"的意义后，他在创作中更能敏锐地感受到主旋律的要求与人民诉求之间有时存在着矛盾，他的创作并不回避这种矛盾，而是努力通过主旋律的变奏来表达人民的诉求。赵树理正是通过这种努力，使其作品具有更丰富、更新颖的思想价值。日本的著名学者竹内好就此提出"新颖的赵树理文学"，认为"赵树理具有一种特殊的地位，他的性质既不同于其他的所谓人民作家，更不同于现代文学的遗产"。但是，赵树理为此也付出了很大的代价，在政治过分干预文学的背景下，赵树理的努力不被理解，他的作品不断遭到批判，而这些批判说来说去都可以归结为一点，就是认为赵树理的作品对时代和人民赞美歌颂得不够。在一波又一波的批判声中，赵树理最终不得不痛苦地放弃了写作。今天，我们应该重新认识赵树理的意义，他最大的意义并不在于"山药蛋派"，而在于他在主旋律创作中维护和坚守现实主义精神。

2018年

无处不在的现实主义

罗伯-格里耶是法国新小说派的创立人之一，他挑战传统现实主义，主张打倒巴尔扎克，并建立起一套反对现实主义的小说理论。尽管如此，我始终记得他在《从现实主义到现实》这篇文章的第一句话："每个作家都认为他是一个现实主义者。"人们似乎轻易放过了这个开头，甚至将其看成是一种揶揄的手法。但我以为他说这句话时是认真的，甚至可以说，这句话正是他的一切理论主张的出发点，因为现实主义是无处不在的。

罗伯-格里耶谈到了现实主义的多种面孔："现实主义是一种意识形态，每个信奉者都利用这种意识形态来对付邻人；它还是一种品质，一种每个人都认为只有自己才拥有的品质。历史上的情况历来如此，每一个新的流派都是打着现实主义的旗号来攻击它以前的流派：现实主义是浪漫派反对古典派的口号，继而又成为自然主义者反对浪漫派的号角，甚至超现实主义者也自称他们只关心现实世界。在作家的阵营里，现实主义就像笛卡儿的'理性'一样天生优越。"罗伯-格里耶提示我们，一个作家在创作方法上可能是非现实主义的，但他的世界观中仍然包含着现实主义的要素。也就是说，现实主义文学是以现实主义的世界观为根本原则的。比如，罗伯-格里耶激烈反对巴尔扎克，并非否定以现实主义的方式看世界，而只是认为巴尔扎克镜子式的反映现实世界的方式已经落伍了，他不希望文学仅仅成为一面客观的镜子，而是要让作家的主体在反映现实的过程中发挥更大的作用，他所倡导的新小说派就是要通过主观对现实的重新认识而建构起一个主观化的现实世界。因此有人将罗伯-格里耶的小说称为主观的现实主义。

现实主义作为一种看世界的方式，应该是一种最古老也最通用的方式，它遵循着常情、常理和常态的基本原则。古希腊人强调"艺术乃自然的直接复现或对自然的模仿",比如哲学家亚里士多德便将模仿看成是人的天性,因此"惟妙惟肖的图像看上去却能引起我们的快感"。模仿便是现实主义的雏形,它产生了人类最早的文学艺术。在文学发展的辉煌历史中,现实主义的身影无处不在。现实主义文学也积累起丰富的精神遗产,后来者可以在此基础上继续创造出新的成果。但是,正如罗伯-格里耶所意识到的"现实主义是一种意识形态",它在文学活动中承载了越来越多的使命,这让人们在谈论现实主义时逐渐远离了它原初的意义。18世纪之后现实主义作为一种文学思潮席卷欧洲文坛,巴尔扎克成为这股思潮的代表性作家,但现实主义从此也就被固化在某一节点上。及至后来现代主义和后现代主义兴起的时候,自然就把现实主义作为保守的对象加以反对和否定。从此,在很多作家的眼里,现实主义成了一个落后、保守、陈旧的代名词,而他们在写作中往往有一种焦虑,即如何让自己的作品与现实主义保持距离,因此他们热衷于玩弄一些新奇的手法和反常规的叙述方式。但是,他们就没有想到,现实主义是无处不在的。当我们面对现实,要表达我们对于现实的观察和思考时,我们就进入了现实主义的范畴之中。然而一些人带着反对和否定现实主义的心理,也就很难有效地处理现实和书写现实。

现实主义经典的力量

现实主义无处不在的事实,首先体现在经典的力量上。

现实主义作为一种历史最为久远的创作方法之一,产生了大量的经典作品,这些经典作品不仅呈现出现实主义的千姿百态,而且仍然具有典范的作用。当代作家通过对经典的学习和借鉴,开启自己的文学空间。贺享雍的创作便是一个很好的例子。贺享雍有三十年的创作经历,完全走的是一条传统现实主义的路子。但我们仍能从他的创作实践中看到他在现实主义方面不断学习而获得的进步。贺享雍从20世纪80年代起一直写他家乡的故事,但也找不到一个突破点。后来,他立意要写一个"乡村志"的系列长篇小说,以小说的方式忠实记录下家乡在半个多世纪特别是改革开放以来的生存状态和社会变迁,通过十来年的努力,他为乡村立志的初衷基本上实现了。从他的写作中,我能发现古典现实主义作家巴尔扎克的身影。"乡村志"的故事都发生在一个叫贺家湾的乡村里。贺家湾虽小,但就像一只具有典型意义的麻雀,贺享雍细致解剖了这只麻雀,非常生动地展示了中国农村改革开放以来的发展轨迹,揭示了发展过程中的种种社会和民生问题。这一点可以与巴尔扎克当年立志写"人间喜剧"相比较。巴尔扎克在创作进入成熟期后,认为小说家必须面向现实生活,使自己成为当代社会的风俗史家,于是他开始了"人间喜剧"的系列创作。在这个系列创作中,巴尔扎克以"编年史的方式"描述了法国社会的急剧变化,他的这一系列作品被誉为"资本主义的百科全书"。恩格斯称赞《人间喜剧》"给我们提供了一部法国社会,特别是巴黎上流社会的卓越的现实主义历史",说他从这里学到的东西要比从"所有职业的历史学家、经济学家和统计学家那里学到的全部东西还要多。"贺享雍在创作方法和创作意图上与巴尔扎克有相似之处,他的"乡村志"系列在反映当代农村变化的方面也具有"农村改革开放的百科全书"的效果。另外,贺享雍的现实主义还有赵树理的痕迹。这不仅是因为二者共同具备的浓郁的民间民俗性,而且还因为二者共同坚持的乡村知识分子的身份和视界。赵树理在延安时期被看成是代表了文学的方向,这个方向就是文学为人民的方向。赵树理的小说的确是站在农民的立场,讲述普通农民的故事。但后来发现,二者还是有差异的,人民的方向中的"人民"是一个高度政治化的概念,具有强烈的政治意识形态性。而赵树理笔下的农民是具体的、生活化的农民。赵树理作为一位乡村知识分子,了解农民的弱点和缺点,也懂得他们的内心诉求。所以在赵树理眼里,具体的农民常常会和抽象的人民产生矛盾。他把这种矛盾写进了小说,由此在那个极"左"的年代遭到了批判。我把贺享雍与赵树理相比,是因为贺享雍的小说中也包含着这样的矛盾。所幸,我们不再以极"左"的方式否定贺享雍的书写。他在小说中讨论的真问题,真正触及农民的痛处。同样,他所书写的乡村人物也是最能体现乡村真相的人物。

还可以举出无数类似的例子,足以证明现实主义不仅无处不在,而且千姿百态。

突破总是以现实或反现实的名义

现实主义无处不在,还体现在文学突破总是以现实或反现实的名义进行的。20世纪初,中国的文学完全不能适应社会的急速发展,一批思想者要建立起以白话文为基础的新文学,打的就是要紧贴现实的旗号。陈独秀明确提出:"吾国文艺犹在古典主义理想主义时代,今后当趋向写实主义。"在启蒙思想的引导下,"五四"新文学开创出反映社会人生、改造国民精神的现实主义文学新传统。现实主义成为中国现当代文学的主潮,有高潮,有低谷;有收获,也有挫折。但无论如何,现实主义始终处在变化发展之中。当然,随着现实主义成为主潮,因为各种原因,现实主义也被狭窄化、意识形态化、工具化,甚至在一定时期内,它约束了文学的自由想象。这也正是新时期之初的文学现状,因此当时寻求文学突破的主要思路仍然是从现实主义入手。这一思路又朝着两个方向进行:一是为现实主义正名,恢复现实主义的本来面目;二是以反现实主义的姿态另辟蹊径。后者带来了20世纪80年代的先锋文学潮。先锋文学潮的思想资源基本上是西方现代主义。现代主义和后现代主义对当代文学的冲击非常大,尤其是年轻一代的作家,几乎都是从模仿和学习西方现代派文学开始写作的。但反现实的结果并非否定和抛弃现实主义,而是拓宽现实主义的表现空间。莫言的创作历程就是一个典型的例子。他开始创作时明显受到当时风行的现代派影响,也是先锋文学潮中的活跃作家,但他的创作基础仍是现实主义的,因此莫言在创作过程中会存在一个与马尔克斯、福克纳"搏斗"的问题,他说他那一段时间里"一直在千方百计地逃离他们"。从写第二部长篇小说《天堂蒜薹之歌》起,他有意要回归到现实主义上来。然而莫言此刻的现实主义已经吸纳了大量的现代派元素,呈现出一副新的面貌。诺贝尔文学奖授予莫言,在授奖词中特意为莫言的现实主义文学创造了一个新词:幻觉现实主义。从这个新词也可以看出,莫言对于现实主义的拓展是引起诺奖评委兴趣的聚焦点。莫言的幻觉现实主义的素材来自民间,民间故事和传说的特殊想象和异类思维嫁接在现实主义叙述中,开出了幻觉之花。如今,现实主义文学与现代主义文学相互融洽、并行不悖,形成了中国当代文学的多元局面。

现实主义是文学写作的基本功

现实主义说到底,应该是文学写作的基本功,因此它也必然是无处不在的。也就是说,一个作家如果缺乏现实主义这一基本功的训练,他以后搭建起来的文学大厦哪怕再富丽堂皇也会是不牢靠的。

戏曲界有一句名言："台上一分钟，台下十年功。"就是强调了基本功的重要性。文学写作同样应该进行基本功的训练，文学写作的基本功不仅包括文字的表达能力，也包括对世界的观察能力，观察世界首先是从对世界的客观性辨析开始的，因此它完全依托于现实主义，因为现实主义的本质就是对自然的忠诚。但大多数人并没有把对世界的观察能力视为一种文学写作的基本功，这在过去也许不是太大的问题，因为过去基本上以现实主义文学为主流，人们浸润在现实主义的语境之中，无形之中也会接受现实主义世界观的训练。但现在现代主义逐渐成为文学的时尚，特别是年轻的作家基本上都偏爱于西方现代小说，都是从学习现代小说开始自己的创作的，他们以为先锋和时尚就是反传统和反现实主义，因此也就不会去有意地培养和训练自己客观观察世界和客观描述世界的能力，其后果便是连一个故事也讲不流畅，连一个客观物体也不能清晰准确地描述出来，光在胡编乱造上做文章。事实上，卡夫卡也好，普鲁斯特也好，他们都具备讲好故事和准确描述客观物体的写实能力，而这种建立在现实主义基础之上的写实能力又是成就他们现代小说辉煌的重要条件。最近我读到"90后"作家周朝军的小说《抢面灯》《雁荡山果酒与阿根廷天堂》等，具有明显的现代派特征，应该是比较成功的作品。但我同时发现，周朝军也是一位对现代派保持着警惕的年轻作家，他很早就主动地从传统的现实主义文学中吸取养分，培养自己的叙述能力。他称他骨子里喜欢那些"被很多人认为已经落伍"的现实主义文学作品；他表示他既崇拜先锋派作家，但也"毫不掩饰对路遥《平凡的世界》的喜爱"。周朝军最早的写作带有模仿和学习的目的，如仿古代笔记体小说的《沂州笔记六题》，如纯粹讲故事的《左手的响指》等，其实他的这类写作就是在进行现实主义基本功的训练，这种训练为他后来写作先锋性的小说做了很好的铺垫，因此他的先锋性小说并没有不少年轻作家所犯的空洞化的毛病。我相信像周朝军这样自觉进行现实主义基本功训练的年轻作家，其写作的后劲更足，也一定能够走得更远。

现实主义无处不在，关键是作家如何准确把握现实主义。

2018年

当代文学的精神贫困

对于文学垃圾论，我有一种新解。人们之所以会感到文学存在着太多的垃圾，是因为文学太"丰富"的缘故。当物资非常匮乏的时候，我们会感到垃圾太多吗？其实文学也是这样的。当代文学发展到今天，在很多方面表现出它特别丰富的一面。尽管一直听到的是文学边缘化、文学遭冷落这样的议论，但这种议论并不能掩盖文学的"丰富"。就说作家队伍吧，作家协会的会员是一个重要的参考数。现在中国作家协会的会员是八千多人，当然迫切希望成为作协会员的人远不止这个数。作家协会每年都要进行一次发展会员的讨论。大概每年都会有上千人报名申请成为作协会员，但每年只有三四百人能够被批准入会。这是全国作协会员，各地还有地方作协，如每个省有省作家协会，市和地区又有市作协和区作协。各个地方的作协还有自己的会员。一个省的作协至少也有上千名会员，不算更低一级的作协，就以省部级为界吧，这些冠以作家身份的人就在好几万人了。作协会员数只能是一个参考数，因为热爱文学的人远远不是只有当了作协会员的这几万人。热爱文学是一个什么含义呢，至少是说，他们会把一些精力和业余时间投入到文学写作之中，他们愿意通过写作的方式去实现自己的梦想。现在每年出版的长篇小说就有一千多部，单纯从生产的角度说，的确是高产量了。面对这么多的长篇小说，发出垃圾论也是在情理之中了。但是从文学对人们的吸引力来看，从文学的精神价值在当代社会的作用来看，这样一个庞大的队伍就是很能说明问题的。

但队伍的庞大所依凭的是一种文学制度的保证。这就带来了另一个问题，文学制度保证了当代文学在某种程度的丰富性，而当代文学为了这种丰富性也必须使自己隶属在这种文学制度之下，遵循着文学制度所规定的秩序和原则，因此，当代文学就在自由度上受到文学制度的约束和限制。所以当代文学在某些方面表现出丰富，而在某些方面又表现出贫困，当代文学的贫困是本质上的贫困，是文学精神的贫困。所以我们更应该对当代文学的贫困充满担忧。当代文学的精神贫困是多方面的，在我看来，在当下的大众文化和物质主义的背景下，当代文学尤其缺乏三种精神资源。一种是诗性精神，一种是批判精神，一种是悲剧精神。

一、诗性精神

文学从本质上说是感化心灵的，和人的内心世界有着不可分割的联系，它是神秘的，充满灵性的，充满情韵的。歌德就认为，不能把文学创作看成是一种"构成"，文学作品不可能是构成出来的，而是作家的心灵浇灌而成的。康德强调，艺术是天才的创造和表现，而"天才是和模仿精神完全对立的"。红学专家周汝昌在谈到《红楼梦》为什么能成为稀世的文学瑰宝时就认为，关键在于它有"诗的素质"。他认为，从内容、样式上看，《红楼梦》与过去的才子佳人小说有相似之处，可是诗的素质使它超越了所有的才子佳人小说，曹雪芹以诗性精神在作品中建构起一个宏大的精神宇宙，小说完全写的日常生活，也有世俗的欲望，但我们从这些内容里能得到一种诗性的感染，比方说，贾宝玉的"意淫"与西门庆的纵欲相比，带给我们的感受就完全不一样。所以，诗性精神是文学的灵魂。但为什么要特别强调诗性精神呢？因为大众文化是要抛弃诗性精神的，它从两个方面对诗性精神构成了伤害。一个是它的世俗性，一个是它的技术性。建立在精英文化基础之上的文学具有神圣性的一面，它拥有教养、修养、精神等含义，呈现为人类的理想、知识、信仰等抽象和高深的内容，承载着人类社会的文明，承载着宗教、哲学、伦理和审美精神，以及对人类生存终极意义的阐明。杰姆逊在讨论现代主义时，一方面强调现代主义艺术对传统的反叛，另一方面又强调它不是世俗化的大众文化，他说现代主义诗人"要写的是圣经一样的诗，具有神圣性的诗。也就是说现代主义想要表现的是'绝对'、最终的真理。"在大众文化和后现代文化弥漫的当下社会，当代文学尤其缺乏这样一种神圣性的追求。甚至，神圣性往往遭到贬责，当然这种贬责是以另外的名义进行的，比方说，象牙塔、精英主义、缺乏平民精神、脱离现实,等等。另外,以技术性取代文学的灵性也是诗性精神缺乏的原因之一。

二、批判精神

文学的批判精神,从来都是被世俗威权所打压,因为任何世俗威权都是文学的批判对象,过去主要是政治威权的打压,现在这种政治威权的打压仍然存在,但兴起的大众文化也在极力取消文学的批判精神。两者在打压的方式上可能有所区别。政治威权的打压基本上都是对抗性的,而大众文化不是以对抗的方式来取消文学的批判精神,而是以一种软性的方式,一种挤占的方式,一种让你缴械投降的方式,它以娱乐精神取代了文学的批判精神。批判精神的缺失反映了当代作家缺乏足够的勇气和骨气。但还不是这么简单,也与我们的文学制度有关,在一种非常完备的文学制度下,文学生产和文学思维无疑都受制于制度的运行。其实不仅影响到批判精神,整个文学精神的缺失都与此有关,因此为了解决文学精神贫困的问题,也许恰恰需要放弃文学在制度方面所获得的丰富。

三、悲剧精神

我之所以要强调悲剧精神,把它也列入三种精神之一,就是因为大众文化的娱乐性一味地推崇欢乐,推崇快乐至上,追求感性愉悦,追求感官刺激。但我们不能沉湎于欢乐之中,而排斥悲剧精神。最重要的是,悲剧精神不仅是一个美学风格的问题,而且还是一种伦理道德精神。因为只有悲剧精神才能显现出生命的尊严。悲剧基本上是一个西方美学概念,最早可以追溯到古希腊。悲剧产生龙活虎的社会心理基础并不是人们日子过得很悲惨,要借艺术来宣泄怨气。相反,人们在幸福欢乐中更要张扬悲剧精神,因为他们有勇气正视人类的苦难,并从苦难中体会到生命的尊严。所以悲剧与悲惨不是同义词,不是一切人的悲惨遭遇都具有悲剧精神,只有在面临灾难和厄运时敢于抗争并因此表现出异乎寻常的活力、激情和人性的光彩时,才具备了悲剧的品格,才显现出悲剧精神。所以尼采强调,悲剧的本质是乐观主义的。朱光潜在《悲剧心理学》中是这样描述欣赏悲剧的心理过程的:"观赏一部伟大的悲剧就好像观看一场大风暴。我们先是感到面对某种压倒一切的力量那种恐怖,然后那令人畏惧的力量却又将我们带到一个新的高度,在那里我们体会到平时在现实生活中很少体会到的活力。简言之,悲剧在征服我们和使我们生畏之后,又会使我们振奋鼓舞。"所以,朱光潜认为悲剧是最高的文学形式。当然,最重要的一点还在于,悲剧精神也是一种伦理道德精神。阿多诺曾说过:在奥斯维辛集中营之后,写诗是野蛮而残酷的。我理解阿多诺这句话的意思,也许就是在强调,诗人和作家面对现实世界时永远不能放弃自己的道德立场,因为这个世界就是被道德化了的。那么,从这个角度说,在大众文化的娱乐轻风吹得我们心旌摇曳时,我们强调一种人类文明与生共有的悲剧精神,是非常必要的。

当代文学在精神上的贫困当然不完全是文学制度的原因,更深层的原因是文化上的。这就要从中国现代化运动说起。中国近代是在西方文化的冲击下被迫开始现代化运动的,因而在文化上产生了断裂。中国现代化的思想资源几乎全部来自西方,这同样决定了中国的新文学是以西方文学的模式逐渐建构起来的,包括文学的概念、结构、叙述方式、理论架构,也就是说从材料到设计图纸到施工程序,都是从西方"借贷"过来的。从新文学诞生之初起这个问题就成为设计中国未来的知识分子们争论的焦点,于是就有了国粹派、西化派、中体西用派,等等,各种派别的阐释尽管不同,但都绕不开新文学基本上是以西方文学的模式建立起来的这一事实。我们以西方材料搭建起中国的新文学,材料不断地从西方搬运过来,搬运了一个世纪。但我以为更准确的比喻应该是"借贷",我们是以借贷的方式挪用了西方的思想资源。但我们在19世纪末20世纪初那个特殊的时候不得不借贷,因为面对突如其来的现代化大工程,我们没有自己的资源,或者更准确地说,我们自己的资源还无法转化为有效的资本。对于中国的文学来说,借贷并不是问题,问题在于,中国的现代化运动遭遇太多的挫折,于是我们不得不一再地追加借贷,这种借贷的过程延续了一个世纪。借贷的目的是要建造起自己的文学,但我们在这一个世纪中建造得非常艰难,有时甚至是在拆了建、建了拆,以至我们都失去了自信。然而无论我们的建造如何旷日持久,我们又是多么缺乏自信,毕竟我们是在建造中国的文学。自20世纪90年代中期开始,中国才算得上真正融入全球化的趋势之中,社会形态和文化形态发生了根本性的改变,中国现代化运动的本土经验才具有了实质性的意义。这样看来,中国的当代文学也许到了一个重要的关口,能否把握住历史的机遇,在面对丰富而又新鲜的中国经验升华自己的精神境界。

文学叙事中的政治情怀

"改革开放三十年",这是今年思想文化界的一个最重要的主题词,它首先是一个政治化的主题词,其政治意识形态内涵是非常鲜明也非常明确的。文学界普遍也在做改革开放三十年的文章,文学界同时还提出了另一个主题词"新时期文学三十年。"将这两个主题词并置在一起,我们就看到了中国当代文学与政治的密切关系。事实上,这三十年间,我们一直没有间断过关于文学与政治关系的讨论,这种讨论观点纷呈,大大丰富了当代文学理论。在我看来,文学与政治的关系是毋庸置疑的,无论我们从理论上对其做何种解释,都不可能将文学与政治剥离开来。因此,在讨论文学与政治的关系时,我更关注在实践层面二者的关系是如何呈现的。事实上,在实践层面,关于文学与政治的讨论往往成为文学发展的重要策略。也就是说,无论是强调文学与政治具有密不可分的关系,并且批评作家淡薄政治意识的观点也好,还是各种去政治化或泛政治化的观点也好,都可以看成是某种创作实践的政治表达方式。即使是那些去政治化或非政治化的观点,表面上看上去这些观点要否定文学与政治的关系,要把文学看成是一种独立的存在,但体现在创作中,其实是作家们试图在文学叙事中表达另一种政治情怀,他们不过是以去政治化或非政治化的观点为这种创作实践争取到合法化的票据。因此,我们不必在意作家或理论家们关于去政治化或非政治化的极端言论,与其空对空地在理论上证明文学与政治关系构成,还不如具体研究一下创作实践中文学是如何表达政治意识和政治情怀的。

利奥塔把各类知识都称为"叙事",叙事的功能在于给所有的知识提供合法性。我以为,利奥塔所说的叙事合法化的过程也就是一个政治认定的过程,因此可以说，利奥塔的叙事理论揭示了政治活动的本质。文学叙事应该是我们社会的一个重要的叙事类型，任何一种文学叙事无不是在为某种政治实践提供合法性的证明，它包含着作家特定的政治情怀。利奥塔站在后现代的立场上，认为要对所有的元叙事去合法性。这其实是利奥塔为我们提供的一种激烈的后现代政治的处理方式。顺着利奥塔的思路，其实也就意味着，所有的叙事应该都会经历一次从合法化到去合法化的过程。新时期文学三十年似乎是按着利奥塔的理论描述走过来的。我们可以从中梳理出文学叙事中的政治情怀的寄寓和演变。

改革开放可以看成是中国重新启动现代化运动的历史转折，20世纪初期的思想启蒙是为中国现代化运动铺平道路的，因此改革开放首先需要接续起启蒙运动的思想文化，就有了拨乱反正、思想解放的政治背景。新时期文学的元叙事就是在这一政治背景下逐步确立起来的，新时期文学的元叙事起到了接续思想启蒙的功能，它与新时期的政治思想主潮是谐调一致的，因此新时期文学的元叙事首当其冲的目的就是为政治确立合法性。而这种合法性恰好是新时期文学叙事者的政治情怀。最初的新时期文学叙事者包括"五七"干校和知识青年这两支大军。"五七"干校是指新中国第一代知识分子，他们中的多数人是从现代文学阵地中胜利转移过来的。新时期之初出版了一本命名为"重放的鲜花"的小说集，作者是这一代中曾被打成右派或是曾受到政治迫害的，"重放的鲜花"这个命名非常恰当地显示了这一代知识分子的历史遭遇和现实地位。知识青年当然是知青文学的主体。在中国一直被绑在政治战车上的文学就是以积极参与拨乱反正思想斗争而开始其新时期的，因此，新时期文学基本上是由"五七"干校和知识青年定调的宏大叙事。大凡在那个时期进入到文学写作中的人无不顺应着这一宏大叙事的思路。从"五七"干校回来的知识分子由于历史当事人的缘故难免经历一再的政治甄别，这使得他们更加积极地将自己打扮成"文革"的最大受害者，文学是他们最有利的倾诉方式。他们必须以非常现实主义的姿态来讲述他们的受害史，而在这讲述过程中，宏大叙事的调整就自然而然地完成了。热血澎湃的知识青年终于可以让压抑多年的荷尔蒙尽情释放出来，他们当然对于知识分子正在进行的伟大的文学叙事引以为荣，成为这场文学叙事的加盟者。知识分子和知识青年联手建立起来的新时期文学宏大叙事，这种宏大叙事可以概括为拨乱反正的宏大叙事，它成为新时期文学的元叙事，文学精英以其元叙事与政治精英携手完成了改革开放政治的合法性确立。

但是随着改革开放的层层展开，社会的不同政治诉求也在寻求合法性的认可。文学上的元叙事显然无法满足不同的政治诉求，于是就有了寻求溢出宏大叙事之外的、更恰当的小叙事的倾向，这些小叙事不仅带来文学的多样性，而且解决了不同的政治诉求。这些小叙事可以概括为"日常生活叙事"。日常生活叙事以其多样性、琐碎性、边缘性拆解了宏大叙事的整体性。随着市场经济的扩展，政治的重点由革命转为建设，并渗透到日常性的物质生活之中，文学精英便有了更多的政治选择，不再与政治精英保持一致的步履了。王安忆的《长恨歌》是典型的日常生活叙事，她接续起现代文学史中以张爱玲、沈从文等为代表的日常生活叙事传统。日常生活叙事从20世纪80年代后期兴起，在其后的十多年间得到极大的发展，从新写实小说，到个人化写作，到底层文学，到官场小说、反腐小说，可以大致上勾勒出日常生活叙事粗壮的脉络。曾经一段时间，大概在20世纪的90年代初期到中期，日常生活叙事蔚为大观，几乎形成要淹没掉宏大叙事的阵势。那其实是因为社会正处在转型的关键性阶段，政治策略的转变，也带来了宏大叙事的转变。这一转变过程无疑给日常生活叙事留下一块时间的空白。宏大叙事有一个策略性的变化，就是通过主旋律文学与大众文学的结合，试图将解放政治延伸到市场化的语境中。这一策略性变化，使得宏大叙事在某些方面与日常生活叙事重叠在一起，比如都会热衷于反腐小说或官场小说。但显然二者的政治诉求有所不同。宏大叙事的官场小说或反腐小说表达的是一种英雄主题。张平、周梅森可以说是这种宏大叙事的优秀者，他们甚至是直接以政治家的身份出现在小说叙事之中，他们的小说紧扣主流政治的走向，是典型的政治小说。而日常生活叙事的官场小说或反腐小说则是以揭露为主旨。

在新时期文学的叙事中，就有了两种不同的政治情怀，借用吉登斯的理论，我把这两种政治情怀分别称为解放政治的情怀和生活政治的情怀。解放政治和生活政治，是吉登斯的两个基本概念。吉登斯把解放政治"定义为一种力图将个体和群体从其生活机遇有不良影响的束缚中解放出来的一种观点"。[①]吉登斯认为，

---

① [英]安东尼·吉登斯《现代性与自我认同》，第248页，生活·读书·新知三联书店1998年版。

从近代到现代的政治，在本质上都是解放政治。吉登斯所谓的生活政治则是指应对现代化发展中解决现代性所带来的问题的政治策略。生活政治"关注个体和集体水平上人类的自我实现"[1]。新时期以后的拨乱反正，也就是中国本土在20世纪末期重新启动现代化的"解放政治"。但发生在中国本土的现代化又是一种后发式的现代化，它使前现代、现代、后现代处在同一时空之中，具有鲜明的"时空压缩"的文化特征，因此生活政治在社会领域中占据着越来越多的空间，它们需要通过文学叙事获得认同。解放政治和生活政治这两种政治模式尽管存在矛盾甚至对立，但在中国当下复杂的现代化处境中，二者并不是谁取代谁的态势，而是相互依存，相互补充，形成纠缠在一起的难舍难分的关系。这对于新世纪以来的文学叙事来说，便提供了更为广泛的政治选择，因而决定了文学叙事的多样性和变异性。举例来说，主流文学与边缘文学，体制内文学与体制外文学，现实性的文学和个人化的文学，这些看似相冲突的文学类型却能相安无事地并存在一起，它们其实在各自倾诉着各自的政治情怀。另一方面，也正是文学叙事的多样性和变异性，在某种程度上保证了政治文化环境的平衡。

吉登斯也强调了解放政治和生活政治的相互依存的关系。他认为，解放政治是生活政治的基础，生活政治又是对解放政治成果的肯定和保护。生活政治和解放政治相互渗透，生活政治中也包含着解放政治的问题。因此，只有将二者结合起来，才能真正解决当今社会的问题。这无疑给将宏大叙事与日常生活叙事融合为一体提供了政治上的可能性。事实上，当代文学进入新世纪以来，这两种叙事的融合已经成为一种趋势。铁凝的长篇小说《笨花》，通过一个山村的故事将伟大与平凡、国事与家事、历史意义与生活流程融为一体。如小说中的主人公向喜，从一个普通的农民成长为一个革命时代的将军，这是一个典型的宏大叙事，更是中国现当代文学历史中启蒙叙事的最常见的模式。以宏大叙事或启蒙叙事的方式来处理向喜，无疑会是一个惊心动魄的英雄主义的传奇。传奇会让我们远离日常生活。但是对于向喜本人来说，他的一切经历都是他的日常生活的组成部分。铁凝所写的向喜不再是一个传奇式的人物，当然她

---

[1] ［英］安东尼·吉登斯《现代性与自我认同》，第10页，生活·读书·新知三联书店1998年版。

也不是像有些作家那样，为了彻底地反叛宏大叙事，故意消解他的英雄本质，专写他的毫无意义所指的剩余的日常生活。所以我们现在看到的是向喜的总体性的日常生活，这种总体性的日常生活让我们感觉到，一个普通农民的日常生活是怎样渗透进革命时代的精神内涵的。这种渗透不是一种生硬的渗透，因为在一个普通农民的日常生活中，就包含着传统文化的基因，革命时代的精神之所以能渗透进来，是因为与这种基因是亲和的。铁凝的叙事带有革命性的意义，她通过宏大叙事与日常生活叙事的融合，为我们提供了观照历史的另一种方式，在这种叙事中，历史向我们展现出另一番景象，它既不是简单地对过去进行颠覆，也不是变一种方式对过去进行重复。

在宏大叙事的转变中，有一种转变值得关注，这就是盛世景象的宏大叙事。随着改革开放的成就日益彰显和中国的国际地位日益提高，社会普遍生出一种大国意识和盛世景象。反映在文学之中，就是一种盛世景象的宏大叙事的兴起。不久前，我读到黄树森主编的一套"九章"系列，已经出版的有《深圳九章》《广东九章》《东莞九章》等，我以为这套书的思路就是典型的盛世景象的宏大叙事。这套书模仿古代的"九章"文体来歌颂改革开放的成就。主编说："中国文化中，九为至大，亦为至尊。古时，舜帝制九章韶乐以鸣王道之盛，屈原赋九章楚辞以盼楚国之强。"因此，恢宏博大、纵横开阔，就成为这套书的总体追求。编者选取最能体现这一总体追求的各类文本，组合成"九章"。我以为，这套书体现出一种特定的文体意识，这将其称为"改革时代大赋体"的文体意识。这种文体意识固化了、凸显了盛世景象的宏大叙事。改革时代大赋体在政治情怀上对"汉赋"进行了一次跨越时空的复制。自古以来，文人的政治情怀就体现出两重性，既包含忧国忧民的批判性，也体现出一种建设性和参与性。特别是在政治清明、社会处于上升发展的阶段时，文化精英就会与政治精英协调起来，共同维护和建设良好的政治环境，谋划社会发展的未来蓝图。汉赋产生的年代就是一个政治比较清明的年代，特别是社会正处在蒸蒸日上的时期，文人们信心百倍，昂扬进取，他们将庙堂和社稷视为自己施展才能的大舞台，也在大赋中表现了这种乐观向上的政治情怀。今天我们所经历的改革开放年代，正是社会处于上升发展的重要时期，这就为文学提供了一次复制"汉赋"的契机。于是我们就看到在文学叙事中流行起一种"改革时代的大赋体"，这种大赋体追求史诗性和宏大结构，追求"以大为美"的审美时尚，而它背后所表达的政治情怀则是一种大国意识和盛世景象的政治情怀：我们应该以华丽的篇章来书写当代最伟大的历史。这种大赋体也许存在着与"汉赋"相似的致命弱点，它扼杀了颂歌背后应有的反思、追问和警示。因此，即使我们推崇大赋体，也应该将其置于解放政治和生活政治的协调之中，赋予更具实质意义的政治情怀。

总之，考察文学叙事的政治情怀，我们会发现，文学仍然是社会各类政治诉求的有效表达方式。

2008年

大众文化背景下的文学"四化"

中国现代化进程的一个重要标志就是大众文化的迅速崛起,这似乎已成为学界的一个共识。大众文化作为一种事实存在,每一个研究者都会有直接的感性认知,它通过影视图像、商业广告、消费娱乐方式以及畅销书等传达给我们。问题在于,我们用理论来描述和概括这种事实存在时,出现了某种不对位,因此关于大众文化的界定莫衷一是。有的学者提出在引用西方大众文化理论要注意到中国语境的规范与"再语境化"的问题,这无疑是有道理的。[①] 我们在讨论大众文化时,或多或少地将一些相似性的概念混淆在一起,如大众文化、流行文化、通俗文化,这三个概念在中国语境中曾经各有所特指,但现在笼罩在西方大众文化理论的框架内就变成一笔糊涂账了。所以在这篇文章里,我不想纠缠于理论,只是把我们所面对的事实存在作为一种预设前提,从这一大背景出发,探讨一下文学在其影响下有些什么值得关注的变化。我大致将其归纳为"四化":文学生产的明星化、文学叙述的类型化、文学意象的符号化、文学消费的时尚化。

一、文学生产的明星化

大众文化的兴盛依托于文化产业的发展,而文化产业是一种建立在明星机制上的生产方式,它通过大众文化的平台,为我们社会不断地制造出影视明

[①] 傅守祥《大众文化与文化产业——批判理论的批判与中国语境的规范》,《求实》2004年第2期。

星、体育明星、歌星、舞星，明星是文化消费的焦点，也是文化经济增值的支点。文学生产之所以也被精明的文化商移来作为打造明星的平台，当然是因为畅销书巨额的利润回报。一般来说，应该是那些与视觉形象发生密切关系的文化产业适合打造文化明星，因此明星多半是影视演员、电视节目主持人、流行歌手、体育运动员，等等；文学中出现明星往往也是偶一为之的事情。但是，中国进入到市场经济全面推开的历史时期以后，情况就有了很大的改变。这源于中国文学生产机制的特殊性。尽管出于意识形态的考虑，图书出版的大权仍掌管在国家手中，但市场经济的全面放开催生了具有中国特色的"书商"，书商为了有效地、快速地将文学转换为增值的元素，就启用了打造明星的方式。

余秋雨是较早被文化产业包装为明星的对象，也可以说是到目前为止被文化产业打造得最为成功的文学明星。以后，贾平凹、张平、池莉、虹影等作家都相继被作为明星精心包装，但他们的明星效应远不及余秋雨，有的只是成为稍纵即逝的流星在大众文化的舞台上红火了一阵。文学生产明星化的最初阶段显然是不成熟的，因此书商们多半是从已经有影响的作家中挑选合适的对象加以包装。到20世纪90年代下半叶，文学生产明星化逐渐发展成为完整的环节，书商们从有潜力的年轻人中发现明星的坯子，从培育到包装一直到推向市场。这就是以韩寒开头的一批少年作家的明星化路子。有意思的是，培育这些少年文学明星的温床是一份纯文学刊物，这就是由上海作协主办的《萌芽》。1997年，《萌芽》联合几家大学共同举办新概念作文大赛，举办这个作文大赛的初衷也是刊物为了摆脱经济上的困境。没想到比赛引起社会广泛反响。上海十七岁的高一学生韩寒就是在这一届作文大赛中获得第一名。其后韩寒的第一部长篇小说《三重门》由作家出版社出版，作为一个充满青春气息的文学明星也就粉墨登场了。新概念作文大赛不仅挽救了一个纯文学刊物，而且还开启了制造文学明星的路子，这大概是《萌芽》的编辑们始料不及的。新概念作文大赛一直轰轰烈烈地举办至今，一个又一个少年作家明星也由此诞生。如今这批以明星化的方式推出的少年作家构成了一道瑰丽的风景，有人将其命名为"80后"作家群。当然，这些年轻的作家并不都是明星化的方式推出来的。有的虽然也是通过参加新概念作文大赛而走上文学的道路，但一方面他们也许不愿意接受明星的打造，另一方面他们还欠缺打造明星的条件。因此有人将这些作家区分为"偶像派"和"实力派"。偶像派显然是通过明星化的方式获得成功的，他们必须将明星的派头做足。比如像另一位偶像派少年作家郭敬明的造型,就足以吸引崇拜者的眼球:"一头染成黄色的长发,削得长短不一,半遮半掩地挡住了眼睛,不仔细看,很难注意到那双眼睛竟然是蓝色的(是隐形眼镜的功劳);额头上横系着一条淡蓝色的细带,长长地垂到肩上——见郭敬明的第一眼,感觉他像极了漫画里的人物。"——这是一份时尚类报刊记者对郭敬明的描写。郭敬明登上了《福布斯》今年的"中国名人排行榜",以160万元的收入排在第93位。[①] 这与其说是文学的胜利,不如说是明星化的胜利。

文学生产的明星化从直接的原因来说,自然是为了以迅捷的方式通过文学获取最大的利润。而从文学自身来看,明星化向文学的不断侵蚀则反映出文学的精神内涵日见稀薄的事实。当文本的意义变得越来越不重要时,作家的形象就成为被开发的资源了。追逐明星不过是人的神性崇拜在现代社会的反映,神性崇拜可以说是人类的文化本能。在传统社会,文学成为人们神性崇拜的重要承载体,文学作品深邃丰厚的精神内涵弥漫着浓郁的宗教情怀,攫取了人们的心灵。如今,文学中这股浓郁的宗教情怀被世俗欲望的暴风吹散,消费社会也把人们的神性崇拜引向世俗的途径,这就有了当代乐此不疲的追星现象。明星崇拜从本源上说是与宗教崇拜相通的。因此,文学生产的明星化在一定程度上延续了文学中的神性崇拜,只不过是将文本的神性崇拜转移到作家的神性崇拜。但这二者还是具有根本的区别。因为明星崇拜浸透了文化产业的商品性和物质性,作家一旦被当作明星包装起来,就成为被抽空了内容的纯粹物化形象,在市场上具有最大的交换价值,最有影响的明星实际上是最完美的商品。在对文学文本的神性崇拜中,人们可以获得精神上的内在超越,而在对文学的明星崇拜中,只能导致对物的崇拜和对形象的戏拟。那么,由于文学文本与作家之间天然的纽带关系,是否存在着一种可能性,我们通过一种主观的努力,把明星化中包含着的神性崇拜因素导入到文学文本中,也就是说,将文学文本的精神性赋予明星的意义阐释中。如果存在着这种可能性,那么文学生产的明星化也许对文学精神内涵的式微带来某种刺激。问题在于,对于明星的阐释权并不在文学批评家手中,而主要是在大众传媒手中。大众传媒与文化产业主结

[①] 李菁、苗炜《郭敬明:商业上最成功的少年作家》,《三联生活周刊》2004年第25期。

为一体共同打造文化明星,他们只对明星的物质性形象感兴趣,因为这涉及他们的共同利益。比如像余秋雨,这是他们手中最有分量的文学明星,他的市场价值一直坚挺,但大众传媒几乎从来不去讨论关于他的文学作品的话题,而是不断地炒作他的纠缠不已的官司等。同样的原因,"80后"少年作家群尽管来势凶猛,但始终还只是大众传媒上的话题,文坛对他们表现出相当冷淡的态度。在我看来,这种冷淡其实是文坛拒绝明星化的一种过激的反应,公正地说,"80后"并不完全是明星化的产物,就像将他们区分为偶像派与实力派一样,其中一些年轻的作家的确是在执着地追求文学性的,他们带来了新的叙述方式和审美情趣,我们没有理由对他们表示拒绝。

二、文学叙述的类型化

毫无疑问,不是所有的文学元素都会获得大众文化的青睐的,类型化是大众文化最基本的特征。类型化首先表现在体裁样式上,比如侦探小说、言情小说、武侠小说,这些小说样式在结构上高度类型化,只要把现成的材料填充在相应的位置上,非常适合高效复制,自然是大众文化的重要部分。当然,这些小说类型本来就属于类型化的审美样态,并不在我们的讨论之列。我所要强调的是,在大众文化的强势影响下,类型化对文学写作进行了全方位的渗透,比如人物的类型化、情节的类型化、语言的类型化,以及构思的类型化,等等。不可否认,文化产业主具有高度灵敏的嗅觉和对利益的洞察力,他们能从文学作品元素中发现那些最有增值可能性的元素,将其类型化,迅速进行再生产。而另一方面,类型化所包含的经济利益对于作家来说是一个巨大的诱惑,使得他们的创作有意无意地朝着类型化倾斜。

现实问题小说不断被类型化、模式化的过程就是最典型的例子。现代化的实践一直是当代作家关注的焦点,也一直是当代小说重点反映的内容。这些小说的内容直接切入当下现实生活,触及社会关心的热点问题,因此拥有广泛的读者,对于文化产业主来说,这就是拥有可观的市场。在市场推波助澜的作用下,现实问题小说得到空前的发展,并逐渐形成了一定的写作模式,要么是改革与保守的路线之争,要么是腐败与反腐败的较量,要么是政治生涯与情感危机的交织。我们于是将其命名为官场小说、反腐小说或者政治小说、改革小说。虽然命名各异，但面目基本上相似，质量也很不理想。这似乎是公认的事实。不管是评论家，还是普通读者，显然对其越来越相似的面孔都表示了强烈的不满。何止是评论家或普通读者，就是作家本人也清醒地意识到这个模式化的问题，一些认真的作家总是在殚精竭虑地寻求创新之路。但我们在讨论改革小说时，往往热衷于讨论小说中的改革内容，却对小说表达改革的方式忽略不计，因此也很少关注写这类题材的作家在文学上的焦虑。这也是改革小说摆脱不了模式化困惑的社会原因。

张平显然是一位写现实问题小说的代表性作家，现实问题小说给他带来声誉，也给他带来非议。有人指责他的作品缺乏文学性，但事实上张平在写作中不仅具有强烈的现实感，也具有强烈的文学焦虑。特别是他近些年的作品，明显看得出他在每一部作品中都有新的文学尝试。而他的文学尝试，都可以看作是他在利用类型化和摆脱类型化之间苦苦挣扎的结果。几年前他写的《十面埋伏》，虽然是写官场反腐斗争的，但他明显借鉴了侦探小说的叙述方式，虽然是往类型化靠，但他通过侦探小说的模式，打破了当时反腐小说的类型特征，可以说是一次成功运用类型化的尝试。而在他今年出版的长篇小说《国家干部》中，我发现他对类型化的焦虑更为强烈。自然这篇小说并不能完全摆脱类型化的约束（因为完全采取非类型化，将冒丢失广大读者的危险，这类小说的读者群是在类型化的培训下结集起来的），比如人物关系的设置，一些主要情节的安排，都带有类型化的痕迹。而且从故事内核来说，并没有什么新的东西，张平最终也绕不开类似于邪不压正、人民群众站出来说话等这种主题结构上的类型化。但是，张平煞费苦心地在叙述结构的变革上下功夫，其目的显然是想完全走出类型化的樊篱。小说以嵝江市的一次干部提拔为契机，使全市上上下下的官员为了大大小小的利益，怀着各自的动机，都或明或暗地行动起来。故事的确不新鲜，但小说以一种很特别的叙述方式来展开这个并不新鲜的故事。通篇小说几乎没有文采和诗意的追求，完全由密不透风的人物心理动机的剖析编织而成，作者不放过笔下的任何一个人物，毫不留情地袒露他们的内心动机，将官场上的每一个细小的事件，都找到其心理依据。我以为这部小说可以称其为政治心理剖析小说。我不敢说张平的这种写法是非常成功的，因为这种密不透风的剖析，造成了节奏的过度紧张，也使得叙述过于单调。但他的尝试无疑是很独特的，如果他能广泛听取意见，博采众长，也许能把这种尝试做得更好。问题是，人们并不关注张平在文学上的焦虑和尝试。从这个角度说，张平是在孤军作战。风光的改革小说有时候又是非常悲凉的。遗憾的是，那些热情肯定张平的人，只愿意看到张平作品中的现实性和责任感，不愿意或者说根本不去注意张平在文学上的努力。

另一位在类型化叙述上大获成功的作家就是海岩。一位充满男性魅力的刑警，几位柔情似水的女性，斗智斗勇的较量，刻骨铭心的爱恋，这些是海岩故事里必不可少的元素，海岩也能很娴熟地将这些元素调制出不同的口味。但在他最新出版的《深牢大狱》中，他对类型化的焦虑和恐惧同样暴露无遗。小说一开始，海岩就把他的故事元素一股脑儿地用上了，故事编得悬念丛生，情节跌宕，基本上是我们所熟悉的海岩式的叙事方式。按说，刘川和单鹃母女提着装巨款的皮箱爬上崖顶，等候在那里的一群警察大步向他们走过来时，这个故事就接近尾声了。可是小说读到这里才不到一半的篇幅，海岩笔锋一转，把一个破案的故事讲成了一个犯人改造的故事。这简直是不按规则出牌。它生生将小说分割成两截，前后两截分明是两种不同的故事类型，两种不同的艺术风格。

三、文学意象的符号化

我们是在文化产业的意义上来谈大众文化的，这就完全有别于过去我们所谈论的通俗文化、群众文化。从这个意义上看，大众文化的唯一宗旨就是消费。大众文化的消费不同于一般商品的消费，它不仅消费商品的使用价值，而且还要消费商品的精神价值，这一点是与所有的精神产品的消费相一致的。但是，一般的精神产品强调精神价值的个别性和独特性，人们从每一件精神产品中所获得的精神内涵应该是不一样的，这也是证明一件精神产品成功的重要依据。而大众文化被纳入文化产业，为了追求最大的利润，就只有放弃产品精神内涵的个别性，通过一种统一的模式来达到产品的复制和再生产。这就带来了大众文化的符号化特征。大众文化通过对其商品的符号象征意义的强调，从而使消费者超越使用价值的局限，获得消费欲望的虚幻性的满足。这种虚幻性的满足是无限大的，因此这种消费也就存在着无限的可能性。符号象征意义来源于社会环境或文化背景，它所表征的主要话语系统是关于地位、品位、时尚、身份、高雅、幸福等观念及其生活方式。

进入大众文化行列的文学作品显然要服从于符号化的特征，这些作品的文学意象逐渐向文化消费的符号象征意义靠拢。比如一度风行的所谓"小资写作"，这些文本大概都有一些基本的写作元素：几个成功人士，几幢优雅别墅，还有酒吧、上网、喝咖啡时的音乐、做爱前的谈心，等等，这些元素看上去都是当代都市生活中的一部分现实，但问题在于，小资写作对此是进行一种符号化的处理，将其变成一种缺乏丰富内涵的时尚符号，它带给读者的只是一种空洞的炫丽、感官的兴奋。20世纪90年代的媒体大爆炸为小资写作的泛滥提供了现实可能性，翻一翻书摊报亭上眼花缭乱的报纸期刊，无不将小资写作当作突出版面的亮点。虽然"小资写作"的风头已经过去，但小资情调作为符号化的基本语码，仍充斥当下的文学文本。我们身处的都市社会被消费主义编织为一个符号世界，符号象征意义渗透在日常生活之中，人们几乎不是为了生存需求而消费，而是为了符号象征意义而消费。作家笔下的文学意象就是在这样一种社会消费符号的强势控制下逐渐发生了变异。对此，并不是没有头脑保持清醒的作家。韩少功就对"生活符号化"表现出极大的担忧，他认为我们如果沉迷于这些符号，就不可能了解到现实生活的"真实"。他说："我相信现实生活中的很多'真实'，不过是符号配置的后果，比如别墅、轿车、时装、珠宝所带来的痛苦感或幸福感，不过是来自权力、组织及其各种相关的意识形态，不过是服从一整套有关尊严体面的流行文化体制，与其说痛苦或幸福得很真实，毋宁说是消费分子们的自欺欺人——就其生理而言，一个人哪里需要三套空空的别墅呢？但别墅成为符号，轿车、时装、珠宝等成为符号，不意味着非洲饥民的粮食也是符号。我们不能说那些骨瘦如柴的黑人没有真实的痛苦，不能说他们只是因为缺少符号就晕过去了，就死掉了。"[①]诚如韩少功所担忧的，生活中真实的痛苦永远处在符号化的文学意象的视野之外。

符号化的问题就是一个能指与所指的关系问题，符号化依托符号体系的编码规则，最终导致能指与所指的剥离和断裂，因此文学意象的符号化，带来一个显著的后果就是，文学形象本身的内在意义被抽空，文学的所指成为一具空壳，而附着在上面的符号象征意义极度膨胀。王一川曾对文学语言的能指与所

---

① 韩少功《暗示》，第287页，人民文学出版社2002年版。

指分离的现象进行过深入的分析,称其为"汉语的能指盛宴年代"。他认为:"置身在这种能指盛宴年代的汉语文学,正遭受来自外部和内部两股力量的双重挤压(尽管这种内外之分其实很牵强)。从外部看,在文化消费浪潮中如鱼得水的上述大众语言,正在显示其突出的能指扩张力量。广告、流行歌曲、网络文学、手机短信等语言确实在能指扩张上做足了功夫。而从文学语言内部看,随着90年代初以来高雅文化的大众化进程,通俗文学、'电化文学'(指为影视改编而写作),甚至某些严肃文学也被逼上梁山,半推半就地开始了其能指扩张历程。""进展到90年代后期至今,随着市场经济和文化消费大潮的来到,文学文本的能指扩张、剩余或狂欢场面已经变得随处可见了,它们以一片片脱离所指的能指碎片的姿态,在文坛上下翻飞、四处飘浮。"[①]王一川在这里分析的语言问题就是文学意象符号化的典型表现。

文学意象的符号化遵循着消费主义的原则,其符号象征意义始终受消费主义文化—意识形态的指控而变动不居,因此它是与社会消费时尚的符号语码相吻合的。张光芒很具体地分析了这样一种文学文本符号与消费符号的对接,他说:"在世纪之交文本中经常出现的就是以时尚为标界的一个阶层,安妮宝贝《彼岸花》中的'我'颇具代表性:二十五岁,单身,靠电脑和数位杂志编辑的电子信箱生活,用稿费换取脱脂牛奶、鲜橙汁、燕麦、苹果、新鲜蔬菜、咖啡等等。在三个月里,抽掉了三十包红双喜。逛了八十次街。泡吧五十次。约会过几个男人。卖文三十万字。吃掉镇静剂三瓶。更有王小蕊、安弟这样的女孩子(朱文颖《高跟鞋》),喜欢钱,喜欢追逐时尚的浪头。即使她们觉得灵魂无根,也止不住无尽的欲望。"[②]在这里,符号化的文学意象与商品经济成为合谋,共同榨取消费者身上的精血。所不同的是,文学意象是一把软刀子,商品经济是一把硬刀子。符号化的文学意象营造了一个无极限的消费时尚的海市蜃楼,把人们带入虚幻的欲望满足中,文学意象的虚幻满足更刺激了消费的欲望,便一头扎进现实的物质海洋中;而现实生活的种种约束加剧了消费欲望的焦虑,又要通过虚幻的文学意象获得宣泄和释放。如此循环反复。显而易见,文学意象的符号化既消弭了文学的个性,也使得文学的批判精神日益式微。

---

① 王一川《能指盛宴年代的汉语文学》,《文艺争鸣》2004年第2期。
② 张光芒《论中国当代文学的"第三次转型"》,《当代作家评论》2004年第5期。

四、文学消费的时尚化

朱大可先生在批评余秋雨的文化散文时,用了一个形象化的描述,他说:"某妓女的手袋里有三件物品:口红、避孕套和《文化苦旅》。"这样的描述尽管过于刻毒,但也不能不说是抓住了《文化苦旅》已被时尚化的事实。也就是说,一段时期以来,读余秋雨的散文成为一种文化时尚,一种身份的象征,一张进入优雅生活的入场券。在这里,文学消费完全被时尚化了。事实上,当文学消费被时尚化后,阅读本身就被悬置起来了,读不读已经变得非常不重要,重要的要以文学的色彩把自己打扮得更加"酷"、更加"炫"。

所谓文学消费的时尚化,是指以时尚的方式处置文学创作活动。西美尔这样描述时尚的动态方式:"社会较高阶层的时尚把他们自己和较低阶层区分开来,而当较低阶层开始模仿较高阶层的时尚时,较高阶层就会抛弃这种时尚,重新制造另外的时尚。"[1]所以,时尚是消费时代的风向标,是社会消费行为的推进器。新一轮的时尚流行就意味着新一轮的消费。而引领时尚潮流的总是只占社会少数的财富精英们,因此完整的时尚版图应当是,当一种旧的时尚像一滴墨水滴落在社会的某一中心正向四周普遍洇散时,一种新的时尚在另一中心露出了端倪。从这一描述中可以看出,时尚包含着消费性和等级性两种功能。针对这两种功能,文学消费时尚化的策略也不一样。有的是通过时尚化直接达到消费的目的,这时候文学扮演了一位时尚的制造者;有的是通过时尚化以炫耀自己的另类身份,这时候文学则装饰为一位时尚的追逐者。但也许更多的时候是这两种功能在时尚化的精心运作中同时实现,这真是"鱼和熊掌能够兼顾"的新寓言了,但它的确不是寓言,而是我们身边的现实。时尚化出于消费的目的,就会遵循着商业的原则,追求最大利益化,只要有市场效益,作家们可以将任何材料进行时尚的处理,比如曾在市场火了一把的"红色经典",就成了一些文学消费时尚化的极好材料。所谓时尚化当然不是照搬原作,而是根据时尚的需要进行匪夷所思的改写和戏说。又何止红色经典,革命,鲁迅,世界贸易组织,无论历史的还是新鲜的,都可以加以时尚化而后有滋有味地消

---

[1] 齐奥尔格·西美尔《时尚的哲学》,第72页,文化艺术出版社2001年版。

费。小资写作的泛滥,大概算得上是一次哄抢身份入场券的写作行为。一段时间里,充满装腔作势的小资读物,包括小说、散文或不成其文的文章,扑面堵在你的眼前,直到你看得腻味为止。哪怕你也是一名成功的小资,或者哪怕你正在梦想着成为小资,在这样的小资读物面前恐怕也不得不腻味,因为那种同一个腔调,同一个面孔,同一样的矫情,仿佛就像看同一个献媚者翻来覆去在你面前搔首弄姿,开始也许还有些新鲜感,看多了不腻味才怪呢。

时尚化对于文学更深沉的影响倒不在于出现一些时尚的作品,而是在写作观念甚至是写作技术层面上所引起的变化。时尚时代就是消费时代,当文学也被当作时尚消费的对象时,这固然会让作家感受到时尚的炫耀,但你也会被众多的时尚所湮没,因此,从时尚化的动机出发,追求表象的新异、素材的新鲜,就显得比追求文学的深度和力度要重要得多。邱华栋说:"在一个传媒时代里,小说应该是什么样子的?我认为,更多的信息已是好小说的重要特征。信息量一定要大,否则一部分小说将很快被信息垃圾湮没。"[1]我们的确是处在一个信息大爆炸的时代,不过像邱华栋这样一位年轻的、创作力正旺盛的作家,在信息垃圾面前都感到了恐慌,这也许看出当代的文学是多么缺乏自信。而在这种现象面前,作者宁愿悄悄修改自己的文学观念和写作方式,他把信息量看得格外重要,在他以后的写作中,他似乎也是这样去处理自己的作品。后来他写的小说《正午的供词》,巧妙地利用张艺谋的绯闻,大概就是一种迅捷把握最新信息的写作吧。

说到底,时尚化的深层文化原因,还是人文精神的缺失。一个良性发展的现代社会,应该在消费主义和物质主义兴盛的同时,建构完善的人文精神系统。我们社会为前者提供了彻底的解放,却始终没有为后者创造必要的条件,因此直到今天我们还找不到自己的精神家园在哪里。作家林白就有过这样的表白:"在这个时代里我们丧失了家园,肉体就是我们的家园。"[2]这时候,时尚往往成为一帖兴奋剂,给人造成一种虚假的精神幻觉。因为时尚是一种精神的空壳,看上去在传递精神的信息,实质上只有空瘪的内容。

---

[1] 邱华栋《城市战车·代后记》,作家出版社1997年版。
[2] 黄发有《准个体时代的写作》,第279页,上海三联书店2002年版。

大众文化对当代文学的影响是一个极具现实性的问题，而且可以预料这种影响也是深远的。关键在于，我们应该如何对待这种影响。消极地诅咒显然不是良策，这不仅于事无补，而且恐怕也存在着判断上的谬误。大众文化已经具备经济—文化的意识形态性，成为一种社会的强势话语，显然，它对文学的影响和渗透是在现代化进程中不可避免的。与大众文化纠结在一起，这本身就构成了当代文学发展的时代条件。影响与反影响，渗透与反渗透，自然就成为当代文学突破的内在动力。因此，即使像我所归纳的文学"四化"已经到了相当严重的地步，但我们仍能发现文学内在的活力。一个突出的事实就是，文学"四化"的现象更多体现在长篇小说创作之中，而中短篇小说受其影响的程度相当小。这里直接的原因是，长篇小说作为图书的形式，受到市场强有力的牵制。至于中短篇小说创作，更多地保留着纯粹文学性的氛围。我们从近两年来的中短篇小说中明显感觉到作家对于文学精神的执着追求越来越强烈。

浪漫主义的"创造性转化"

革命与浪漫主义是一对孪生兄弟。西方的浪漫主义文学就是伴随着革命浪潮而诞生的,法国大革命和拿破仑革命可以说是欧洲浪漫主义文学的温床。20世纪初,西方的浪漫主义传入中国,正是中国的革命精神笼罩大地的时刻,它决定了中国的浪漫主义从诞生之际就与革命密不可分的关系。中国的浪漫主义发端于20世纪初的"五四"新文学,与启蒙精神紧密地结合在一起。当年在西方新思潮的感召下,最先觉醒的年轻人决心以革命的方式推翻封建制度,建立一个新的中国。革命者从本质上说是浪漫的。尽管当时在西方列强的欺凌下,人们普遍感到了现实的无望,但能够站出来反叛传统开创新路的往往是胸中荡漾着浪漫情怀的人。革命也需要借助浪漫主义的主观激情和对理想的讴歌来壮行。因此,中国的浪漫主义是属于革命者和革命运动的。只要回顾一下"五四"新文学的历史,就可以发现那些新文学的开拓者和活跃的作家几乎都是浪漫主义的热情鼓吹者,他们的作品也无不充溢着浪漫的精神。鲁迅在1907年所作的《摩罗诗力说》被认为是最早引进西方浪漫主义概念的文章,他在这篇文章中张扬浪漫主义"掊物质而张灵明,任个人而排众数"的精神,将浪漫主义文学归纳为"立意在反抗,指归在动作"。一直坚持写实主义的茅盾也说:"能帮助新思潮的文学该是新浪漫的文学。"新文学的倡导者们之所以力推浪漫主义,就在于他们是自觉地以文学作为启蒙的武器的,而启蒙就是中国近代的一场最伟大的思想革命,于是就有了"革命是最大的罗曼蒂克"的说法(蒋光慈语),就有了"革命加爱情"的创作模式。但是,尽管浪漫主义给中国现代文学带来恣肆汪洋的想象和激情,开启了美妙的意境,它的遭遇却一点也不美妙。当革命运动在中国广泛掀起来后，浪漫主义就受到严厉的批判和否定，高歌浪漫《女神》的郭沫若甚至将浪漫主义宣判为"反革命的文学"。在以后的文学史著作中，20世纪二三十年代流行文坛的"革命加爱情"的浪漫主义创作几乎无一例外地遭到贬斥。这说明了一个问题，革命与浪漫主义的结合不可能维持长久。因为革命可以在激情中爆发，但革命的持续必须面对现实的残酷性，必须以现实主义的态度去应对各种现实的问题，特别是革命建立起自己的组织以后，革命组织内部需要严格的纪律来维持，无法容忍浪漫主义的自由激情和个性表现。不过我们会问，如果革命运动不能容忍浪漫主义是可以理解的话，那么为什么浪漫主义文学同样也要招致攻击呢？这是因为中国新文学是被革命者当作启蒙的武器来使用的，他们担心浪漫的文学会涣散人民的斗志。当革命明确拒绝了浪漫主义之后，文学中的浪漫主义也许只能在边远的田园山水中找到一处栖息之地，所以当年沈从文自称是"最后的浪漫派"。这样一来，我们也就理解了浪漫主义大师席勒这段话的含义："在动荡不安的时代，参与政治，最终会发现只有美学才能解决问题，经由美，人才能达到自由。"

但是既然革命精神从本质上说是与浪漫主义精神相一致的，那么，只要我们不放弃革命，就不会放弃浪漫主义。同样的道理，只要革命文学还存在，浪漫主义精神就不会在文学中消亡。因此在革命文学的语境中始终有浪漫主义在流浪。哪怕是政治干预文学最为恶劣的时期，浪漫主义仍能获得与现实主义相提并论的待遇，而且也唯有浪漫主义才能够获得这种待遇。新中国成立后不多久，就提出了革命现实主义与革命浪漫主义相结合的理论主张，似乎给了浪漫主义应有的名分。而且事实上每当社会上革命精神特别活跃的时候，浪漫主义就会在文学中放出异彩。比如新中国标志着革命的胜利，而革命的胜利更激发起革命者的浪漫精神，这种浪漫精神与一个新政权诞生所带来的朝气融为一体，它典型地体现在胡风为新中国所写的长诗《时间开始了》之中。因此在新中国成立后，当代文学掀起了一个小高潮，出现了一批年轻的文学新人以及充满青春朝气的文学作品，如王蒙的《组织部新来的青年人》、邓友梅的《在悬崖上》、刘绍棠的《田野落霞》、茹志鹃的《静静的产院》等，新中国的朝气让年轻人的青春火焰燃烧得更欢实，更具浪漫主义。20世纪50年代提出了革命现实主义与革命浪漫主义相结合的理论，也就是顺应时代的需要，试图为浪漫主义安妥一个合法的位置。但是，在那个政治过度干预文学的时代，一个策略化的理论并不能成为浪漫主义的保护伞。相反，浪漫主义常常被当成了文学与政治斗争的替罪羊。有人把浮夸、虚假都归结到浪漫主义，甚至"文革"期间泛滥的"三突出""高大全"也被认为与提倡浪漫主义有关。在"文革"后的拨乱反正中，一些人在批判"四人帮"的文艺观以及十七年的极左文艺路线时也把浪漫主义捎带上了，比方有的论者在分析"两结合"的创作方法的恶劣影响时说："由于这种创作方法一提出就是针对着现实主义的（当时误认为是针对修正主义），又因为它被认定为是最好的创作方法，带有极大的权威性，所以，提倡的结果，就是现实主义进一步被贬抑、被放逐、被摧残，而浅薄的、浮夸的、虚伪的'浪漫主义'则大发展起来。到了林彪、'四人帮'横行时期，终至革命现实主义的理论和作品被摧残殆尽。"（刘光：《"两结合"创作方法与"左"倾思潮》，《社会科学研究》1980年第5期）有人干脆断言浪漫主义是"对客观运动法则的歪曲"，"损害了艺术的真实性，亦即削减了艺术性"（何满子：《论浪漫主义》，1983年4月5日《文汇报》）。因此，在新中国成立后的三四十年里，革命者的浪漫主义很难在文学中理直气壮地发展，它只是若隐若现地存在于一些作家的作品中。

20世纪末期中国社会的大转型，不异于一场思想观念上的大革命席卷过来，它因此也为浪漫主义提供了滋生的土壤。新世纪的现实主义则以开放的姿态接纳了浪漫主义，从而形成了一种具有浪漫主义倾向的现实主义叙述。浪漫主义精神渗透在新世纪的现实主义写作之中，使得新世纪的现实主义具有了更加浓厚的诗意化特征。比如有的学者就将刘醒龙的《圣天门口》称为诗意的现实主义。但准确地说，《圣天门口》还是一部比较典型的现实主义作品，它的诗意只是在某些细节设置上流露出来。事实上，几乎每一个作家的内心都会或多或少存在着浪漫情怀的，这应该是值得文艺学以及文艺心理学研究的课题，在我看来，文学的本质包含着浪漫的要素，一个人之所以热爱文学，之所以会选择文学写作来表达自己的思想情感，是与他受到内心的浪漫情怀的驱动分不开的。即使像刘醒龙这样从"新写实"走过来的作家，也会掩饰不住内心的浪漫情怀，这种浪漫情怀使他本来非常扎实的写实性的叙述变得有些摇曳不定。如果再往前溯，甚至可以说，新时期文学的新质就包含着浪漫主义因素。莫言就是一位代表性的作家。2006年，年逾古稀的老作家鲁彦周出版了他的长篇小说《梨花似雪》，完全是一部讴歌浪漫主义精神的作品。在这部作品中，鲁彦周感情充沛地讲述了周家三姐妹在革命风云中追求各自爱情的故事。《梨花似雪》的意义就在于，它通过几个人的爱情故事，揭示了中国20世纪革命精神与浪漫精神相依存又相抵触的时代特征，它是第一次以文学的形象礼赞革命运动所蕴含的浪漫主义精神。小说中的人物命运贯穿在革命历史进程之中，他们的传奇经历也许与大量的革命叙事小说相比并没有多少特殊之处，但作者的目的不是要对历史和政治进行是非判断，而是要在历史性的革命大潮中展现浪漫精神如何伴随着人们、影响着人们的。在作者笔下，那些生活在革命大时代的年轻人，都充满了浪漫的想象，都因为有了浪漫的激情，才可能使她们在残酷、严峻的现实面前越来越刻板，冷漠的革命生活中，碰撞出爱情的火花。因此这部小说并不是写她们纯粹个人化的爱情故事，她们的爱情故事里包含着丰富的时代内涵。鲁彦周对于浪漫主义风格的把握了如指掌，他充分发挥了浪漫主义在表现主观情感、发掘内心世界的艺术优势。小说采用了一种多个第一人称交替的叙述方式，这种交替的第一人称叙述可以说是将第一人称和第三人称的各自长处集于一身，既有第三人称的全知全能视角，又有第一人称的主观性，它使得每一个重要人物都有机会站出来袒露心迹。《梨花似雪》是一部典型的体现"五四"新文学精神的浪漫主义作品，当时我读到这部小说时感到非常惊讶，因为新的文化环境已经不再适宜这种浪漫主义的生长。也因为这个缘故，当我读完这部小说后，我就想，也许鲁彦周的这部小说是提醒我们，该为中国的浪漫主义作一了结的时候了。两年后，我又读到了高建群的长篇小说《大平原》，让我再一次感受到浪漫主义迫切向上生长的劲头。这部小说是写乡村家族史的，但作者并没有将其处理成史诗性的作品，否则他胸中荡漾着的浓烈诗意就会淹没在庞杂的情节线索和具体琐细的故事交代之中。浪漫的倾向也使他的视角向生命个体的方面有所偏移，因此小说更多的是表现乡村伦理关系中的生命存在方式。在他看来，处在这种伦理关系中的每一个生命个体都是可歌可泣的，每一个生命都是一朵花，每朵花都有一个灿烂开放的过程。如果说，以上作品只是证明现实主义叙述逐渐为浪漫主义开辟了越来越宽敞的空间的话，那么徐小斌在2010年出版的长篇小说《炼狱之花》就是一部难得的充满浪漫主义气质的作品了。小说将童话的纯真与对现实激烈的讽刺和批判拼贴在一起，构成了一种后现代式的审美意蕴。作者想象了一个存在于深海海底的理想世界，善良是这个世界的最高原则，生活在海底世界的生命都是纯洁的精灵，相互之间和谐美满，但海底世界近些年来受到来自人类世界的严重侵扰，尽管海底世界的精灵们具有神奇的能力，足以与人类世界抗衡，但他们的纯洁心灵和最高原则要求他们要以善良和悲悯对待一切，也包括恶行。那么，怎样才能阻止人类对海底世界不断扩大的毁灭性恶行呢？他们想到了以联姻的方式与人类世界达成妥协。小说主人公海百合公主因为在一次偶然的机会中得到了一枚人类的戒指，她就成了与人类联姻的最佳人选。海百合只身来到人类世界，在寻找神秘戒指主人的过程中，她目睹、经历和参与了人类世界里的一系列正义与邪恶、真实与虚伪、美丽与丑陋的较量，最后为了拯救人类的朋友，她不得不违反海底世界的原则，以自己的神力惩治了人类的恶行，为此她也永远失去了重回海底世界的机会。作者的想象力丰富奇妙，具有魔幻般的风格和一种伤感的诗意。事实上，徐小斌一直就是以其浪漫主义色彩而确立了自己的独特个性。她的小说中不乏虚幻的想象，以及神话和寓言的叙述。20世纪90年代初，她的《双鱼星座》是一篇充满激情的现代寓言，把浪漫主义的精神注入正在兴起的女性文学中。她的《羽蛇》通过想象植下一株血缘大树，大树的枝蔓向天空自由地伸展。在当代文学的想象力日益萎缩的趋势下，她的这部小说告诉人们，想象力是如何借助浪漫主义的翅膀自由飞翔的。徐小斌是难得的一位能够放纵内心浪漫情怀的作家，这也因此成就了她的独特的文学个性。但是，浓郁的浪漫主义精神也使她的文学具有了一种另类的色彩，因此在许多文学史的叙述中，她难以获得主流观念的完全认同。不过也无须太悲观，2011年结束的第八届茅盾文学奖就传递出一个信息，强调现实主义的茅盾文学奖，也开始接纳浪漫主义的作品。在前二十部入选的作品中，就有两部作品是以浪漫主义为主调的：一部是红柯的《生命树》，一部是宁肯的《天·藏》。红柯的写作几乎都是以浪漫主义的意象作为核心的。《西去的骑手》中的马，《大河》中的熊，《乌尔禾》中的羊，以及《生命树》中的树，都是天山神秘地域播撒在红柯头脑里的浪漫主义精灵，而这几部小说中，《生命树》可以说最为圆熟。红柯在这部小说中跨越时空和文化的障碍，带着对远古和神话的敬畏之心，去礼赞生命和大地。宁肯的《天·藏》则是一部强调作者主体意识的哲理化作品。宁肯从哲学的高度思考自己在西藏的生活，《天·藏》几乎就是他的思想实践的真实记录。小说写一个内地高校的哲学老师王摩诘在20世纪80年代末主动来到西藏，在一所小学教书，当时的社会陷入一种方向性的迷茫，王摩诘则选择了西藏这块净地,让维特根斯坦的现代哲学与藏传佛教对话,并努力重建自己的精神家园。浪漫主义赋予了这两部作品浓郁的诗意,《生命树》是情感的诗,《天·藏》是思想的诗。

李欧梵在其专著《浪漫的一代》中认真讨论过"五四"文学中的浪漫主义问题。他认为"五四"文人有两种浪漫心态:一种是"普罗米修斯型",一种是"维特型"。在我看来,李欧梵所说的"普罗米修斯型"正是20世纪二三十年代风靡文坛的充满革命精神的浪漫主义,是自命为启蒙者和革命者的浪漫主义,这是浪漫主义中的主潮。过去我们把浪漫主义分为积极浪漫主义和消极浪漫主义,虽然积极、消极的区分不能与李欧梵的"普罗米修斯型"和"维特型"完全对应起来,但这两种说法都在于意识到浪漫主义从思想观念到表现风格大致上可以分出两大类型的事实。李欧梵同时认为,"五四"新文学的观念基本上是从西方引进的,"一般'五四'作家引用西方文学,仅停留在表面的'引证'(quotation)上,或认同西方作家并以之作为榜样。"浪漫主义同样如此。李欧梵把郁达夫视为"维特型"的浪漫派,他在分析了郁达夫汲取西方文学的实验痕迹之后,对郁达夫未能通过这种汲取"作更进一步的'创造性转化'"而感到可惜。他认为,如果有了这种"创造性转化",就可能"为中国现代文学开出另一个新的现代主义写作传统"。所谓"创造性转化",应该是指将西方的思想资源与本土的经验和本土的文化结合起来。这种"创造性转化"对于革命者和启蒙者的浪漫主义而言,更是困难重重。五四运动后,这种浪漫主义伴随着高涨的革命运动而风行,很快形成了一种"革命加爱情"的模式,这种文学模式的流行说明革命者的浪漫主义还停留在"汲取"和"引用"的阶段,不过我以为应该看到,即使是在这种模式化的创作中,也已经出现了一些本土化的新质,它期待着"创造性转化"的到来。但是,来自革命阵营内部的对浪漫主义的从革命实践到文学创作的全方位的攻击和压制,中断了这种"创造性转化"的可能性。可怕的还不是"创造性转化"横遭中断,而是这种中断几乎延续了半个多世纪。今天,我们或许看到了浪漫主义文学实现"创造性转化"的曙光。

2011年

从政治、经济和艺术的合力看国家文化形象

现代社会基本上由三股力量构成发展的合力：政治、经济与艺术。这里所谓的艺术并不是平常意义的艺术创作和艺术作品，而是哲学层面上的一种人类特殊的精神活动。在这三股力量中，艺术明显不同于前二者。政治和经济是一种制度化、工具化和权力化的物质性的硬力，而艺术是一种非制度化、情感化和道德化的精神性的软力，艺术通过无形的、精神熏陶的方式实施影响，艺术精神的本质体现在哲学、文学艺术等人文性的作品中，体现在社会的文化活动、教育活动中，体现在知识分子的公共话语中。在一定意义上说，西方现代后现代思想家都是在企图发挥艺术在人类文明进程中的作用，以匡正政治、经济带来的社会发展偏差。当然这有一个重要前提，就是艺术作为一种精神的力量是独立的，它才可能与政治、经济一起在现代社会进程中构成三足鼎立的局面。中国正在走向现代化，在我们的面前也有了许多实现现代化的具体目标，我们也明显感受到中国社会的巨大进步。目前，"可持续发展"成为人们经常引用的热门术语，可持续发展显然是一种全面的、面向未来的社会发展观，要做到可持续发展，就不能仅仅满足于一些经济指标的实现，而是要使政治、经济与艺术三股力量达到互补协调，而不是互相牵制、互相抵消。但今天的社会现状显然是对艺术的精神力量缺乏足够的重视，今天的社会似乎是政治和经济包打天下的社会，而艺术被排挤到可有可无的位置。艺术作为一种隐形的精神力量，是通过文化形态呈现出来的，因此通过国家的文化策略和社会的文化氛围，我们可以考量出艺术被重视的程度。

现代后现代思想倚重艺术的精神力量，去抗衡政治与经济的滥用权力，尽

管他们立论于批判和否定古典的基础上，但他们的思想精神还是渊源于古典的。马克思、恩格斯从人的自由而全面的发展来设计共产主义理想，就是深刻把握了艺术精神力量在人类文明发展中的重要性。马克思指出："要不是每一个人都得到解放，社会本身也不能得到解放。"①因此，社会主义、共产主义是"以每个人的全面而自由的发展为基本原则的社会形式"，②资本主义与社会主义、共产主义的根本区别也在于此。马克思认为，在资本主义条件下，人只能是"畸形发展"，因为资本主义私有制及其异化劳动创造了一个金钱至上的世界，社会的发展是靠牺牲个人发展为代价的。马克思、恩格斯在《共产党宣言》中这样描述共产主义社会："代替那存在着阶级和阶级对立的资本主义旧社会的，将是这样一个联合体，在那里，每个人的自由发展是一切人自由发展条件。"恩格斯后来在《社会主义从空想到科学的发展》一书中进一步发挥了这一思想，他说，在未来社会"通过社会生产，不仅可能保证一切社会成员有富足的和一天比一天充裕的物质生活，而且还可能保证他们的体力和智力获得充分的自由的发展和运用"，"第一次成为自然界的自觉的和真正的主人。"③马克思恩格斯关于人的全面发展的理论成为现代后现代理论的重要思想资源，因此，从本质上说，马克思主义的哲学内涵比其他现代哲学理论更加具备人道主义和人文关怀的特征，但是我们过去对这一点重视不够、研究不够。

当然，现在人们都在强调社会的"全面发展"，比方说，人们都知道社会的发展必须包括经济、政治、文化诸多方面，但人们在理解这一"全面"性时仍难免出现一种认识上的偏差，以为就是指经济、政治、文化几大要素的平行发展，以为就是各个要素完成各自的发展指标。这种认识看似全面，其实是把"全面"分割成各个局部，最终也消解了"全面"。正确理解全面，还得从马克思主义所阐述的"人的全面发展"出发。全面的前提必须以人为本，以物从人。社会的全面发展最终体现在人的价值的存在与实现的发展，体现在人的全面发展上。这种全面性，是经济、政治、文化相互联系、相互促进的全面性，而在其中，由于文化的功能比较特殊，它往往是以一种隐形的、潜在的、久远的方式发挥功能作用，很难像经济活动一样进行数字统计，因此更容易被忽

---

① 《马克思恩格斯全集》第20卷，第318页。
② 《马克思恩格斯全集》第23卷，第649页。
③ 《马克思恩格斯选集》第3卷，第757—758页。

略。认真研究文化的特殊性，制定出相应的文化战略措施。

在这篇文章里，我想从文化战略的角度探讨一下树立国家文化形象的问题。冷战时代结束之后，国际竞争的一个重要特点便是文化的分量越来越加重。西方的一些思想家和政治家早就意识到这一点。美国塞缪尔·亨廷顿所提出的"文明冲突论"就具有代表性。亨廷顿认为，在新的世界中，冲突的根源主要是文化的，而不是意识形态和经济的。美国的政治家同样也十分重视文化的战略作用。布什就说："输出美国的资本，就是输出美国的价值观念。"我们应该清醒地认识到，西方无论是思想家还是政治家，他们对文化的重视，是从西方利益的立场出发的，因此有人认为亨廷顿的"文明冲突论"是以维护西方文明为名，行独霸世界之实的。而在政治上，这一趋势是十分清楚的：西方发达国家特别是美国，凭借着经济、科技、军事的优势，企图用自己的文化控制和占领别国的思想文化阵地，消解别国的民族文化和民族精神。比方说，美国在世界信息技术领域里具有绝对垄断地位，不仅控制着计算机硬件生产的关键技术，而且控制着计算机的软件生产。2001年美国IT产业产值高达6000亿美元，占世界IT产业产值的75%。在全球7240万个网站中，美国占了73.4%。当今世界国际互联网实际上是由美国控制和主导的。一旦你踏上国际互联网，实际上便踏上了美国的"信息高速公路"，你跑的是美国"车"，停靠的是美国"港站"，遵守的是美国的"交通规则"，使用的是美国"防火墙"。只要你购买美国计算机的硬件或软件，那么你的信息安全就将被美国控制，美国就会在网络这个"第五维战场"上向你发动凌厉的攻势。严峻的现实告诉我们，必须重视因经济上的支配性力量而导致的文化霸权的后果。联合国教科文组织1998年《世界文化发展报告》就客观地指出：由于后发国家缺乏对本国文化资源的有效保护，依赖于国际资本实现其文化遗产数字化，从而在知识经济时代的国际格局中再一次成为文化资源的廉价出口国和文化产品的高价进口国，那么，他们失去的将不仅仅是对自己文化的解释权，而是整个文化遗产的基本含义发生的变异，从而使一个民族迷失最基本的文化认同感，在文化的根部彻底动摇它存在的依据。联合国报告所指出的这种现象已经在中国初见端倪，就像中国流传久远的经典故事《花木兰》，被美国重新阐释，制作成美国版本的《花木兰》卡通片，又占领了中国的电视屏幕。长此以往，我们的子孙后代所看到的或读到的中国文化资源的作品，也许都是"美国版"的了。这不是危言耸听，事实上，今天的青少年一代，吃着麦当劳、看着唐老鸭、玩着变形金刚、做着好莱坞美梦，他们已经更倾情于美国生活方式和美国价值观念了。我们在全面建设小康社会的过程中，不能不从战略的、全局的高度重视文化问题了。因此，一些有识之士提出了一个国家文化安全的概念。如胡惠林在《在积极的发展中保障中国的国家文化安全》一文中就提出应制定"国家文化安全法"，"从法制建设、管理体系、标准与资质认证、组织建设、系统评估、国家文化安全基础设施平台建设、科研支撑、人力资源建设、技术装备等方面，着眼于国家长远的根本文化利益，以积极发展的宏大胸襟，构筑我国的国家文化安全体系。"[1]

保障国家文化安全，这的确具有现实的意义。但我们应该认识到，保障国家文化安全是为了更好地实现我们的现代化建设的奋斗目标，是为了满足人的全面发展的精神需要，是为了中华民族的伟大复兴，因此，我们所说的国家文化安全，应该是积极的，而不是消极的；应该是开放的，而不是闭关的；应该是发展的，而不是停滞的。出于这样的考虑，我们在提出保障国家文化安全的同时，就有必要提出树立国家文化形象的主张。树立国家文化形象，无疑是出于一种文化战略的思考。国家文化形象，是一个国家的文化实力和文化精神的形象体现，是与国家、民族的前途命运连在一起的，与一个国家的经济实力具有同样重要的地位。一个国家的文化形象，毫无疑问是鲜明地表现出民族的风貌、民族的品格和民族的精神，标示出国家和民族的先进文化的前进方向。完整的、良好的国家文化形象，是一个国家加强其国际地位，持久地屹立于世界民族之林的切实保证。坦率地说，改革开放以来，我们国家在国际的地位越来越高，经济上的成就也得到世界公认，但中国文化在世界上的地位与此极不适应，一个重要的原因是，我们在国际上缺少一个比较完整的、崭新的国家文化形象。在一些西方人眼里，中国好像还是几十年前的样子，甚至至今还有人以为中国人依然穿着长袍马褂、拖着长长的辫子。

树立国家文化形象是一个全民族的战略性的系统工程，它包括一套完整的互相关联的国家文化政策和文化措施，也包括贯穿在国家政府行为中的文化思维和文化内涵。这首先要创造一个良好的文化环境，激励文化创新力，催生一

---

[1]《文艺报》2002年10月10日。

批富有时代精神和民族特色的文化精品，扶持一批具有现代性的思想巨匠和文学艺术大师；还要发挥国家的整体优势，增强中国文化在东西方文化交融中的话语权力，努力搭建以中国文化语境为背景的国际文化交流平台，在世界文化的大格局中拓展"中国制造"的空间。

限于个人的认知水平和思维能力，我不敢妄言已经描绘出树立国家文化形象的战略蓝图，我希望专家学者和有关决策部门能够共同关心这一战略问题。但我想，在考虑树立国家文化形象的问题时，至少有以下三个方面需要注意。

其一，不要将经济活动作为纯粹的经济活动去做，要提倡经济活动中的文化思维，开拓经济活动中的文化内涵。特别对于各级政府来说，在发展地方经济的决策过程中，如何加强文化战略的思维，发挥文化的综合功能，至关重要。

我在美国访问期间，随处可见"Made in China"的产品，但那些多半是替美国公司加工的产品，包括旅游地的旅游产品，如参观白宫的纪念品、华盛顿头像等，真正附载着鲜明中国文化内涵的产品很难见到，如独具中国民族特色的瓷器、丝绸等。树立国家文化形象的系统工程首先就是要为经济活动搭建文化的平台，从产品到服务到城市，都要创立中国自己的名牌和品牌，要在属于中国自己的名牌和品牌上加大文化的附加值。比方在城市建设中，有没有高规格的文化软件和硬件，直接关系到城市的形象。二战后欧洲许多著名城市从废墟中站起来后的第一步不是修路和建房，而是将被毁坏的歌剧院和音乐厅先整葺一新，这就是重视城市文化形象塑造的表现，这种举措有益于培养市民崇尚艺术和追求美好精神境界的良好的文化素质，这是物质的、经济的举措无法达到的效果。我国的一些城市建设就对文化缺乏足够的重视。深圳在经济上发展迅速，但有学者不无忧虑地指出，文化的滞后已经对它的发展产生很大的制约。当然，我国不少城市的领导人已经意识到这一点。广州市委书记林树森就明确表示，今天的经济、政治、文化等社会活动都是在创造明天的文化，广州的未来要以文化论输赢。上海也是在文化建设上成绩十分突出的城市。最近上海市政府借助申办世博会成功的契机，决心将上海的文化建设推上一个新的台阶，他们在媒体上展开"世博会与上海新一轮发展大讨论——城市精神大家谈"，给我们展示了上海城市文化形象的风采。

其二，在发展文化产业的工作中要避免只重"产业"不重"文化"的倾向。

积极发展文化事业和文化产业，这显然是树立国家文化形象的基础。从经济的角度说，文化产业在国民生产总值中所占的比重越来越大，不少发达国家已把文化产业作为支柱产业来对待，对文化产业的消费已经成为人们日常生活中不可缺少的重要组成部分。当前，我国重视文化产业的开发与发展，这是可喜的现象，但我以为在发展文化产业中要注意一种偏差，就是单纯地把文化产业视为一种产业，只考虑经济上的指标，而忘记了文化产业所具备的文化性质。因此，我们在发展文化产业中尤其要有树立国家文化形象的意识。现在的问题是，我国的一些文化产业不是塑造自己国家的文化形象，而是塑造西方特别是美国的文化形象。比如卡通片，这是一个空间很大、受众很多的文化产业。但这一二十年来，我国的从事卡通片制作的艺术家们基本上做的就是贩运美国或日本的卡通片的工作。又如图书出版，我们的出版社满足于翻译出版西方的畅销书以获取高额利润，面对《哈利·波特》《谁动了我的奶酪》《素质教育在美国》等在中国图书市场的红火，中国的出版业似乎心安理得，甚至因为赚钱而沾沾自喜。

其三，树立国家文化形象，就意味着要以最佳的方式宣传和传播我们民族的文化精粹和我们的民族精神，一方面，应该加强国家文化形象的对外宣传；另一方面，在国内又要努力为国家文化形象的塑造创造良好的环境。

在对外宣传上，树立国家的文化形象不是一种政治宣传或意识形态宣传，要强化它的文化色彩，这样的形象才更易于被外国所接受。国家和政府应该在这方面有通盘考虑，要舍得投入人力、物力和财力。而这方面的工作我们做得的确非常不够，即以中国文学的译介工作为例。新中国以后，我们成立了专门对外宣传介绍中国文学的中国文学出版社，创办了英文版的《中国文学》（以后又推出其法文版），几十年来为宣传中国文学发挥了难得的作用。但在几年前，《中国文学》杂志连同其出版社被迫解散。至于在国内努力为国家文化形象的塑造创造良好的环境这一方面，我们还有很多工作要做，如何既创造一个自由、宽松的创作氛围，又能激励更多的文学艺术工作者自觉地以塑造国家文化形象为己任，这将是一篇大文章，限于篇幅，就不在此展开了。

建立中国当代文学的优雅语言

　　21世纪文学，这是一个充满雄心壮志的、开放的观念，不可否认，只有在对未来满怀信心的状态下才有可能提出这一概念。也许有的人会对中国文学的未来抱着极度悲观甚至绝望的态度，但我想说的是，无论如何，只要民族存在，民族的文学就会存在，关于文学必然死去的断言是靠不住的。21世纪文学，意味着我们将对未来的文学展开美好的想象。

　　事实上，关于21世纪文学的想象早就开始进行了。21世纪来临之际，有人就提出了新世纪文学的概念，之后，对于新世纪文学的主张则越来越充实。也许可以说，新世纪文学与21世纪文学，所指称的内涵是基本一致的。对于新世纪文学，我也写过一些文章表达我的思考。在我看来，新世纪文学严格来说，并不是一个时间概念，它不仅是中国当代文学的延伸，也是中国现代文学的延伸。在我看来，中国现代文学和中国当代文学指称前后两个时间序列的文学，但二者应该同属于一个文学体系，这个文学体系是建立在现代汉语基础之上的，也就是说，它们都是现代汉语文学。这是一个新的文学体系，这个新的文学体系是相对于中国古代文学而言的，而中国古代文学是以文言文为基础的文学。作为新的文学体系，不仅仅是语言形态的改变，而且更意味着语言形态的改变所带来的思维方式的改变，语言对于新的文学体系来说是基础的基础，这个新的文学体系是以现代汉语为基础的，我愿意称之为现代汉语文学。那么，为什么要强调新世纪文学呢，因为，新世纪前后，中国的社会和文化发生的重大的转变，给文学的发展提供了新的契机。如果从语言的角度来看现代汉语文学在新世纪所面临的契机的话，我认为，可以说，中国当代文学正面对语言这道坎，也可以说，中国现代汉语文学正面对语言这道坎，迈过了语言这道坎，也许就是风光无限。我的意思就是说，中国当代文学现在所呈现的种种问题，归根结底是一个语言的问题。中国现代汉语文学发展了一百多年，但中国现代汉语文学还没有建立起真正属于自己的文学语言。文学语言不等同于日常语言，也不等同于书面语言。文学语言是一种优雅的语言，是承载民族的文明精华和精神内涵的语言。文言文作为古代文学的文学语言，起到了这个作用，但是，现代汉语还没有建立起自己的文学语言体系。因此，新世纪文学要解决的一个重要问题，也即21世纪文学要解决的一个重要问题，就是建立起中国当代文学的优雅语言。

中国现当代文学是以现代汉语思维为逻辑关系的新的文学体系。现代汉语取代文言文，成为一种新的书面语言，首先是中国现代化运动进程中的启蒙运动的需要。胡适、陈独秀等人以《新青年》为阵地开展一场思想革命，而这场思想革命则是以语言革命为先导的。胡适在其《文学改良刍议》中提出的"八事"有"五事"是纯语言问题，一句话，就是要以白话代替文言，要"有什么话，说什么话；话怎么说，就怎么写"。白话是指当时人们日常生活中的口语，因为只有采取日常生活中的白话，才能让思想革命落到实处，让广大的民众能够接受。"五四"新文化的先驱们反复强调，文言文是死去的文字，必须摈弃不用，而白话则是活的语言。其实，说文言文是死去的文字并不完全符合当时的情景，文言文在当时是通行的书面语言，在传统社会里，它还是活得有滋有味的。但文言文只对传统社会有效，它无法处理一个新社会新时代的思想和文化，"五四"新文化的先驱们不得不舍弃文言文，而选定白话作为启蒙的语言工具，于是一种活在引车卖浆之流口中的语言登上了大雅之堂。这就决定了现代汉语思维的两大特点：一是它的日常性，一是它的革命性。现代汉语革命性的思想资源并不是当时的白话所固有的，它主要来自西方近现代文化。"五四"新文化运动的先驱们多半都有出国留学的经历，他们在国外直接受到西方现代化思想的熏陶，并以西方现代化为参照，重新思考中国的社会问题。通过翻译和介绍，"五四"新文化运动的先驱们就将西方的思维方式、逻辑关系和语法关系注入白话文中，奠定了现代汉语的革命性思维。高玉在研究现代汉语与现代文学的关系时注意到思想革命与语言变革具有密不可分的关系，他说："思想革命对'五四'新文学运动绝对是重要的，而思想革命并不像'五四'先驱者们所理解的是独立于语言之外的理论上可以独立运行的运动，它和语言运动是紧密结合在一起的，并没有语言之外的思想革命。"反过来说，现代汉语从它诞生日起，就不仅仅是一种日常生活的交流工具，而是承担着革命性的思想任务。"五四"新文化的先驱们以现代汉语建构起新的文学时，必然采取的是宏大叙事，现代汉语的革命性思维在宏大叙事中得到充分的展开。另一方面，现代汉语的日常性思维又将现代文学与现实生活紧紧地铆在了一起，生成了一种日常生活叙事。宏大叙事与日常生活叙事交织在一起，共同构成了现当代文学绚丽多彩的风景，而这一切，我们都可以从现代汉语的思维特征上找到本源。

对于现代汉语思维的革命性和日常性的根本特征，海外的汉学家也许是"旁观者清"的缘故看得比较清楚。夏志清在其《中国现代小说史》中把"五四"叙事传统的核心观念明确地表述为"感时忧国"精神，认为"感时忧国"精神是因为知识分子感于"中华民族被精神上的疾病苦苦折磨，因而不能发愤图强，也不能改变它自身所具有的种种不人道的社会现实"而产生的"爱国热情"。而这种"感时忧国"精神让中国现代文学从一开始就负载着中国现代化运动的重负。夏志清、李欧梵等一些海外学者将这种文学叙事称为"五四"和"左翼"的宏大叙事，或称之为革命叙事，或称之为启蒙叙事。他们同时对这种叙事的语言则很不以为然。夏志清对赵树理的贬斥是大家所熟悉的，他说："赵树理的早期小说，除非把其中的滑稽语调（一般人认为是幽默）及口语（出声念时可以使故事动听些）算上，几乎找不出任何优点来。事实上最先引起周扬夸赞赵树理的两篇，《小二黑结婚》及《李有才板话》，虽然大家一窝蜂叫好，实在糟不堪言。赵树理的蠢笨及小丑式的文笔根本不能用来叙述。"可以说，语言问题一直是现代汉语文学的问题，只是我们长期以来被思想问题所困扰，而注意不到语言问题才是根本性的问题。在最近北京大学举办的"当代汉语写作的世界性意义"国际研讨会上，陆建德先生做了关于从"世界语"到"汉语写作"的发言，介绍了"五四"前后，启蒙运动的思想家们热烈提倡"世界语"的情景，许多现代文学的先驱都是"世界语"的拥戴者，在他们看来，中国的文字是落后的、反动的，文学要发展，社会要进步，就必须摒弃中国现有的文学，以世界语取而代之。比如，瞿秋白认为"汉字真正是世界上最龌龊最恶劣最混蛋的中世纪的毛坑"，鲁迅也说过"汉字不灭，中国必亡"的极端言论。他们对中国文字的决绝态度和行为，其实也就说明了一个问题：现代汉语文学从它诞生起就隐含着语言的危机。

最近我在读海外华人的写作时同样感到了语言的问题。海外华人的写作给中国当代文学带来文化的碰撞。但文化碰撞首先还是在思想层面展开的。我曾把两位北美的华人作家做了对比性分析。一个是美国的严歌苓，一个是加拿大的李彦。严歌苓是用西方观念来看待中国和西方的事物。而李彦则是用中国文化的哲理和思维来看待中国和西方的事物。她们由于代表着不同的思维类型，因此与中国当代文学所产生的文化碰撞就会得到不同的结果，她们在中国境内的待遇也就截然不同。严歌苓的待遇是热，李彦的待遇是冷。有意思的是，李彦在加拿大受到主流文学的欢迎和接纳。她的第一部小说是以英语写作的，英语名叫 *Daughters of Red Land*（《红土地上的女儿们》），后来的中文版本叫《红浮萍》。小说在加拿大出版后就获得了加拿大的文学奖。我发现，这在很大程度上，得益于她首先是以英语进行写作的，她是以英语思维来重新处理了自己的体验，她把重点从意义和价值层面转向了语言层面。当用英语思维来处理她的生活记忆和中国经验时，她就摆脱了国内作家难以摆脱的语言思维定式，能够从容地对待中国经验中的芜杂的现实纠葛，触摸到精神层面，进入到人物的内心深处。对于一个具有鲜明的知识分子身份的作者来说，当她处理20世纪的中国革命和新中国历程这一段历史记忆时，无疑绕不开巨大的政治苦难，但李彦在书写这段历史时，完全超越了狭隘的怨恨，以一种宽容、博大的胸襟去承揽苦涩的记忆，以文学的精神去消化这些记忆，也就没有了拘泥于今天的具体的历史评判所带来的局限性。读到她后来以中文译本时，我感到小说原文中英语思维带来的特点还是保留了下来，因此读她的这部小说，虽然感觉人物和故事很熟悉，但作者叙述故事的特殊方式和对叙述中的语言的讲究给我留下很深的印象，作者极其用心地选择那些具有文学色彩的语言，从而使得小说充满了书卷气和典雅性。

中国文学界对于李彦的冷也说明我们还没有从深层次意识到语言的问题，我们还停留在思想突破，尽管我们有着西方文学的全面参照，从人道主义，到现代性，到生态意识，都成为我们作家和批评家的思想武器，但我们的文学还是不尽如人意，为什么，因为文学的思想归根结底都会转化为语言的问题。语言问题不解决，思想只会成为浮在表面的漂移物。其实，语言问题也引起了人们的重视。早在十年前，就有汉语危机说，但我们一直没有在语言上进行认真的反省，特别是没有把文学语言当成一个独立的存在体系来反省。顾彬曾多次批评中国当代作家的语言问题，当然他的视角是一个他者的视角，他说中国作家不懂外语，所以写不出好作品，他甚至还说中国当代作家的汉语水平很差。听起来，顾彬的批评有些不可思议，我也曾对他的观点不以为然。后来我觉得，换一个角度去理解顾彬的话，就发现他是从他者的角度感觉到当代文学的语言缺乏精神的厚度。这其实也就是跟语言的典雅性有关。也许我是从积极的方面来理解顾彬的言说，但无论有没有海外洋人的说三道四，我以为，我们都应该正视文学的语言。文学语言不同于思想语言，不同于实用语言，不同于日常语言。文学语言是用来承载民族精神内涵和永恒精神价值的。因此，语言问题并不是一个形式问题，建立起优雅的文学语言，也许是中国当代文学得以发展和突破的关键，也是中国当代文学走向世界的关键。我们应该有一种自觉的意识，去建立起现代汉语的优雅的文学语言。

2011年

重建文学性先从语言性做起

"文学性重建"的栏目让我想起自己之前写过的一篇文章:《建立中国当代文学的优雅语言》,我在这篇文章里认为,中国当代文学所呈现的种种问题,归根结底是一个语言的问题,因为自20世纪初诞生了以现代汉语的基础的汉语文学以来,还没有完全建立起真正属于自己的文学语言体系,"21世纪文学要解决的一个重要问题,就是建立起中国当代文学的优雅语言"。

文学是语言的艺术,这句话经常被人引用到,它意味着,文学的艺术性——也就是文学的文学性是通过语言的运用而创造出来的。我们在日常生活的交际中使用了同一种语言,但我们的日常语言并没有创造出文学性来。显然,在文学创作中,作家在文学意识的引导下,已经悄悄地对语言做了改变,因此文学语言不同于日常语言,也不同于科学语言。如果我们觉得一部文学作品缺乏文学性,往往问题就出在语言上;作家要提高自己作品的文学性,也就应该首先在语言上下功夫。但是,文学界一直以来缺乏清晰、坚定的语言意识,我所说的清晰、坚定的语言意识,是将语言置于文学性的核心地位之上的语言意识,是围绕着一个完整的文学语言体系而展开的语言意识。我们至今并没有完全建立起现代汉语的文学语言体系,这使得我们难以形成清晰、坚定的语言意识。在这样的情形下,我们虽然也经常在讨论文学的语言问题,但基本上只是把自己所使用的语言等同于日常语言,只是对日常语言做一些形式和技巧上的处理而已。殊不知,如果没有一个完全的文学语言体系,没有以清晰和坚定的语言意识去运用这一文学语言体系,要去获取文学性将是困难重重,事倍功半。因此,重建文学性应该先从确立起文学的语言性做起。

我们曾经拥有过一个非常精美的文学语言体系，这就是文言文。文言文曾经创造了无数的脍炙人口的文学经典，但文言文走的是书面语的路子，越来越与日常语言脱节，一个没有经过学习的普通人，根本听不懂文言文所表达的意思。这也是"五四"新文化运动的先驱们要彻底否定文言文的根本原因，因为用文言文进行思想启蒙的话，是无法有效地让普通百姓接受的。其实文言文还存在另一个问题，即它在长年的成长发育过程中，基本上是将其作为一种文学语言来对待的，它越来越适应于文学，却不仅远离日常语言，而且也难以满足科学语言的基本要求。中国古代科学思维一直不发达，除了其他种种原因之外，人们只能采用文言文这种具有丰富多义性的、没有确定概念指向的文学语言，也是重要原因之一。当然这二者应该是互为因果的，古代科学思维的不发达，也促成了社会主导语言朝着文学语言的方向发展。20世纪前夕，当中国被迫迎接现代化时，取消文言文的至尊地位，不仅是思想启蒙的需要，也是推广现代科学技术的需要，大量宣传介绍西方科学知识的文章已经在采用白话文作为语言工具了。1898年裘廷梁撰写的《论白话为维新之本》一文，第一次明确提出了"崇白话而废文言"的主张。[①] 正式向文言文发出宣战的则是文学界的先驱们，胡适的《文学改良刍议》可以说是向文言文宣战的檄文，他以"一时代有一时代之文学"立论，宣告文言文已死。[②] 新文化运动的先驱们以《新青年》为主要阵地，与各种维护文言文的言论展开激烈论争，并身体力行，以白话文写出了一批文学作品。从此，白话文不仅成为文学的正宗，而且也成为几乎所有写作文本的正宗，从语言的角度说，中国进入到了现代汉语的时代。白话文运动具有重大的历史意义，中国的文学从此便与古代画上句号，开启了以现代汉语为基础的中国现当代文学。但是，中国现当代文学从诞生起，就忽略了一个语言方面的问题，即新文学舍弃的文言文是一种非常成熟也非常精美的文学语言体系，新文学的建设者们如果清醒地意识到这一点，就会自觉地在如何将白话文打造成一种新的文学语言上下功夫。但像胡适等白话文的倡导者们似乎并没有意识到这一问题，他们觉得只要用白话文来写作，就会成为新文学。胡适本人亲自尝试以白话文写诗，他把诗集也称作"尝试集"。这是中国

[①] 裘廷梁《论白话为维新之本》，《辛亥革命前十年间时论选集》第1卷，第38页，生活·读书·新知三联书店1977年版。

[②] 胡适《文学改良刍议》，《新青年》第2卷第5期。

现代文学史上第一部白话文诗集。然而像"两个黄蝴蝶，双双飞上天。／不知为什么，一个忽飞还"这样的白话文诗句，的确无法和那些隽永的古典诗词比试文学性。但胡适坚持将白话和文言截然对立起来，拒绝接受文言文中的文学精华，甚至都排斥典故和成语。不过，在以白话文进行文学写作的过程中，一些作家明显意识到，语言是决定文学性的重要环节，他们不得不考虑如何在白话文中增加文学性的问题。比如冰心提出了"白话文言化"的主张，闻一多则认为诗歌应学习"曲折精密层出不穷的欧化的句法"。[1]鲁迅的写作更具有典型性。他虽然赞成将文言文作为白话文的死敌来对待，认为"我们此后实在只有两条路：一是抱着古文而死掉，一是舍掉古文而生存"，他呼吁青年们"用活着的白话，将自己的思想，感情直白地说出来"。[2]但他自己在写作中仍然充分化用了文言文的文学精华，如他的杂文就被人赞誉为有魏晋文章之美。正是通过作家们的努力，白话文的文学表现力逐渐得到提升，这就将本来只是普通百姓日常用语的白话文逐渐发展为一种适应书面表达的现代汉语。但以文学语言的标准来要求的话，它的成色还不够，究其原因，主要还是缘于整个文学界一直缺乏一种普遍的清晰、坚定的语言意识。

20世纪80年代，文学得到全面的复苏，这也给语言意识的觉醒提供了有利的环境，文学界逐渐重视起语言的文学性。记得1988年我与潘凯雄共同撰文便有这样的描述："在当代，人们力图从本体上把握文学，必然会重视对语言的分析和研究。这种趋势近几年在我国文学界也显得十分突出了。在创作上越来越多的作家热衷于小说语言的实验，所谓诗歌的新潮也是以语言的革命作为重要标志的。从文艺学研究领域着眼：有的试图以语言学为轴心构筑自己的理论框架，有的以语言学为武器来解读各种文本，有的则开始注意批评语言的系统和规范。凡此种种，无不集中地向我们传达出这样一个信息：当新时期文学跨入第二个十年时（权且采用这种机械的时间划分），语言——准确地说是文学语言，将成为文学发展的一个重要契机和突破口。"[3]不少作家自觉地在语言上有所追求，最突出的例子便是汪曾祺。汪曾祺的小说《受戒》是他在新时

---

[1] 吕家乡《汉字思维与汉语诗歌》，《岱宗学刊》1998年第1期。
[2] 鲁迅《无声的中国》，《鲁迅全集》第4卷，第15页，人民文学出版社2005年版。
[3] 潘凯雄、贺绍俊《期待对传统语言文字学的重新挖掘和理论综合》，《文学评论》1988年第1期。

期发出的第一篇小说，这篇小说当年在《北京文学》发出后就令人有耳目一新之惊喜，人们发现，小说竟然还能这样写！作者看似平实、通俗的文字里却蕴含着特别的韵味。汪曾祺的一系列具有鲜明语言风格的小说引起了文学界的热烈关注，也激发了大家对文学语言的思考，当时围绕汪曾祺小说的评论文章，多半都是对其语言风格的分析，这里且引一段邹光明发表于1989年的文章，他说："阅读汪曾祺的小说《受戒》《大淖记事》《故人往事》和《桥边小说》，我们不断体验到一股温馨和风的吹拂，他信马由缰的叙述风度，从众脱俗的笔墨意趣，亦文亦白、趣味生动的语言范型，若即若离、张弛有度的语言距离，统统化作了具有独特韵味的语言情绪，好似一派透明的生命泉流潺潺而出。他那接近口头白话的大众语汇，组接为体现出典型的中国作风和中国气派的干脆利落、朗朗上口的短句，连缀成余味悠长的语段，构筑成贴近生活原貌的本文，其时汨汨流动的语言情绪作为生命活动的投射化为符号呈现，我们在体验情绪的同时也体验了生命自身。"[1]与汪曾祺在同一时期内，还有一批作家如贾平凹、阿城、何立伟等都在语言风格上有着自觉的追求，他们共同表现出鲜明的语言意识。如汪曾祺说："语言是本质的东西，语言不只是技巧，不只是形式。小说的语言不是纯粹外部的东西。语言和内容是同时存在的，不可剥离的。"[2] "语言是小说的本体，不是附加的，可有可无的。从这个意义上说，写小说就是写语言。"[3]贾平凹说："语言是一个情操问题，也是一个生命问题……能够准确传达此时此刻，或者此人此物那一阵的情绪，就是好语言。"[4]从作家的创作谈中可以发现他们在创作中是如何在语言上刻意追求的。如贾平凹说："现在有许多名词（词语），追究原意是十分丰富的，但在人们的意识里它却失却了原意，就得还原本来面目，使用它，赋予新意，语言也就活了。比如糟糕，现在一般人认为是不好，坏了的意思，我曾经这样用过：天很冷，树枝全僵硬着，石头也糟糕了。又如团结，现在人使用它是形容齐心合力的，我曾经写过屋檐下的蜂巢，说，一群蜂在那里团结着。这样运用一些司空见惯的

---

[1] 邹光明《文学语言论》，《华中师范大学学报》1989年第6期。
[2] 汪曾祺《关于小说语言（札记）》，《文艺研究》1986年第4期。
[3] 汪曾祺《汪曾祺全集》第4卷，第217页，北京师范大学出版社1998年版。
[4] 贾平凹《关于小说创作的答问》，《贾平凹文集》第14卷，第369页，陕西人民出版社1998年版。

词，新意就出来了。"①何立伟说："我自己在小说的习作中，也很做过一些摆过来摆过去的试验的，譬如《小城无故事》中，'噼里啪啦地鼓几片掌声'，摆成'鼓几片掌声噼里啪啦'，文字里于是就起伏了一种韵律感。又如'城外是山，天一断黑，就要把城门关上'，合成'天一断黑，就要把无数座青山关在城门外头'，使语言因此更具感觉更具信息的密度，同时窃以为把话也就说得含蓄，有反刍的意味了。"②

新时期之后作家们在语言上的追求，还有一个比较明显的倾向，这就是更愿意从文言文中获取资源。比如，好几位在语言上创立了自己鲜明风格的作家，他们基本上是向古代文言文小说《聊斋志异》学习，而不是向有"四大名著"之称的古代白话小说《三国演义》《水浒传》学习。莫言这样总结自己的文学经验："刚开始是不自觉地走了一条跟蒲松龄先生同样的道路，后来自觉地以蒲松龄先生作为自己的榜样来进行创作。"③他还特别强调之所以要学习蒲松龄，就是因为他的语言好。他出版过一本短篇小说集，书名就是《学习蒲松龄》④。汪曾祺则是以改写《聊斋志异》的方式来表达他对蒲松龄的敬意，他从《聊斋志异》中挑选出一些作品，以现代汉语进行改写，改写中也融入了他对作品的重新理解。他将这些改写的小说统称为"聊斋新义"。他最初改写的《瑞云》《黄英》《促织》《石清虚》这四篇作品便是以《聊斋新义》的名义在1988年第3期《人民文学》上发表的。⑤文言文，作为一种经过了上千年千锤百炼的文学语言，又与现代汉语有着直接的承继关系，本来应该成为提升现代汉语文学性和典雅性的最有效的资源。但由于新文化运动最初采取了与文言文彻底切割的姿态，现代汉语吸取文言文的文学精华的通道始终不是很畅通，加之现代汉语的发展成熟过程正是中国社会处于革命风云激荡的剧变之中，很难建立起一个完整的现代汉语的文学语言体系。究其原因，我们一直对文言文采

---

① 贾平凹《关于语言》，《当代作家评论》2002年第6期。
② 何立伟《美的语言与情调》，《文艺研究》1986年第3期。
③ 莫言《我的文学经验——在山东理工大学的演讲》，《我们都是被偷换的孩子》，浙江文艺出版社2020年版。
④ 《学习蒲松龄》，北京中国青年出版社2011年版。
⑤ 王彬彬《当代作家与〈聊斋志异〉——以孙犁、汪曾祺、高晓声为例》，《中国现代文学研究丛刊》2020年第8期。王彬彬在该文对当代作家受《聊斋志异》的影响进行了详细的研究，所论及的作家有孙犁、汪曾祺、高晓声、莫言、毕飞宇等。

取轻视和拒斥的态度大有关系。横跨现代文学和当代文学两个历史时段的诗人、学者郑敏在21世纪即将到来的时候就发出这样的诘问:"古典汉语在中华文化中究竟占什么样的地位?作为民族母语的文言文对今天的汉语有没有影响?在古典文学与白话文学中有没有继承问题?从今天语言理论的高度来看五四时代所提的要从中华语言中完全抹去古典汉语、文言文的说法是不是合乎语言本身的性质和规律?"[1]今天来看,郑敏的诘问仍然值得我们严肃对待,我们仍然很有必要重新认识文言文的文学性,并且应该在现代汉语与文言文之间搭建起更加畅通的大桥。

文学性的重建离不开语言,这不仅因为文学性必须通过语言才能体现出来,而且还因为语言本身就是文学性的发端。因此重建文学性首先就应该从语言性做起。所谓语言性,是指文学的语言性。文学的语言性要求作家具备清晰、坚定的语言意识,努力从语言中开掘出文学性。对于作家而言,文学的语言性至少包含着以下三个方面的作为。

其一是指文学要在语言的基础上创造文学语境。

语境是一个语言学的概念,瑞恰兹后来将其运用到文学研究之中。我国学者李支军是这样界定文学语境的:"文学语境是文学语言存在的现实环境或范围,是使具体语言文本成为文学文本的各种因素交织而形成的关系场,它承载的是审美信息。"[2]也就是说,文学语言是作家用以生成审美文本的基本工具,但这并不意味着文学的审美功能是由每一个语词固定所携带过来的。每一个语词虽然进入到了文学语言系统之中,但它们各自单独呈现在人们眼前时,只具有词典意义。作家的创造性就表现在他要将这些有着各自词典意义的语词组织起来,生成出一种能够引发人们联想和体味的文学语境,在这一文学语境中,语词基本保持着词典意义,但又充分发挥出语言多义性的弹力,为读者提供了联想的多种可能性。文学语境就是一个文学性的磁场,强大的磁力将牵引着文学语境中的语词朝着特定的方向运行,而磁力的大小则取决于作家在创造文学语境过程中所达到的完美程度。在古代文论里有一个重要的概念:意境,它是指文学作品中所描绘的景象与作者所要表现的思想情感融为一体而形成的审美境界,其

---

[1] 郑敏《世纪末的回顾》,《文学评论》1993年第3期。
[2] 李支军《文学语境与文学语言》,《涪陵师范学院学报》2005年第5期。

特点是景中有情,情中有景,情景交融。意境其实就是中国古代文论对文学语境的一种认识和阐释,如唐代诗人司空图认为,诗的极品应该是"不着一字,尽得风流",这就是文学语境的一种最佳状态。但意境只是文学语境中的一种形式,这种形式更多出现在抒情性作品中。意境是一种在空间上无限拓展的文学语境,语词的占位为想象提供了广阔的空间,从而充分发挥了文学语言的能指优势。文学语境还有一种历时性的形式,主要出现在叙事性作品中,它通过语词与语词的前后序列达到转喻的效果。历时性的文学语境也许更具有创造上的难度。因为文学语言并不是迥异于日常语言的一种语言,它与日常语言有着重叠的部分,这一点在叙事作品中表现得特别突出,作家很容易因其叙事性而陷入日常语言的逻辑之中,如此一来,也就创造不出一个完整的文学语境。作家必须牢记文学语言的内指性原则,自主地去营造一个具有内在逻辑的文学世界。

其二是文学要突出语言的感觉力,在通感上下功夫。

文学语言是一种意象性语言,它可以超越一般语言的抽象性,形成具体形象,达到审美效果。文学语言之所以能超越抽象,形成具体形象,这是因为有两方面条件的共同协作。一方面是语言本身具有一种感觉力,能够触发人的感官;另一方面是人在视觉、听觉、触觉、味觉等感觉之外还具备一种内感觉,能够接收到语言感觉力的信息,并将这一信息传递到不同的感官。因此,为了让文学的形象性更为丰满,就应该充分调动语言的感觉力,从而让读者的感官系统在阅读文学作品中全方位地活跃起来。在这里,通感将发挥着重要的作用。钱锺书是第一位对通感进行理论阐释的学者,他专门写过一篇论述通感的文章,他对通感的解释是:"在日常经验里,视觉、听觉、触觉、嗅觉、味觉往往可以彼此打通或交通,眼、耳、舌、鼻、身各个官能的领域可以不分界限。颜色似乎会有温度,声音似乎会有形象,冷暖似乎会有重量,气味似乎会有锋芒。"[1]通感是人的一种普遍存在的心理现象,在我们的日常生活中经常会出现能够产生通感的话语,有些通感都成了人们普遍的经验感受,如"热闹""响亮"这类词语就是把不同感觉组合起来达到通感效果的。但是钱锺书强调:"诗人对事物往往突破了一般经验的感受,有更细的体会,因此也需要推敲

---

[1] 钱锺书《通感》,《文学评论》1962年第1期。

出一些新奇的字法。"①因此要开掘文学的语言性，作家就应该在通感上下功夫。冯骥才是一位在通感上很会做文章的作家，这得益于他具有画家的才华和绘画训练。他的长篇小说《艺术家们》就有大量通过通感来塑造形象的文字，具有一种非同寻常的审美效果。比如他写到画家洛夫在欣赏音乐时，音乐将他全身的感官都调动了起来，"随着一阵高亢的小号一挥手，高声说：'一片光照进来了。'"②这里不仅以通感描述音乐的魅力，也写了人物在行动中的通感，借通感更为生动地塑造了人物形象。

其三是文学要追求语言的个人化。

文学追求独特性，追求"这一个"，不言而喻，在语言风格上，作家应该努力形成自己的语言风格，要追求语言的个人化。汪曾祺就说过："一个作家能不能算是一个作家，能不能在作家之林中立足，首先决定于他有没有自己的语言，能不能找到一种只属于他自己，和别人迥不相同的语言。"③关于语言的个人化，无须过多理论阐释，它更多是一个实践性问题，对于作家来说，真正找到自己的语言风格并非易事。最近几年，在小说写作中似乎特别流行将地方的方言引入到叙述之中。在小说创作中大量使用地方性方言对于小说创作到底是有利还是有弊，人们似乎是众说纷纭。我将这些争论搁置一边，且从语言的角度说，如果作家以这种方式来追求语言的个人化，那就显然是找错了方法。语言的个人化还是应该从语言的内在气质上去寻找到与自己的精神品格相吻合之处。王蒙和莫言都是具有自己鲜明语言风格的作家，且他们的语言风格都有汪洋恣肆的特点。但二者的来源以及所表现出的性情又不一样。王蒙曾在新疆生活相当长时间，他在这里还学会了维吾尔语言，他喜爱维吾尔语言和文化，他尽管仍以汉语写作，但也受到维吾尔语言和文化的影响，他的汪洋恣肆便带有维吾尔民族的乐观和机智。莫言的汪洋恣肆则与他的家乡山东高密有关，这是他学习民间的结果，因此从他的汪洋恣肆里能够感受到一种来自民间的自由不羁。

---

① 钱锺书《通感》，《文学评论》1962年第1期。
② 冯骥才《艺术家们》，第9页，人民文学出版社2020年版。
③ 汪曾祺《汪曾祺全集》第5卷，第109页，北京师范大学出版社1998年版。

第三章

批评的限度

新东北文学的命名和工人文化的崛起

"新东北文学"是近几年兴起的文学话题，东北的文学由此来到聚光灯下，这无疑对于东北文学来说是一次提速的机会。"新东北文学"这一概念的提出，也包含着研究者的学术意图，他们在东北近几年的文学创作中发现了新的因素，他们试图对这种新的因素进行理论上的阐释。具体来说，所谓"新东北文学"主要是指以辽宁三位"80后"青年作家的创作现象，他们被命名为"铁西三剑客"。2015年前后，这三位作家的小说相继在各种媒体上发表，并引起人们的关注，研究者将其视为"东北文艺复兴"的征兆，从而引发了一波"新东北文学"的讨论热潮。公正地说，这一波讨论是面对文学现实而展开的，不是关在书斋里的空对空讨论，因此涉及近几年来出现的文学创作和文学现象。但是，我对这一波讨论中所得出的一些认同度比较高的结论并不完全赞同。因为他们的结论并不完全与现实情况相吻合，尽管他们是从现实出发来进行阐释的，但他们对现实的观察采取了一种选择性的观察，现实的某些情况被他们所忽略。因此我的这篇文章就打算从被他们所忽略的某些情况说起。

"铁西三剑客"是怎么提出来的？

"铁西三剑客"是"新东北文学"话题的缘起。"铁西三剑客"是指辽宁的三位"80后"作家双雪涛、班宇、郑执。他们最早引起人们关注的作品是2015年双雪涛的中篇小说《平原上的摩西》，这篇小说发表在被作家们视为文学期刊"天花板"的《收获》杂志上。班宇也是在同一年在他供职的"豆瓣阅读"上发表了第一个短篇小说《铁西冠军》系列。在其后的几年里，这两位年轻作家陆续写出一批小说，班宇的《逍遥游》也在2018年的《收获》上发表。郑执的文学创作起步稍晚几年，他是2018年在一次"匿名作家计划"的比赛中以小说《仙症》获得冠军而一举成名的，《收获》杂志在第二年即发表了他的另一篇小说《蒙地卡罗食人记》。但当时人们并没有将他们三人作为一个整体来对待。

这三人的创作同时引起了辽宁省作家协会的高度重视。辽宁省作家协会正在投入精力抓本省的长篇小说创作，他们实施了一个"金芦苇"工程，期待能推出一批有分量的长篇小说新作来，在实施过程中，他们感到必须发现文学新人，以扶持文学新人来带动全省的文学创作。双雪涛、班宇、郑执等一群年轻作家就这样进入到他们的视野之中。为此，时任辽宁作协主席和党组书记的滕贞甫与我们反复商量，采取什么方式来推出文学新人。我们在商量中逐渐取得了共识，认为应该首先研讨双雪涛、班宇和郑执三人的创作，这不仅因为他们三人近几年的创作引人注目，而且他们的创作具有某些共同的品质，可以构成一个文学整体。在为他们命名时也几经斟酌，最终确定为"铁西三剑客"。

2019年10月31日，由辽宁省作家协会、《小说选刊》杂志社和《中华文学选刊》杂志社共同主办的"'金芦苇'工程'铁西三剑客'研讨会"在北京召开，会议地址在人民文学出版社的二楼会议室内。班宇和郑执参加了研讨会，双雪涛因在国外未能参会。中国作协书记处的书记阎晶明代表中国作协出席了研讨会，他在发言中说："'铁西三剑客'既是辽宁文学界的希望，同时也是中国文学界非常重要的一支新生力量。'铁西三剑客'的创作始终关注的是沈阳这片土地上的人最现实的生活，这一点跟现代文学史中的'东北作家群'一脉相承。希望这次研讨会对三位正在成长中的年轻作家有更直接、更切实的帮助，在未来中国文学版图上留下更深的印记。"滕贞甫表示，辽宁省作协将进一步开展相关工作，做好文学辽军"铁西三剑客"这一项目的宣传和推介，树立辽宁文学品牌，展现辽宁文学强省形象，以文学之力助推辽宁的全面振兴和全方位振兴。《辽宁日报》记者在报道中是这样总结研讨会的发言的："大家认为，'铁西三剑客'都是出生在铁西的作家，他们的家庭都在改革浪潮中都受到影响，他们的创作更加关注普通人的状态，描摹生活在街道、工厂里形形色色的人，讲述当下，讲述自己。1983年出生的双雪涛，作品中不断出现沈阳真实存在的艳粉街，用冷峻的笔调再现了小人物的生存困境；1986年出生的班宇，小说以坦率简短的语句，轻松散漫的语调，释放出与时下其他作品迥然不同的陌生新鲜感，对读者形成强劲的吸引力；1987年出生的郑执，作品具有极强的想象力和表现力，叙事看似松垮，实则语言简洁，剑走偏锋，读完后方知作品力量。"[1]《小说选刊》杂志社为配合这次研讨会也在即将出版的第12期安排了一个"铁西三剑客"的专辑，收录有双雪涛的《火星》、班宇的《于洪》、郑执的《仙症》，以及我为这个专辑所写的评论《做祛邪除恶的侠士》。《小说选刊》在卷首语中表达了他们对"铁西三剑客"的看法："以沈阳'铁西三剑客'双雪涛、班宇、郑执为代表的'80后'作家集结出山，辽客缦胡缨，吴钩霜雪明。其背后强劲的推力来自辽宁省作家协会，他们突出地域特色的'文学地理'创作，重点聚集现实工业题材，着力打造以沈阳'铁西三剑客'为代表的'80后'作家队伍。""沈阳铁西是东北工业的浓缩与象征，孕育了独具东北特质的工业文化。20世纪90年代东北经济的转型，给这群共和国长子的孙子们留下了不可磨灭的童年记忆。如今，骚年已长大成人，他们仗剑走天涯，飒沓如流星，十步杀一人，千里不留行，以文学的方式，继承了铁西的文化遗产，在冬天里开出钢铁的文学之花。"[2]我为这个专辑所写的一篇评论文章，虽然主要是对三篇小说的评论，但也扼要说出了我们在研究"铁西三剑客"这一命名时的一些思考路径。不妨摘录几段文字："他们是三位'80后'，双雪涛、班宇、郑执，将他们命名为'铁西三剑客'，是因为他们都是在沈阳铁西区成长起来的。铁西区好威武！它曾被称为'东方鲁尔'，它的历史就是中国大工业的历史。十多年前来沈阳，我专程去了铁西区，它刚刚经历国企改革的阵痛，再也看不见昔日的辉煌，我看着路边一张张淡漠的脸，就猜想他们也许是刚刚下岗的工人。那时候，'铁西三剑客'只不过是十多岁的少年而已，这里曾经的辉煌以及正在发生巨大变化的现实会在他们的内心留下什么样的印记呢？不用去问他们，就读他们的小说吧。这些印记在他们的内心慢慢长出了一株株文学之花。""铁西区对这三位年轻作家来说，显然不仅仅是一个地理名称。铁西区更是一个历史符号和一种时代精神。因此尽管三位年轻人对于语言

---

[1] 赵乃林《"铁西三剑客"作品研讨会在京举行 辽宁文学崛起新生力量》，《辽宁日报》2019年11月8日。

[2]《小说选刊》2019年第12期。

的感悟和嗜好不一样，但从他们的叙述里能够感受到相同的'铁西'味道。'铁西'味道与'铁西'人有关。他们在小说中基本上都是写的普通人物，这使得他们能够准确触摸到铁西区的实质。因为铁西的世界就是由众多的普通人敲打出来的，铁西的辉煌也是由众多的普通人创造出来的。还有像他们小说中冷静的观察、宽广的胸襟、世俗的情怀，应该都与铁西区有关。""铁西区的厂房不在了，但铁西区的浩荡之气还在。'铁西三剑客'携着浩荡之气，他们要做祛邪除恶的侠士。"[1]

"铁西三剑客"率先由辽宁作家协会提出，由此可以看出，在"铁西三剑客"的创作中包含着能引起主流文学关注的内容，这种内容便突出体现在"铁西"这两个字上，"铁西"是指这里的工业精神和工人文化，它铸就了作家们不一样的文学品格。我们在讨论"铁西三剑客"以及"新东北文学"时，就不应该忽略他们与主流文学的关系。

新在哪里？

自从辽宁作协提出"铁西三剑客"并举行研讨会后，这个称号很快在文坛得到扩散。双雪涛、班宇、郑执的创作也得到评论界的重视，一时间，不少文学报刊相继推出了对"铁西三剑客"的评论文章，正是在这一基础上，有评论家提出了"新东北文学"。这些评论家从"铁西三剑客"的作品里发现了什么东西是新的呢？最早提出"新东北文学"相关概念的黄平在他的《"新东北作家群"论纲》中是这样说的："如果说20世纪30年代'东北作家群'以'抗战'为背景，那么当下'新东北作家群'回应的主题是'下岗'。'新东北作家群'所体现的东北文艺不是地方文艺，而是隐藏在地方性怀旧中的普遍的工人阶级乡愁。这也合乎逻辑地解释了这一次'新东北作家群'的主体是辽宁作家群，或者进一步说是沈阳作家群。如果没有东北老工业基地90年代的'下岗'，就不会有今天的'新东北作家群'。"[2]后来，他在接受《文艺报》记者访谈时再次强调："下岗悲歌歌一曲，狂飙为君从天落。什么是'东北文艺复

---

[1] 贺绍俊《做祛邪除恶的侠士》，《小说选刊》2019年第12期。
[2] 黄平《"新东北作家群"论纲》，《吉林大学社会科学学报》2020年第1期。

兴'？这就是'东北文艺复兴'。"①

必须承认，黄平的学术嗅觉是敏感的，他抓住了"下岗"这一关键词，这也正是"铁西"这一词的重要内涵。"铁西三剑客"都生活在沈阳铁西区，而且更重要的是，他们的创作紧紧抓住了铁西区带有普遍意义的社会生活，即铁西区这个国有企业聚集的著名工业区，国企改革在这里造成了很大的震荡，几乎这里的每个家庭里都会有下岗工人，他们的生活从此发生了根本性的改变。"铁西三剑客"是在这样的生活中泡大的，他们写的就是对这种生活的体验和思考。黄平还特别强调说："这是一个迟到的故事：20世纪90年代以'下岗'为标志的东北往事，不是由下岗工人一代而是由下岗工人的后代所讲述。这决定着'新东北作家群'的小说大量从'子一代'视角出发，讲述父一代的故事。"②黄平在这里基本上说的是对的，这是由下岗工人的后代讲述的下岗故事，大概他是第一次从小说中听到下岗的故事，他感到了惊喜，因此他对这三位作家的小说冠以"新"的称号。按说下岗已经不算新鲜事了，东北人已经在下岗的生活状态中默默生活十多年了。黄平没去想为什么十多年了才有年轻一代的作家来讲述下岗故事，他只是认定了"这是一个迟到的故事"。黄平在这一点上说得不准确，他还没有全面了解东北的文学和东北人。在国企改革的那段时间里，在下岗工人如潮水般涌来时，东北的作家从来没有沉默。只不过他们的声音太微弱，在当时喧嚣的文坛并没有得到多少人的关注，更不要说倾听。东北文学并不是只有到了"子一代"才开始讲述下岗故事，而是在下岗开始时，东北作家就以亲历者的身份代下岗工人发出了沉重的声音。

在这方面最有代表性的作家便是李铁。李铁出生于20世纪60年代，年轻时进入国有企业，曾是工人阶级中的一员。他在工厂时就遭遇到国有企业改革的晦暗时刻，那时候，国有企业不吃香了，工人阶级靠边站了。李铁当年在国有企业肯定感受到了这样的整体气氛，他也像众多的工友们一样，心情郁闷、憋屈，但国有企业所铸就的工人本色也使他和众多工友们一样男儿有泪不轻弹。这就决定了李铁当年开始书写工人生活的小说的基本旋律。李铁的旋律不像过去的工业题材小说那样高亢、雄壮，总是在高音区飘荡；也不像有些揭露

---

① 行超《黄平：让我们破"墙"而出——"新东北文学"现象及其期待》（访谈），《文艺报》2023年6月26日。

② 黄平《"新东北作家群"论纲》，《吉林大学社会科学学报》2020年第1期。

国企改革问题的小说,总是在低音区徘徊。李铁的旋律是在中音区回旋,就像是说唱音乐一般地诉说着日常生活的酸甜苦辣,偶尔会下沉到低音区发出悲壮的吼声。这是国有企业在特定时代的真实状况,也是下岗工人最真实的声音。李铁写下岗工人的小说相继发表于2000年前后,这些小说如《乔师傅的手艺》《工厂的大门》《纪念于美人的几束玫瑰花》《杜一民的复辟阴谋》等,带着当代工人的喘息声,在当时也引起了文坛的关注。但李铁的小说因为与当时的文学时尚相去甚远,因此也未曾得到评论家们的深入阐释。[①]

我以李铁为例,还不仅仅是要说明,在国有企业改革的历史进程中东北文学从来没有缺席。而且我想将李铁与"铁西三剑客"作一比较。李铁是"60后"作家,"铁西三剑客"是"80后"作家,他们的叙述风格和腔调明显带有代际的差异;但是,在面对国有企业的困境和下岗工人的情状时,他们有着共同的立场,表达着相似的情感。这是因为他们来自同一个"家庭"——一个工人家庭,他们或者还在困顿的工厂里挣扎,或者成为下岗工人不得不在社会上寻觅生存的机遇。李铁作为父辈当年亲历了这种艰难并把艰难刻印在小说之中;"铁西三剑客"作为子一代,父辈在艰难中拼搏的身影始终伴随着他们在艰难中成长和成熟的经历,今天当他们动笔写小说时,刻骨铭心的童年记忆便喷涌而出。两代人的视角汇集到一起,将那一段共和国的历史书写得更为立体和丰富。比如双雪涛的代表作《大师》就是以一个儿子的视角写一名下岗工人

[①] 李铁书写工人的小说虽然未曾得到评论家们的深入阐释,但一些评论家仍敏锐地抓住了李铁小说与国有企业改革现实的密切关系这一点进行阐发。如李万武认为:"我们却真实地从他的作品读到他是对源于社会真问题、大问题的某种时代大感觉的诗意书写,这无论如何应该是令人兴奋的事情。比如《负何》(载《芒种》2000年9期)写国企合资时工厂上层管理层的复杂心态,《厂长的摩托车》写普通工人对'现代化'了的厂长们的陌生和疏离,《纪念于美人的几束玫瑰花》写困境中国企里普通工人的命运,《乡间路上的城市女人》写下岗工人的精神痛苦,《乔师傅的手艺》写'不再崇尚技术'时代依然崇尚着技术的工人的挣扎。这些书写都不是'边缘'私情,而是足以从中透视社会现在时态里一些显眼问题的精彩'情感切片'。"(《李铁小说的文化定位及美学品质》,《高教理论战线》2003年9期)石杰认为:"李铁有一部分小说写了改革年代企业的状况和工人的生活。他不满足于仅仅展示矛盾的繁复和改革的艰难,而是直指人的命运,确切说是特定历史时期与个人命运之间的乖舛,是时代与个体因素的相悖。这不仅要求作家高度熟悉生活,某种程度上更需要胆识。"(《悖论:李铁小说的思想内核》,《渤海大学学报(哲学社会科学版)》2008年第4期)

父亲的。父亲会下棋，当工人后在工厂参加象棋比赛得了第一名，因此还收获了爱情。儿子从小佩服父亲，跟着父亲也学会了下棋。但父亲三十五岁时下了岗，从此生活变得一塌糊涂，老婆弃他而去，他只能借酒浇愁，每天神思恍惚，棋也不下了，成了一个傻子式的人物。有一天，十年前与父亲下过棋的瘸子犯人寻来了，儿子与他连下了三盘棋，都下输了，儿子气得哇哇大哭。这时，一直在旁边默默看着的父亲朝儿子走了过来，坐在成了云游和尚的瘸子犯人前面说，来吧，我再下一盘棋。结局却是出人意料的。这盘棋杀得天昏地暗，眼看着父亲要赢了，但父亲将一颗决定胜负的卒子送到了对方将军的跟前。父亲这是主动放弃了赢棋，并非常痛快地让儿子叫和尚一声"爸爸"。这是一篇表现工人父辈的做人尊严和博大情怀的小说，也是一篇向工人父辈致敬的小说。关于工人的尊严和情怀也正是李铁小说的重要主题，他的《乔师傅的手艺》便与双雪涛的《大师》有着异曲同工之妙。乔师傅是某发电厂的一位女工，她深信"手艺是一个工人的尊严"，为此她一定要学会直大轴的绝技。掌握着直大轴绝技的师傅却有一个毛病，在男女作风上不检点，身为女性的乔师傅为了学到绝技，毫不犹豫地选择了他做师傅，后来竟然成了师傅的妻子。在外人看来，她牺牲了自己的贞操和荣誉，她因此遭遇很多非议，但她无怨无悔，因为她终于掌握了直大轴的绝技。真正让乔师傅感到痛苦的是，她所掌握的直大轴的绝技却一直得不到用武之地。随着国有企业改革，"此时社会上流行的是经商、做官，企业实行的是厂长经理责任制，工人的饭碗被抓在管理者的手里"，"情形发生了变化，这个时候人们已经不太重视工人的手艺了"。[1] 就在她黯然失色地准备退出历史舞台时，一次直大轴的机会摆在了她的面前，她不顾身体疾患，坚持来到了生产现场。在直大轴的过程中，她终于身体不支，将生命奉献给了她一生所崇拜的绝技。李铁显然是将乔师傅作为一名为了工人的尊严和情怀而活着的形象来写的，在世俗观念里，她似乎失去了尊严，但她作为一名工人，她身怀绝技，觉得这才有尊严。更重要的是，她的绝技是要为工厂而有所用的，她为此而焦虑，这恰是她作为一名工人的博大情怀。这篇小说相比于《大师》更具悲剧性，因为李铁当时在写小说时，面对阴云笼罩的现实，他悲观地认为，真正属于工人的时代已经结束了。乔师傅在工厂现场倒下

---

[1] 李铁《乔师傅的手艺》，《青年文学》2003年第1期。

去，便是李铁以象征的手法暗喻了这一点。"铁西三剑客"的悲观情感也是相当明显的，但难得的是，他们对自己的父辈并不悲观和失望。他们仍然将父辈作为英雄来书写，哪怕自己的父亲不是胜利的英雄，而是失败的英雄，他们也为父亲的英雄本色而骄傲。就像双雪涛在《大师》中对父亲的态度那样，哪怕父亲一度精神崩溃了，哪怕父亲都流落到街头了，哪怕父亲傻到都找不到家门了，在儿子的心目中，他仍然是"大师"。自20世纪80年代起，年青作家总是以强烈的叛逆精神来开辟新的空间，这也决定了他们对待父辈的态度基本上采取弑父式的反叛性。"80后"作家在他们的青春书写中则干脆采取一种无父的姿态。同样是"80后"，"铁西三剑客"对待父辈的态度却截然不同，他们是以致敬父辈的态度书写自己的童年记忆的，也就是说，他们在书写下岗的故事时，他们与父亲属于一家人，他们在与父亲一起承受下岗的压力的。而他们所讲述的下岗故事并不是新的，而是延续了父亲讲述过的故事。

这就很好回答了"铁西三剑客"给我们带来了什么新东西。他们的"新"并不是新在讲述了下岗故事。下岗故事从父辈一代就有人讲，只是有些人不注意听而已。他们的"新"就新在他们不把自己当成叛逆的一代，他们尊敬父辈，愿意在父亲还没有讲完的地方继续往下讲。

工人文化："新东北文学"的核心内涵

黄平惊喜地发现了东北文学的"新"或者说东北作家的"新"。遗憾的是，他的发现并不是建立在对东北文学的历史性考察的基础之上而得出来的，因此他所说的"新"缺乏足够的说服力。即使"新东北作家群"这一命名，黄平如果粗略地了解一些东北文学创作和批评研究这十余年来的状况，想必也不会采取这一命名的。因为，早在十年前，东北就有文学批评家提出了"新东北作家群"的概念，并围绕这一概念进行了相关的研究。2012年，《渤海大学学报（哲学社会科学版）》的主编林喦在刊物上开办《当代辽宁作家研究》的栏目，每期推出一个辽宁当代作家，在编刊的过程中，林喦逐渐形成了"新东北作家群"的观念，认为辽宁的当代作家正在酝酿新的文学因素。如他在2013年第5期的"主持人语"中就说："当我们梳理和总结当代辽宁作家创作特色的时候，我们感觉到那种从作品中喷涌出来的'东北味道'就汇聚成了一张'新东北作家群'的大名片。"[1]后来他对"新东北作家群"的阐释更为清晰明确，他专门写了《"新东北作家群"的提出及"新东北作家群"研究的可能性》一文，他说："'新东北作家群'共性特点主要体现在：敏感地回应社会重大变革，蕴含丰厚的历史文化精神；深层次的忧患意识，从单纯的、素描式的人物向多样化、意象化人物形象的现代转型；于冻土中开掘温情，于富裕中发散浪漫；作家自觉的文体意识以及从现实主义传统向多元取向转化的审美选择，也促使这个特殊的创作群体的文学创作为文体建设和变革做出了不懈的探索和努力。"[2]林喦所界定的"新东北作家群"囊括了东北三省新的文学现象，他力求全面，给人感觉仿佛所有的新人新作都能进入到这个阵营，但这样一来，反而让这个命名失去了独特性和鲜明的切入点，这大概也是林喦的提法没有形成强有力的后续反应的主要原因。

"新东北文学"是因"铁西三剑客"而被命名的，不少人在讨论"新东北文学"时也基本上局限于"铁西三剑客"的小说，这就决定了他们的格局比较拘狭，他们所描述的"新东北文学"也显得轻飘飘的，并没有多少鼓舞人心的地方；而且让"铁西三剑客"来担当起"新东北文学"的未来，也的确令这三位年轻作家勉为其难。但我还是很欣赏黄平从"铁西三剑客"小说中对"下岗故事"的发现。可惜的是，他只看到了"铁西三剑客"，误以为下岗故事只是从子一代才开始讲述的。如果我们在黄平的基础上继续往回看，看到历史上父亲一代是怎样讲述下岗故事的，看到父亲一代与子一代所构成的精神链条，那么，关于"新东北文学"的内涵也许就会充实起来。

当我从历史延续性上来看待东北作家讲述下岗故事时，就会得出这样一个结论，"新东北文学"其实早在21世纪之初就开启了。21世纪初，以李铁为代表的书写，就种下了"新东北文学"的种子，"铁西三剑客"则可以视为这颗种子长出的大树（我在后面还会分析，长出的大树不止"铁西三剑客"）。也就是说，"新东北文学"是在21世纪初露出端倪，它是国企改革所激发出来的文学种子，在经过十余年的酝酿准备之后，"新东北文学"的精神积聚起力量，影响到众多作家的创作，形成了一个丰富多彩的局面。因此，下岗故事只是

---

[1] 林喦《当代辽宁作家研究》，《渤海大学学报（哲学社会科学版）》2013年第5期。
[2] 林喦《"新东北作家群"的提出及"新东北作家群"研究的可能性》，《芒种》2015年第1期。

"新东北文学"的表象，它的核心内涵是工人文化，特别是建立在大工业基础之上的工人文化。

工人文化这个词语我们很少使用，但它确实是东北民间社会很重要的精神资源，同样它也一直在悄悄影响着东北文学的创作。过去我们只说工业题材，这是由中国当代文学的性质所决定了的。工业题材小说是中国现代文学的新产物。工业，尤其是现代工业，对于中国来说确实是一个新的东西，因此在文学上如何写工业和工人并没有这方面的经验和传统。20世纪二三十年代也有反映工人的小说。新兴的共产党要以工人阶级为领导阶级，必须重视工业，哪怕还没有工业的经验和传统。左翼文学运动号召作家写工人，许多进步的作家下到工厂矿井，写出了工人生活的小说，比如巴金也有过这样的经历，留下了《炼坑》《砂丁》等写工人的小说。但那时即使是写工人，也基本上是服从于表达无产阶级革命斗争的主题，始终没有形成一个清晰的工业题材的文学传统和文学思维模式。新中国成立后，工厂属于自己的了，工人成为主人翁了，和平建设取代暴力革命了，这时候就有了工业题材的自觉意识。首先是理论家倡导，接着是作家们响应，深入到工厂去，一去就是一年半载，陆续就有了明确的工业题材小说问世。如草明的《乘风破浪》、周立波的《铁水奔流》、艾芜的《百炼成钢》、萧军的《五月的矿山》、杜鹏程的《在和平的日子里》等。这些作品基本上都是在工业题材的题材意识主导下进行创作的。草明被称为工业题材开拓者。先有理论，后有创作，这就是当代文学的工业题材的基本特点。先行的题材意识自然克服了工业题材缺乏经验和传统的障碍，在短期内就收获了一批工业题材的作品。但是这也先天地带来了工业题材的最大问题，这就是形成了概念化、公式化，难以培育起真正活生生的关于工业题材的文学经验。照说，进入到20世纪90年代，其文化环境应该更有利于工业题材的发展和创新，特别是90年代以后国有企业面临着重重问题，乡镇企业和民营企业正红红火火，这一切为工业题材提供了非常多的新鲜经验。可事实上，90年代没有造就工业题材的非凡，反而是一步步走向衰落，究其原因，我以为主要是因为面对新鲜的经验，过去的题材意识的惯性思维使得作家们迷茫，不知所措。当然，从根本上说，是因为在90年代以来，作家们的写作姿态发生了重要的变化。这种变化是指，作家们在去政治化的同时，也放弃了文学的社会担当。这时候，再提所谓工业题材的时候，就仅仅是指写作的对象，而不包括题材本身应有的政治内涵和阶级属性了。也就是说，这个时候的工业题材创作中的题材意识逐渐被淡化。但是，工业题材小说在这几十年的发展中，不可避免地要受到工人文化的影响。而东北地区作为新中国最早的工业基地，形成了强大的工人文化传统。当工业题材意识逐渐死去后，工人文化的影响就逐渐彰显出来。新东北文学之新就新在工人文化的崛起。

工人文化是什么？二战以后，西方马克思主义者对此曾陷入了沉思，因为他们发现，资本主义组织方式和价值观念已经被编织到工人阶级的日常生活中了，这表现为方方面面，从习俗、传统到日常生活等，在此背景之下，文化因素成了西方马克思主义者重新理解阶级概念的重要立足点。我比较欣赏威廉斯的观点，他在《文化与社会》中将文化定义为"一种整体的生活方式"。他把资产阶级文化与工人阶级文化区分开来。资产阶级文化是"基本的个人主义观点、制度、生活方式、思维习惯和出于资产阶级文化的目的"。工人阶级文化是"基本的集体主义观点、制度、生活方式、思维习惯和出于工人阶级文化的目的"。接着，他道出了工人阶级文化的成就："工人阶级由于它的地位，从工业革命以来，就没有在狭义上创造出一种文化。工人阶级所创造，并对识别他们有重要意义的文化是在工会、合作运动或政党里产生的集体的民主制度。工人阶级文化从它的发展历程来看，它根本上是社会化的（从它创造了制度的意义上），而不是个性化的（从创造精神或虚构作品上看）。当从内容来看，就会发现它取得了非常了不起的创造性的成就。"[①]威廉斯的观点仿佛就是针对中国说的，在中国，很难说有一种确定的工人文化，但工人们在自己的日常生活与"活生生的经历"（威廉斯语）中就创造了一种属于自己的文化。

小说与生活直接相关，作家在描述生活时，最容易触摸到工人文化。为什么工人文化的崛起会在21世纪前后？一方面题材意识的淡化，作家们不再在理论的约束下去书写工业和工人。另一方面，国企改革和大量的下岗工人完全打破了原有的工业秩序，造成工人生活的大动荡，从而使隐形存在的工人文化凸显了出来，并成为引导新的生活秩序的重要因素。

工人文化的崛起，首先表现在工人主体性在小说中得到加强。

尽管工业题材曾经被强调到重要位置，但在工业题材小说中，工人的主体

---

① 胡小燕《文化抵抗与工人阶级文化重塑》，《西部学刊》2014年第10期。

性是不明确的。20世纪五六十年代的工业题材体现为政治意识形态性，它建立在阶级斗争的理论之下，革命阵营的分垒就成了主体性的依据。但是在今天的环境下，经济意识形态取代了政治意识形态，经济建设的策略性考虑，有意模糊了阶级或阶层的功能区别，有意模糊了社会关系的决定性作用，于是谁在经济上具有主导权，谁就成为主体。这已经突出地反映在文学写作中。我们看到大量写当下现实的小说，官员和企业家共同成为主体。虽然在当前的经济意识形态中，企业家处在主体的位置，但从伦理道德的立场出发，工人仍然应该成为作家关注工业题材的主体。然而，当我们明确地强调工业题材的主体应该是工人时，却发现在现实中，工人的主体性成了问题。随着股份制和产权分立等一系列完全市场经济化的措施的执行，国有企业的性质迥异于计划经济时代，在这样的背景下，工人的地位和待遇都发生着重大的变化，即使还是那些厂房和设备，而站在机器旁的工人们已经从过去的主人翁演变为今天的雇用工，因此他们的主体性大大地削弱了。另外，还有一个更为重要的问题，就是今天工人的面目变得模糊不清了。由于工厂的性质多样化，国有企业、民营企业、合资企业在性质上截然不同，呈现不同的企业文化形态；同时企业雇用工人的方式也变得多样化，铁饭碗几乎被彻底砸碎。

工人作为文学的主体，往往是通过工人文化体现出来的，不是说一定要有工厂和在工厂里工作的工人形象，才突出了主体。有时候我们特别要注意那些工人文化的隐形表达。比如在"铁西三剑客"的小说中，作者多半采取第一人称叙述，他们顶多是工人后代，但他们生活在铁西区，沉浸在铁西区的氛围中，踏着铁西区的节拍。而铁西区就是一个巨大的工人主体。他们在小说中基本上都是写的普通人物，这使得他们能够准确触摸到铁西区的实质。因为铁西的世界就是由众多的普通人敲打出来的，铁西的辉煌也是由众多的普通人创造出来的。还有像他们小说中冷静的观察、宽广的胸襟、世俗的情怀，应该都与铁西区有关。

李铁作为曾经是工人阶级一员的作家，他在书写工厂里的故事时，具有鲜明的工人立场，抱有真挚的工人情感。在他的小说里，工人的主体性更是毋庸置疑。如《纪念于美人的几束玫瑰花》里，于美人是某工厂的厂花，为了报答不让自己下岗的恩人关总，她主动成为关总的情妇。这样一个遭人非议的女人，李铁完全是怀着极大的同情心来书写的。她无权无势，仅有姿色可利用。

她不仅为自己，更是为自己的工友们。因此当她意外死去后，会有那么多人悄悄地给她的墓地送上玫瑰花。在《乡间路上的城市女人》写了女工杨彤下岗后，只好去乡下的农民企业主那里打工，她似乎摆脱了下岗的困厄，但她的精神仍然非常痛苦，因为她失去了一个国企工人的尊严。《中年秀》里写工人许志勇内退后去开出租车，一次次被人侮辱和欺骗，他已经像一个没有自我意识的人无奈地活着。读这些小说，就明显感到，作家始终纠结于工人主体性的失落。

在李铁和"铁西三剑客"的小说里，因为主要是围绕下岗故事而展现工人主体性的，因此更多的是展示他们面对逆流时的顽强，也抒发他们对社会不平的呐喊。但随着国企改革走出困境，工人们（包括下岗工人）重新整理好自己的步履，这种主体性更多地展现出工人文化的乐观主义和建设姿态。其实在李铁早期的下岗故事里已经包含着这种乐观主义和建设姿态了，比如在《梦想工厂》里，企业的工会主席赵吉为安置下岗职工要建一个水泥厂，他接受这个任务后，就梦想着要建一个工人是真正主人的企业，在这座工厂里没有高低贵贱之分，革命工作人人平等，厂长的收入不会比一线工人高，也没有权力让某个工人下岗回家，这里没有歧视，没有独裁，重大决策由大家投票民主地做出决定。这里甚至没有竞争，大家都在一种平和的无忧无虑的状态下工作着。但水泥厂建成后，他所有的梦想都无法兑现。小说结尾时，李铁这样写道："我知道你会说赵吉的办法是行不通的。但我要说的是行得通还是行不通在这个故事里都不重要，重要的是赵吉有这么一个梦想，同样重要的是赵吉毕竟是我虚构的一个人物。"[①]我以为，这就是工人文化的乐观主义带给李铁的梦想。

李铁是一名"60后"，当时"60后"已经成为小说的主力，并在叙述、主题和审美上体现出一系列的代际共同性，但在李铁写工人的小说中这种代际共同性表现得不明显。"铁西三剑客"是"80后"，他们对于童年和青春的书写同样迥异于"80后"作家所共有的代际特点。李铁和"铁西三剑客"都表现出与同一代作家异质的东西，这种异质的东西可以说都是工人文化的主体性所赐予。

工人主体性的强化，使东北作家重新调整了观察现实的视角，他们对现实的叙述也变得更为自信起来，于是，我们在新东北文学中看到了这样一种景

---

① 李铁《梦想工厂》，《清明》2006年第3期。

象：让现实主义、乐观主义和人道主义有机结合起来，构成一个完整的文学世界。

在这方面的代表性作品则有班宇的《缓步》、李铁的《锦绣》、老藤的《北爱》等。

班宇的《缓步》是他最新的一本小说集，收入的九篇作品除《于洪》以外都是他近一两年所创作的。相比于过去侧重于写童年记忆，班宇近期的创作主要表达他对现实的体察。他仍然写普通的人物，写他们的弱势、缺陷和困顿；他也仍然与小说中的人物站在一起，与他们共同感受人间的冷暖，与他们共同承担精神的忧伤。这些小说里，少了一些对故事的铺陈，而多了想象、象征和沉思。这既缘于他对语词的自觉，也因为他更在乎对内心的抒发。在对内心的抒发里，一方面加强了他的人道主义情怀，同时，也凸显出他面对生活的乐观情绪以及对于愿景的执着。班宇以小说《缓步》的篇名作为这本小说集的书名，大概说明他很看重这篇小说，且以这篇小说为例，看班宇是如何表现自己的内心的。主人公的妻子弃他而去了，他带着一个听觉先天性畸形的女儿一起生活，生活有多难可想而知，他因此也对声音特别敏感。小说是他们大量生活琐碎的细节，班宇在叙述中最在意的是，小女儿虽然不能像健全儿童那样感受世界，但她同样充满孩童的想象；主人公也被女儿的童真所感染，女儿仿佛成了他的精神源泉，他在妻子离去后，才真正懂得了女儿的意义："原来我有了一个女儿，一个女儿，每一个时刻里，她都在为我反复出生。"小说写到一个缓步台，这是主人公与女儿经常要经过的地方。班宇说："缓步台的左侧如悬崖，下面是无声的幽暗，另一侧是住户们的北窗，拉着厚厚的帘布，或用无数的废箱堆积遮挡。"这应该就是班宇对世俗生活的描述：一边是悬崖般的危险，一边却是藏在窗帘背后庸常的日子。但是，主人公和女儿乐于以想象去丰富缓步台四周的情景，或者去模仿追逐科学家的企鹅。他们的内心始终响着一种快乐的声音，这声音"正如凌晨里悄然而至的白色帆船，掠过云雾，行于水上，将无声的黑暗遗落在后面"。[①]

李铁的《锦绣》通过一个工人家庭的两代人的命运，书写了中国国有企业的发展历史，表现出一种中国工人所特有的家国情怀，我将其称为国有企业情

[①] 班宇《缓步》，《收获》2021年第4期。

怀。我在一篇文章中说："这种情怀在一定意义上说是中国社会体制人民性的呈现方式之一。因为工人阶级作为国家的领导阶级，在新中国最初建立的社会主义体制下，最直接体现在国有企业的重要性上，工人阶级几乎成为国有企业职工的代名词，中国现代化所开启的中国工人的精神传统也主要由国有企业所传承和延续的。"[1]如果说，当年李铁写下岗工人时是一种吟唱真情实感的说唱音乐，带着一层失意又带着一层释怀，那么，此刻他写《锦绣》，是工厂里被唤醒了的主人翁意识给了他底气，他的旋律变得嘹亮了许多，他也重新认识了工人群体，并以工人的身份唱了一支咏叹调。张大河是小说的主人公，李铁以工匠精神赋予张大河精神品格上最具代表性的时代特征。在李铁看来，今天的工人仍然应该凭借工匠精神来确立自己的主体性。小说中的钢铁厂经过改革、重组又焕发出了生机，但李铁的书写并没有止步于此，他目光一转，投向了曾经的下岗工人。张怀勇曾经是实施工人下岗方案的厂级领导，但他心里始终装着下岗工人，每当工厂有了起色，他就想着设法将下岗工人招回来。后来张怀勇当选为全国优秀企业家，李铁特意写他乘车去北京领奖的途中，在加油站遇见了一位锦绣厂的下岗工人，他一下子心情沉重起来，感到自己要做的工作还多着呢。写到这里，李铁笔锋一转："朝前望，正是九十点钟的光景，阳光洒了满地，道路、树木和田野上泛起绸缎般的光泽。"[2]这是李铁对国有企业未来前景的美好想象，这样的未来前景，不仅关乎国家的强盛，也关乎人民——当然必然包括了所有下岗工人——的幸福。这是贯穿小说始终的一种现实的人道主义精神。

老藤的《北爱》[3]是以辽宁的飞机制造事业为背景的。辽宁有一家制造飞机的大型企业沈飞，它坐落在沈阳市郊，被誉为"中国歼击机的摇篮"。沈飞在市场经济的挤压下也曾生存艰难。但他们挺过来了。若干年后，他们出色完成了给中国第一艘航空母舰设计制造歼击机的新闻，就让全国人民再一次领略了沈飞的风采。小说中的鲲鹏集团就是一家制造现代飞行器的大型国有企业，这里显然有着沈飞的影子。小说主人公苗青是21世纪之后的博士生，她的父亲

---

[1] 贺绍俊《国有企业情怀的叙事诗——评李铁的〈锦绣〉》，《中国文学批评》2022年第2期。
[2] 李铁《锦绣》，春风文艺出版社2021年版。
[3] 老藤《北爱》，湖南文艺出版社2023年版。

20世纪80年代在北航学习飞机制造，毕业后分到沈阳的工厂搞飞机设计，但那时候国家各方面的条件都不行，工厂都转行生产冰激凌机了，他设计飞机的梦想只能锁进抽屉里。从小受到父亲耳濡目染的影响，苗青也爱上了飞机，长大后立志要替父亲完成设计飞机的梦想，因此上大学也选择了飞机制造专业，她怀揣着"一个人的计划"，毕业后踏着父亲的足迹再次北上东北，在十年的奋斗中，她一步一个脚印，先是在无人机领域闯出一片天地，接着由她领衔设计的隐形超音速飞机G31成功飞上了蓝天。正当人们欢庆胜利的时刻，又有一个更为宏大的计划——设计制造大型多用途远程运输机MG—22正式下达了，期待着他们去创造更大的辉煌。这是一个两代人接力追逐飞机梦的故事，这个故事真实反映了中国半个多世纪以来的国运演变。小说所洋溢的乐观主义情调也是建立在这一基础之上的。

21世纪初，李铁等作家为"新东北文学"孕育了新的种子，"铁西三剑客"是新东北文学的大树，李铁的《锦绣》和老藤的《北爱》也是新东北文学的大树。他们都得益于工人文化的滋润和浇灌。

当代小说从宏大叙述到日常生活叙述

一

1978年中共十一届三中全会召开，中国开启了改革开放的历史征程，到如今已经走过了四十年。四十年来，中国社会发生了根本性的变化，也创造了飞速发展的中国奇迹。中国改革开放的变化首先是思想观念上的变化，它不仅仅涉及政治、经济层面，而且也深深影响到文化层面。中国当代文学四十年来变化之巨大丝毫也不亚于社会变化之巨大，总结当代文学四十年来的变化，其实也是在总结改革开放四十年的经验，这是一个很有意义的学术工作。

当代文学的变化自然也是全方位的，我因多年来一直从事当代小说的批评，故将我的视野限定在小说领域。在我看来，当代小说这四十年来最伟大的变化，莫过于日常生活叙述的正常化和普及化。

"叙述"这个词语在小说批评中经常被用到，但在很多文章里，其含义是模糊的，因为叙述在叙述学中就是一个历史悠久、用法变化最大、含义最为繁杂的术语。叙述学一般将作品分为"叙述话语"和"所述故事"这两个层次，这与传统文学理论中"形式"与"内容"的两分法基本对应。所谓日常生活叙述，其重点显然是在"所述故事"上。也就是从"所述故事"的变迁来勾画当代文学的变化。小说溯其源头，就会发现中国的小说最初是不太理睬日常生活的。以前的小说讲究传奇性。传奇性是与日常性相对立的。中国古代最早的小说就叫志怪小说，后来到唐代，干脆就叫传奇。但到了明清以后，小说逐渐对现实生活感兴趣了,当时一些理论家还特别赞赏写现实生活的小说。比如金圣叹就推崇《水浒传》,贬低《西游记》,他的理由也就是因为一个是写现实生活的,一个是写神仙妖怪的。他说:"《水浒传》不说鬼神怪异之事,是他气力过人处。《西游记》每到弄不来时,便是南海观音救了。"还有清初的一位其名理论家、戏剧家李渔,在他最有影响的著作《闲情偶记》里就提出这样的观点:"凡说人情物理者,千古相传;凡涉荒唐怪异者,当日即朽。"也就是说,作家从普通的、平常的现实生活中去发现和提炼出好的情节,有更高的艺术价值,也流传得更加久远。不重视日常生活,还有一个原因,就是我们过去的文学理论过分强调小说的重大意义。当然这也跟我们的现代文学传统的诞生背景有关系。现代文学是启蒙运动的产物,当时新文学的先驱们是将文学当成思想启蒙的武器的。不光中国是这样,西方的思想启蒙时期其实也是这样,作家因此对社会重大事件特别感兴趣,也就形成了小说的启蒙叙事,或称宏大叙述。然而,尽管中国现代文学的主潮是与启蒙运动相匹配的宏大叙述,但伴随着现代化的兴起,现代日常生活也逐渐引起作家们的关注,并成为小说叙述的另一资源。有的学者在研究中国现代文学史时就试图以启蒙叙述和日常生活叙述这两大类型加以概括。如美国汉学家夏志清、李欧梵等认为,五四叙事传统的核心观念可以表述为"感时忧国"精神,它构成了"五四"和左翼的宏大叙述,或称为革命叙述、启蒙叙述;另一方面,中国现代文学中还存在着一种日常生活叙述传统,其代表性作家有张爱玲、钱锺书、沈从文等。不要低估了海外汉学家的作用。夏志清的《中国现代小说史》集中表达了上述观点,这本书正是在中国执行改革开放政策之初被引进中国大陆文学界的。当时中国大陆基本上是以一体化思路描述中国现代文学史的,认为只有代表"五四"精神的宏大叙述才有可能进入文学史的视野,夏志清的这本著作仿佛给人们打开了一个崭新的空间,原来我们的文学传统中不仅有"鲁郭茅、巴老曹"的宏大叙述,而且还有张爱玲、钱锺书、沈从文的日常生活叙述。对于作家而言,他们应该对生活的细枝末节有着天然的敏感,身边熟悉的生活更容易触发他们的文学灵感,按说日常生活叙述应该更加受到作家们的喜爱。但现代文学史曾经有相当长的时期,特定的外部环境限制了日常生活叙述的流行。特别是自20世纪50年代以来,写日常生活的小说往往逃脱不了遭批判的厄运,被认为是在写杯水风波,是革命意志衰退的标志,日常生活叙述几乎成了小说的禁区。改革开放所带来的思想解放，自然而然地就为小说打开了这一禁区，一些作家开始在小说中书写日常生活的故事了。尽管这一阶段作家在主题表达上仍围绕"拨乱反正"做文章，但视线已经从政治和社会的大场面上游离开来，停驻于日常和家庭的琐碎小事上。谌容的中篇小说《人到中年》就具有代表性。这篇小说塑造了一名知识分子形象——陆文婷医生，小说的主题与当时的伤痕小说相似，既是批判"文革"的，也是表现知识分子忠诚的。但《人到中年》的不同之处在于，作者并没有完全按宏大叙述的方式强调陆文婷的忍辱负重，而是把更多笔墨放在写婚姻、孩子、家庭问题等这些日常生活带给她的身心疲惫。陆文婷不由得发出这样的感叹："啊！生活，你是多么艰难！"

20世纪80年代作家们要想在日常生活叙述方面有所作为，不仅需要观念上的解放，也需要创作实践的引导，在创作实践方面，老作家汪曾祺功不可没。汪曾祺年轻时曾受业于沈从文，他充分吸收了沈从文在日常生活叙述方面的特长，但进入当代文学阶段后，因为整体环境对日常生活叙述的压抑，他的这一特长无法得以发挥。禁区一旦有所松动，汪曾祺尝试着写出了几篇完全依赖日常生活叙述的小说，投石问路。随着《受戒》《大淖记事》的成功，汪曾祺的创作更是一发而不可收。汪曾祺在文学政治化最严厉的时期曾参与革命现代戏的创作，不仅熟悉宏大叙述的方式，而且深刻了解宏大叙述的局限，因此他在这一阶段所写的小说完全将日常生活叙述纯粹化，淡化主题，淡化情节，追求语言的意境和叙述的诗化。他的小说结构多半是选择生活中的某些碎片加以连缀，如天马行空无拘无束，又似行云流水挥洒自如，自然地呈现出生活的日常态，并在叙述中灌注了文人的雅趣和睿智。汪曾祺为日常生活叙述立起了一座高峰。

丝毫不要低估日常生活叙述在20世纪80年代开始复苏时所带来的积极效应。80年代是一个充满创新热情的时代，但人们苦于寻找不到创新和突破的切入点。日常生活叙述仿佛给作家开辟了一个新的空间，作家们发现在这个空间里就可以摆脱掉那些让自己头疼的条条框框的约束了。比如范小青就经历了这样一段变化。范小青也是80年代开始创作的一位年轻作家，最初的创作同样受到宏大叙述的影响，她所写的小说类似于伤痕小说、改革小说，她努力让自己的小说传达出深刻的意义来。但她逐渐感到自己的努力是"弄巧成拙"，于是她走进了苏州小巷，饶有兴味地观察邻里间的飞短流长，欣赏他们"小家子气"地把日子过得有滋有味。她干脆放弃了对重大意义的追求,直接书写日常生活状态。她这样做,反而在日常生活中找到了自己的文学个性,收获了《裤裆巷风流记》。尽管范小青后来也多次写过重大主题的作品,但她的风格基本定位在日常生活叙述上,小说构思基本来自现实生活的日常经验,她的内心仿佛设有一个"账本",记录着一个城市每天的"柴米油盐",每一笔记录都是日常的,又都是新鲜的,很有可能就成为范小青构思一篇小说的引子。《短信飞吧》就是从手机短信入手结构的一个故事,《今夜你去往何处》则是由私家车主在居住小区缺停车位的烦恼生发出的一系列故事。新世纪以来,范小青几乎每年都有四五个中、短篇小说新作,她总是能给读者提供日常生活中的新鲜经验。在80年代,不少年轻作家基本上都像范小青这样,逐渐逸出文学主潮,通过日常生活叙述寻找到新的文学空间。

如果没有80年代日常生活叙述的复苏,就不会有90年代的"新写实"小说的兴起。1989年第2期的《钟山》推出"新写实小说大联展",在其卷首语中,编者声称,新写实"不同于历史上已有的现实主义,也不同于现代主义、先锋派文学,是近几年小说创作低谷中出现的一种新的文学倾向"。所谓新的文学倾向,显然就是指已经在小说创作中扩散开来的日常生活叙述。新写实小说集中展示了日常生活叙述的活力。在新写实小说中,传统现实主义笔下的"大写的人"转换成了"小写的人",是日常生活中的平庸之众和市井小民。传统现实主义热衷于书写轰轰烈烈的人生,而在新写实小说中充斥着的是普通人烦恼琐碎的生存状态与平民百姓百无聊赖的日常生活状态。加入新写实小说写作中的作家,除了像池莉、方方、刘震云等一开始就逸出文学主潮的作家外,还有曾经是先锋文学骨干的作家如李晓、叶兆言等,从作家构成也可以看出日常生活叙述影响之广泛。刘震云的《单位》写的是某行政机关里的故事,行政机关在宏大叙述里曾是传达庄严意义的空间,在刘震云的笔下却是"一地鸡毛"。

新写实小说运动是一次标志性的文学运动。如果说,在新写实小说之前,日常生活叙述虽然已经在作家群体中弥散开来,但他们是分散的,犹如一条条互不相干的小溪,各自流淌。而新写实小说运动将这些小溪汇聚成了一条大河,它标志着日常生活叙述的正常化和普及化。

二

　　日常生活叙述的正常化和普及化，首先带来的变化是，作家把关注社会的目光转向了关注人心和人性，把侧重于揭示社会问题和进行历史和价值的评判的主题转向了叩问人性的主题。

　　迟子建就是由日常生活叙述形塑出来的一位优秀作家。她生活在东北边陲小镇，远离政治文化中心，开始文学写作的时候也正是日常生活叙述扩散开来的良好时机。迟子建天生有热爱生活的情趣。这一切都为她发挥日常生活叙述的魅力创造了条件。温情和温暖，是描述迟子建小说最贴切的两个词，而温情和温暖正是她从日常生活中提炼出来的。她是一位充满温情的作家，她的小说构建起一个温暖的世界。她以温暖善良的意愿接近普通人的内心，她乐于与普通人的世界交流，在交流中表达深深的爱意。她代表着温暖，代表着善良，代表着热爱生活、热爱生命的强者。迟子建有非常细腻独到的感觉，这给她小说叙述带来丰沛的生活情趣，她以真挚澄澈和平等体贴之心去面对日常生活，从而将优雅变得亲切。她非常成功地将日常生活审美化的时代趋势化用到小说叙述之中，创造了一种平易近人的文学意蕴。但这并不是说迟子建的眼界狭小，只能看到日常生活中的柴米油盐。事实上，她的小说有较开阔的社会背景，她也善于处理具有厚重历史感的作品，如《伪满洲国》。只不过她更愿意从日常生活中挖掘自己所需要的东西。对日常生活的亲近，自然使她的主题偏向于人生和人性。比如她的《一坛猪油》，所写的故事发生在20世纪六七十年代，那是一个以阶级斗争为纲最突出的年代，小说人物所处的环境则是东北边境，那时候正与苏联关系紧张。故事无不触及政治和社会的敏感问题，人物的命运变化也无不与政治密切相关。如主人公的丈夫老潘就因为被怀疑为是苏修特务而被撤掉了林场领导的职务，主人公的儿子则不满这边的政治压力偷偷跑到苏联去求生存了。但迟子建并没有抓住这些大做文章。她巧妙地将其装置在一个暗恋故事的匣子里，使本来沉重的话题变得轻盈起来。通过暗恋故事的引导，小说充分展开了主人公在搬迁以后的生活遭遇，写活了一系列的普通人物，写活了他们之间的关系和生活态度。小说由一系列看似琐碎的生活细节组合而成，但因为迟子建采用主人公自叙的方式，使这些细节都被自叙者乐观和阳光的姿态所笼罩，因此洋溢着浓郁的生活情趣和积极豁达的生活观，作者的人文情怀也由此得到充分的表现。

日常生活叙述的正常化和普及化还带来一个重要后果，就是家庭小说的复苏。

家庭小说并不是一个新概念，在中国小说史上可以说是源远流长，有人就认为明代的《金瓶梅》是中国最早的一部长篇的家庭小说。家庭小说诞生于明代正说明了家庭小说的特征，它是与城市的发展和市民的兴起密切联系在一起的。家庭小说区别于家族小说，就在于家庭小说是以城市的市井生活为题材，它特指城市的市民家庭。城市家庭的生活形态同农村家庭相比有明显的区别。农村家庭既是生活单位也是生产单位，按照传统伦理制度的严格规定运行。书写农村的家庭必然涉及宗法、历史和伦理文化的纠结，不会像市井的家庭表现为一种单纯的日常生活状态。因此家族小说主要也是以农村为背景。到了现代文学以后，家庭小说与家族小说的分野就愈来愈明显。一般说来，家族小说基本上是纵向展开的情节，是一种历史叙述的方式；而家庭小说往往是横向展开的情节，是一种日常生活叙述的方式。在晚清和民国初期，随着城市文化的兴起，家庭小说出现了一个小小的高潮。当时刊登在各种报刊上的文言小说或传统的白话小说，不少都是以城市各阶层的家庭生活为题材的。在现代文学发轫期，家庭小说仍很发达，并与批判封建专制主义的"五四"新文化运动宗旨有效地结合了起来，如鲁迅的《狂人日记》《伤逝》《祝福》《幸福的家庭》《肥皂》等小说就是以家庭为批判阵地的。巴金从他走上文坛起，一直到20世纪40年代，可以说把主要精力都放在家庭小说的创作上，他的激流三部曲《家》《春》《秋》、爱情三部曲《雾》《雨》《电》、《憩园》《寒夜》等都是以家庭为主要场景，通过家庭中各类人物的命运，人与人以及人与社会的矛盾冲突，表现了作者对封建制度的批判，表达了作者的人文理想。尽管家庭小说有着传统的渊源，又在现代小说的诞生期起到了重要作用，但家庭小说始终不能进入主流的视野。这显然与片面强调宏大叙述有关。随着日常生活叙事的正常化和普及化，家庭这一日常生活的基本空间便成为作家们进行想象的重要场所，家庭小说也得到迅速发展。特别是一些女性作家似乎更倾情于家庭小说，也在家庭小说上卓有建树。家庭小说是最适宜发挥日常生活叙事优长的小说样式，而当代作家正是通过家庭小说将日常生活叙述的传统推向了一个新的高峰。

现代性对于当代家庭小说的浸润也是非常明显的，其中一个最突出的表现便是家庭小说的人民性。我们会发现,在当代作家的家庭小说里,多半都是一些普通百姓的家庭,作家很少带读者进出于达官贵人的豪华别墅。作家们关注的是普通百姓的生活,关注的是民生民情,从这些家庭小说中我们能够感受到一种具有鲜明现代精神的人民性。人民性在中国当代文学中一直是一个显性概念,但也是一个被曲解的概念,它被意识形态抽空了具体内涵,成为一个抽象的符号和空洞的所指。尽管这种状况后来有所改变,但在政治和权力层面,人民性的变化主要体现为淡化了过去的阶级意识,而其意识形态性并没有发生变化。然而正是日常生活叙述引导作家将目光下沉到具体的有血有肉的普通人物身上,从日常的柴米油盐和家庭的喜怒哀乐中观察到民生民情。小说中的人民性成为对具体人物的诠释,多了平民意识、民间意识或草根精神。以女真为例,她的小说多半都是家庭小说,也很成功。如《中风》写的是一个居家男人的故事。居家,可以说是改革开放造就的新名词。所谓居家,就是被剥夺了工作的权利,只能待在家里。一个大男人,因为体制的原因,不能到外面去干事业,这本身就包含着难言的辛酸苦楚。"居家"成为他生活中挥之不去的阴影,渗透在每天的油盐酱醋之中。而居家折射出的则是政治经济改革和利益再分配等社会大问题。《蝴蝶》写汪渔儿与宋佳音母女俩的矛盾和情爱,却揭示出教育上存在的种种僵化理念以及教育制度的落后。总之,女真是通过社会问题来看待今天的家庭,来探寻家庭的幸福,典型地体现了家庭小说在当代的变化。女真的家庭小说基本上都有一个相同的底色,这就是温暖的爱意。而这也正是日常生活叙述的基本色调。

三

中国现代文学大致上形成了宏大叙述和日常生活叙述这两大叙述类型,两种叙述类型在文学发展进程中的遭遇又各不相同,宏大叙述在很大程度上成为主流,日常生活叙述则一度销声匿迹。直到20世纪80年代开启改革开放时代以来,日常生活叙述才得以正常化和普及化,其发展势头之猛,仿佛要抢了宏大叙述的风光。但事实上,这两种叙述并不构成对抗和冲突,而是并行不悖的关系。随着小说叙述的发展和成熟,宏大叙述和日常生活叙述逐渐呈现出相互渗透和相互融合的趋势,二者的融合不仅大大拓宽了小说叙述的空间,而且也深化了小说叙述的表现力。

拘泥于日常生活叙述，容易陷入世俗的泥淖里，满足于描述生活的原生态，沉湎于日常性的琐碎，缺少了精神境界的追求。新写实小说运动虽然推广了日常生活叙述，但它的问题也在这里。当时一些作家因为过度在乎对宏大叙述弊端的纠正，就放弃了作者应有的精神高度，完全认同于生活日常伦理，沦为一地鸡毛。这也说明，任何一种叙述既有长处，也有短处。随着日常生活叙述越来越流行，它的短处也越来越突出，批评的声音不绝于耳。于是一些作家在日常生活叙述中嵌入宏大叙述的成分，挖掘日常生活中的社会性因素。比如同样是书写小人物，但作家所揭示的则是大精神。陈彦的《装台》典型地体现了这一特点。小说写的装台人，是从事一项特殊职业的群体，他们为剧团和社会的各种表演活动装台，这是一种苦力活。《装台》并没有将这些装台人拔高为具有英雄色彩的人物，而是写他们的艰难活计。既写他们能够吃苦，也写他们精于算计；既有讲朋友义气的时候，也有为金钱翻脸不认人的行为。当然，陈彦并不是简单地记录装台人的日常性，重要的是他从这些普通人的日常性中领悟到中国普通百姓的人生哲学。由此陈彦重点塑造了主人公刁顺子。刁顺子虽然活得很艰难，但他并不因此而对人生失去希望，不会因此而悲观消沉。在刁顺子眼里，一次又一次装台，就是一次又一次出苦力，但每一次出苦力，无非是生命的一道坎，是生活的一盘菜。因此即使生活多艰苦，他遇到了心仪的女子，该娶回家照样娶回家。陈彦意识到，这样的生活"很自尊、很庄严、尤其是很坚定"。也就是说，陈彦虽然写的是底层生活中一种普通的工作，也丝毫未对他们的日常性进行传奇化的处理，但他同时又注意到这种普通工作与社会的关联，写出他们的社会性。而后者正是宏大叙述的处理方式。

迟子建无疑是日常生活叙述的代表性作家。她最初进入文坛时就是以日常生活的温情深深打动了读者的。但她在以后的写作中逐渐增加了宏大叙述的分量，大大丰富了小说的精神内涵。如她写于2015年的长篇小说《群山之巅》就是一部将日常生活叙述与宏大叙述结合得很好的作品。这部作品仍然发挥了她善于写普通人的长处，写了龙盏镇上形形色色的小人物，她将丰沛的生活情趣融入日常生活叙述之中，以真挚澄澈和平等体贴之心去面对日常生活。但她并没有沉浸在日常生活的温情之中，而是将每一个人物的故事与历史和现实的变迁贯穿起来，直面社会现实的复杂性，既写普通人的善，也写普通人的恶；

既写生活之阳光，也写生活之黑暗。在这种叙述中倾诉着她对于现实人生的困惑、忧郁和愤懑，在人文向度和世俗情怀的结合上则更为圆润。由此我们看到迟子建并非只有温情，而且也有愤怒和激情。迟子建着重写了屠夫辛七杂一家人的倒霉境遇，几乎说得上是家破人亡，但迟子建的用意并不是要把读者带到愤怒和仇恨的情绪中，而是让人们体悟笔下人物的生存选择，感受他们的喜怒哀乐。她要让人们明白，哪怕是最卑微的人物，也有生命的尊严。正如迟子建自己所说的"高高的山，普普通通的人，这样的景观，也与我的文学理想契合，那就是小人物身上也有巍峨"。迟子建对过日常生活叙述与宏大叙述的有机结合，让普通与巍峨交相辉映。

孙犁在革命文学谱系中是一条特别温柔的色系，他的风格被称为"荷花淀派"。文学史一般都强调"荷花淀派"的"朴素、明丽、清新、柔美"以及作品的诗情画意，这种风格特征在推崇刚强、高亢的革命文学阵营里的确显得异样。我以为，孙犁的异样风格正是日常生活叙述带给他的。杨义先生是这样概括文学史中的孙犁的："他走了一条多少有些间接性和超越性的路子，把纷涌的战争风云映衬在白洋淀的月光苇影，以及冀西山地的红袄明眸之中，从而发现那些在日常伦理生活中真正值得珍视的人性之善、人情之美。"他认为孙犁的文学实践是"使革命文学艺术化、人性化"。这其实就是将宏大叙述与日常生活叙述融合为一体的结果。指出这一点对于我们全面认识中国现代文学史非常重要。因为过去革命文学主潮是完全排斥日常生活叙述的，过去的文学史也基本上是站在宏大叙述的立场上阐释作家和作品的。纯粹以宏大叙述的文学史观来评价孙犁，自然就会对孙犁的风格产生曲解，无视他的作品中日常生活叙述的丰富性和重要性。孙犁的路子也被边缘化了。但孙犁的创作实践证明了宏大叙述与日常生活叙述并非对抗性的，在宏大叙述中加入日常生活叙述的元素，并不会损害作品的革命意义，相反还会使其意义的表达更具特色。孙犁的创作实践同时也证明了，革命文学主潮中就暗含着日常生活叙述，这应该是革命文学传统的应有之义。继承孙犁的传统也就是继承革命文学中的日常生活叙述传统。

改革开放之初的新时期文学，铁凝是最早从孙犁的文学风格中获益的年轻作家。铁凝的文学教育背景是宏大叙述的文学，她最初的写作也基本上被宏大叙述的思路所左右。但她从小就喜爱孙犁的作品，她的成名作《哦，香雪》就完全是在孙犁风格影响下写出来的。这篇小说在当时以宏大叙述的"伤痕文学"一统天下的情景下给人耳目一新的感觉,但也因为与宏大叙述的整体要求不合拍,在当年的全国小说评奖中引起了争议,最终还是孙犁的极力推荐才使《哦,香雪》获奖。孙犁帮铁凝打通了两种文学叙述的联系。铁凝则让曾被冷落的孙犁传统得以发扬,从此基本上确定了自己的创作方向,她一方面心存着对社会意义和精神价值的追寻,一方面又把自己的情愫始终安置在日常生活的情境之中。铁凝显然要比孙犁幸运,她所处的文化环境更为解放和宽松,因此她也就有可能将启蒙叙述和日常生活叙述融合得更为周全,能将这一融合的路子拓展得更为广阔。长篇小说《笨花》是铁凝将宏大叙述与日常生活叙述结合得最为圆熟的一部作品。这部作品关涉20世纪以降中国社会最深刻的变革和中华民族最深重的灾难,如此宏大的主题却是通过华北平原的一个山村里日常生活的肌里展示出来。书名暗示了作者的追求,笨与花的组合就是笨重与轻柔的组合,而小说通过一个山村的故事将伟大与平凡、国事与家事、历史意义与生活流程融为一体。小说重点讲述了向喜从一个普通农民成长为一名革命将军的故事,这是一个典型的宏大叙述,更是中国现当代文学史中启蒙叙述的最常见的模式。以宏大叙述或启蒙叙述的方式来处理向喜,无疑会是一个惊心动魄的英雄主义的传奇。传奇会让我们远离日常生活。但铁凝所写的向喜不再是一个传奇式的人物,而是一个活跃在日常生活中的人物。铁凝也不是写琐碎的日常生活,而是选择具有总体性意义的生活片断。这种总体性的日常生活让我们感觉到,一个普通农民的日常生活是怎样渗透进革命时代的精神内涵的。这种渗透不是一种生硬的渗透,因为在一个普通农民的日常生活中,就包含着传统文化的基因,革命时代的精神之所以能渗透进来,是因为与这种基因是亲和的。铁凝通过大量的日常生活的细节表现出了向喜身上的忠孝节义的一面,这些都可以看作是传统文化的基因。从孙犁到铁凝,勾连出当代文学史的日常生活叙述从压抑、变异到重新释放出新的能量的轨迹。

改革开放四十年来当代小说从宏大叙述到日常生活叙述的演变,是顺应时代潮流之举。从20世纪七八十年代开始,世界逐渐从对抗性的冷战时代转向对话性的和平时代,在对抗性的冷战时代,我们流行的口号是"胸怀祖国,放眼世界",是"四海翻腾云水怒,五洲震荡风雷激"。而到了对话性的和平时代，我们的口号就变成了"从我做起""从身边的小事做起"。在对抗性的冷战时代，当然只能用宏大叙述才能讲述"四海翻腾云水怒"的故事；而到了对话性的和平时代，"从身边的小事做起"所发生的故事显然就需要用日常生活叙述来讲述了。我们还应看到，一百余年来，整个世界的哲学思潮逐渐从抽象世界向日常生活世界偏移。20世纪初，胡塞尔最先将"日常生活世界"引入其理论体系之中，认为日常生活世界是"唯一实在的，通过知觉实际地被给予的、被经验到并能被经验到的世界"。随后更有维特根斯坦的"生活形式"、海德格尔的"日常共在的世界"、列菲伏尔的"现代世界的日常生活"，等等，共同构成了日常生活批判理论潮流，日常生活批判理论的兴起标志着20世纪哲学理论的重要转向。后现代主义则以解构宏大叙述的方式助长了日常生活叙述的发展。中国改革开放以来，"日常生活""生活世界"同时成为中国哲学和中国文学关注的重要问题，这是一种历史的必然。当然，中国当代作家并不是直接在西方的日常生活批判理论学习和影响下才认识到日常生活叙述的价值的，而是因为在大的时代背景下被激活了内心对日常生活的认同感，使他们能够从感性出发重新认识当下的现实生活，也使他们发现了日常生活叙述更适宜表达自己对生活的体验。于是，日常生活叙述为当代小说提供了一幅幅亲切、生动的画面，也为作家打开了一个崭新的叙述空间。

从宏大叙述到日常生活叙述；从20世纪80年代的日常生活叙述正常化和普及化，到21世纪的宏大叙述与日常生活叙述的相融合，我们可以清晰地看到当代小说叙述日趋成熟的发展轨迹。

2018年

以青春文学为"常项"
——描述中国当代文学的一种视角

新世纪文学被命名，并不在于在时间序列上我们进入一个新的世纪，而在于当代文学提供了许多新的现象和新的元素。比方说，青春文学就可以说是新世纪以来一个比较重要的新的文学现象。青春文学潮流的兴起与"80后"有关。"80后"形成阵势首先得益于由《萌芽》举办的新概念作文大赛。参赛者都是在校的中学生，许多有着文学才华的中学生在这个大赛中脱颖而出，随着大赛的影响日益扩大，"80后写作"的"群体性"也愈来愈明显。但"80后"一出场就显示出他们身上的异质。"80后"完全是在另一个知识系统中进行思维和言说的，他们自称"新新人类"。也就是说，"80后"这一代人虽然采用和我们一样的语言文字进行写作，但他们的语法关系以及所指与能指之间的对称关系已经悄悄发生了变化，因此最初很难被文坛以及社会所接受，但他们的作品受到同龄人的热烈欢迎。正处在青春活跃期的中学生却在几近机械化、模式化的学校生活中感到个性的极度压抑，青春的极度失落，于是同样也是学生的韩寒、郭敬明、张悦然等写作者，就成了他们的代言人。伴随着"80后"的活跃，是"青春文学"潮流的兴起。"青春文学"离不开市场的推动力，更多的情况下，是因为"青春文学"作为营销的标签，能在市场上获得更大的回报。但"青春文学"作为一个明确的概念，的确能够比较准确地界定年轻一代所写作的文学类型。可以说，"青春文学"既针对着文学的主体，也针对着文学的内容。也就是说，青春文学大致上是指处于青春期或刚刚度过青春期的年轻一代作家所写作的表现青春期生活的文学作品。这其实给文学研究提供了一个有益的启示，尽管青春文学是一个新的概念，以往的文学史中难以找到它的踪影,但这并不妨碍我们以青春文学的视角来回望文学走过的历程。因为青春文学的内涵包含着文学的共同性。

董之林是较早以青春文学作为切入点回望当代文学历史的。她在1998年曾写过一篇论文《论青春体小说——50年代小说艺术类型之一》,她把20世纪50年代初期的一些小说归纳为青春体小说,包括王蒙的《青春万岁》《组织部新来的青年人》、邓友梅的《春悬崖上》、刘绍棠的《田野落霞》、茹志鹃的《静静的产院》等,她认为:"青春体小说是特定历史年代的产物。它描摹了建国初期社会的青春风貌,也反映了这一时代赋予作家的诸种青春心态。"[1]董之林的分析很有道理,我以为她将20世纪50年代的一些小说界定为青春体小说,正是抓住了当代文学开创期的核心——青春心态。中国的当代文学就是首先由青春文学吹响进军号角的。青春,最早的含义是指春天,因为春季草木旺盛,其色青绿,所以将春天称为青春。春天是一年的开始,万象更新,象征着新的生命正在萌芽成长,所以青春又转喻为特指一个人的青年时期,青年时期往往被视为生命中最为美好的时光,因此,青春寓意着美好。当代文学是伴随着中华人民共和国的成立而诞生的,新中国就像是一个新的生命充满着青春朝气,这种青春朝气自然成为当代文学的底色。

我以为,青春文学可以使我们施展更多的想象,我们不妨将青春文学作为一个解答文学史方程式的常项。当我们将青春文学作为解答文学史方程式的常项时,就有必要对青春文学给予明确的界定。青春文学是指处在青春期的作家所写的反映青春成长的文学作品,不同的时代、不同的社会,对待青春的态度各不相同,青春在不同的时代和社会也有不同的表现形态,从而构成了青春文学的多姿多彩,因此青春文学可以作为观察一段历史时期的文学特点的视野,甚至可以作为判断一段历史时期的文学内涵的标尺。在青春文学中,我更看重叙事体,因为叙事体从反映青春与社会、与人的精神状态等方面的关系来说,更具有直观性。

中华人民共和国的成立,标志着中国共产党领导的革命斗争取得伟大的胜利,中国共产党成为执政党,一个新的时代来临了。中国共产党在领导革命斗争时就十分重视发挥文艺的作用,把文艺作为革命斗争的重要武器,建立新政权之后必然对于文艺有新的要求。在新中国成立前夕的1949年7月2日,第一届全国

---

[1] 董之林《论青春体小说——50年代小说艺术类型之一》,《文学评论》1998年第2期。

文学艺术工作者代表大会在北京召开，周扬在大会上作的主题报告就是以"新的人民的文艺"命名的，他宣告这是一个"伟大的开始"。[①]新政权的朝气蓬勃和社会普遍的欢欣鼓舞的情绪，激发起作家的创作热情，他们力图以自己的实践去翻开文学的新篇章。诗人何其芳写了诗歌《我们伟大的节日》，发表在《人民文学》1949年10月的创刊号上，率先以高亢的曲调唱出了颂歌的旋律。胡风的长诗《时间开始了》也写这一时期。长诗由"欢乐颂""光荣颂""青春曲""安魂曲""胜利颂"五个乐章组成，其主题就是赞颂人民共和国，赞颂共和国的领袖毛泽东。这些颂歌无疑洋溢着青春的气息。更重要的是，新中国的青春朝气鼓舞了一大批热爱文学的青年，他们内在生命的青春力与社会的青春朝气相互应合，当他们拿起笔进行文学创作时，内在生命的青春力获得最自然的表达。而他们的这种最自然的表达又恰如其分地印证时代精神。王蒙、路翎、宗璞、邓友梅、刘绍棠都是在新中国成立后成长起来的青年作家，他们的作品一方面自然而然地强烈地流露出他们内心的青春喜悦和青春自信，另一方面，他们又以青春的脚步去追赶时代的大潮，力图将自我融入时代大潮之中。从他们的作品中，我们可以体会到中国当代文学的青春文学是如何迈出它艰难的步履的。

　　青春文学有三个主题词：理想、爱情、自我。一般来说，青春文学是年轻人在青春期间创作的、以青春时代的生活为主要内容的文学类型。青春时代的特点是自我意识的觉醒，心理上处于叛逆期和独立期，因此自我在青春文学中是一个最重要的形象。青春时代也是对未来充满憧憬的时期，因此理想也是一个不可缺少的主题。青春更是爱情萌动的关键时刻，青年的情感往往以爱情的方式得以充分的迸发。王蒙在这一时期创作的长篇小说《青春万岁》典型地体现了青春文学的这一特点，也突出了青春文学的这三个主题词。小说反映的是新中国成立后的中学生的校园生活，写他们的课堂学习和业余爱好，写他们的友情，也写他们的烦恼，更写他们对问题的思考和争论，写他们在争论中心理逐渐走向成熟。小说一直写到他们中学毕业和分手，并相约几十年后再聚首。在王蒙的笔下，新中国成立后的中学生的生活是那么丰富、心情是那么阳光、青春是那么飞扬。这样一群天真活泼、青春洋溢的少男少女是那么真实形象地

[①] 周扬《新的人民的文艺》，《中华全国文学艺术工作者代表大会纪念文集》，新华书店1950年版。

从纸面上呼之欲出。小说的真实感首先在于这是作者情感和体验的真实写照。王蒙当时还不满二十岁，他离开中学生活才两三年的光景，中学毕业后他又在共和国的共青团部门工作，仍然与中学生保持着联系，《青春万岁》可以说是王蒙的在场写作，是自我情感的喷发，从这一点来看，王蒙写《青春万岁》的姿态完全就像是今天的"80后"们写青春文学，只不过青春的内涵不同，青春的表达方式不同而已。《青春万岁》典型地体现了中国当代文学诞生之初的朝气蓬勃的一面，具有不可替代的文学史意义，可惜的是，这部小说当时因种种原因未能出版，只是部分章节在《文汇报》和《北京日报》上连载，直到1982年才由人民文学出版社正式出版，而此刻的青春文学已经被规约为一种"乖孩子"式的青春文学了，丢失了青春文学的精髓。因此，从印证中国当代文学诞生之际的内在期待来看，王蒙的《青春万岁》可以说是绝唱。

之所以说《青春万岁》是绝唱，是因为青春文学在当代文学的开端就面临着强大的外力牵制。王蒙在写《青春万岁》时，青春的表现尚未与这种外力构成激烈的冲突，而大多数的青春文学都是在冲突中完成的。中国当代文学的青春文学是伴随着新中国的成立而诞生的，新中国的时代精神和时代要求作为一种强大的外力，牵制着、影响着青春文学的发展方向。以革命方式夺取政权的新中国执政者深深懂得将文学作为意识形态武器的重要性，因此在设计新中国的蓝图时，就顺理成章地将文学艺术作为其中的构件，这就决定了当代文学的组织性与合目的性。新中国的青春文学必然在两方面力量的牵制下孕育发展起来：一方面，新中国需要青春的激情；另一方面，青春的激情必须纳入新中国的组织性和合目的性的轨道之中。新中国的时代精神和时代要求是建立在集体主义和革命精神的基础之上的，它为整个社会设计了一个宏大的社会理想，这个宏大的社会理想要求自我服从大我。而革命的胜利使这个宏大的社会理想充满了诱惑力，吸引着青年，于是在他们的内心必然就导致一个自我与社会理想的紧张关系，自我一方面要顽强地争取更多的自由空间，另一方面，青年在时代精神和时代要求的感召下，又极力让自我融入宏大社会理想之中，他们在理性上宁愿牺牲自我，否定自我的正当要求。所幸的是，王蒙在写《青春万岁》时，自我与社会理想的紧张关系还没有处在尖锐的地步，特别是王蒙的个人生活经历给他造就了一个让青春相对自由飞翔的环境，二者的矛盾还没有展开，或者说自我能够在新中国的未来展望中找到自己的位置，于是青春获得了尽情释放。王蒙在今天回忆当年写《青春万岁》的情景时仍强调了这二者的和谐。他说:"我们的青春当时牛得水得了!我们喜欢唱的歌是'我们的青春像烈火般的鲜红,燃烧在充满荆棘的原野。我们的青春像海燕般的英勇,飞翔在暴风雨的天空'。那是什么样的青春啊?把自己的青春和中华人民共和国的青春完全结合了。现在回顾起来,我们又更加感觉到青春充满了激情,充满了力量,充满了理想,充满了浪漫,充满了献身的精神。"[1]但对于更多的年轻作家来说,特别是社会经历比较复杂的年轻作家来说,他们敏锐地感受到了青春的自由本质与社会的统一步调难以协调起来。如路翎的《洼地上的战役》就写到青年是如何压抑自己的爱情的。小说讲述一位志愿军战士王应洪深入前线,与朝鲜姑娘金圣姬之间发生的未被言说和无法实现的爱情故事。王应洪怀着眷恋和不安在后来的战争中牺牲了,这是一个悲剧性的爱情故事。作者试图表明,一方面是与美帝国主义的战斗;另一方面,我们的战士也以经历着精神世界里的战斗。作品中有一段情节是这样的:姑娘的爱情虽然没有被不解风情的王应洪感知,却被班长王顺和其他战士感觉到了。于是,王顺与王应洪有了一场艰难的谈话:在王顺那里,他十分矛盾和苦恼,一方面,他觉得军人纪律不允许王应洪沿着爱情的道路继续走下去;另一方面,他对金圣姬纯洁、赤诚的感情又深表同情。这其实也是路翎在"新的人民的文艺"面前无法廓清的思想犹疑。但路翎最终掐断了王应洪内心刚刚冒出来的青春嫩芽。尽管如此,这篇小说仍然遭到了激烈的批判。有的批评文章说:"作者无论怎样描写王应洪的勇敢和自我牺牲,描写王应洪牺牲以后金圣姬的坚毅和自持,但是由于作者立脚在个人温情主义上,用大力来渲染个人和集体——爱情和纪律的矛盾……是歪曲了士兵们的真实的精神和神圣的责任感,也是不能鼓舞人们勇敢前进,不能激发人们对战争胜利的坚强信心,不能照亮王应洪和他的战友,以及青年读者们的前进道路的。"[2]这种观点具有代表性,它表明了当时社会主流意识形态对青春的个人性和自由性和彻底不认同。《洼地上的战役》典型地说明了中国当代文学的青春文学在其起步时期的艰难性。当时的时代精神和时代要求从整体上说是与青春文学的主题相冲突的。

---

[1] 王蒙《青春万岁》,《中华读书报》2010年5月12日。
[2] 荒草《评路翎的两篇小说》,《文艺月报》,1954年9月号。

从1956年到1957年的上半年，中国文坛出现了一个"百花齐放"的短暂时期。青年的自我意识有了一个表达的机会，青年绝不会放弃这样的机会，因此在这一短暂时期，出现了一批有影响的张扬青春气息的文学作品，在这些作品中，青年作家们的个人化的意志和情感在创作中又若隐若现地流露出来。这突出表现在两个方面：一是大胆干预生活，面对社会问题表达自己的看法，对现实生活中一些不健康甚至阴暗的东西，如官僚主义、革命意志衰退、主观主义、教条主义、逢迎领导、欺压群众、强迫命令等进行了揭露、鞭挞、针砭和讽刺，具有批判的锋芒和积极的意义；二是长期被压抑的知识分子个人情感（也即一直遭批判的小资产阶级情调）得以释放，因此出现不少表现爱情或人情人性的小说。在大胆干预生活方面成就突出和影响最大的，是王蒙的《组织部新来的青年人》，这篇小说以年轻人林震的个人心理体验为视角展开理想激情和现实环境的冲突，表现了一个热情单纯、富有理想的青年共产党员的心路成长过程。王蒙创作这部短篇小说时才二十二岁，但已经是一个具有八年党龄的"少年布尔什维克"。他身为北京共青团市委干部，在这篇作品的许多地方留下了个人特有的社会阅历和思考的印迹，即在理想主义的陶醉中敏锐而朦胧地感受到一种潜藏在社会心脏部分的不和谐性。宗璞的《红豆》、邓友梅的《在悬崖上》则是表现爱情的代表性作品。《红豆》用追忆的方式叙述了女大学生江玫和学物理的男青年齐虹的爱情故事，其主题模式基本上是现代文学上曾经流行的"苦命+恋爱"的模式的沿袭，但作者的情感倾斜到江玫爱情的真诚上，让革命的结局一再延宕，将爱情写得缠绵不断。小说的价值正在于此，因为像这样深入心灵的爱情描写已经很少见了。但小说因为这一点而遭到严厉批判。

《百合花》最初发表于1958年《延河》第4期，是茹志鹃的代表作。作者用抒情的笔法，抒发了同志间的真挚友谊和异性间朦胧的爱恋，给残酷的战争和艰难的岁月留下了一缕美丽的温馨。《百合花》的清淡、精致、美丽，可以说正是青春本质在文学上的自然流露。但正是这种青春本质的自然流露，被人们看成是不合常规，很快招致批判，但时任文化部部长和中国作协主席的茅盾充分肯定了这篇小说，他在1958年第6期的《人民文学》上发表了《谈最近的短篇小说》一文，其中以两千多字的篇幅分析了《百合花》的思想性和艺术特色，他说："这是我最近读过的几千余短篇中间最使我满意也最使我感动的一篇。它是结构谨严、没有闲笔的短篇小说,但同时它又富于抒情诗的风味。"《人民文学》同时在这一期还破例转载了《百合花》。这不仅挽救了茹志鹃的文学创作,而且还酝酿起一种被称为"阴柔美"的艺术风格,并贯彻在五六十年代之交的文艺实践中,多少缓和了当时文学格局的单一化倾向。

新中国成立后始终坚持的一条革命化路线,是要求知识分子将自己改造成与工农兵相一致的头脑。这条路线体现在文学上就不可避免地要否定青春的书写。但青春是生命的重要表征,只要生命还存在,青春就遏制不住地要往外奔涌。自20世纪50年代之后,知识分子思想改造达到了极端的地步,知识分子作为一个主体几乎都失去了合法存在的空间。于是我们就看到青春文学采取了另一种表现方式,这就是由过去的知识分子青春书写转化为工农兵的青春书写。在这段时期里比较有影响的青春文学可以列举徐光耀的《小兵张嘎》、张天民的《路考》和任斌武的《开顶风船的角色》。徐光耀十三岁就参加了革命队伍,是典型的"少年布尔什维克",新中国成立后成了军队的一名专业作家,但他在1957年被打成"右派",开除党籍、军籍,剥夺军衔,降职降薪,遣送至河北保定的农场劳动改造。此时的徐光耀陷入人生最低谷,他一度绝望过。所幸的是,他遭受如此大的厄运时还比较年轻,也就三十岁出头,身上的青春气息还没有消失殆尽,这使他有了一股倔强劲,于是他在秘密状态下开始了写作。他选择的素材也是与青春有关的,他有丰富的军旅生活记忆,而此刻从他记忆库中跳出来的是赵县县大队两名机灵的小侦察员,他决心把这两位小英雄的事迹写出来,这就有了《小兵张嘎》。小说从1958年开始动笔,一个多月后,他同时完成了中篇小说《小兵张嘎》和同名电影剧本。电影于1963年公映。小说和电影分别获得第二次全国少年儿童文艺创作一等奖,小说后来相继被译成英、印、蒙、德、泰、阿拉伯、朝、塞尔维亚等文字。这篇小说塑造了一个聪明活泼又早熟的少年形象,成为儿童文学中一个难以超越的典型人物。《路考》和《开顶风船的角色》则得益于20世纪60年代初期文学界强调对文学新人的培养。张天民在中学时代就开始写作,以后进入中央电影局电影学校编剧班学习。《路考》发表时他还不到三十岁。任斌武在解放战争中加入中国人民解放军,新中国成立后在部队文工团等文艺部门工作,《开顶风船的角色》应该是他的成名作,此时他也就三十岁多一点。在倡导培养文学新人的口号下,1963年的《人民文学》接连几期专门选载了一些文学新人的作品,这两篇小说都是由《人民文学》以文学新人的名义推出来的。当时的《文艺报》副主编侯金镜特意为这些新人新作撰写评论文章，称这些作品"能从一个侧面使人感受到时代脉搏跳动的信息"，"证明我国的文学新人走的是一条多么健康、宽阔的道路"。侯金镜也特别看重《路考》和《开顶风船的角色》这两篇小说，他将其放到一起来评论，认为"这两篇可以说是近半年来新人新作中的拔尖作品"。更关键的是，这两篇作品的主人公都是年轻的工农兵形象，其主题也有些相似，都是写年轻人"正在经历着漫长人生途程的考试"（侯金镜语）。这一主题完全吻合了当时的政治气氛，成功地将青春纳入改造的话语系统之中，也就是说，为了保证无产阶级革命的纯洁性，不仅知识分子需要改造，而且年轻的工农兵一代因为缺少革命的磨炼，容易被资产阶级所腐蚀，因此也需要改造。这个时候，最具主动性的青春已经退化为被动性、规约性的征象了，青春是未开垦的处女地，但人们看重的不是这块处女地本身所蕴含的能量，而是强调要在这块处女地上种植什么样的植物才是合理与合法的。作为改造话语系统之中的青春文学，基本主题就是一个：培养革命接班人。《路考》和《开顶风船的角色》都是围绕如何培养革命接班人的主题而展开情节的。而这一时期的另一部长篇小说《大学春秋》则更加典型地体现了这一主题。小说中的一位大学领导人朱志刚的感慨也就是这部小说所要表达的内容，他目睹学生们的思想变化，感慨道："我们这一代青年，走什么样的道路，把自己培养成什么样的人，不仅关系到每个人的前途，而且关系到国家的命运。"《大学春秋》的两位作者康式昭和翟奎曾是20世纪50年代末期毕业的北京大学中文系学生，小说所反映的也是50年代大学生的生活，该小说于1964年在《收获》上发表了前半部，后来因为"文革"开始，后半部没有发出来，直到1982年，小说才由人民文学出版社完整出版。相比于王蒙的《青春万岁》，《大学春秋》里的年轻人更像是从革命观念的模子里注塑出来的人物，缺少了青春的灵动和自由，但是作者的情感是真诚的，因此小说客观真实地反映了20世纪60年代前后青春在社会文化氛围中的表现形态和表现方式。如果说《青春万岁》是新中国成立初期的青春标本的话，《大学春秋》则可以说是20世纪60年代的青春标本。

1966年，中国进入到"文革"时期，"文革"的极左政治路线对青春文学构成了更大的伤害。青春的主题在这样一个极端年代采取了一种极端的表现方式，如"文革"初期的红卫兵文学，是一种缺乏文明支撑的青春狂欢。到了

"文革"中后期，年轻人的狂欢遭到了现实的无情打击，在严峻的现实面前，年轻人开始了疑惑和沉思，青春文学逐渐有所露头。一方面，年轻人的疑惑在地下文学中得到充分的表现。地下文学的代表性作品《公开的情书》写于1972年，在"文革"期间以手抄本的形式流行。1979年刊登在杭州师范学院的学生刊物《我们》上，经过修改后，于1980年在《十月》第1期上公开发表。作者靳凡，女，原名刘青峰，出生于20世纪40年代中期，"文革"期间从北京大学毕业后分配到贵州某县城中学当教员，作者以她与爱人及朋友们的通信为素材，创作了这篇小说。作者以小说的方式非常真实地记录了有思想的年轻人在"文革"的政治高压状态下是如何表达自己的青春理想的。另一方面，"文革"后期随着极"左"路线在一定程度上的松动，不少年轻人获得创作的机会，虽然他们的创作受到严格的政治控制，但他们内心的青春本质仍能在缝隙中有所展现。比如新时期之初的知青文学代表性作家梁晓声在"文革"中下放到北大荒，在"文革"后期获得写作的机会，他在这一阶段写的《边疆的主人》虽然在主题上不可能超越"文革"期间的规约，但他仍以自己的文学才华展现了年轻人在当时特殊环境下的青春表达方式。

"文革"结束以后，中国当代文学迎来了一个崭新的发展时期，文学的自由空间得到不断拓展，青春文学也得到空前的发展。今天，青春就像是在晴朗天空下的一只自由精灵，青春文学也成为在市场上最受青睐的文学品种。但当我们被扑面而来的青春文学包围得几乎喘不过气来时，仍不应该忘记青春文学曾经走过了艰难开创期。中国当代文学的青春文学开创者们在吟唱"青春之歌"时，不得不带上反青春的音符。那时候他们何曾不想有一个让青春自由飞翔的年代。到了新世纪前后，"80后"作为年轻一代的新人，让青春文学成为一股强大的文学潮流，但它更多地打上了市场化的烙印，其青春的自由性和个人性仍大打折扣。五十年前，年轻的诗人穆旦为此曾写过一首名为《葬歌》的诗，他一方面感慨"历史打开了巨大的一页"，另一方面又悲观地质问："'希望'是不是骗我？／我怎能把一切抛下？／要是把'我'也失掉了，／哪儿去找温暖的家？"他是要为美丽的青春寻找到温暖的家。如果穆旦还活着，他会觉得青春在今天已经找到温暖的家了吗？恐怕也不一定。

2010年

从苦难主题看底层文学的深化

底层写作在这些年来得到了长足的发展，也引起社会的关注。特别是中短篇小说，底层生活成为一个重要的题材，翻检这几年的小说作品，可以发现，在当年比较有影响的作品中，底层文学占有相当大的比例。底层文学的兴起，也带来了文学批评的热闹，这些年来每每引起文学批评的热烈讨论的作品几乎都是底层小说。但有关底层文学的批评大多都是从社会学或政治思想角度来进行的，人们基本上注重的是底层文学所反映的社会内容和所表达的道德价值判断。很少有从文学性的角度对这些年的底层文学进行总结的。相反，倒一直有一种意见，认为底层文学缺乏文学性，缺乏艺术质量。这种意见持续地表达出来，以至于都成了一条真理，仿佛只要涉足于底层文学，你就不得不牺牲文学性，你就不能去讲究艺术质量。我听到有人这样去为底层文学辩解，说是底层文学反映的底层生活不可能是精致的，你能要求作家以精致的方式去表现吗？底层文学是粗糙的，粗糙恰是底层目前的处境。这样的辩解也许是为了反击有关底层文学缺乏艺术质量的批评，但毫无疑问，这样的反击不仅没有力量，而且反而击伤了自己。因为艺术质量不等同于精致，粗糙的风格同样会有艺术高下的区分，问题在于，如果底层文学是粗糙的，它是不是一种高度艺术化的粗糙。在所有的批评中，唯有一位来自台湾的作家，是坚定地为底层文学的艺术质量辩解，这位台湾作家就是陈映真。他是在内地文学界讨论《那儿》的时候表达他的不同意见的。他发现大陆的批评家在肯定《那儿》的思想价值时往往对其艺术水平评价不高，他认为这样一种批评思路其实是根源于对左翼文学的误解。由此他批评"大陆文学研究界——包括广泛的思想界，对于'左翼'、对于和马克思主义有关的东西，似乎普遍表现出明显又强烈的、病理意义上的过敏症。而事实上左翼文论自始就特别注重文学艺术的艺术性，强调文艺有其相对的自主性，要求更多表现上的民主和自由，反对左翼文学的刻板教条化，又力言革命的文艺要有'更多的莎士比亚'（艺术性），少一些席勒（教条和刻板化的意识形态）。既然大家似乎忘了这些左翼文论先行者的反思与叮咛，则借着细读《那儿》后的议论中重新温故以知新，也不是无益吧。"

陈映真说是温故以知新，其实对于我们大多数批评家来说，这个"故"也是不存在的。因为当年左翼文学在艺术上的追求从一开始就被一个意识形态的屏障遮蔽着。这个屏障直到今天还在起到遮蔽的作用。这影响到我们如何评价那些直接面对现实社会问题的作品。倒是对先锋文学充满热情的批评家陈晓明敏锐地觉察到左翼传统的艺术价值，他说："左翼文学唤起的不只是一种立场和态度，更重要的是它建立起的艺术法则，它确立的情感和审美趣味，他给定文学的价值和功用，这些都是中国当代文学共同体所熟悉的，它们经常被划归在笼统而冠冕堂皇的现实主义名下。而且大的理论批评语境、在大学流行的话语体系都与左翼传统并行不悖，这都使'后左翼'文学的生命花样翻新而源远流长。"[1]我想，陈晓明大概也把这些年的底层文学归入他所界定的"后左翼"文学的范围内，我非常赞同陈晓明的分析。这段话不仅指出了底层文学与左翼文学在文学精神上的某种内在一致性，而且提供了一个解读当下的底层文学的正确姿态。对于直面现实的底层文学，我们往往以一种拘谨的现实主义方法进行解读，这样也许能够强调小说的真实性力度，却看不到它们在艺术法则上的"花样翻新"。被我们纳入到底层文学视野的小说基本上都是以现实主义的手法进行创作的，底层小说在文学主题方面有所深化，就是一个值得我们认真总结的文学性问题。

我想着重谈谈底层小说中的苦难主题。苦难主题可以说像爱情主题一样是文学的一个永恒主题。因为苦难是人类成长史的见证，是人的生命史的见证。苦难是一个带有浓厚宗教色彩和哲学意味的词语，各种宗教和哲学都力图从苦难的价值和意义层面解释苦难和超越苦难，以拯救在苦难中挣扎的芸芸众生。比如基督教提倡原罪说，认为人与生俱来有罪，苦难相伴人生，人类经历苦难

---

[1] 陈晓明《不死的纯文学》，137—138页，北京大学出版社2007年版。

是自我拯救的必要手段。佛教则宣扬来世，认为现世是一个苦海无边的俗世，你无法摆脱今世的苦难，只能修福获得来世的幸福。宗教强调受难的道德价值，从而赋予苦难以精神的意义。宗教对待苦难的姿态无疑影响了文学注视苦难的眼光，但文学中的苦难主题比宗教对苦难的阐释更具有灵魂的震撼力。现代文学第一次从现代性的意义上深化了苦难主题，作家通过苦难追问民族和国家的命运。在这方面左翼文学起到了举足轻重的作用，左翼文学的作用在于它把这种追问与普通民众密切以及现实民生联系了起来。左翼文学的创造后来被命名为"人民性"，并在政治思想层面做了过度的阐释，从此苦难成为人民的身份证，苦难在文学叙述中的功能也就发生了变异，变成了一种炫耀的资本，也变成了一种道德上的特权。知识分子为了获得这种过度阐释的"人民性"，就必须向苦难表示亲热和献媚，这样反而抹杀了左翼文学对苦难追问的精神价值。新时期文学可以说是以叙述苦难的方式开始的，但新时期文学中的苦难书写带有传奇化和美化的特点，从而打造了一个知识分子受难英雄的神话。书写历史的苦难是为了躲避现实的苦难，从而解脱了知识分子的历史责任；书写人民的苦难是为了证明知识分子的正确性，把苦难与民族、国家意志等宏大叙事等同起来，从而否认了个人苦难的意义。

新世纪以来底层文学中的苦难主题明显超越了新时期的文学。在底层文学中自然也有沿着新时期思路的作品，但总的来说，在底层写作中有一股强大的平民精神，它促使作家放下虚幻的知识分子架子，以平等的姿态走进人民的生活之中。这样就使苦难叙述超越了意识形态的约束，而接续起了左翼文学对于现代性的精神追问。陈应松被看成是底层写作的代表性作家，在他的神农架系列小说中，陈应松的叙述始终围绕着鄂西北贫瘠山区农民的苦难进行。作者非常沉重地袒露了真实的生活场景，有些故事简直闻所未闻。作者似乎特别偏爱那些极端的情节，它造成一种情感上的残酷。从这样的叙述中我们能感到作者对苦难的震惊，从这种震惊中传达出他对现实的强烈批判精神。但作者并没有止于震惊，更重要的是他被苦难中搏斗的精神所震撼。恰是这种震撼，使小说超越了一般的问题小说。在对现实批判之外，作者还有更深的精神追问。苦难叙述在陈应松的小说里不仅是一个现实性的主题，也是一个超现实的主题。作者从苦难中看到了生命经历着生与死的厮杀，看到了生命的创造力如何得到淋漓尽致的发挥。在他的小说中明显地感觉了这样一些意象：死亡、绝境中的重生，理想愿望的极限表达，凶杀，残酷，等等。归结为一点，在严酷的生存环境中，坚持实际上是人们一个很重要的武器。在神农架生存，不仅要拿起获取物质的武器，更重要的是必须要有精神的力量。陈应松更关注的就是这种人文的精神性，也因此在作品中带来了一种不可思议的非现实的、超现实的东西。神农架的苦难生存也创造了荒诞、魔幻、超现实、妄想，这为陈应松的沉重叙述带来了难得的灵动，如在《望粮山》这篇小说中所描述的天边的幻景，有人看到了一片麦子，有人看到是自己的亲娘，精神的东西就依托在天边了。

但我们往往忽视了苦难叙述中的超现实的东西，这主要可能与我们的阅读期待有关。我们阅读反映底层生活的小说时，一般都是抱着一种社会学的期待，把小说当成一种纯粹的揭露社会真相的文本，我们会被小说中的苦难叙述所感动，会唤起道德良知，对社会不公表示义愤。但毫无疑问，优秀的小说绝不仅仅是批判现实的武器，它还有更深远的精神诉求，而且这二者并不矛盾，因为更深远的精神诉求将使得小说的批判性更为恒久。我们在评价底层文学时往往会陷入一种自相矛盾的窘境之中，一方面我们反对那种认为凡是写底层生活的作品都是粗糙的观点，另一方面我们又指责有人以纯文学的要求来要求底层文学。我以为，既然我们相信底层文学在艺术上不是粗糙的，就不怕人们从纯文学的角度来挑剔。所谓纯文学，应该是指以文学性为第一旨归的文学创作，纯文学并不意味着不食人间烟火、与现实生活经验毫无关系。所以我们应该理直气壮地强调底层文学的文学性，而且应该看到，底层文学的文学性追求也是对纯文学的补充和发展。底层文学在苦难主题上所体现出的富有现实性的精神追问，就是最典型的文学性表达。多年以前，我读到北北的《寻找妻子古菜花》时不禁心情激动万分。那时候社会普遍流传着文学堕落了、文学死去了的说法，但我从这篇小说中读到了寻找的执着精神。小说讲述了一个农民寻找幸福的故事，但它并不是将我们带向世俗的幸福，寻找显然被赋予一种寓意，我把它理解为对文学精神的苦苦寻找。有寻找就必然有坚守，只有内心坚守着某种信念，才会在现实中不放弃寻找的努力。小说的人物关系构成了一次非常有意味的精神互访。李富贵是寻找者，他寻找自己的城市身份的妻子古菜花，却无视真正爱他的奈月。奈月才是一个顽强的坚守者，她虽然矮小、平庸，却自尊、自信，在苦难和无望的生活中始终坚守着自己的理想和爱情。李富贵的寻找虽然锲而不舍，令人感动，但他的精神是迷茫的，他缺乏清晰的坚守，他对奈月的无视和拒绝反映了他精神信念上的迷茫。我们未尝不可以将这种人物关系看作是当代社会精神现状的一种比拟。奈月这个人物其实是超现实的。现实中的奈月也许会被无边无尽的苦难所吞没，但作者跳出现实生活的苦难叙述，让奈月以一种超现实的方式与苦难的现实抗争，甚至当她发现她所爱的人不是她理想中的爱人（小说以身体难看的赘肉暗喻）时，她可以毅然离开他，而成为一名真正的寻找者。奈月是一个悲剧性人物，也是一个小人物，但她的悲剧性是一种具有爆发力的悲剧性。从苦难主题的发展来看，奈月的形象是有意义的。在现代文学的发轫期，作家们在苦难叙述中表达出强烈的现代性焦虑，所以通过苦难叙述也揭示出民族的劣根性，正如鲁迅先生出于"哀其不幸，怒其不争"而塑造了阿Q形象，他对阿Q的哀和怒，无不笼罩在无情批判的阴影之下。今天，我们也许仍需要卑琐的阿Q来激起民众的批判勇气，但我以为，我们更缺乏像奈月这样的形象，她传递了我们民族本性中生命延伸的信息，她唤醒读者的慈爱之心和悲悯情怀，也使读者有了敬畏和仰慕的觉悟。

　　精神追问深化了苦难主题，它也许把我们带到一个光明的理想境界，也许带到一个精神乌托邦，也许让我们感受到一种宗教般的虚幻，这样的结果也许离现实太远，也许会令很多人质疑，但重要的是它的追问姿态也许会激发读者继续追问一下，它让精神追问像大雾一样弥漫开去，我们的精神空间也会随之无限扩张。李约热是广西的一位年轻作家，他从贫困的乡村走出来，他的写作也鲜明地印记着家乡的苦难图景，但他的叙述从来都没有因为苦难而变得冷峻和沉重，反而充满了浪漫的气息。他写过一篇叫《李壮回家》的小说。李壮这个贫困乡村的小学教师，不满足于浑浑噩噩的生活，也不甘于被世俗的权势所击倒，他把理想寄存在远方，终于有一天他宣布他要到北京去，因为他的文章被北京采用了。这不过是他的一个谎言，但这个谎言是由他的理想装扮成的，它看上去是美丽的，会给他一种心理的幻觉，美丽的谎言使他摆脱现实的困扰。但谎言再美丽也是虚幻的，它不能真正地指引李壮寻找到理想的家园，最终就有了李壮回家的举动。李壮回家的经历其实暗合着作者本人寻求精神世界的心路，也让我们感觉到在底层写作中，许多作家对待理想的态度，这就是必须让理想回到现实，否则我们只能让心灵生活在彼岸。这恰是李壮回家这个情节的意义。也许对这个情节我们可以做出截然相反的解读，比方说，我们可以认为，李壮最终的回家不过是表明了他寻求理想的行动彻底失败，他不得不回到现实中来。但必须看到，李壮怀揣的理想不过是一个美丽的谎言，不可能引领他的精神飞升。然而李壮也只有通过这么一次逃离现实的冒险，才能从美丽的谎言中走出来。所以当他往回家的路上走去时，他显然对理想和现实都有了新的体认。李约热很聪明地用虚写的方式叙述李壮的出走，是什么原因什么遭遇让李壮回家，读者尽可以去想象，也许对理想抱有不同理解的读者会想象出不同的遭遇，因而小说的意象更加丰富的理想主题的内涵。那么，回家的李壮就真能在现实中找到自己的理想吗？小说并没有提供一个肯定的答案。这是对的，事实上，关于理想与现实的关系本来就应该具有多种可能性。问题在于，现实也在发生着变化，这种变化是拉拢我们与理想的距离还是疏远我们与理想的距离呢？也许很难预料。小说中的李壮当他再次回家时，家园已经变成了废墟。这多像一个充满哲理的寓意：在回家的路上我们丢失了家园。我以为这是李约热最为精彩的一笔。事实上，生活在现实中的哪怕很平庸的人也有着对理想的向往，就像李壮的爹爹和兄弟，以及他们的朋友，我以为这几个普通的小人物都写得非常有感染力。李壮没有他们的支持，就没有追寻理想的勇气。而对于李壮来说，他回到家园，也就是回到他们中间。可是当他懂得了他们的价值，他要把理想种植在他们身上时，他却无家可归了。李约热在这篇小说的结尾再一次留下一个疑问，丢失家园的李壮还会到哪里去寻找他的理想呢？这种疑问恰恰也表现了李约热的执着，他在执着地寻找。

  对于底层文学中的苦难主题，我们还可以举出更多的作品来看当代的作家是如何在文学性上有所创新有所突破的。比如苦难主题的风格化就很值得一谈。王祥夫在反映底层生活方面就是一个风格非常鲜明的作家。重要的是，他的风格体现了他的世界观。我以为他的世界观是以一种严峻的、冷酷的态度看透人的心灵。《尖叫》鲜明地体现了王祥夫的这一风格，这篇小说让我联想起德国表现主义画家蒙克的代表作《号叫》，看到画面上那个站在桥边上惊恐万状的女人，仿佛就能听到这女人的号叫声。同样在王祥夫的这篇小说里，当我读到米香在万般无奈之下而发出尖叫时，眼前分明就出现一张扭曲变形的面孔。我以为王祥夫就是当代中国作家中的蒙克，他的叙述带有强烈的、不和谐的色彩，给人一种惊悚、战栗的情感刺激，以这样的叙述来展示底层人民的生活，确实会有独特的艺术效果。迟子建是另一种风格，她的温馨和体贴就像是阳春三月的阳光，柔和而又温暖。大概因为她的温馨风格，以至于很多人讨论底层文学的苦难叙述时，从来不把迟子建的小说纳入视野范围。这些人一定认为苦难只能与痛苦、仇恨、悲悯相干。但迟子建的许多小说不就是写的底层生活，不就是一些底层的小人物吗？她虽然没有去渲染苦难的残酷性，但她并不回避苦难。当然在她的叙述中同样向我们传达了作者自己的世界观，以一种女性的细腻和积极的姿态去捕捉生活中每一缕阳光的世界观，她由此带给我们一种新的审美场景。从这两位作家在苦难叙述上的风格迥异的描述中，足可以回应陈晓明所说的"花样翻新"。当然，对于大量的底层文学作品来说，风格化还是非常欠缺的。

总之，底层文学不仅仅具有社会学意义，而且具有美学意义，它的批判性是与其文学性相辅相成的。从这个角度说，底层文学写作的发展空间还非常大。

2007年

意义、价值和蜕变
——关于打工文学以及王十月的写作

深圳早在二十多年前就出现了"打工文学"。1984年第3期的《特区文学》发表了林坚的小说《夜晚，在海边有一个人》，林坚当时就是从内地来深圳的打工仔，这篇小说被认为是全国公开发表的第一篇"打工文学"作品。当然，正式提出"打工文学"这一口号则是稍后的事情，但即使这样，我们也可以说，打工文学几乎是和打工现象同时诞生的。今天，我们会觉得这是理所当然的事情，是应该如此的结果。但在我看来，这反映了深圳文学界的思想勇气和精神立场。

打工现象是中国改革开放以后出现的新现象，它首先产生在改革开放的前沿，深圳是改革开放的前沿之一，领改革风气之先，但当时改革开放走在前面的不止深圳，打工现象不仅在深圳存在。更为重要的是，深圳作为一个在改革开放中崛起的新城市，它更凸显的形象应该是国际化、都市化、现代化，"新都市文学"作为一个文学口号，也许就让人感觉到更能体现深圳的这一形象特征。的确，深圳也曾倡导过"新都市文学"，但最终成为深圳品牌的还是"打工文学"。为什么说这体现了深圳文学界的思想勇气和政治立场呢？因为相比较"新都市文学"和"打工文学"这两个概念，"新都市文学"寓意着现代、超前、时尚、高贵，而"打工文学"则让人们想到卑贱、底层、歧视等字眼。但深圳文学界不遗余力地提倡打工文学，他们花在这上面的热情和精力显然要比"新都市文学"多得多，他们选择了卑贱而放弃了高贵，就在于他们一定是感觉到了，打工文学的内涵更能体现中国现代化的特色，更具有独特性。这就是一种思想勇气。因此，我们只有从中国现代化的特色、从中国社会改革的特殊性出发，才能更准确地理解到打工文学的意义和价值。

如果把打工文学仅仅理解为打工者的文学，理解为反映打工生活的文学，那么就可以说自从资产阶级工业革命以来，就有了打工文学。从一定意义上说，《国际歌》就是"打工文学"，它的作者欧仁·鲍狄埃就是一位"打工诗人"。列宁称他为"工人诗人"。鲍狄埃出身工人家庭，十几岁就当童工，干过木工、印花布图案画师等多种工作，他的第一首诗《自由万岁》就是他十四岁时写出来的，那时候他还是工厂里的一名童工。当然他后来成为工人运动活动家、政治家，但他的工人身份并没有改变。他写《国际歌》是在巴黎公社革命失败之后。巴黎公社革命时，他一直参加街垒斗争，失败后他躲在一名工人家的阁楼上，在阁楼上写下了这首著名的诗篇，诗名就叫"国际（International）"。为其谱上曲子在世界传唱则是在他去世之后的事情。当然，欧仁·鲍狄埃的打工与今天在中国改革开放后的企业里的打工有很大的不同，这就涉及中国现代化的特色。

中国社会的现代化的全面实行是以由计划经济向市场经济转轨为标志的。但是，中国的市场经济是在社会主义体制的框架内展开的，这是中国社会的本质特征。事实上，中国并不是以市场经济全面取代计划经济，而是两种经济体制的并行交织。有的社会学家将这种社会形态称为"新二元社会"。我这里引用的是著名社会学家刘平的观点。他认为，计划经济体制对于中国而言，并不是一种即将被否弃的、负面的体制结构，它与市场经济体制并存于中国社会，至今仍在现代化运动中发挥着作用，因此相对于城市和农村的老二元社会而言，他将中国社会界定为"新二元社会"，他说："市场化改革以来，建立在计划经济基础上的单位制社会与市场经济社会之间的关系（亦可理解为体制内社会和体制外社会），已不是后者渐进地取代前者，而是前者以局部地区和行业为依托形成与后者的相持、渗透和互动。两种社会机制的并存和互动，以及两种社会机制在不同地区的非平衡状况对中国社会的影响，是二十多年来最有普遍意义的社会事实，这种普遍性当中已包含了当下中国社会结构的最主要的特征。"[①]刘平的见解应该说切中了中国社会特殊性的关键。这也就意味着，当我

---

① 刘平《新二元社会与中国社会转型研究》，《中国社会科学》2007年第1期。

们追问种种社会现象时，不要简单地把一切都归结为城乡的矛盾，不要简单地以为现代性造成的负面问题仅仅是建立在农业文明基础上的古典精神的丧失。这就是说，我们面对的不是一个纯粹的市场经济社会，而是计划经济与市场经济结合为一体的"新二元社会"。计划经济是建立在集权体制基础之上的，市场经济是建立在自由竞争的体制的基础之上的，我以为，刘平所说的体制内社会和体制外社会也可以解释为集权化体制和市场化体制。集权化体制的权力至上与市场化体制的金钱至上只有相互妥协才能结合为一体，这就造成了市场竞争的自由性与等级身份的不平等性和谐统一在一起运行不悖。打工文学的主体——农民工突出地体现了这一特征。一方面，他们在自由竞争的大潮里拼搏；另一方面又有一根身份的绳索套在他们的脖子上限制了他们的自由搏击，体制决定了他们的归宿在农村，而不是他们为之流汗出力的城市。这就是集权化体制与市场化体制合谋的结果，这使得他们迥异于以前的打工者，包括西方资本主义原始积累时期失去土地到城里打工的农民，包括中国20世纪二三十年代民族工业兴起时的大量农民工。作家尤凤伟曾写过农民工生活的小说《泥鳅》，他对这种区别深有感触，他说："我的父亲在新中国成立前离开村子到大连当了店员（也是外出打工）。但那时候的情况与现在迥然不同，我父亲从放下铺盖卷那一刻起就成为一个城里人，无论实际上还是感觉上都和城里人没有区别。而现在乡下人哪怕在城里干上十年八年，仍然还是个农民工。"农民工是在集权化体制和市场化体制的夹缝中生存的特殊群体，他们的生存困境，以及心理压力和精神焦虑，都是其他的群体难以体会到的。而打工文学将这一切真实地记录了下来。"我待在深圳／这与一匹羊或一头牛待在深圳／没有区别"（谢湘南《待着》），"身体是城市的身体／灵魂是乡下的灵魂／我空成两片蚌壳／向城市敞开胸怀／我的青春、血肉／一生中的精华部分／没有变成黑土地上的一颗土／已经成了万丈高楼里的一粒沙"（屏子《在城市里嗑着瓜子》）（注：以上打工诗歌引自柳冬妩《打工：一个沧桑的词》，《天涯》2006年第2期），屈辱、怨恨、忍耐、顽强、倔强，是弥漫在打工文学中的主调。

也许这就是中国现代化进程中无法回避的经历，打工文学真实记录了这段经历，它使以后的历史建构者不敢随意地将这段历史乔装打扮。打工文学是与中国的"新二元社会"形态密切联系在一起的。新二元社会体现为集权体制与市场体制的矛盾统一，这种矛盾并没有取代传统的城乡矛盾，但它将城乡冲突凝固化，给城乡冲突的转化设置了重重障碍。这一特点典型地体现在农民工身上。他们即使深深地陷入城市困境之中，也无法摆脱城乡冲突带给他们的影响，因此这就决定了他们的乡村立场，决定了乡村精神成为他们的基本思想资源。我想在这里将打工诗歌与一位下岗工人的诗歌稍加比较，也说明打工文学的这一精神特性。河南安阳有一位下岗工人王学忠，十几岁就进了工厂当工人，1996年他所在的工厂倒闭，他的妻子是纺织工人，也下岗了，夫妻俩就开了一个小摊卖鞋。王学忠从小喜欢诗歌，下岗了仍写诗歌，据说写了三千来首，被称为"工人诗人"。毫无疑问，这里所说的"工人"应该是传统意义上的工人，是作为一个阶级而存在的工人，工人阶级曾被认为是最具有革命精神和集体主义精神的、胸怀最为宽广的先进阶级。我想，在王学忠的诗中我们是能够读到工人阶级的内涵的。他在诗中这样写下岗工人："将他们组织起来／让沸腾的血成为力／让燃烧的火变成钢／便是一支能够移山填海的力量！""他们才是真正的金子哟／一生任劳任怨／无论用在哪里都闪闪发亮！"（《然而，我不属于下岗工人》）而在这样的诗句中："撸起袖子抡锤／下岗，蹬着三轮贩梨／小康不小康没啥／只是眼睁睁瞅着／那大把的银子滚入贪官着急"，我们感到的是一个工人在绝境中仍不失宽广胸怀，作为工人，他们总会想到他们是一个整体，所以王学忠说"落架的凤凰不如鸡／那是懦夫的见识／今天的工人兄弟／跌倒了再爬起／揩干血迹照样顶天立地（《工人兄弟》）"。显然，这样的意象在打工诗歌中并不多见。但是，我们也会感到，王学忠诗中的理想主要还是复制了过去的理想，这多少在用过去理想的虚幻性来缓解今天生活的残酷性。相对而言，打工文学中的诗歌就很少出现类似于王学忠笔下的激昂的理想的调子。打工诗歌中的形象基本上也是个人形象，很少像王学忠那样，吟唱的是工人群体的形象。但只要想想，今天的农民工是在集权体制与市场体制的夹缝中生存，是缺乏组织的散沙，那么要求他们的文学出现激昂、理想和群体等因素就显得不切实际了。然而也正是这种特点，决定了打工文学与现实和大地贴得更紧，触及中国当代社会最致命的伤痛。就像郑小琼的诗所写的："再一次说到打工这个词　泪水流下／它不再是居住在　干净的　诗意的大地／在这个词中生活　你必须承受失业　求救　奔波，驱逐，失眠　还有打着虚假幌子／进行掠夺的治安队员　查房了　查房了／三更的尖叫　和一些耻辱的疼痛"（郑小琼《打工，一个沧桑的词》）。我在这里做这样的比较，就是要强调，打工文学是中国特色的产物。反过来说，中国特色又在打工文学中得到生动的说明。我们常说，文学是一个时代的镜子，那么，如果当代文学缺乏了打工文学，我们就会感到对这个时代的反映有所欠缺。

另外，我们也应该注意到深圳提倡打工文学所体现出的精神立场。这是一种平民的立场，一种呼唤平等和正义的立场。在这种精神立场里，有一种传统精神的延伸。过去，我们也有过与打工文学相类似的文学口号，这就是工人文学、工农兵文学。这些口号都可以归结为对人民性的肯定，对人民当家做主的肯定。但毋庸讳言，在以往的历史中，人民性被扭曲、被阉割。所幸的是，在深圳人的意识里，人民性的真谛逐渐得到恢复，因此，打工文学成为实至名归的人民的文学。

以上是从社会学层面、从作品思想内涵的层面来讨论打工文学的意义的。那么，从文学本体出发，打工文学有什么实际意义呢？打工文学的意义不在于它反映了打工现象，反映了打工者的生存状态，道出了打工者的心声。如果仅仅如此，打工文学顶多是当今的体现人民性的文学。任何一个时代都会有体现人民性的文学。打工文学的意义就在于打工不仅仅是宾语，而且首先必须是主语。打工作为宾语，无非就是说文学描写的对象是打工，但打工作为主语，则意味着是由打工者自己来描写打工，意味着文学是从打工者的头脑中产生的。另一方面，还必须看到打工文学中的主语是主动式的主语，不是被动式的主语。这就是说，作为主语的打工者，他们在文学中说话不是在被动的状态下说的，不是服从于某种话语权威而说的；他们是主动地说出自己的声音，表达自己的意志和情感。这才决定了打工文学的价值。在关于底层叙述的讨论中，有一种观点似乎得到多数人的认可，这就是质疑底层叙述的真实性，认为底层是社会中"沉默的大多数"，在社会的版图中没有话语权，不可能发出自己的声音，而所谓的底层叙述，不过是代言者的一厢情愿而已，说出的只是知识分子的话，并不能代表底层。我并不想就这种观点本身进行讨论，而是想说，至少打工文学是"沉默的大多数"发出自己声音的一种渠道。这就是打工文学最大的价值。

打工文学的意义当然不仅仅在于它所提供的独特经验，还在于它以这些独特的经验搭建起一个坚实的文学世界。不应该带着偏见贬低打工文学的文学意义。郑小琼是打工诗人中的代表，她的诗歌让我们信服。但我更为看重打工文学中的小说写作。因为小说更依赖于文学的技巧性和工艺性。"愤怒出诗人",从一个侧面说明了诗歌与情感的直接关系,一个人感情不可遏止时,流出来可能就是诗。但小说必须掌握叙述技法,才能成为小说。也许最初的打工文学中的小说主要凭借新鲜、独特的生活经验,弥补了小说叙述技法上的不足,但打工文学中的小说若要在文学上站稳脚跟,显然就不能满足于直接的经验表达,而要在技法上努力。王十月的意义就在于,他是打工文学中的小说代表,他的小说同样让我们信服。

但是我们也许会发问,王十月还算一名打工文学作家吗?王十月是湖北荆州的农民,1994年外出打工,在时装公司干过手绘师、市场部经理,他的文学才华早在他打工时期就被老板赏识,所以他在广东一公司打工时,曾被任命为厂刊主编。而他进行自己的文学创作则是后来的事情了。从2004年起,他辞去所有的工作,成为一名职业写作者,从身份上说,就完全不是一般意义上的打工者了。更重要的是,他在小说中也不是专门给我们讲述打工者的生活。的确,若从狭窄的角度来理解打工文学的话,王十月就不再是打工文学作家了,尽管他曾经写过狭窄意义上的打工文学。我以为,王十月虽然从生存方式上说离开了打工者的世界,但他的精神并没有离开打工者的世界。他不过是由躯体的打工,改为头脑的打工。在王十月这里,打工文学发生了一次蜕变,蜕变之前,打工大于文学,打工统领着文学;蜕变之后,文学大于打工,文学溶解了打工。对于打工文学作家来说,这种蜕变是必须来到的。从一定意义上说,打工文学是漂泊的文学,打工文学的诉说主体和诉说对象构成同一性,他们都是城市的漂泊者。他们来自乡村,但乡村通往城市的道路是一条单行线,是一条不归路。他们曾经把理想和未来寄托在城市,但他们艰难地进入城市后,却发现这里没有他们的容身之地,他们只能在城市漂泊,在漂泊中寻觅。当然,严格来说,城市接纳了他们的身体,只是不接纳他们的精神。另一方面,他们来到城市,尽管城市不是他们理想中的城市,但他们的身体会认同城市的物质和欲望,只不过他们的精神难以融入城市的精神之中。这就造成了他们的"身首分离",欲望的身体在城市挣扎,而精神的灵魂在城市上空飘荡,也许大多数时间里这精神的灵魂就飘回到了故乡,贴在乡村的土地上徘徊。于是一些打工者选择了文学,选择文学其实是为飘荡的精神灵魂选择一个安妥之处。从打工文学中,我们可以感受到,在那些现实生存困境的叙述背后,其实有一个与现实欲望游离的精神灵魂若隐若现。当然，打工者最初选择文学，多半都是从表达直接的生活经验入手的，但呈露生活真相并不是他们的内心目的，内心的目的是寻求灵魂的安妥。渐渐地，在他们的写作中，文学的空间越来越扩张，到了这个时候，对于打工文学的作家来说，写什么已经非常不重要了，重要的是怎么写，因为从精神脉络上他们与过去的打工叙述是相连的。相对而言，在打工文学的群体中，王十月的这种蜕变来到更为彻底，也更为出色。这一方面应该与他本人的才华和个性有关，另一方面，也与他的写作从一开始就存在着两个文学世界有关。

王十月有两个文学世界，一个是"31区"，一个是"烟村"，两个世界的交织和互补，这才构成了王十月的独特性。他最早进行写作时，就是两类作品交叉着进行，一类来自他的"31区"文学世界，这是写城市打工亲历的作品；一类来自"烟村"文学世界，这是写乡村生活记忆的作品。前者是一种冷色调，后者是一种暖色调。前者是一种现在时的时间叙述，后者是一种过去时的时间叙述。两类作品有着鲜明的风格差异。这突出反映出他当时的"身首分离"状态。他在不断地写作，也在不断地扩充自己的文学世界，更重要的是，他的两个文学世界逐渐汇合到一起，成为一个超强的文学世界，这个超强的文学世界足以压抑、抵制他的现实生活世界，于是他在现实生活世界里分离的身首就可以在文学世界里重新融为一体。他的长篇小说《31区》体现出他在蜕变之后的精神状态。这部作品有着强烈的色调感，充满刺激性的如同夏天正午的阳光，与阴沉潮湿的让人心情压抑的灰色，这两种截然对立的色调并置在一起。这的确让我们想起了野兽派的绘画。我记得王十月曾把他的小说命名为"野兽主义：31区"，可见他在内心里一定有面对野兽派粗犷、鲜明色块时相通的感受。以马蒂斯为代表的野兽派不满于精致的、忠实于大自然的绘画，他们从颜料管里挤出色彩直接涂抹在画布上，形成视觉感极其鲜明的风格。对于画家来说，当时更需要做的，不是描摹大自然的真实图像，而是宣泄内心的情感。从颜料管里直接挤出来的颜色最恰当地表现了他们的情感。王十月可以说是用与野兽派相同的方法写了《31区》的，只不过他不是从颜料管里直接挤出颜色，而是从记忆库里直接挤出由生活触发出来的主观意象。这种主观意象不是对生活的直接描述，却表达了作者对于生活的爱憎情感和道义色彩。其实，王十月的小说有一个总的意象，这个意象就是"城市丛林中的食草动物"。这个词是王十月自己说的。他看电视中的动物节目，看到那些食草动物为提防猛兽的神情，就突然发现："我们这些打工者，其实就是草原上的那些食草动物。"因为打工者也像那些食草动物一样，身处一个恶劣的生存环境，身边埋伏着众多凶残的食肉动物。从"城市丛林中的食草动物"这一意象，我们就能清晰地将王十月以前所写的《出租屋里的磨刀声》（2001）、《战栗》（2004）、《烂尾楼》（2005）、《文身》（2006）等反映打工者生活的作品与《31区》连在一起，看到它们之间贯穿着的一脉相承的精神。所以，《31区》这部长篇小说虽然没有直接写打工生活，但它显然是打工文学的延伸。这是一部充满象征性的意象小说。小说中的主人公，那位可爱而又可怜的盲女玻璃，与其说这是王十月塑造的一个人物形象，不如说是他将内心的意象形象化了，他通过玻璃袒露他"如此敏感而又脆弱的"的内心（王十月语）。毫无疑问，"城市丛林中的食草动物"这一意象大大丰富了王十月的文学世界，也让王十月的文学世界变得更加具有独特性，这个文学世界是属于天下所有的打工者的，它是打工者安妥游荡着的灵魂的精神园地。

　　但是，哪怕王十月的写作中仍然充满了打工的印象，仍然依凭着打工生活的体验，这还是不能证明王十月现在还能算是一位严格意义上的"打工文学"作家，因为打工文学之所以具有独特存在的价值，就在于它对写作主体的身份有严格的限制，它必须是打工者写的文学作品，这是一种在场的写作，是一种自我倾诉的写作；这也是它与如今广泛流行的底层文学相比最根本的区别。当王十月成为一名职业写作者时，他就远离了打工的现场，即使他还可以书写打工，但显然不是一种即时的打工生活体验的倾诉和打工生活情感的宣泄了，这样一来，他就由打工者的自我倾诉的身份变成了底层文学的代言者身份。王十月向我们展示了打工文学的蜕变过程，而且在我看来，这种蜕变应该是打工文学的正当路径。

当代性与文学性
——关于历史小说写作

历史意识的更新

这些年来历史小说一直很繁荣,几乎比较重大的历史事件和历史人物都被作家们瓜分完毕,不仅如此,就连一些早已被岁月湮没的记忆也从浩瀚的史籍中被发掘出来了,也许可以毫不夸张地说,今天大多数民众的历史知识都是从文艺作品中获得的。但在历史小说的创作中,给人印象最深的恐怕还不是这种内容的丰富性,而是作家们所表达的历史观。特别是后现代思潮对于历史的重新解读在历史小说创作中表现得十分突出,这也是这些小说引起人们议论的主要原因。有人将这类小说归纳为新历史小说。有意思的是,新历史小说并非为我们描绘出一幅新的历史图景,而是把历史的概念变得更模糊。比如被视为新历史小说代表性作品的《温故一九四二》(刘震云)或"夜泊秦淮系列"(叶兆言),将支撑历史大厦的史实置换成虚构的砖瓦。但我想,这种置换还是很有意义的,因为对于小说创作而言,历史意识比历史史实更重要。中国的传统似乎就是把小说等同于历史。西方的思想家也有类似的观点,科林伍德就说过,一切历史都是艺术。

尤凤伟是一位有着清醒的历史意识的作家,他这些年的创作与他对中国现代史的反思紧密连在一起。他有一部篇幅很短的短篇小说《小灯》,堪称反思历史的典范。小说写新中国成立前夕开始的土改运动,但作者只是选取了土改运动中的一块碎片——胡庄在发动土改中的一段经历。懵懵懂懂的雇农胡顺眼看着就要翻身转运，但他在迷蒙中仿佛听到庄上最大的财主胡有德家可爱的小闺女小灯的呼救声，竟不管不顾地打开学堂大门，放走了关在里面的地主老财们。尤凤伟所表达的历史意识是十分鲜明的，在他看来，以往的以阶级斗争编织的中国现代历史遮蔽了很多历史的真相，比如说胡顺身上最朴素的善良之心和乡邻之情。说到底，尤凤伟仍站在现代性的立场上，他质疑的只是以阶级斗争为中心的历史特许。因此这篇小说的"尾声"是全篇的穴眼，尾声有两点：一是说还乡团复仇时，从胡庄出去的人出面阻止了对胡庄的血洗；二是说在以后的漫长岁月里胡庄的人始终睦邻友好，没有人"非正常死亡"。这至少启示我们，换一种思路，历史的因果关系就是另外的排序。

当然，严格说来，尤凤伟的《小灯》还算不得是历史小说。这些小说不是以历史人物或历史事件为框架搭建起来的。但这样的作品都突出地表现出作者自觉的历史意识，他们有意用新的历史意识去组织小说的时间，去解读小说的情节。这可以反过来看出，这些年来在历史小说创作中对于历史意识更新的强调。所以往往一部历史小说的轰动，并非它有多精彩的文学描写，而是因为小说为读者绘制了一张新的历史地图，新的历史地图改变了人们所熟悉的历史路径，而且这路径改变得越大就认为作品获得的成功越大。那么，新历史地图的绘制标准是什么呢，是当代性。其实说到底，这类历史小说不过是印证了那句名言："所有的历史都是当代史。"当代文化思想的空前活跃，无疑为历史意识的更新突破提供了充分的条件。但对于历史小说来说，光强调其当代性还是不够的，还应该注意到它的文学性。只有当代性和文学性的二者结合，才是完整的历史小说。

活在当代的《张之洞》

历史小说既含有历史要素也含有小说要素，一部优秀的历史小说二者缺一不可，因此它要求小说的作者既是小说家又是历史学家。唐浩明就是这样一位身兼二任且两种才能都堪称一流的作家，但我更愿意把他当作一位历史学家，因为我读他的几部作品如《曾国藩》《张之洞》等，最大的阅读愉快来自历史知识的收获和对史实有力辨析的折服。这样说，并不是贬低唐浩明这些作品的文学价值，即使是优秀的历史小说也是有所侧重的。从阅读的角度说，历史小说其实可以分成小说的历史和历史的小说两大类，小说的历史是以小说的方式发布历史见解，历史的小说是借历史的场景演绎小说的故事。这里我想专门谈谈《张之洞》，作者钟情于张之洞这个历史人物，他倾心将之塑造成一个有血有肉的文学形象，应该说作者是成功了，因此我们完全可以把《张之洞》归到"历史的小说"这一类；但是，我更倾向于把它归到"小说的历史"这一类，我以为这部作品首先带给人们的还是思想的沉思，我们在讨论这部作品时，当然不应该忽略其艺术性，但更不应该忽略的是作者对历史的重新认识，而在这种认识里包含着作者强烈的现实感和时代感。

唐浩明在一次回答记者问题时，清楚地表达了他的现实感和时代感。他说："我常常想，中国的洋务运动为什么五十年间挫折甚多、规模甚小、收效甚微呢？而日本的明治维新却使日本迅速强大起来，是什么原因使得中国在现代化的进程中多灾多难、步履维艰？今天，中国又走上了与世界接轨的正途，重开强国富民的宏图大业。我以为，百年前我们的前人所做的那些开创性的事情，无论成功的还是失败的，都是我们今天的宝贵财富，是我们事业的借鉴。它将有助于更好地认识我们这个民族的民族性，认识我们这个国家的国情，从而使我们防患于未然，同时也能增强我们的自信心，激发我们更大的创造力。我在寻找一个人，希望通过这个人物托起那个时代，承载这个重任。最终，我的目光停留在张之洞身上。此人不仅有巨大的实业成就，也有影响深远的洋务理论，加之他多姿多彩的人生经历和内心世界，非常值得以小说的形式进行浓墨重彩的描绘和解剖。"（见《中国教育报》2001年8月16日）从现实感和时代感出发去重新认识历史，这是让历史这一精神财富物有所用的聪明方式，这样说，并非贬低那种钻故纸堆的、冬烘先生式的考据和研究，但无论怎样对待历史，最终仍是要让历史活在今天，这就是所谓的"所有的历史都是当代史"。我想，《张之洞》的社会反响，应该说首先缘自作者强烈的现实感和时代感。如果把作者的现实感和时代感放在整个社会文化背景下来考察，也许我们就能更深刻地了解到它对于文学创作的意义。

纯粹从文学的意义上说，张之洞这个历史人物也是极具传奇性和戏剧性的，比如他少年时的解元，青年时的探花，其仕途的波折、生活的颠沛，都是生发故事的好素材，但唐浩明跳开这些，径直选择了张之洞任洗马官职的中年不惑阶段切入，我非常欣赏作者的这一构思，因为它为读者进行积极的思想沉思开启了加速器。作者告诉我们，身为闲职的张之洞却有着宏大的抱负，因此也是京师清流党的骨干。清流党是干什么的，是一些有思想有学问的士人，为统治者出谋划策，为道为民伸张正义。在一个缺乏民主的体制内，清流人物的活跃程度也可以说是检验国家机器运转是否正常的晴雨计。一般来说，清流人物的不畏权势、忧国忧民、仗义执言的基本品性往往成为文学表现的对象，这大概也是文学的道德取向。但是，唐浩明通过张之洞要告诉我们更实际的问题：国家的衰亡不是靠道德的取向就能解决的。张之洞的可贵之处就在于，他既有清流人物的忧患意识，又比清流人物多了一份能实干的本领。作者写到慈禧决定起用张之洞时，有一段内心的考虑："慈禧一向认为，清流人物可以做言官，也可以做学官，但不能做实事，更不能担当重任，因为他们不懂得现实世界与圣贤经典之间的差距有多么大，也不知道'闭门造车易，出门合辙难'的道理。严格地说，他们都不是稳重成熟的务实干员。然而这个张之洞，却有清流之长而无清流之短，确乎是一个难得的人才。"我以为这段话恰是小说的穴眼，是作者的立意所在。重新反观历史特别是近代史，这是自改革开放以来，我们寻求当代中国发展途径的思想参照。今天当我们卸下阶级斗争观的过滤镜再去观察晚清历史时，就会发现今天的社会现象与过去何其相似。在思想解放的大背景下，许多振兴国家的言论都出来了，有的非常尖锐，有的充满叛逆性，因此也引起各种意见的相互争鸣。但直接使社会现实发生变化的，是邓小平同志在"发展是硬道理"的思路下以政治的方式在全国范围内所采取的一系列变革行为。唐浩明似乎是在通过张之洞来印证现实的合理性："做实事"才能"担当重任"，"担当重任"是为了"做实事"。所以在《张之洞》这部小说中，作者重点就是在写张之洞的"做实事"，而且通过张之洞的"做实事"，表现出在中国国情下"做实事"的重要性和艰巨性。

什么是中国国情，在这篇短文里，我们无法展开来谈，但具体到"做实事"这一点，我以为特别应该就"官本位"饶舌几句。"官本位"的意识在中国大地上十分顽强，它就像包围在我们身边的空气，我们无法剔除它，每时每刻的呼吸中我们的肺叶都要与它发生交换。今天，我们在现代意识的烛照下，知道非常鲜明地批判"官本位"，我们在批判的问题上几乎达成了社会共识，即使是坐在官位上得着官爵优越的官员们也毫不迟疑地贬责着"官本位"，但耐人寻味的是，尽管批判得慷慨激昂，社会照旧遵循着"官本位"的行为准则，人们照旧沿袭着"官本位"的心理模式。显然，对于中国社会而言，"官本位"绝对不只是一个观念的问题，而是一个社会结构的问题。农耕生产方式的中国传统社会，正是在社会的高度组织化状态下才能最大限度地发展生产力。高度组织化的社会培育成熟了承担社会管理功能的官员网络，而社会的经济、商贸乃至文化的发展状态在很大程度上取决于官员网络运行的好坏，这样的社会造就了"官本位"观念，它既反映了社会的价值取向，也大体上概括了社会的功能特征。毛泽东曾说过"政治第一""路线确定以后，干部就是决定的因素"等类似的话，我以为这些都是毛泽东深谙中国文化传统本质而得出的结论。而在这种组织化的状态下，社会发展有赖于官员"做实事"的效率。今天，我们研究历史，充分肯定官员特别是担任重要职位的官员的社会作用，我以为是抓住了中国社会和中国文化本质的一种思路。当然这种作用既有正面的也会有负面的。我以为唐浩明是意识到了这一点的，他在《张之洞》的写作中也包含了这种思路，他在小说中借桑治平的口对这种思路做了准确的表达，桑治平认为张之洞是官员，办的是众人之事。而治众人之事也是一种学问，这门学问就叫政治学。沿着这种思路，《张之洞》十分客观、真实地描写了传统社会中国家管理机器运作方式，在这种运作中，一个有抱负的官员是如何发挥其社会功能的。

特别还应该注意到的是，张之洞所处的晚清时期是中国封建社会的一个特殊时期。晚清正酝酿着一个历史时期的终结，国家管理机器发展到极为完善，同时也因为其完善而导致僵化、腐朽。在这样的大背景下，一个有所作为的官员的行为就会显得非同寻常。唐浩明在小说中充分描写出张之洞做一些实事的艰难，显然，通过张之洞这个人物，作者对历史的思考层面比我在前面所谈到的要更为复杂。小说中设计了张之洞与几个人物对时政的讨论，我以为从这几场讨论中所涉及的理念就能看出作者面对历史沉思时的煞费苦心。在归元寺之夜，老朋友吴秋衣给张之洞的富国强兵之术大泼冷水。吴秋衣认为，清朝已跟明崇祯朝相差无几，当前的症结就在于中国的官场成了一个腐败贪婪懒散推诿又盘根错节官官相护的官场，这是中国的万恶之源，贫弱之本。你张之洞纵有天大的才干，凭一个人的力量也成不了事。吴秋衣所言是明摆的事实，因此张之洞也认为他的话"不是没有道理"，但张之洞显然不会完全认同吴的观点，因为"官场虽不好，但一则还是有好官，二来也可以整顿"，既然有官场，就会有权力，有了权力就能够做事，而张之洞就是在"利用官场办一番轰轰烈烈的洋务事业"。吴秋衣并不想与张之洞争执下去，但他打了一个赌，相信十年二十年后就能见分晓。历史证明吴秋衣赢了，那么这是不是就意味着历史也证明张之洞所做的一切都白费了呢？小说恰好结尾在张之洞临终时啜嚅着吐出的一句话，他说他一生的心血都白费了。这骤然为张之洞增添了浓烈的悲剧色彩。但作者精心为张之洞编织一百多万字的用意绝不是要来证实张之洞临终的这一句话，小说的目的是要充分展示个人命运与历史际遇的深刻矛盾，从个人的角度说，张之洞是具有悲剧性的，但对于历史来说，张之洞所做的事情并非一团流逝的烟云，而是留下深深的印记，并嵌入到今后的历史进程。这就有了桑治平与张之洞的一番知心的长谈。桑治平从严复批驳张之洞的"中学为体，西学为用"为不通说起，很体贴地为张之洞的实干做了一番辩护。他认为，从学理上说，"中学为体，西学为用"不值一驳，但从政治的角度说，张之洞的这一主张是一个极高明的谋略。桑治平分析道："我知道你这句话的'眼'在西学上，目的是要推行西学。你明白，这种推行要变成众人的行为，才有实际效果。若是都反对，推行云云，便只会是空想。中学在中国盛行两千多年，根深蒂固，深入人心。若一旦全抛，或者把它贬低，反对西学的人不要说了，即便赞同西学者，在心理上也难以接受。现在，你说中学是本源，是主体，西学不过为我所用罢了，反对西学者不好说什么，赞同西学者也可以容纳。眼下中国的当务之急，不是先在逻辑上去辩个一清二楚，而是要赶快把西学引进来，先做起来再说。对于这样一桩从未实行过的新鲜大事，尽量减少反对，减少阻力，争取最大多数的理解支持，才是最重要的。你是政治家，图的是国强民富。严复是逻辑家，图的是学理缜密。角度不同，所见则不同。"我之所以情不自禁地抄下这么长的一段话，是因为我感到这分明是作者唐浩明的肺腑之言，他从这一思路去阐释历史上的张之洞，使我们通过历史上的张之洞而对现实有所洞察有所感悟。我想，唐浩明对于张之洞的认知也应该是建立在认知现实的基础之上。这也符合历史发展的逻辑，因为现实就是历史的延伸。但《张之洞》不是一本阐释历史的书，它是一部小说，小说的意义就在于它的内涵大于阐释本身，因此它提供给我们的历史启示远远要比上面的阐释丰富得多。

写到这里，似乎丝毫没有涉及文学，这会不会曲解了作为小说的《张之洞》？好在海利·米勒为我打气，他曾说过"文学研究死了"这样的话，我理解海利·米勒的意思是说，传统意义上的那种纯粹的文学研究死了，代之而起的是进行文化研究。而我在阅读《张之洞》的过程中，就有一种强烈的感受，即我们如果忽略了这部作品在思想上、文化上的意义，就会大大低估了它的价值，不管怎么说，这个张之洞是一个活在当代的张之洞。今天，思想界、文化界对于中国社会发展的模式和前景都有认真的讨论，也不乏学术上的争鸣，有所谓的新自由主义的观点，有所谓新保守主义的观点，但我发现，大多数观点的参照系基本上是西方现代理论和西方现代社会现成的模式。我以为，讨论中国社会的问题还是不能忽视中国社会自身的特殊性，否则就抓不到根本，从这个意义上说，张之洞就是一个极好的参照。关注中国社会现实发展的人读一读《张之洞》，都会从中有所收获。

《张居正》：还原历史中的文学

熊召政的四卷本《张居正》是一部不可多得的历史小说。为什么说是不可多得，因为它作为历史小说，是非常纯正的；而它作为一部纯正的历史小说，又是非常成功的。当今时代是一个求新鲜、求怪异、求繁杂的时代，纯正往往被视为单调，吊不起人们的胃口。但《张居正》偏偏追求纯正，而且在纯正上获得成功。这不是不可多得又是什么。

说《张居正》之前先得说说中国的历史文化。中国是一个重历史的国度，历史无所不在，文化意识植根于历史土壤之中，人生信仰也依托于历史典籍，于是就有了"文史不分家"。也许可以极端地说，中国传统的文学就是从历史中分离出来的，传统的小说尤其是这样。但由于对历史的过度重视，也造就了泛历史的思维定式。历史就不仅存留在典籍里，也流传在民间的口头上，而且对于非文人的广大民众来说，也许他们更倾向于把口头传说视为历史的正宗。这样就产生了历史的不同版本。有人在谈论历史与小说的区别时举例说，《三国志》是历史，而《三国演义》就是小说。有人进而推论，历史是真实的，小说是虚构的。似乎很多人都认同这种观点。虽然从抽象的理论上说，这种观点很正确，但我以为它不符合中国传统文学的实际。即以《三国志》和《三国演义》为例，《三国志》固然是史家严格按史实的标准撰写的，但这种撰写承袭司马迁的笔法，其实已经融入了传说的生动性；而《三国演义》在民间广泛流传的过程中，人们又何尝不是将其当作历史真相才津津乐道的呢。我以为，在古人眼里，《三国演义》其实就是历史的另一个版本。我强调这一点，是因为这对于我们认识历史小说非常重要。

如果延伸中国文学的传统，今天我们来做历史小说，就应该是做小说化的历史，或者说，是对历史进行文学化的处理。但这样做历史小说的方式在今天已是不被看好，人们对历史小说的理解五花八门，于是就出现了各种各样的历史小说文本。这几年比较走红的有两类：一种是意识形态化的历史小说，一种是后现代的新历史小说。历史在中国一直就有意识形态化的倾向，这自然也影响到历史小说的创作。不少作家写历史小说往往藏着借古喻今、含沙射影的玄机。意识形态化的创作倾向使得作家在写作中变得更像一位政治家、史学家。意识形态化的历史小说既可以明确地为政治服务，也可能是为了进行非主流意识形态的表达。而后者近些年来似乎越来越成为历史小说创作的显学。我把《曾国藩》《张之洞》等归入意识形态化一类，像《曾国藩》在社会上引起广泛的反响，但这种反响主要不是文学性，而在于作品对曾国藩这一历史人物的全新的评价以及支持这种评价的新的历史观，而这种历史观又是与整个现实文化环境的意识形态转换密切相关的。我记得，《张之洞》在上海组织研讨时，一些学者就提出，文学和史学是两回事，写小说和写传记也是完全不同的。而作者本人也深深感到，要把史的东西变成美的，真是太难。还有一类是后现代的新历史小说，这基本上是后现代思潮的产物。后现代主义从否定一切权威出发，认为以往的历史不过体现了一种霸权话语，从而彻底消解历史。新历史小说很忠实地履行了后现代的主张，所以在这些小说中，作者并非要描绘出一幅新的历史图景，而是把历史的概念变得更模糊。比如被视为新历史小说代表性作品的《温故一九四二》（刘震云）或"夜泊秦淮系列"（叶兆言），将支撑历史大厦的史实置换成虚构的砖瓦。但这样一来，作家在痛快淋漓地消解历史的同时，也消解了历史小说本身。这两类历史小说无疑都是当代文学的重要收获。但我们今天所要讨论的是，历史小说是否因此需要全面更新，传统意义上的纯正的历史小说是否丧失了发展下去的生命力。《张居正》的意义就在于，它不仅使得这个讨论能够在现实的层面展开，而且也令人信服地证明了，纯正的历史小说具有非常广阔的发展空间。

熊召政是有意识地追求文学性的，他始终是在把《张居正》当小说来写。但据作者介绍，他真正摸到历史小说的正脉也是费了一番周折的。在动笔写作之前，他曾花了数年的工夫研究张居正及嘉、隆、万三朝的历史，占据了相当丰富翔实的史料。在此基础上，作者开始写作，他用了整整一年的时间写出了第一卷，这时却感到他所写的根本不是那么回事，它既不是史学著作，作为小说又显得干巴，不是他所期待的文学性的东西。他就再一次认真地思考，历史小说应该是什么。在他动笔写作之前，他认为，只要掌握了充足的史料，就完全可以写出一部严格意义上的历史小说了。现在看来，史料离文学还有遥远的距离。熊召政这时总结道："历史的真实并不等同于文学的真实。从历史到文学，有一个艰难的转化过程。小说中的张居正，并不能直接等同于历史中的张居正。它既要忠实于历史，更要忠实于文学。他既是历史中的人物，又是文学中的典型。这一点至为关键，如果处理不好，文学的价值便荡然无存。"当他认识到这一点，就毫不犹豫地舍弃了花费他一年工夫写就的三十万字，另起炉灶重开张。在这个物欲化的时代，人们恨不得以最快的速度把身边的东西转换为金钱，而熊召政为了自己的文学追求，却宁愿毁弃已经写成了的文稿，这种行为显得十分稀少，我们确实应该向作者表示由衷的赞美。但这种赞美完全出于我对作者品格上的敬意，并不是想以一种道德的标准取代文学的批评，事实上，《张居正》在文学上的成功丝毫也不需要这种道德赞美的支撑。还是回到《张居正》小说本身，我以为比较可惜的是，我们现在看不到熊召政毁弃的第一稿，否则我们就可以将两个文本放在一起，进行比较性的研究，我相信，通过这种比较性的研究，会更清晰地显现出纯正历史小说的文学魅力。

既然在传统意义上是文史不分家，那么我以为作家在写作历史小说时首先要做的工作就是，如何将历史中的文学分离出来，还原出来。依熊召政的话说，就是"从历史到文学，有一个艰难的转化过程"。而熊召政在《张居正》的写作中完美地完成了这个转化过程。通过解读《张居正》，也许可以把这个转化过程归纳为：在历史给定的舞台上充分展开文学的想象。记得有人曾经说过，历史小说的写作是"戴着镣铐跳舞"。这种比喻应该说抓住了历史小说的某些特征，但我更愿意将历史小说写作比喻为做自由体操。我们看过体操比赛，自由体操是在一块规定了尺寸和边界的场地上进行的，越出边界就要扣分，而在这块限定的场地内，运动员可以尽情自由地施展自己的才能。每一部历史小说都有一块特别限定的场地，这个限定的场地就是历史给出的关系。熊召政也谈到了历史小说的限定。他把这种限定称作必须遵循的历史的真实，他认为历史的真实包括三个方面：一、典章制度的真实，二、风俗民情的真实，三、文化的真实。他说："前两个真实是形而下的，比较容易做到，第三个真实是形而上的，最难做到。前两个形似，第三个是神似。形神兼备，才可算是历史小说的上乘之作。"这是很精辟的认识。但我在讨论历史小说时尽量避免用"真实"这个词，因为在以往的争论中，真实往往成为一个含混不清的标准，把小说应有的虚构和想象扫荡得一干二净。所以我强调关系，历史给出的关系，这包括人物之间的关系，事件的因果关系，历史文化氛围中的制约关系，等等；历史的关系也就是搭起了一个历史的框架。在这些关系中，特别重要的是人物之间的关系，因为小说最终是要写人的，人物关系确定了，作者就可以极尽想象力让各种人物活跃起来，让各种人物充分地表演。这时候，小说作家就要充分发挥虚构的能力。我们为什么说历史是枯燥的，因为历史只有骨头，而小说就是要把血肉填充进去。

《张居正》遵循着历史的关系，严格限定在历史的场地内进行表演。熊召政首先把这块场地研究得清清楚楚，用他的分类说，这不仅包括历史的典章制度、风俗民情，也包括特定的文化氛围。至于熊召政是否严格遵循了历史的关系，是否在表演中越过了边界，只能请历史学家特别是明史专家来挑剔，我不敢妄加评论。但作为一名普通读者，我在阅读中，明显地感觉到一种整体的历史氛围。另一方面，熊召政在这块限定的场地内，充分发挥着自己的想象，大胆进行文学的虚构，他的表演又是精妙绝伦的，如果比喻为自由体操，我作为裁判的话一定要给他一个满分。正是在这种自由的表演中，历史中的文学得到了还原。我想就历史给定的人物关系稍做一些分析。我们从小说中能够明显地感到，作者始终准确地把握着历史给定的人物关系，一切想象和虚构都是严格在这种人物关系中展开的。比如张居正与朱翊钧，两人既是君臣关系，又有一种师生关系在内。李贵妃与朱翊钧自然是母子关系，但这种母子关系因为登临皇位、坐稳江山的利害而被赋予了浓厚的政治色彩。李贵妃与张居正的关系也非同寻常，李贵妃认准了张居正的忠心和才干，完全依仗张居正来辅佐幼小的儿子完成继统大业；而张居正也知道自己只有取得李贵妃的支持才能做成事情。各种人物，因为不同的身份、不同的心态，构成了错综复杂的关系。历史在岁月的磨砺下只留存一个关系的框架，熊召政在这个框架内填充了丰富的想象和细节，而这些想象和细节都是在这个关系下合逻辑地展开。像隆庆皇帝死后，幼小的朱翊钧即位，与此同时，首辅高拱被革职，张居正荣登首辅之位。这是历史留下的骨架，熊召政是如何去填充血肉的呢？他把更迭首辅的大事想象在隆庆皇帝的灵堂里做出的。这真是一个很耐读的想象。李贵妃在这个非常的时刻，难以做出决断，约请陈皇后一起来商量这件政治大事。就在她左右为难之际，听了一如和尚的一番解说禅机，又适逢张居正给皇上讲学问的揭帖送来，让她看清了形势，拿出了主意。把一场严峻的政治斗争放在一次闲谈中处理，这本身就构成了一种张力，而在闲谈中的一波三折，充分表现出宫廷内风云骤紧的局势，又准确展示了人物的内心。当然人们也可以这样刁难作者，这件历史大事是这样做出的吗？历史对此只能缄默不言，而我要替作者辩解，这正是历史中包含着的文学。另外，熊召政在还原历史中的文学时，还有一点把握得很好，这就是他在重新塑造人物时始终注重人性和人情，这倒是回应了"文学是人学"这句至理名言。比方说，他写朱翊钧，不仅把握朱是一个小皇帝，也是一个才十岁的孩童，自有其童心童趣，自有其天真的一面。熊召政围绕孩童的性情设计了一系列精彩的细节。如张居正特意挑选三份荒诞不经的邸报读给皇上听，以此来开导一个十岁孩童明白治国的抽象道理，小说描写小皇上听了第一份邸报的内容后，"他双脚一蹬，拍手笑道：'山还会跑，真有趣。'"而听完三份邸报后，从冯保的脸色中感到这似乎触犯了禁忌，"小孩子天生的好奇心受到压制，小皇上顿时不知所措，痴坐在御榻上，不安地搓动双手。"这样的描写真是活灵活现。而张居正在皇帝面前玩风葫芦的情节更是传神之笔。还有一点也非常重要，熊召政在写人物时，还把握着人性人情随着世事的发展而发展变化。他重点自然放在刻画张居正这个主人公，张居正从最初的虽有主见却谨慎小心到后来的独裁专断，显然是与身份和环境的改变相吻合的。而十分精巧的是，作者在写张居正的发展变化的同时，也勾勒出朱翊钧这个小皇帝的儿童成长史。这二者他描写相得益彰，正是小皇帝的成长成熟，丰满了张居正的性格。随着张居正逐渐推行开改革措施，在宫廷斗争中站稳脚跟，懵懵懂懂地坐上皇帝宝座的朱翊钧也被熏染成了一个小大人。处理张居正夺情一事，当是朱翊钧成熟的标志，也是张居正走向顶峰的标志。作者故不吝笔墨详写其事。如朱翊钧决意留住张居正，又不放心地询问母亲，这样做会不会被后人耻笑，尽管他还离不开母亲，但与先前的那个怯生生地乞望母亲拿主意的小皇帝相比，他已经知道认真思考了。最后作者写朱翊钧躲在午门城楼的木格窗棂后头观看广场上廷杖的过程，冯保担心皇上受到惊吓，谁知皇上目不转睛，无比兴奋，说出"朕才尝到当天子的味道"。这让我们看到一个尚未脱去稚气的小皇上，却已在皇威的蛊惑下迷失童真。我想，读这样的描写，到底是在读历史，还是在读文学？也许这时历史与文学完全浑然一体。但即使这样，恐怕最直接的阅读快感还是来自活灵活现的人物形象和生动的文学性。这就是从历史中还原的文学。当然，熊召政在《张居正》中的文学追求是多方面的，特别突出表现在历史文化意蕴的营造和语言的精雕细刻等方面。历史文化意蕴的营造是个大题目，应该由古典文学专家或历史学家来谈，我所要表达的是作为一个普通读者的感受，我在阅读中对小说浓郁的历史文化意蕴有一种不可言说的直感，使我自然地与现实拉开距离，仿佛进入一个历史的镜像之中。小说的语言则是一种典雅的朴实，追求生动性和简约性，在平实中浸透了作者的讲究。

还应该说说思想性。这又回到前面所谈的历史小说的几种类型。无论是意识形态化的历史小说，还是后现代的新历史小说，如果说都有其缺陷的话，那么这种缺陷可以说都是因为思想性所累。而纯正的历史小说有一个重要特点，就是不刻意强调思想性。但这并不是说这类历史小说就不讲思想性。不管怎么说，缺乏思想性的作品总是缺乏持久的震撼力的。《张居正》的成功显然包含着它深厚的思想内涵。作者曾说过，历史小说建立在历史真实的基础上，但作者要做的"不是复制而是发明"。我想，熊召政的发明就是成功地塑造了一个充满悲剧性格的文学形象张居正。张居正是晚明时期的一位具有改革思想并有改革实绩的宰相，但张居正所处的时代正是明朝寿终正寝的前夕，这就决定了他的改革无法力挽狂澜，只能是杯水车薪。熊召政就是从个人在社会面前永远是渺小的入手而有所发现的。以往的历史多是从大的社会趋势来定论个人的，归结到底，骨子里仍脱不了"成败论英雄"的干系。熊召政把张居正这个历史人物先从历史中剥离开来看，于是放大了他个人的作为，然后再还原到历史中去考量，所以塑造出一个活生生的历史的张居正。

纯正的历史小说承继着古典小说的传统，在"五四"新文学精神的催发下，得到了长足的发展，构成了20世纪下半叶历史小说创作的主脉。当然它也曾长时期地被政治实用观念所笼罩，纯正历史小说的文学性只能在缝隙中生长。这就是20世纪四五十年代所流行的"古为今用""借古喻今""含沙射影"。这种政治实用观念何尝不是文化传统的延伸。中国文化作为一种史官文化，所强调的就是"以史为鉴"。所以即使在当今开放的年代，我们意识到政治实用观念给小说带来的失败，但作家们在写作中仍会有意无意地抱着"以史为鉴"的目的，这也许是中国文人自古养成强烈的"入世"情怀使然。在我们的面前，就有两种文化传统：一种是纯正历史小说的传统，这是从民间的传说、说书发展而来的，是由民间精神培育起来的传统；一种是"以史为鉴"的传统，它代表着主流话语的正史观。我以为，当代作家在进行历史小说写作时，如果他是延续传统的样式，就会受到以上两种传统观念的左右，而最终某种传统观念在写作中成为显性影响，某种成为隐性影响，这决定于作家的文学追求和现实追求。事实上，意识形态化的历史小说基本上还是承袭传统的历史小说的，只是"以史为鉴"的观念作为显性影响而得到充分的放大。而熊召政写的是一种纯正的历史小说，写得中规中矩，但这并非没有"以史为鉴"的现实考虑。他对历史人物的取舍的本身就寓含着作家的现实性。金庸先生对《张居正》的评论也许说明了这个问题，他说："我欣赏《张居正》，因为作者选择张居正这样一个'实事求是'不顾个人成败决心为了国家，反对特权，打击豪强，坚持制度与法治的人物，来抒写他的真实遭遇和感情，并不勉强将他推入现实的框子里，影射现实。"二十多年来，纯正历史小说创作取得了丰硕的成果，尽管这类作品很少引起社会性的轰动，但它们的文学价值还是得到了充分的认可。如在历届茅盾文学奖评选中，就有获第三届荣誉奖的徐兴业的《金瓯缺》、第四届的刘斯奋的《白门柳》（获得第三届茅盾文学奖的凌力的《少年天子》算得上一部，不过若显若隐的"以史为鉴"的意图还是影响了文学性的充分展开）。

  回到文章一开始所提出的问题，历史小说是否需要全面更新。也许我们就有了一个大致的答案：一方面需要全面更新的尝试，另一方面不可能取代传统历史小说的艺术精神。全面更新的甚至颠覆性的历史小说写作无疑冲击了旧的历史小说疆域，带来革命的活力；但历史小说的突破并不意味着非要采取革命性的方式。充满革命活力的大背景实际上也给纯正历史小说的写作带来新的因素。《张居正》同样没有什么革命的形式，但它充分吸收了当前的历史研究成果，作者是站在一个新的思想高度来回望历史的，因此作者的文学追求并不单薄，作品的文学价值就能得到人们的广泛认同。现在恐怕更要担忧的是，历史小说写作中的过度"更新"所带来的负面效果，如那种缺乏崭新历史意识支撑的颠覆历史的写作，虽然看上去充满大胆的革命举动，但充其量只是一种追随时尚的泡沫。

后现实主义语境下的坚守与突破

第十届茅盾文学奖授予了《人世间》《牵风记》《主角》《北上》和《应物兄》，这是一个充分体现了茅盾文学奖宗旨的结果。

张扬现实主义精神，应该是茅盾文学奖最大的宗旨。尽管茅盾文学奖的条例中并没有直接写上要以现实主义为宗旨，但现实主义作为我国主流文学的方向是不言而喻的，条例中所规定的"深刻反映现实生活，较好地体现时代精神和历史发展趋势""贯彻百花齐放、百家争鸣的方针，弘扬主旋律，提倡多样化，坚持导向性、公正性、群众性"等内容其实都是现实主义应有之义。茅盾文学奖设立于20世纪80年代初期，当时正是文学界进行"拨乱反正"，"拨乱反正"的重要目标就是要恢复现实主义本来面目，而首届茅盾文学奖的评选就起到了向传统现实主义回归的作用。首届茅盾文学奖所奖励的作品都是"拨乱反正"的宏大叙事作品。从作品的思想主题和反映的内容来看，基本上都是对"文革"的否定。《将军吟》和《芙蓉镇》是直接否定"文革"的，《冬天里的春天》将革命战争时期内部的路线斗争与"文革"的斗争联系起来，《许茂和他的女儿们》则反映了"文革"给农村带来的苦难。《东方》和《李自成》不太一样，这两部作品都是在"文革"以前就开始创作了的，恰是这一点，准确标志了"反正"的归宿——返回到"文革"以前"十七年"的现实主义。因此可以说，首届茅盾文学奖是非常正确地实践了"拨乱反正"的政治策略，肯定了作家在现实主义道路上的重新起步。

20世纪80年代是一个文学观念异常活跃的年代，当时的文学潮流正是西方现代派风行的时候，当时无论是作家还是读者，已经厌倦了现实主义的僵化，对任何新异的东西都很追捧。这是80年代总的文学环境。在这种文学环境下，茅盾文学奖强调坚持现实主义精神，给人的感觉就是缺乏进取精神、不敢突破。但如果不是茅盾文学奖对现实主义文学的偏爱，也许就会将《平凡的世界》这样优秀的现实主义文学作品遗漏掉。路遥是新时期成长起来的年轻作家，他对当时的文学环境应该有所感知，但他并不被新奇的文学观念所煽惑，而是能够在文学观上保持淡定和坚守，这同样也很不容易。因为创作实践中的现实主义出了问题，并不能说明现实主义本身就必须抛弃了，现实主义还有没有生命力，这同样需要作家通过自己的实践来证明。路遥就宁愿做这样一名作家。这正是路遥的可贵之处。在当时的"西风劲吹"的大潮下，《平凡的世界》出版后并没有受到好评。茅盾文学奖此刻却能坚持自己的宗旨，肯定了《平凡的世界》的现实主义文学品格。显然，茅盾文学奖对于《平凡的世界》的经典化起到了提速的作用。

我在这里所说的现实主义不仅仅指一种写实性的叙事方式，更是指一种创作精神。从这个意义上说，现实主义至今仍是当代文学尤其是长篇小说的创作主潮。现实主义在当代越来越富有革命性，它采取开放的姿态，大胆吸收现代思想成果，借鉴新的创作手法和叙事方式，使现实主义不断地得到深化和发展，始终保持着旺盛的活力。茅盾文学奖能够密切跟踪现实主义前行的步履，审慎地估量它的突破和创新，在一定程度上显示了现实主义的丰富多样性。如第七届茅盾文学奖的获奖作家贾平凹、迟子建、周大新，第八届茅盾文学奖的获奖作家张炜，均是典型的现实主义作家，但他们的获奖作品也都在传统现实主义的基础上有所突破。贾平凹的《秦腔》在叙事上明显不同于传统现实主义的宏大叙事，而是承袭了以《红楼梦》为代表的古代文学的日常叙事传统，从而以细腻的笔法触摸到当代农村日常生活的肌理。《额尔古纳河右岸》一如迟子建众多描摹现实生活的中短篇小说一样，充满善良温暖的情感。小说中有大量传奇性的情节，但迟子建以她所擅长的亲切平易而又富有情感煽动力的叙事，将传奇讲述得充满人间情怀。小说在艺术结构上也独具特色，作者以音乐的结构，通过"清晨""正午""黄昏""尾声"四个乐章，谱写了一支鄂温克族的"命运交响曲"，而作者娓娓道来的叙述方式和抒情的文字，使曲调具有一种委婉和凄美的色彩。但《额尔古纳河右岸》又有着迟子建那些描摹现实生活的小说所没有的特点，这就是这部小说带有一种神奇魔幻的色彩。它会让我们联想到拉美小说中风靡世界的魔幻现实主义。然而《额尔古纳河右岸》的神奇魔幻不是来自对拉美魔幻现实主义的模仿，而是直接从本土经验中生成的。周大新历来的小说称得上是中规中矩的现实主义，但在《湖光山色》中，周大新给中规中矩的现实主义掺进乌托邦的色彩。文学中的乌托邦可以说是作家建构的一个虚无的存在，但正是通过这种虚无的存在，作家表达了他对现实的不满和批判和对理想的憧憬。当周大新把物质与精神的矛盾引入到乌托邦时，他就使乌托邦具有了现代的意识。张炜花费二十年完成的浩浩十大本的《你在高原》，可以看成是在本土性和现代性这两极中寻求平衡的精神之旅。小说主人公宁伽其实就是张炜的精神主体的承载者。张炜的精神之旅是沉重的，也是艰难曲折的，这就构成了现在这样一种错综复杂、无规律可循的结构。但他的精神之旅又是自由的，他任自己的思绪朝前闯荡。平原、高原、农场、葡萄园、美酒、地质工作者，这些都是张炜精神之旅沿途最重要的路标，这些路标引导我们走向一个理想的家园。

  茅盾文学奖的历届评奖也被一些人批评和质疑。我以为这些批评和质疑的核心问题其实就是怎么认识现实主义文学的问题。比如有时候我们将现实主义狭窄地理解为要直接反映现实生活，这其实是将现实主义降格为新闻主义。又比如我们将现实主义与现代主义完全对立起来，对那些具有现代派文学特征的作品排斥在评奖的视野之外。因此茅盾文学奖应该面对新的文学实践，审时度势，使自己的文学理念与时俱进。

  今天已经不是现实主义的一统天下。20世纪80年代的先锋文学潮打开了现代主义文学的闸门，现代主义和后现代主义对当代文学的冲击非常大，尤其是年轻一代作家，几乎都是从模仿和学习西方现代派文学开始写作的。必须看到，先锋文学的实践已经形成了一种新的文学传统，这就是现代主义文学传统，这一新的传统也融入了我们的文学。比方，被作为先锋文学的一些显著标志，如意识流、时空错位、零度情感叙述、叙事圈套，等等，在20世纪90年代以后逐渐成为一种正常的写作技巧被作家们广泛运用，现实主义叙述同样并不拒绝这些先锋文学的标志，相反，因为这些技巧的注入，现实主义叙述的空间反而变得更加开阔。现在我们的现实主义完全不是过去那种单一的写实性的现实主义，而是一种开放型的现实主义，能够很自如地与现代主义的表现方式衔接到一起。现代主义也不再把现实主义当成对立面来对抗了，那些先锋小说家也知道如何借用现实主义的长处和优势了。也就是说，无论是在现实主义作家笔下，还是在现代主义作家笔下，我们都能感受到现代主义传统在起作用。现实主义文学更是以开放的姿态接受现代主义文学传统的影响和渗透。在不少现实主义文学作品中，都加进了一些超现实或非现实的元素。我们本来就不应该将现实主义和现代主义截然对立起来，因为无论是现实主义，还是现代主义，都是作家把自己观察到的生活以及自己在生活中获得的经验，重新组织成文学的世界，这个文学世界既与现实世界有关联，又不同于现实世界。现实主义是戴着理性的眼镜看世界，现代主义是戴着非理性的眼镜看世界。当作家有了两副眼镜后，就能看到世界更为复杂和微妙的层面。这也说明，我们现在的文学语境已经不是以现实主义为主宰的语境，而是现实主义与现代主义相互影响相互对话的语境，是现实主义文学传统与现代主义文学传统齐头并进的语境，我将其称为后现实主义语境。

第十届茅盾文学奖的意义就在于，它体现了在后现实主义语境下对现实主义文学的坚守，它同时也充分肯定了现实主义文学所做出的突破。

梁晓声是20世纪80年代恢复现实主义本来面目写作潮流中的一名主角。40年来当代文坛千变万化，但梁晓声以不变应万变，其所坚持的现实主义方法几乎没有发生过变化（曾有尝试现代派的短暂经历），他这一次获奖的《人世间》，可以说既是他的个人精神史，也是他的现实主义集大成。《人世间》让我们重返20世纪80年代的人道主义和理想主义精神。梁晓声通过对普通市民日常生活的书写，思考的是如何在庸常生活中注入人文理想。梁晓声在这部作品中也回答了他为什么执着于文学，因为文学是引导人们走向理想彼岸的桥梁。小说一开始就写到了主人公们是如何在阅读文学作品中开启心智的。他们常常聚在周家，互相朗读"《战争与和平》《德伯家的苔丝》《红与黑》等名著"，也互相讨论他们对作品的看法和体会。梁晓声几乎在某个章节中详细写了他们讨论文学作品的情景。这一情景的描述有两个重点：其一是对俄苏文学的强调，其二是对人道主义的强调。梁晓声显然是要表明，只有坚定地站在人道主义的立场上，我们的理想才会真正代表正义和未来。因而梁晓声在《人世间》中突出了人道主义的主题，他面对人世间的普通百姓，看到了普通百姓的情和义。他反复书写的也是情和义。不少关于情和义的细节非常感动人。人道主义也使梁晓声对人民性有了更准确的理解，他的《人世间》可以说是一部形象阐释人民性的作品。

军旅文学在当代文学中占有重要的分量,以往的军旅文学强调整齐的步伐,构成了以现实主义为基调的军旅文学大合唱,在大合唱中,徐怀中既是一名歌声嘹亮的歌者,又在歌唱中带有一些"不安分"的音符。茅盾文学奖授予徐怀中的《牵风记》,既是向一位九十高龄仍笔耕不辍的老作家致敬,也是对徐怀内心跳荡着的"不安分"表示致敬。这种"不安分"是一种浪漫情怀,是一种对美的憧憬。也正是这种"不安分"孕育出《牵风记》。徐怀中在谈到这部小说的创作初衷时说:"我们的战争文学,当然要写金戈铁马,要写血与火的考验,但不能一味局限于此沦为套路。军事文学写英雄豪情,也写人之常情,还要写在特殊环境下人性的特殊表现。不光是反映炮火连天,硝烟纷飞,普通基层官兵的日常工作生活,军人的坚守和本色,乃至人性的至纯和脆弱,都可以写。"《牵风记》以1947年晋冀鲁豫野战军千里挺进大别山为历史背景,主要讲述了三个人物和一匹马的故事。小说写了战争中的美,美具有永恒的魅力,能够超越战争,也能够化解战争中的残酷。青年女学生汪可逾就是美的天使,特别是她携带着一把古琴出场,更深化了美的内涵。她在投奔延安的路上成为齐竞部下的一名文化教员,她悄悄地以美影响着军队,也彰显了人性之美好。不言而喻,战争毁灭了美好,但是《牵风记》提醒人们,毁灭美好的不只是战争。战争和敌人毁坏了汪可逾的身体,而曾是革命战友和恋人的齐竞却摧毁了她的精神,重创了她的内心。像徐怀中这样把美引向战争中是需要胆量和见识的。

陈彦同样是一位执着于现实主义的作家,他在写小说时丝毫不玩时髦的现代,而是在一板一眼地向古典看齐。古典小说特别是古典的现实主义小说讲究人物形象的塑造,陈彦的《主角》就是一部学习古典作品在人物形象上下功夫的小说。小说重点塑造了一名秦腔演员忆秦娥,她也是这部小说的主角,她从一名乡下的女孩,成长为一名全国闻名的主角演员,其人生的酸甜苦辣浸透了时代转型的悲喜和苍凉,为当代文学提供了一个具有丰富内涵的崭新的名伶形象。现代小说不太重视人物塑造,陈彦以自己的实践证明,现实主义的人物塑造不仅没有过时,而且仍然具有强大的艺术魅力。《主角》同时也说明,一个作家向古典致敬并以古典为标杆进行写作是需要真功夫的,这种真功夫就是叙述能力和人物塑造能力。这两大能力是最能代表古典审美方向的。在我看来,这两大能力也应该是作家的基本功。《主角》的成功在很大程度上得益于陈彦具有真功夫。他循着情节发展脉络有条不紊地叙述，张弛有度，疏密有致。

在五位获奖作家中，徐则臣属于年轻的"70后"。"70后"的文学教育背景基本上是现代主义文学，我们从徐则臣的小说中能够看到他所具备的现代主义文学素养，但他同时也很亲近传统现实主义的经典，在"70后"中，能够积极吸收传统现实主义营养的作家，徐则臣算得上是非常突出的一位。但现代主义文学素养又充分自由地调动了他的文学想象力，从而有效地摆脱了现实主义的拘谨一面。因此尽管《北上》的故事与大运河有关，作者却偏偏忽略了运河与乡村、土地的关系，而是从全球化的视野去挖掘运河的主题。另外，小说在结构上的别致，构思上的出其不意却又似水到渠成，以及叙述上的成熟老练，都可以说是现代主义传统与现实主义传统完美合作的结果。

李洱的《应物兄》最能代表后现实主义语境下的文学景观。李洱是先锋文学的热烈拥护者和实践者，他的《花腔》被认为是"先锋文学的正果"。李洱对于现代主义文学的执着，也像梁晓声对于现实主义文学的执着，都是缘于发自内心的真诚。因此他的《应物兄》仍然像他写《花腔》和《石榴树上结樱桃》那样，是明确以现代主义方式去构建文学世界的。但他的身上同样具有浓厚的现实主义精神，他以现实主义精神面对中国现实，他在思想上是及物的，这一点在写《应物兄》时表现得特别突出。他在这部作品中一股脑儿地将他长年对中国知识分子思想状态的考察与思索和盘托出。尽管这部小说的叙述方式和结构方式是现代主义的，作者所表达的思想却是现实主义的，我将李洱在《应物兄》中所体现的现实主义精神称为思想现实主义。李洱以儒学为切入点，以知识分子为视角，而辐射至整个社会，深刻反映了当今社会思想缺失的严重性。小说情节围绕济大筹建儒学研究院而展开，建立儒学研究院显然是一桩庄严的学术建设，但筹建过程完全演变成了一场喜剧和闹剧。一方面是儒学思想的庄严性，而另一方面则是现实中尊儒学为圭臬的知识分子们言行不一、趋炎附势、争名夺利的表演。但李洱并没有止步于揭露和批判，而是试图探寻知识分子问题的缘由。由此他提出了一个"不思"的概念。我以为，不思，恰是这部小说最大的亮点。李洱在这里强调了科学与人文在认识世界的方式上是有区别的，人文的特点是"思"，而科学的特点恰恰相反是"不思"。李洱强调，"不思"正是科学的长处，它能够"保证科学以研究的方式进入对象的内部并深居简出"。我以为，李洱在这里戳到了人文知识分子的痛处。人文知识分子的武器就是他们的思想，他们要用最先进的思想来改造社会的弊端，以最完美的思想来设计人类未来美好的蓝图。人文知识分子的思想是照亮黑暗的一盏灯，是给迷茫的人们指明方向的指南针。但是，今天的人文知识分子已经"不会思"了。"不会思"也就意味着人文知识分子的功能衰退。当人文知识分子在"不会思"的状态下还继续"思"的话，我们还能指望他们会带来什么好的结果吗？我们还能指望"不会思"的知识分子成为照亮黑暗的灯和指明方向的指南针吗？如果要我来概括《应物兄》的内容，其实很简单，它就是在表现李洱对人文知识分子功能的最大质疑。李洱一方面揭露了人文知识分子的"不会思"，另一方面也设想应该用科学的"不思"来拯救人文知识分子。为此他塑造了一个善于运用"不思"之长的科学家双林院士。所谓"不思"，不是不要"思"，不是否认"思"，也就是说"不思"不是"无思"。在"不思"里，"思"仍存在着，只是因为要解决"不会思"的问题而暂时被悬置了起来。这说明，"不会思"既是思想者自身的问题，也是思想者外部环境的问题，当思想者处在一个扭曲思想的环境里时就有可能导致"不会思"的情景发生。双林在晚年曾以错发短信的方式委婉地提醒作为生物学家的儿子双渐。他在这条短信中说，马克思提出一门包含自然史和人类史的"历史科学"，历史是自然界向人生成的历史，自然史是人类史的延伸。马克思批判了西方观念中自然和历史二元对立的传统。"自然"的概念是理解马克思科学发展观的一把钥匙。李洱显然看到了思想传统中将自然与历史截然对立的弊端。今天人文科学必须有自然科学的参与才能走出困境，人文知识分子也必须向自然科学家学习观察和认识世界的方式。我为这一届茅盾文学奖最终接纳了《应物兄》感到特别高兴。要知道，《应物兄》并不是一部特别好读的小说，尽管如此，茅盾文学奖仍然发现了闪现在《应物兄》中的现实主义光辉。这是思想现实主义的胜利。

我相信在后现实主义语境下，作家更加大有作为。茅盾文学奖也应该会办得更加精彩。

中国当代文学的文化碰撞
——以严歌苓、李彦为例

　　世界性，其实是指不同文化进行交流和对话的平台。最初的世界性也许只是一个非常狭小的平台，但通过不同文化的交流和对话，世界性的平台就变得越来越阔大。每一种文化在交流和对话中也在不断地调整自己，以适应在世界性的平台上发言。所以在讨论世界性时，也应该讨论是怎么进行交流和对话的。自20世纪90年代以来，大量留学或移民海外的华人作家在国内发表的作品引起中国文坛的注意，我曾把这些海外华人作家称为"海外军团"。"海外军团"带给中国当代文学的文化碰撞，其作用是不可低估的。我想以严歌苓与李彦这两位北美华人作家为例，对这种文化碰撞做一些描述。因为正是在这种文化碰撞中，看到了当代文学面对世界性的目标还需要在哪些方面做出努力。

　　我把严歌苓和李彦分别看成两种思维类型的代表性作家。严歌苓是用西方观念来看待中国和西方的事物，而李彦则是用中国文化的哲理和思维来看待中国和西方的事物。她们由于代表着不同的思维类型，因此与中国当代文学所产生的文化碰撞就会得到不同的结果，她们在中国境内的待遇也就截然不同。严歌苓的待遇是热，李彦的待遇是冷。严歌苓连续在中国境内出版了四五部长篇小说：《第九个寡妇》《一个女人的史诗》《小姨多鹤》，不仅在文坛引起热烈的反响，而且在图书市场也大受欢迎，有的还上了文学图书的排行榜。严歌苓因此也成为这些年被中国媒体关注的一名海外作家，她还获得了一些中国境内的文学奖项。李彦在中国境内发表小说的时间要比严歌苓稍迟一些，但也相继出版了长篇小说《嫁得西风》《红浮萍》，作品集《羊群》等，这些作品出版后并没有引起中国文坛太多的关注，一些专门从事当代小说批评的评论家甚至没有读过李彦的作品。这两位海外作家在中国境内一热一冷的截然不同的待遇，并不完全是写作质量高下的原因，一个最充分的证据便是，李彦的《红浮萍》最初是她用英语写的一部长篇小说，小说写成后很快在加拿大出版，并获得了1995年度加拿大全国小说新书提名奖，她本人则于1996年获得加拿大滑铁卢地区"文学艺术杰出女性奖"。

严歌苓和李彦这两位作家有很多相似之处，她们都是女性，都出身于知识分子家庭，都是在新中国的红色教育的熏陶下成长起来的，并都有过军旅生涯的烙印。她们都抓住了"文革"后恢复高考的机遇，在有了一番社会经历后终于进入了大学，她们都在20世纪80年代开始文学写作，而且又都是20世纪八九十年代之际出国留学的。她们的写作资源主要是在中国内地的生活经验和记忆，当然她们也会写到海外的生活，但她们写海外生活的作品远不如她们写中国经验的作品影响要高，用一个比喻性的词来概括她们的写作，就是她们更擅长处理红色资源，即中国革命历史的资源，既包括革命战争年代也包括新中国成立后的年代，这种写作资源对于她们来说格外重要，因为她们自己的很多生活体验和记忆是与这种资源密切相关的。还有很重要的一点，她们都能熟练地进行双语写作，也就是说，她们的英语写作水平相当高。

现在我要来分析她们两人的不同之处了。她们离开中国之后，进入到另一个文化语境之中，她们的思想和心理无疑要经历一次文化震荡，在文化震荡中她们显然会有意或无意地调整自己的思维方式，也会对存放在记忆之中的以往的经验重新加以体认。也就是说，她们在另一种文化语境中接受了新的思维方式和叙述方式，对于中国经验的叙述也就有了新的角度，甚至新的语法规则。可以说，凡是在中国改革开放之后出国的海外华人作家，在文学叙述中基本上都有这种变化，只是程度的不同，变化的内涵不同而已。严歌苓的变化是思想层面的变化，李彦的变化是语言层面的变化。她们在海外走上了不同的生活道路。严歌苓成了美国外交官的夫人，专职从事写作。而李彦长期在大学里从事中国文化的教学与传播，业余时间写作。这种生活道路是否对她们的创作产生了影响，使她们分别代表了这两种变化类型呢？

先说严歌苓的思想层面的变化。所谓思想层面的变化就是指，作家在世界观、人生观、历史观方面发生了变化，因此作家在处理写作资源时，就会塑造出不一样形象,做出不一样的价值判断,得出不一样的思想主题。她在西方文化语境中接受了一种建立在基督教文化基础上的思维模式,她以这种思维模式去处理中国经验时,就是一种全新的叙述。最典型的就是她的中篇小说《金陵十三钗》,这篇小说是写中国抗日战争的,作者直接把故事场景搬到了一座基督教的教堂里,其思维的文化内涵在这里就已经露出了冰山的一角。作者还特别以一个在教堂里学习的单纯女孩子书娟的眼睛来看待这场充满血腥的战争,从而转换了仇恨主题。战争激发我们的仇恨,仇恨疏导我们的道德良知,因此仇恨是战争文学的基本主题,这一点在中国抗战题材中强调到了极端,仇恨是通向正义、通向英雄的必由之路。严歌苓在这篇小说中显然调整了关于仇恨主题的思路。她不是不追问侵略者,而是把侵略者钉在审判席上,无须再追问。它只构成一种背景,而在这一背景下,作者通过书娟对玉墨的情感转变,使我们对仇恨主题有了更深的理解。而这一切都发生在血与火的战争之中。在血与火中,书娟的精神得到一次宗教式的洗礼,但这次洗礼不是神父为她完成的,而是一位风尘女子为她完成的。这篇小说当然揭示的是人性,但小说的意象并不止于人性,它由人性推广到宗教性,推广到人的精神净化。严歌苓的长篇小说《一个女人的史诗》则是关于一个女人的革命史和爱情史。这也是在中国当代文学的革命叙事中比较多见的角度,那么在以往的革命叙事中,爱情必须服膺于革命的原则,爱情只是一个被动者和改造对象,其叙事原则是革命决定爱情,通过描写一个人如何在革命的驱动下使得爱情终成正果来证明革命的意义。而在后来的反说或戏说中,革命与爱情的关系被颠倒过来,爱情不再是用来证明革命的意义,而是通过将革命的欲望"还原"为性欲关系来达到瓦解革命叙事的目的。由此可以发现,革命叙事的模式是把革命与爱情作为对立统一的关系,作家的叙事始终是在围绕着这种关系做文章。在严歌苓的《一个女人的史诗》中,爱情与革命不再是对立统一的关系,而是一种平等和对话的关系。在田苏菲演绎的史诗里,爱情与革命齐头并进。田苏菲的爱情与革命都是在懵懵懂懂的状态下开启的,但可贵的是,她无论是面对爱情还是面对革命,都忠实于自己的内心感受。这一点使得田苏菲区别于革命叙事中的林道静(杨沫《青春之歌》中的主人公),林道静听从革命的教诲和改造,因而革命统领和指挥了她的内心感受,这使她改变了对余永泽的爱恋,并在革命者江华的身上实现了革命与爱情的统一。这一点也使得田苏菲区别于反写革命叙事中的陈清扬（王小波《黄金时代》中的主人公），陈清扬被革命者批判为破鞋，暗寓着革命对欲望的掌控，陈清扬虽然以同王二的做爱抵消了革命批判的威力，但即使她认为只有爱才是最大的罪孽，她也无法实现性与爱的和谐统一。田苏菲却是爱情革命两不误，她在舞台上的"戏来疯"，反倒迎合了革命文艺的需要，她俨然是一名革命文艺战士；而她在爱情上的莽撞和执着，却也征服了心气很高的欧阳萸。于是她携着革命和爱情开始了人生的马拉松。她的马拉松并没有明确的终点，但她从来没有偏离跑道。严歌苓的另一部长篇小说《第九个寡妇》可以说是乡村普通寡妇王葡萄的生活史。乡村一直是现代文学的主题，因为中国的现代化运动必须面对广袤的乡村。这也决定了作家们多半是以启蒙的姿态去对待乡村尤其是乡村的妇女，于是文学中的乡村往往是苦难的、愚昧的。拯救乡村的任务非常艰巨。严歌苓在这部小说中当然要写以苦难，王葡萄的一生似乎始终伴随着苦难，她七岁时就死了父母，跟着逃黄水的人群逃到了史屯，才被孙家收为童养媳。但严歌苓不是启蒙主义者，甚至都不是人道主义者，她是以一种生活的乐观主义者的姿态进入写作的，她对生活充满了热情和爱意。因此她的小说不以发现生活的意义为目的，而是把生活看作是上帝对人类的恩赐。即使面对苦难，她不去写人们如何被苦难所压倒，而是要写在苦难中磨砺得更加闪亮的韧性。当然，事实上严歌苓的小说并没有拒绝意义，在她的对生活充满了品赏和体悟的兴趣中，也就彰显出生活中的人性光辉。她对寡妇王葡萄就是非常欣赏的，她以快意的、鲜亮的语言讲述着王葡萄的故事。王葡萄是一个很有主见也很聪明的女性，生活对她来说是残酷的，但她在生活面前始终是主人，表现出一种强悍的生存哲学。王葡萄十四岁就成了寡妇，但这并不妨碍她理直气壮的生活，也不妨碍她自由地表达自己的性爱愿望。她的生存哲学是以民间的方式培养出来的。她的公公是她的最重要的老师，启蒙课就是从洗衣服开始的。公公教她有人要考她的德行，所以衣服里有什么东西都不能拿。还不懂事的王葡萄从这里不仅学到了德行，也学会了怎么应事，怎么做人。当然这种强悍的生存哲学突出表现在她救出要被枪毙的公公，并将公公藏在地窖里一藏就是一二十年。这是一个传奇式的故事坯子，严歌苓却消解了它的传奇性，把它纳入一个人的日常生活史中，这样一种处置方式，就使得主人公王葡萄的快乐自在的民间生存哲学更加强壮。

  通过以上对严歌苓的作品的具体分析，我以为可以得出这样的结论，严歌苓基本上是以西方的价值系统来重新组织中国红色资源的叙述，从而也开拓了红色资源的阐释空间。这也是严歌苓为什么会在中国文坛热起来的主要原因。但是，严歌苓尽管是以西方价值系统来重新组织中国红色资源的叙述，她却不是纯粹他者的目光，她的叙述里面有着浓厚的中国情结，她的叙述是可以和中国当代文学自身的叙述相兼容的。中国当代文学自20世纪90年代之后，被认为进入了"后革命时代"，文学适应这个时代，也需要重新处理革命资源。但是，在一个由革命营造起来的语境里要完全改变过去的思维方式并不是容易的事情，红色资源在中国当代文学叙述中几乎形成了一种套路，这个套路是由传统文化思维和政治意识形态交织在一起形成的，在这种文化语境中成长起来的中国作家很难超越这种套路。这并不是说对于红色资源的叙述只有一种符合政治意识形态的声音。实际上，随着政治上的开放，作家的思想不再受制于政治规约。因此，从20世纪90年代以来，中国作家在书写红色资源上有了截然相反的声音，如果说过去是正说革命历史，现在就有了反说革命历史、戏说革命历史，但即使是反说、戏说，其思维模式还是一样的，不过是把结论做了颠倒。严歌苓的变化则在于她完全跳出了这种套路，严歌苓在思维方式上带来的新视角仿佛正针对着中国内地作家的困惑，恰逢其时地满足了中国内地作家以及读者的内心期待。

下面则要说说李彦在语言层面的变化。

很多年以前，我看到一条新闻，一位移居海外的华人用英语写的一部小说在加拿大获得了全国最佳小说提名奖，这个奖是加拿大主流文学的一个比较重要的奖项。我当时对这条新闻特别感兴趣，因为海外华人很难进入当地的主流文学，而这位华人是改革开放以后出去的中国人，她怎么就能得到加拿大主流文学的认可呢。由此我记住了这位作家的名字，她就是李彦。去年，这部小说由作者本人译写为中文在国内出版了，我特意拿来认真读了。这部小说叫《红浮萍》，是由作家出版社出版的。小说原来的英文名字叫"红土地的女人们"（Daughters of the Red Land）。小说讲述的是革命年代中一家三代人的命运悲欢，着重塑造了三代女性形象。小说通过外婆、母亲雯和自叙者"平"在革命风云和政治斗争中的遭际和坎坷，写出了她们就像水中的浮萍一样经历着精神的漂泊，从而叩问了中国人的信仰所在。从故事情节上看，类似于内地近十来年流行的家族小说，实际上，严歌苓的《一个女人的史诗》也属于这一类型的小说。李彦与严歌苓的这两部小说都是通过一个女人参加革命的经历来反映革命时代在人们身上刻下的印记，作者通过这种叙述则表达了她对历史和人性的认识。尽管两部小说的女主人公的经历完全不一样，但主人公所面对的政治环境、所遭遇到的事业和情感的挫折，几乎都是一样的，这也反映出中国在20世纪五六十年代处于高度同质化的文化境遇。还得注意到一个重要的问题，就是两位作者也是在这种同质化的文化境遇中成长起来的，毫无疑问，两位作者对她们所讲述的革命故事再熟悉不过了。两位作者从中国来到海外，仿佛走出了"只缘身在此山中"的处境，能够以局外人的身份去看"庐山"的真面目了。所不同的是，两位作家所看的姿态不一样，如果说严歌苓采取的是"反看"的话，那么李彦就是采取"正看"的姿态。也就是说，李彦并没有在思想意义层面对中国革命历史进行重新判断和阐释，因此我们在读《红浮萍》时，就感到小说中的人物和情节和中国内地的所谓"红色经典"的小说有相似之处。

然而《红浮萍》在这些方面进行了更深层次的挖掘。它的分量，肯定不是因为抖出了一些历史恩怨，至少书中的主要人物活着应该还不是问题。他们面临的是精神的生存问题，在雯那一辈是信仰的悖论，在平这一辈是心理的彷徨。《红浮萍》把这个问题尖锐地挑了出来，有血有肉地、沉甸甸地压向读者的心头，让人没法替故事找到解脱的办法。贯穿《红浮萍》始终的困局，当然是雯和虞诚们的信仰悖论——组织是绝对正确的，他们自认不是坏人而组织却认定他们是坏人，果真如此组织就不是绝对的正确，这就是悖论，困惑由此而来。令人感慨的是主人公们在这一悖论的扭曲下的种种挣扎，这种心理的挣扎真可谓惊心动魄，而《红浮萍》强大的冲击波由此而推开。《红浮萍》抓住了那个时代的真问题，呈现了一种让人心惊肉跳的信，甚至是不可思议的信。《红浮萍》具备了心灵史作品的潜质，它不是单写遭遇，也不是在舔伤口，它的注意力在人的内心，而背景又有特殊的时代特点。它的"呈现"十分精彩，把悖论下的挣扎和惶恐层层强化，作者既写出了人物身心无处置放的悲哀，又写出了人物尽力适应社会变迁的努力，在这种看似矛盾的景象之中，其实也表露了作者回望历史的复杂心态。这可能正是作品的长处所在。因为这种矛盾的呈现，作品反倒浑然了，也把读者带入了无尽的思考。

从苦难的意义上说，雯显然要比严歌苓《一个女人的史诗》中的田苏菲要沉重得多，而苦难正是中国作家在叙述这段历史时最爱表现的主题。严歌苓借鉴了西方的视角，巧妙地躲开了苦难的主题，而是把关注点放在爱情上面，苦难的日子里也有爱情，苦难不值得歌颂，但爱情是值得歌颂的，爱情是个人化的，事实上，严歌苓是用爱情的个人化去对抗苦难背后的集体化。从深层次说，仍然包含着对中国革命历史的重新判断和批判，而且是以西方的价值体系为标准的。李彦对苦难的叙述在意义和价值层面并没有去触动国内关于历史的主流评价，她只是客观公正地呈现了历史的真实情景，是非曲直自在其中。

可以做出这样的判断，李彦和严歌苓在出国之前，她们对于中国革命历史的苦难的体验是基本上相似的，她们对于这段历史的反思也是与当时中国整个思想文化界的反思路径相一致的，而这种反思明显带有鲜明的意识形态色彩。出国之后，她们应该都能感受到中国的这种意识形态化的思维与西方文化的格格不入，严歌苓很快从西方文化中找到了新的视角来处理中国革命历史。而李彦似乎仍然循着出国前的思路延伸，这也许反映了她对自己所承载的文化背景的肯定与自信。从她的一些作品中，如《毛太和她的同学们》《罗莎琳的中国》等等，我们能明显地看到她所坚持的客观历史呈现。李彦通过一个参加过朝鲜战争的加拿大老兵携带终生的忏悔与赎罪式行为，谴责了那场至今仍被西方人视为正义的侵略战争。她还通过一位加拿大教授的不幸遭遇，揭露了西方民主的虚伪、阐释了为什么西方左翼知识分子会向往红色中国。

《红浮萍》是她出国后写的第一部小说，她用中国人的视角处理中国故事，却受到了西方读者的欢迎，并获得了加拿大的文学奖。然而，李彦的小说虽然从表层上看与中国的形态化的叙述相似，但从根本上说是不相同的。这在很大程度上，得益于她首先是以英语进行写作的，加拿大主流报刊的评论中提到："作者用娴熟流畅的笔法，将中国社会历史上错综复杂的矛盾化繁为简，将中国文化、哲理、传统价值观编织一处，写出了一部扣人心弦的小说。书中几位女主人公具有鲜明复杂的个性，每个人物都栩栩如生，跃然纸上。"[1] "李彦的文风真挚细腻，感情色彩极为丰富，使许多抽象枯燥的东西变得人情味浓郁，使读者仿佛置身于主人公的生活之中，与他们同悲共喜。她展示给读者的不是简单的黑白分明的人性，而是真实生活中常常使人徘徊于正确与错误的界限之间，很难找到答案的复杂的道德观。正是这种承认人性的复杂以及对中国历史的透彻掌握，才使得她能够以如此丰沛的情感写出这部最为深刻、最令人敬佩的小

---

[1] 引自加拿大Kinesis杂志，1996年2月号，第10页。

说。"①显然，李彦在小说中通过中国人的目光呈现的文化视角，在西方读者眼中是十分新颖独特的，相较于大多数由西方人撰写的中国经验，她的故事更加生动，且深入人物的心灵层面，这就不难理解为什么会受到西方读者的青睐。其次，她是以英语思维来重新处理了自己的体验，她把重点从意义和价值层面转向了语言层面。当她用英语思维来处理她的生活记忆和中国经验时，她就摆脱了国内作家难以摆脱的语言思维定式，能够从容地对待中国经验中的芜杂的现实纠葛，触摸到精神层面，进入人物的内心深处。对于一个具有鲜明的知识分子身份的作者来说，当她处理20世纪的中国革命和新中国历程这一段历史记忆时，无疑绕不开巨大的政治苦难，但李彦在书写这段历史时，完全超越了狭隘的怨恨，以一种宽容、博大的胸襟去承揽苦涩的记忆，以文学的精神去消化这些记忆，也就没有了拘泥于今天的具体的历史评判所带来的局限性。读到她后来以中文译写的《红浮萍》时，我感到小说原文中英语思维带来的特点还是保留了下来，因此读她的这部小说，虽然感觉人物和故事很熟悉，但作者叙述故事的特殊方式和对叙述中的语言的讲究给我留下很深的印象，作者极其用心地选择那些具有文学色彩的语言，从而使得小说充满了书卷气和典雅性。

不同的语言不仅仅是发音和语法的不同，而且更重要的是，它支配着语言使用者的思维方式，英语思维和中文思维是不相同的。为什么语言思维对文学的影响在中国现代汉语文学中显得格外重要呢。这就是谈到现代汉语的思维特点了。现代汉语是当代中国的书面语，中国传统社会一直是以文言文作为书面语，现代汉语取代文言文，成为一种新的书面语言，首先是中国现代化运动进程中的启蒙运动的需要。因为文言文只对传统社会有效，它无法处理一个新社会新时代的思想和文化，五四新文化的先驱们不得不舍弃文言文，而选定白话作为启蒙的语言工具，于是一种活在引车卖浆之流口中的语言登上了大雅之堂。这就决定了现代汉语思维的两大特点：一是它的日常性，一是它的革命性。现代汉语革命性的思想资源并不是当时的白话所固有的，它主要来自西方近现代文化。五四新文化运动的先驱们多半都有出国留学的经历，他们在国外直接受到西方现代化思想的熏陶，并以西方现代化为参照，重新思考中国的社会问题。通过翻译和介绍，五四新文化运动的先驱们就将西方的思维方式、逻

---

① 引自加拿大Books in Canada杂志，1996年3月号，第6页。

辑关系和语法关系注入白话文中，奠定了现代汉语的革命性思维。也就是说，现代汉语从它诞生日起，就不仅仅是一种日常生活的交流工具，而是承担着革命性的思想任务。对于现代汉语思维的革命性和日常性的根本特征，海外的汉学家也许是"旁观者清"的缘故看得比较清楚。夏志清在其《中国现代小说史》中把"五四"叙事传统的核心观念明确地表述为"感时忧国"精神，认为"感时忧国"精神是因为知识分子感于"中华民族被精神上的疾病苦苦折磨，因而不能发愤图强，也不能改变它自身所具有的种种不人道的社会现实"而产生的"爱国热情"[1]。而这种"感时忧国"精神让中国现代文学从一开始就负载着中国现代化运动的重负。同时，他们认为在中国现代文学中存在着一种日常生活叙事，并挖掘出代表着日常生活叙事的张爱玲、钱锺书、沈从文等作家的资源。现代汉语思维的革命性和日常性，决定了中国当代作家对现实的极大兴趣，而在处理革命历史资源时，他们的主题总是跳不出对于历史是非的判断，纠缠于现实生活的恩怨，他们对于苦难的书写也基本上是围绕这些主题而展开的。当然，在中国文化这一特定的语境里，这些主题具有普遍的社会意义，这些主题的表达多半是以主流价值为依据的，如忧患意识、家国天下，等等。但脱离开中国文化这一特定的语境，其价值内涵就很难被人们所认同，也很难引起人们的共鸣。

《红浮萍》最可贵之处就在于小说讲述的是中国革命历史的苦难故事，却没有纠缠于具体的历史是非判断，没有借文学叙述来宣泄个人的怨恨。这不能不说是与作者摆脱了现代汉语的思维局限有关。李彦自己曾说过用英语和中文这两种语言进行创作时的感觉是不同的，她说："当我想表达对生命更深层次上最真切的心灵体验时，似乎用只有二十六个字母的英文来得更顺畅自然，更能任思绪自由驰骋，不太受文字表象的干扰。而当我想追寻辞藻、韵律，或者视觉上带来的愉悦和享受时，中文因其文字本身的魅力，无疑更胜一筹。"[2]李彦的感觉无疑触到了现代汉语的症结。现代汉语以决绝的态度与文言文划清的界限，这固然有利于现代汉语尽快占领思想平台，但它带来了问题就是在现代汉语与文言文之间缺乏沟通的渠道，文言文所蕴含的传统文化精华难以进入现

---

[1] 夏志清《中国现代小说史》，复旦大学出版社2005年版。
[2] 引自http://www.canadastudies.com.cn/cs/107277.html

代汉语之中，现代汉语欠缺了传统的滋润，也就缺少了书卷气和典雅性。李彦说她用英语写作时"更顺畅自然，更能任思绪自由驰骋，不太受文字表象的干扰"，其实这种干扰就是现代汉语的革命性和日常性造成的。

《加拿大文学评论》月刊提到李彦今年新出版的英文长篇小说《雪百合》时，特别提到其语言文字"极其出色"（extremely well written），"李彦的写作风格十分独特。同时使用英文和中文两种语言创作所产生的点金术般的神奇效果，极大地丰富了书中的意象群和节奏韵律感。毫无疑问，她那带有共鸣的声音是属于中国韵味的，即便是用英文写作，也充盈着那种古老语言所蕴含的生机与美丽。"[①]

正是另一种语言的思维方式让她摆脱了具体事物和具体是非的纠缠，从而可以对自己的体验做一种精神上的提升。于是李彦从雯的人生历程中看到了一个人对信仰的需求与执着。雯在少女时代对革命的含义还不太明白时就参加了革命，她从此追随共产主义，追随共产党，不惜为此牺牲爱情与亲情。但李彦并不在乎共产党本身的政治主张以及这个党的政治运动如何评价，而是着笔于雯在精神世界里的孜孜追求。"文革"后雯得到平反后，仍然认真写下了"入党申请书"，她的女儿平开始还不明白母亲为什么还没有成熟，但后来终于理解了妈妈的虔诚，"也许妈妈只是需要维持她的信念，这样她所有过往的牺牲才会有价值""也许，妈妈在意的，并非只是那个称号本身。她所追求的只是一种承认，对一个人尊严的承认"。无论是雯，还是平，还是平的外婆，三代女性的人生际遇都非常坎坷，但她们都向往着更丰富的精神世界，她们追求信仰，捍卫尊严，在这里包含着一种人类共通的精神价值。

> 我默默地朗读着这首长诗，意识到这也许是漂洋过海，几经辗转，才来到母亲身边的她等待了千年的呼唤。
>
> 爱与信，何以分得清其间的界限？爱，若不可得，信，便是最好的替代物。爱也罢，信也罢，生命如此脆弱，若非有所依托，岂能支撑着我们熬过岁月的征程？
>
> 已经86岁的外婆，仍然恪守着每逢初一、十五的食素敬佛，连我从

[①]《加拿大文学评论》2010年11月号。

京城带给她的牛奶糖,也一口不沾。她的心灵,是否因此而满足、平静?

我羡慕母亲,也羡慕外婆。我的青春,是一片荒芜的原野,未曾开放过一朵小花,也未曾诞生过魂牵梦萦的思念。也算幸运,我仍然拥有年轻的生命,将有足够的时间去探求,寻找。①

李彦在小说中表达的人类对精神价值的需求,是能够超越故事的具体场景,而被更广泛的人群所理解的。李彦以英语写作的《红浮萍》在加拿大受到欢迎,并获得加拿大的文学奖,就是理所当然的事情了。

这种对人类精神价值的探索,同样表现在李彦的英文长篇《雪百合》以及中文小说《羊群》等故事中。围绕着一个加拿大小城华人基督堂内外所发生的一系列故事,她用冷静幽默的笔法,揭去了罩在这个场所的神圣面纱,让人看到了冠冕堂皇背后的钩心斗角和尔虞我诈、共产主义与基督教之间的内在联系,揭示了一些共产党人在出国移民之后皈依基督教的内在隐秘,以及基督教是如何在一些人那里变成了党组织的替代品的。说到底,是一个信仰的问题,是一个人渴望信仰、寻找信仰的问题。

李彦对于现代汉语文学的意义还在于语言方面,她克服了现代汉语思维的革命性和日常性带来的局限性,反过来,她就能够有意去追求语言的典雅性,用她自己的话说,就是在中文中"追寻辞藻、韵律,或者视觉上带来的愉悦和享受"。现代汉语文学发展了一百余年,它要想获得更大的突破,语言的典雅性和书卷气是一道坎,语言缺乏典雅性和书卷气,就难以做到精神的深邃和隽永。但中国当代作家似乎还没有意识到语言已经成为当代文学发展的关键,这也是李彦的小说《红浮萍》在国内得到冷的待遇的原因之一。这或许也反映了中国当下社会对自己的传统文化缺乏自信。正是出于这一原因,我非常看重李彦的写作。当然,并不是说《红浮萍》的语言达到了炉火纯青的地步。而是说,李彦的写作给了我们重要的启示,必须注意到现代汉语思维的优长和局限,从而在语言上有一种自觉,逐渐把现代汉语铸造成一种典雅性的语言,只有建立在典雅性语言基础上的文学,才会有世界性。

---

① 李彦《红浮萍》,第314—315页,作家出版社2010年版。

从宗教情怀看长篇小说的精神内涵

每当在青烟缭绕的寺庙里,看到人头攒动的景象时,就想起了文学。一部好的文学作品是否应该就是一座寺庙,读者在这座寺庙里同样也能获得某种心灵的慰藉。这使我思考起长篇小说的宗教情怀问题。概括地说,新时期以来的长篇小说创作走过了二十多年的历程,却并没有把心灵慰藉作为一个显在的追求目标。20世纪80年代,小说基本上承担着启蒙和拯救的社会职责,汇入整个社会的拨乱反正的思想解放大潮之中,其政治思想的意义大于精神文化的意义。进入20世纪90年代,在商业化和市场化的激化下,虽然小说摆脱了政治话语的拘禁,可是并没有因此而拓展精神层面,不过是顺应着市场化的潮流,坠入形而下的层面。回看这二十来年的长篇小说,其精神内涵竟是如此稀薄和贫乏。由于精神内涵的稀薄和贫乏,它就不可能起到心灵慰藉的作用。心灵慰藉是与宗教情怀有所关联的,逆向推理,宗教情怀的缺失是导致小说精神内涵稀薄和贫乏的重要原因之一。

宗教对社会的观照虽然是虚幻的,但它还包含着人生观照的功能。"人生的本质问题或核心问题乃在于对生命意义的追究,而这是一个关涉'实体世界'的终极性问题。这一问题乃是宗教关怀的真正领域。"[①]宗教的人生观照所反映的正是人类的终极需要,因而具有某种普遍性和永恒性特征,所谓宗教情怀,就是在这种终极需要激发下所产生的一种超越世俗的、追寻精神境界的普

---

① 檀传宝《试论对宗教信仰的社会观照与人生观照》,第116页,《中国社会科学文摘》2003年3期。

泛的情怀。宗教情怀其实是一种很重要也很基本的文化基因，任何一种源远流长的文化传统都不会缺失宗教情怀这一基本的文化基因，只不过在表现形态上各有差异而已。研究宗教史的休斯顿·史密斯认为，广义地说，可以把宗教界定为"环绕着一群人的终极关怀所编织成的一种生活方式"，[①]这显然是对宗教的一种宽泛的定义。当一种生活方式关涉到终极关怀时，自然就充盈着宗教情怀；而这样的生活方式，就不仅仅是具备明确物质形态的、仪式化了的宗教才能营造，那些以强有力的思想信仰支撑的学说同样能够营造。

宗教情怀对于文学而言，起到一种蒸发的作用，它使蕴藏在具体描写中的精神水分化作水蒸气升腾起来，构成一种浓郁的精神氛围。我想，这就是宗教情怀所特有的超越性。在中国古典文学传统中，小说尽管是在通俗文学的基础上发展起来的，但同样能够看到宗教情怀的滋养。以长篇小说中的四大古典名著《三国演义》《水浒传》《西游记》《红楼梦》为例，我以为这四部小说在精神深度上还是有着高下之分的。《三国演义》展现刘、曹、孙三个政治军事集团之间的斗争，人物众多，头绪纷繁，场面宏阔，尤其擅长描写战争，但作品基本沉浸在政治、军事的争斗中，建构在政治欺诈和权谋文化的表现上。《水浒传》自然是写"官逼民反"的农民起义，尽管作品落脚在"忠义"二字，但在连篇的以暴制暴、以恶扼恶的故事描写面前，有关忠义的教化就显得苍白无力了。这两部小说都揭露了人性恶的一面，问题不在于作品是张扬善还是揭露恶，而在于这种揭露缺少一种宗教情怀的观照，因而读者在阅读中就难以从恶的氛围中脱身出来。民间曾流传"少不看水浒，老不看三国"，在这种"不看"的担忧中包含着民间对这两部小说最精当的概括。而这种"不看"的担忧，正是反映出作品缺少必要的施以心灵慰藉的精神成分。相对说来，《西游记》和《红楼梦》就不仅仅描写了一个物质的世界，还同时营造出一个精神的空间，能够给人提供一种心灵的慰藉。当然，《西游记》以神话故事为基础，这种心灵慰藉是与宗教意识直接相关的。而《红楼梦》就更具有深厚的人文精神。王国维先生将《红楼梦》称为"悲剧中之悲剧"，他说："《红楼梦》之为悲剧也如此。昔雅里大德勒于《诗论》中，谓悲剧者，所以感发人之情绪而高上之，殊如恐惧与悲悯之二者，为悲剧中固有之物，由此感发，而人之精神于焉洗

[①] ［美］休斯顿·史密斯《人的宗教》，第196页，海南出版社2001年版。

涤。故其目的，伦理学上之目的也。叔本华置诗歌于美术之顶点，又置悲剧于诗歌之顶点；而于悲剧之中，又特重第三种，以其示人生之真相，又示解脱之不可已故。故美学上最终之目的，与伦理学上最终之目的合。由是，《红楼梦》之美学上之价值，亦与其伦理学上之价值相联络也。"[1]王国维先生通过读解《红楼梦》还阐发了文学的最高宗旨，他说："美术之务，在描写人生之苦痛与其解脱之道，而使吾侪冯生之徒，于此桎梏之世界中，离此生活之欲之争斗，而得其暂之平和，此一切美术之目的也。"[2]我理解，王国维所谓的"解脱之道"，就是指文学的心灵慰藉的作用。而他认为《红楼梦》的最重要的价值正在于此。王国维的观点对我们分析古代文学作品的精神价值不无启发。

小说精神内涵往往折射出一个时代的精神价值取向。20世纪80年代的小说基本上还承担着思想启蒙的功能，体现着思想解放的时代特征，小说的精神内涵是与激荡的社会思潮、与对社会问题的热切关注密切联系在一起的。这个时期的小说也渗透着一种宗教情怀，但这种宗教情怀是依附在革命信仰上面的，是一种进行革命化处理的宗教情怀。进入到20世纪的90年代，可以说就是进入了一个欲望化的时代，而在这个时期，以经济建设为中心成为社会的主导思想，社会价值观发生了根本性的变化，似乎所有的事物都可以用物质和数字来衡量，而精神价值变得可有可无，整个社会的精神信仰极为迷茫。小说创作受其影响，作家们变得越来越实在，对具体事物的关注超过了对精神的关注，小说的写实性得到空前的发展，物质主义、技术主义甚为流行。物质化、欲望化、平面化是这类小说的突出特点，宗教情怀被阻隔在由物质与欲望围成的一道密不透风的墙外。这一阶段的小说在个人化方面也得到长足的发展，个人经验的充分表达给小说带来了丰富性，但受这一阶段的社会思潮的影响，个人经验的表达多半集中在情感或欲望的表达上，所缺少的仍然是对精神世界的体悟。整的说来，我们从这一阶段的小说中感受到的，主要是世俗性、情欲性、物质性、技术性，我们很难从中感受到神圣性、超越性以及空灵、飞升的境象。而后者又往往与宗教情怀在关。

---

[1] 王国维《静庵文集·红楼梦评论》，转引自《中国美学史资料选编》第444、446页，中华书局1981年版。
[2] 王国维《静庵文集·红楼梦评论》，转引自《中国美学史资料选编》第432—433页，中华书局1981年版。

但凡成功的作品都是在精神内涵方面有所开掘。在解读小说的精神内涵时，我们能够感觉到宗教情怀的脉动。在分析20世纪90年代中后期以来的长篇小说创作时，也许可以把宗教情怀的脉动视为这一时期的一个比较值得关注的因素。在这方面，也有一些作家是有意识地立足于宗教文化，将宗教作为自己作品的主题，这些小说固然也关涉终极关怀和精神追问，但它同时也把人们的思路拘束在具体宗教的教义上。我在这里要谈的还是那些在普泛的宗教情怀的引发下对精神内涵的开掘。它的意义就在于，宗教情怀虽然起到引发的作用，但并不是把人们的思路导入宗教的壳体内，它对人们的心灵慰藉更为纯净。下面我想重点分析两部作品：一部是铁凝的《大浴女》（春风文艺出版社2000年3月出版），一部是范稳的《水乳大地》（人民文学出版社2004年1月出版）。

《水乳大地》：宗教情怀对信仰的支撑

《水乳大地》是直接涉及宗教话题的作品，小说所描写的故事发生在澜沧江峡谷的滇藏交界地区，这是藏文化、汉文化、东巴文化等民族文化交汇的地区，也是藏传佛教、基督教、地方少数民族宗教以及巫术共同生存并相互影响的地区，这里有着神奇的自然地理环境和独特的人文地理环境，这里似乎是天然生长宗教大树的地方，它充满了神秘和诡奇。这部小说自然带有丰富的宗教内容，但它与一些明确以宗教为主题的小说还不一样，它不是宣谕某种宗教教义的，也就是说，作者在这里的身份不是一个忠实的信徒，而是一个学者，一个研究宗教文化、研究地域文化的学者。小说自然充盈着浓厚的宗教情怀，这种宗教情怀既与小说所表现的宗教内容有关系，又不完全指向宗教本身，它仍然是根植于作者的人文精神世界，是一种普泛的宗教情怀。

《水乳大地》说得上是一部学者小说。作者范稳一直在从事滇、藏地区的文化研究，小说所写到的卡瓦格博雪山和澜沧江峡谷，范稳曾一次又一次地做实地考察探险，他也研究了各种宗教的经典和历史资料，曾写了相关的学术性著作。但他有着挥之不去的文学情结，所以他还要试着将其研究成果转化为一部小说，显然，范稳感觉到有些东西在学术著作中无法表达出来，这些无法在学术著作中表达的东西大概就与情感体验有关。对于范稳来说，这种情感体验也包括宗教情感的体验。他自述过他对这片地区的感受："一些神奇、神秘甚至怪异的现象，在汉族地区可能是神奇的，没有多大说服力，但在滇藏交界的地方，却完全是可能的。这里到处是神山、神佛、神灵，特殊的自然地理环境中弥漫的就是这样一种气氛。对于民间中的一些信仰和宗教活动，如果我们轻率地将一些神奇的东西都认定是迷信，是否过于残忍和武断了？"①正是这里的神山、神佛、神灵，唤起了他内心的宗教情怀。

《水乳大地》写了滇藏地区一百年间的轰轰烈烈的故事和变迁，有人称其为一部史诗性的作品，它包含的内容无疑很庞杂，但我更看重是，这部作品通过一个地区的变迁表现出信仰的力量。一位作家在自己的作品中非常坚定地表达对信仰的敬意，这在当下的文学创作中也许具有一种作用，人们开始质疑信仰的合法性，特别是人们在卸去紧箍咒之后开始放纵欲望，感受到无所顾忌的狂欢，人们不愿意再受到信仰的约束，与信仰失落的社会现象相呼应，我们的文学作品中也难以觅见信仰的踪影。信仰失落并不是孤立的现象，还有躲避崇高、英雄隐退、道德沦丧，等等，这一切共同构成了一个精神贬值的文化时代。在这样一个大的文化背景下，《水乳大地》对信仰的召唤与讴歌，虽然说不上是遗音绝唱，也肯定是"曲高和寡"。

关于信仰的重要性，我想，这并不需要在这篇文章里做理论的阐释，在讨论小说的精神内涵时，我宁肯把它作为一个不证自明的前提。人之所以成为人，就在于人有灵魂，而信仰是支撑灵魂的，有了信仰我们的灵魂才会强壮起来。从这个角度说，我们这个时代如果是信仰失落的话，其实是一种很可怕的精神危机，它将导致人们的灵魂衰竭。宗教关乎信仰，《水乳大地》所描写的地区是一个多种宗教集合的地区，各种宗教因为教义的冲突以及利益的冲突，造成了相互间的敌对、仇恨乃至杀戮，但同时因为宗教的信仰使人们有了生存的勇气和力量，他们的生命力才变得异常顽强，即使在最恶劣的环境里，他们也能奇迹般地延续着民族的命脉。就像20世纪初纳西人的村庄和盐田被野贡土司强占了以后，他们就在族长和万祥的带领下，在澜沧江边的六百尺悬崖上开出自己新的家园。问题并不在人的这种求生的坚韧力，而在于作者聪明地借助地域文化的神奇性和神秘性，渲染信仰的力量。野贡土司是崇尚武力的，他可以凭着强大的武力夺占纳西人的盐田，但他得到了大自然的惩罚，滂沱大雨

---

① 《中国图书商报·书评周刊》2004年3月12日。

带来澜沧江的洪水,洪水将江边所有的盐田荡涤一空。令让迥活佛担忧的是,野贡土司一代比一代贪婪,连神灵都不屑敬畏,果然魔鬼就毫不客气地用死亡的阴影席卷整条峡谷。作者在小心翼翼地触及各种宗教信仰的矛盾冲突的历史时,似乎要给我们梳理出这样一条清晰的思路,这条峡谷里一百年间反反复复的斗争,从根本上说并不是宗教信仰的差异导致的,而是藏在信仰背后的人的贪婪和利欲,贪婪和利欲不仅造成了抢占盐田的流血,也造成了政治上的劫难。直到20世纪80年代,当和平与建设的时代之风也吹拂进这条峡谷时,从北京的神学院学成归来的安多德神父就会鼓起勇气说,魔鬼已经被打败了,胜利属于有信仰的人。

范稳在写作中始终把握住一点,他不是对宗教信仰的具体内涵感兴趣,而是要揭示宗教信仰在人生观照上的巨大作用。在作者看来,关于来世现世、此岸彼岸,关于天堂地狱,并不是最重要的,重要的是有了一种信仰,就有了生活的原则,就有了对生命的关爱。他塑造了好些宗教人物,比如沙利士神父、让迥活佛、凯瑟琳修女,与其说他们是虔诚的宗教信徒,还不如说他们是洞见人生哲理的智者,他们所做的工作也是拯救人的灵魂。在六七十年代的政治劫难中,峡谷里的所有寺庙、教堂都被摧毁,让迥活佛也成了牛鬼蛇神,他当不了活佛还可以去当藏医,成了远近闻名的医术高明的扎西门巴。可是当政治劫难过去后,他拿出行医多年的积蓄,买了木料、水泥和砖,要在噶丹寺的废墟上重建寺庙,他说:"治病只能救人一世,而医治人的灵魂,却能救人生生世世。还是让我们藏族人梦里的东西实在一点吧。"

更重要的是,范稳不仅写了宗教信仰,还写了革命信仰。革命的信仰在科学的理论烛照之下,应该对人生的观照更为深邃,对生命的追询更为彻底。共产党员应该是由革命信仰武装起来的,什么才是真正的共产党员,真正的共产党员必须具备坚定的革命信仰。范稳着力塑造的副专员木学文就是这样一位真正的共产党员。当然,范稳主要的笔墨是写木学文如何正确地执行了党的宗教政策,促进了这个地区的民族团结和繁荣。但他显然把握住了党的宗教政策的核心,这就是信仰自由,而以信仰自由为核心的政策,显然就是承认宗教对人的信仰的支撑。当然还有一个不可忽视的原因,他在其苦难而传奇的经历中,深深认识到信仰对一个人的生命是何等重要。所以当他从政治厄运中解放出来以后,首先就想到了请做了门巴的让迥活佛回寺庙当活佛,因为他是把活佛当成医治人的心灵的人。他对让迥活佛说:"藏族人的精神信仰是毁不了的。活佛,我们已经在拨乱反正了,医治人的心灵,比医治人的病痛更重要。"也许,在今天的现实中,像木学文这样真正懂得党的宗教政策的精髓的共产党员并不是很多,说得更尖锐些,像木学文这样懂得信仰的意义的共产党员也不是很多。在整部小说中,木学文显然是一个至关重要的人物,他对信仰的理解,这一方面缘于马克思主义对他的教导,另一方面也缘于他内心深处的宗教情怀。与此相应的还有关于红军的描写,尽管小说中的红军带有理想化的色彩,但作者紧紧扣住信仰二字,年轻的政委对沙利士神父说:"我们不信仰上帝。但是我们信仰一个比你们的耶稣更伟大的人,他的名字叫马克思。"这位政委显得那么有自信,那么有力量,这种自信和力量无疑于信仰已经深深植根于他的心中。绛边益西活佛对红军的评价很有深意,他说有信仰的军队和有信仰的百姓是不会打仗的。

小说中最成功的人物应该是虔诚的传教士沙利士神父。作者把神父慈悲、宽阔的胸怀以及宽容、豁达的心理,睿智、深邃的思想,表现得形象生动。沙利士这一形象的深刻意义还在于,这位基督教神父的使命应该是在异域文化的土地上传播基督教教义,异域文化土地上的人民却成了他的教师,无论是藏族人,还是纳西人,他们有着各自的宗教信仰,然而有一点是共同的,因为信仰使人的灵魂更强壮。这一切使沙利士才透彻地理解了信仰的意义,于是他对藏传佛教发生了兴趣,对纳西族的东巴教也发生了兴趣。沙利士在这片隐秘的峡谷生活了四十多年,这块充满文化色彩的土地改变了他,"他对上帝的事业是否在西藏获得成功已再不在乎,当年来到峡谷之初一心要为上帝献身的狂热、执着、理想,现在已经变成连他自己都感到吃惊的冷静、隐忍、沉默……他已经是纳西人的朋友,西方公认的纳西学者。谁知道再过上几十年,他会不会成为佛教徒的朋友,成为一个藏学专家呢?"作者范稳通过沙利文表达了他对精神未来的憧憬,这将是一个走向交融、走向合作的精神世界,而信仰的阳光将把这个精神世界照耀得无比灿烂。

结语:重建精神家园的呼唤

对于一名作家而言,深沉的宗教情怀并不意味着导致宗教本身,而更多的是意味着对人性、人生、生命以及人类共享的精神价值理念怀有一种敬畏感、神圣感。正是从这一意义上,宗教情怀对当代长篇小说的精神内涵具有一种凝聚的作用。在现代化和全球化的大背景下,当代人借助后现代文化思潮,打倒了横亘在自由欲望面前的庞然大物。经典、英雄、理想、使命以及上帝,等等,这些曾让人们敬畏和仰慕的内容,共同构成精神的威权,令人们的精神俯首称臣。如今,这种威权逐渐瓦解,它似乎标志着一个威权时代的结束。当代长篇小说的精神内涵一度越来越稀薄,可以说是这一时代特征的必然反映。但对于文化进程而言,我们要摧毁的只是精神的威权,而不是精神本身。中国的当代文化也许走到了这一步,在摧毁精神的威权之后,迫切需要重建起自己的精神家园。毫无疑问,文学在重建精神家园的过程中有着哲学、政治、社会机制、知识体系等都不可替代的特殊功能。所谓宗教情怀的问题,也就是针对重建精神家园而提出来的。作家有意识地唤醒内心深处的宗教情怀,就会以一种敬畏、神圣的心情和肃穆、虔诚的态度去重新思考社会、人生中的精神价值问题,去追问自然和生命的本质,去谛听未来文明传来的振幅。而这一切的努力,势必为长篇小说构成与过去迥然不同的丰富的精神内涵。

最后,还应该谈及宗教情怀与民族文化传统的关系。有一种观点认为,中国传统文化是一种缺乏宗教意识的文化。这有一定的道理,但这里所说的宗教意识,应该是明确界定为物质形态的宗教,单纯从物质形态的宗教来说,中国传统文化的确是宗教氛围不浓厚。但物质形态的宗教是建立在精神形态的宗教情怀基础之上的,王治心先生曾经很通俗地解释宗教是感情的产物,而这种感情"是人类先天所固有的,就是从原始以来蕴藏在人类心灵中的崇拜精神"。[①] 相对于中国传统文化缺乏宗教意识的观点,我们看到另外一种观点,把儒家学说界定为一种宗教,即儒教。而儒家学说可以说是中国传统文化的核心。尽管"儒教是教非教"仍是一个存有分歧的学术问题,但至少有一点是无须怀疑的,那就是中国传统文人及士大夫在学习和实践儒家学说时倾注了自己的宗教情怀,他们把普泛的宗教情怀移植在忧国忧民的胸怀和达济天下的志向之中。中国的知识分子沿袭着这一传统,他们的宗教情怀往往是通过其强烈的社会承担精神表达出来的。所以,有意识地强调宗教情怀,也是为了在小说创作中更好地开掘文化传统中的精神资源。

[①] 王治心《中国宗教思想史大纲》,第1页,东方出版社1996年3月版。

人类永远属于大自然

——论《云中记》《森林沉默》的生态文学启示

2019年的长篇小说中有两部作品具有鲜明的生态意识，一部是阿来的《云中记》，一部是陈应松的《森林沉默》。不妨将这两部小说称为生态文学最重要的收获。两部小说又有所不同，阿来并不是有意要表现生态主题的，生与死的沉思才是他写作的主要动机，但因为他一直对生态问题有着自己的清醒见解，这种见解也就自然而然地体现在他的沉思之中。陈应松则是具有明确的生态意识，他的小说基本上就是在表达他对现实生态危机的忧思的。

一

阿来一直没有放弃要为汶川地震写一部小说的念头。汶川地震过去十年了，作家再来写它，写什么才会有新意呢？找一些当年没有重点宣传过的救灾英雄人物来写，还是再一次渲染一下地震灾害带来的苦难？阿来显然不屑于这样去做。十年后再来写汶川地震，必须写出今天我们对这场地震进行进一步思考而又有新的认识，我们从这场地震又获得了新的启发。阿来正是抱着这样的念头而写了《云中记》。阿来说，他一直思考的是关于生命，关于死亡，使自己在生命的建构中得到精神的洗礼。《云中记》的确是一部关于生命和死亡的咏叹和沉思，这其实也是文学的一个重要主题。但在阿来的咏叹和沉思中我读到了许多新的内涵。比如生态意识，它构成了阿来重新认识汶川地震的思考出发点。阿来尽管不是刻意要把小说写成一部反映生态问题的小说，但生态意识使他能把他所要思考的生与死的问题置于人与自然的关系中去认识，置于现代文明的新高度上去认识；他所思考的生与死问题不仅属于人类，也属于整个大自然，因此在小说中处处都闪耀着生态理念之光芒。从一定意义上说，这才是一部真正的生态文学。

生态理念首先关注的是人类与自然的关系问题，阿来正是将地震置于人类与自然的关系之下来理解的，因此在小说封底录下一段文字："大地震动，人民蒙难，因为除了依止于大地，人无处可去。"阿来就像热爱人类一样热爱大自然。对大自然的爱贯穿于《云中记》中，特别是当我读到阿巴返回云中村的第三天，阿来就像一位博物学家，细致生动地描述阿巴眼前各种各样的树木花草、禽鸟虫兽，不仅写到它们的一动一静，而且还写到它们的习性和功用。阿来的文字让我联想起梭罗的《瓦尔登湖》和怀特的《塞耳彭自然史》，这两部作品被认为是生态文学自然书写的楷模。阿来就像梭罗和怀特一样在书写自然时完全将自己的身心融入其间。所不同的是，梭罗处在工业文明粗暴生长期，因此他将工业文明视为自然的对立面，采取彻底批判的态度。而今天已经进入一个生态文明的时代，人们正在重新认识和调整人类与自然的关系。在这样的背景下，阿来就不是像梭罗那样只是表达批判和激愤，而是对文明的发展充满了期待。批判与期待交织在一起，呈现了人与自然的关系是多么复杂。这种复杂性渗透在一个又一个的细节描写之中。比如写到罂粟，写到鹿群的出没。小说多次写到了几株罂粟在荒芜后的云中村无意中开花的情景，会令人们想到一个很沉重的问题：有着"纯洁无瑕的颜色"的罂粟，却因为人类而具有了伦理性。又比如小说中写到云中村曾经建起瓦约乡第一座发电站，家家户户点起了电灯。但这次建水电站显然是没有处理好人类与自然的关系，他们没有进行地质灾害调查，大地于是以山体滑坡的方式给人类提出了警告，在这场滑坡中水电站彻底消失了。阿巴当年是水电站的发电员，也成为这次滑坡的受害者，从此他变成了一个傻子。但阿来这样写并非要否定人类创造的发电系统，并非要否定发电给人们带来的生活质量的提高。因此小说就有了一个耐人寻味的设计，阿巴在那场山体滑坡灾难中变成傻子了，一直傻了十多年，而让阿巴从傻子变成正常人的原因仍然是"电"："阿巴是被电唤醒的。"这次是因为修了大型水电站，高压线把电带到了云中村。阿来细致描写了阿巴被电唤醒的过程："阿巴扶着门框摸到了新装的电灯开关。以前的电灯开关是拉线的。现在成了一个按钮。他下意识按一下那只按钮，挂在屋子中央的电灯唰一下亮了。就这么一下，阿巴醒过来了。这灯把他里里外外都照亮了。那些裹在头上身上的泥浆壳瞬间迸散。""阿巴看着电灯，看着被灯光照亮的熟悉老屋，说：'呀，我回家来了。'"在这里，电代表着人类文明的进步发展，文明点亮了电灯，灯光把一个与大地密切相连的家照亮了。

　　阿来在扉页上写下了莫扎特的《安魂曲》，表示他写这部小说是要用莫扎特神圣而又凄婉的音乐抚慰地震死难者的灵魂。生与死的主题自然就在这无声的音乐中呈现出来。在生与死的主题中也能看出阿来鲜明的生态意识。首先，在阿来的书写中，生与死不仅关乎人类，也关乎大地和自然。人类的生死是与自然的生死相沟通的，人的情感也就会移植到自然草木的情感上去。阿巴在磨坊的巨石前为妹妹招魂时，发现面前的一朵鸢尾突然绽放了，他觉得这是死去的妹妹通过花和他说话。他后来采了一些鸢尾花的种子交给外甥仁钦，仁钦在免职那一天特别想念妈妈，便把种子播在花盆里，小说的结尾则是："回到家里，仁钦看到窗台上阳光下那盆鸢尾中唯一的花苞，已然开放。"其次，他选择了一个地震后的移民村作为书写对象，移民措施就是一种重新调整人与自然关系的措施，缺乏生态意识的作家是看不到移民的重要意义的，这样的作家要么会热衷于写移民措施的对抗，要么会热衷于写灾后重建中人类如何更加强大。再次，小说表达了对现实社会中的生态问题进行了揭露和批判。包括云中村里贪财的人参与采挖野生兰草，"几年时间，满山的野生兰草就被挖了个一干二净"这样的细节也会通过阿巴的叙述顺便带了出来。阿来还为云中村设置了非常特别的一个家庭，即谢巴一家。谢巴一家"赶着村里分给他们家的两头牛和五只善哉上到阿吾塔毗雪山下的草场放牧去了，"从此云中村有了唯一的一家物业专业户。"虽然云中村人都在追随着时代的变化，但他们也羡慕谢巴夫妇，说，那才是以前的真正的云中村人的生活。"谢巴一家生活的设置就将生态文明的微妙性完全裸露了出来。在生态文明时代，我们不得不回过头去重新检点人类文明所走过的全部路径。事实上，阿巴这样一位代表旧时代文化的祭司，也在重新认识人与自然的关系。他想起过去在祭山神为大家讲述云中村起源的故事时，心里充满了对先人们开天辟地创世纪的英勇行为的骄傲，但是他发现，面对地震造成的灾难，今天他已由骄傲之情转变为"哀怜之情"。这种哀怜之情其实就是一种生态之情。阿来紧紧扣住云中村人的宗教信仰和文化信仰做文章，看似他是沉湎于过去，但他又不断地从沉湎中走出来，让过去的信仰与今天的现代科学进行对话。这种对话突出体现在阿巴与余博士的密切愉快的交往中。

陈应松的《森林沉默》同样是一部高扬生态意识的作品。小说所描写的对象是神农架的动物、植物和风情文化，陈应松对森林倾注了极大的感情，全篇几乎六分之一的篇幅都是关于森林风景的书写，森林的呼吸以及森林的喜怒哀乐都通过陈应松的文字传递了出来。小说的批判意识非常鲜明，但陈应松似乎也意识到，人与自然的关系并非因为提倡生态理念而能得到完美的调整，森林太神秘，森林又是沉默的，人类还需要怀着虔诚和敬畏之心去面对森林和大自然。陈应松将神农架作为自己长期的生活基地，对大自然充满了感情，对环境破坏的现实状况非常了解，也深恶痛绝。他大量的以神农架为背景的小说多与生态问题有关。《森林沉默》是比较集中地表达了他长年来对生态问题的思考。与阿来相同的是，陈应松也是把大自然看成是一种生命存在，而且也赋予其与人类生命体同等重要的意义，将其置于与人类生命体同等重要的位置。他在《森林沉默》的创作谈中说道："人类对天空、荒野和自然的遗忘已经很久了，甚至感觉不到远方森林的生机勃勃。那里藏着生命的奥秘和命运的答案，人只是生命的一种形式之一，更多的生命还没有像人类那样从森林中走出来，它们成了最后的坚守者。"[1]在小说中，陈应松是带着对生命的呵护之情来书写森林中的草木生灵的，他对大自然满怀着爱意，大自然仿佛也给他一副喜悦与欢快的表情。他写出了人类与大自然万物之间的交流与沟通，而且在他的笔下，这是一种生命与生命之间的交流与沟通。当你赋予大自然万物以生命意志时，万物也有了自己的灵魂。陈应松要表达的是，我们爱护大自然，是在爱护一个个活的灵魂，我们破坏大自然时，也就毁灭了一个个活的灵魂。这种理念可以说是来自民间社会，但陈应松发现民间的这种理念其实是包含着朴素的生态意识的，因此他将其融入小说的主题中。小说中的祖父就是这样一位具有强烈朴素生态意识的老人，他将白辛树视为家中的守护神，因此他要用白辛树材为在县城生活的孙子打一套家具，祖父认为白辛树的灵魂会随着家具来到县城保护自

---

[1] 陈应松《我选择回到森林——长篇小说〈森林沉默〉创作谈》，《长篇小说选刊》2019年第4期。

己的孙子,他也的确在孙子家的水缸里看到了映出的一棵枝繁叶茂的大树。陈应松的生态意识还突出体现在他对现代性始终保持着审慎的批判立场。在这部小说中他特意设计了在咕噜山区建飞机场的情节,"要削平九座山头,填平九条峡谷。"建飞机场显然会破坏山区的生态环境,但村支书对此是非常高兴的,因为这样一来国家每年要补助村里十来万,村里贫困的问题就解决了。飞机场可以看作是现代性的象征,在讲述建造飞机场的故事时陈应松明显是站在批判的立场上的,但他也把现实的贫困问题摆在了桌面上,生态破坏往往与贫困问题纠缠在一起,这是一个复杂的社会难题。陈应松明白这一点,因此他并不是简单地对现代性批判一通了事。他由此讲述了一个非常怪诞的故事,一位研究生物学的女博士花仙竟然与一个带有返祖特征的山里人戢獴发生肉体关系,并把这种行为当作完成博士论文的一部分。也许在陈应松的构思中,女博士代表着现代文明,她要让现代文明与原始文明结合而造出一个更完美的宁馨儿。尽管结局是悲剧性的,但陈应松的意图非常清楚,现代文明已经到了非要进行彻底改造的处境了,这种改造不能指望那些占有现代文明话语权却完全背离现代文明宗旨的权势者,而要靠全社会的觉悟才能完成。

《云中记》和《森林沉默》不仅具有明确的生态意识,而且也富有人道主义精神。这也许便触到了生态文学的关键。生态文学应该是将生态主义与人道主义有机结合起来的文学,是将人道主义推进到更高层次的文学。《云中记》和《森林沉默》就是这样的作品。

二

《云中记》和《森林沉默》引起我对生态文学有了一些思考。

生态文学是一个比较时髦的概念,对于中国当代文学来说,生态文学不仅还很年轻,也还不是很成熟。当然,中国社会过去非常缺少生态主义理念,社会主流意识基本上还处于"人定胜天"的理念之中。20世纪50年代,有一首新民歌《我来了》非常典型地概括了这个时代的主流意识:"天上没有玉皇,/地上没有龙王,/我就是玉皇!我就是龙王!/喝令三山五岳开道,/我来了!"在这样的豪迈口号中,人类对大自然的敬畏也就荡然无存,更不要说保护环境的生态意识了。20世纪80年代以后,中国社会开始有了要保护自然环境的觉悟,一些文学作品中有了生态主义的萌芽。但生态文学真正形成一定的阵势还是20世纪90年代以后,整个社会大规模的经济活动,对环境的破坏达到了空前的地步,客观上也迫使人们开始严肃地对待生态问题。1999年在海南召开了"生态与文学"国际研讨会,不少作家参会,以此为标志,中国当代文学有了生态意识的自觉性,对现代文明的生态批判进入高潮期。韩少功、徐刚、张炜、哲夫、于坚、迟子建、蒋子丹、叶广芩、贾平凹、雪漠、陈应松、胡发云等作家都创作出具有明确生态意识的作品。其间,刘先平创立的"大自然文学"特别引人注目,他的作品以大自然为主角,表达了人类与大自然和谐相处的生态意愿,在此基础上他还提出生态道德问题。生态文学得到众多作家的青睐。但是在我看来,生态文学因为刚刚起步,还不成熟,尽管许多作品标榜自己是宣扬生态理念,但充其量只能算是伪生态文学。所谓伪生态文学,就是对什么叫生态还没有真正搞懂,以为生态就是在人类与大自然的关系中要贬斥人类的行为。这类伪生态文学最大的问题就是失去了人的主体性。生态文学是一种反映生态环境与人类社会发展关系的文学,处理好这种关系,必须充分发挥人类的主体性,迷失了主体性的文学,无论表现的是生态问题,还是社会问题,都难以真正称其为文学。

  对于生态文学,在我看来,它应该是更高端的文学,它是人类文明发展到更高阶段时的产物,它代表着未来,它也是文学面对现实问题的有力应答,但它同时需要有正确的理论指引,否则我们的应答就对不起未来。如果以这一标准来要求的话,真正好的生态文学作品还不多见。我为什么强调生态文学是人类文明发展到更高阶段时的产物?因为生态文明是人类文明进步的结果。当人类文明发展到一定阶段,才会对自然生态造成根本性的危害,人类也才能在切身感受到生存危机后而形成明确的生态意识,才会有防止和减轻环境灾难的迫切需要。生态文学以及生态批评便是这种迫切需要在文化上的表现方式。

  生态文学改变了以往的文学观,改变了文学看世界的方式。这一改变突出体现在我们要从人类中心主义的状态中走出来。人类不再是我们文学中的永恒主角。但是,我们对人类中心主义的认识有很多误区,因此我们也就很难写出真正的生态文学。

  我觉得,首先要厘清的是,我们批判人类中心主义,是批判人类过去在处理人类与自然关系上的霸道和武断,但我们不要因为批判人类中心主义,而完全否定人类文明，否定人类文明所创造的成果。比方对于文学批评来说，生态批评仿佛给批评家配了一副更先进的眼镜，戴着这副眼镜，我们会重新认识文学中对人类与自然关系的书写。我们会发现过去的文学存在着太多的问题。我就看到有的生态批评文章认为，像《鲁滨孙漂流记》《浮士德》《白鲸》《老人与海》等一系列文学名著，过去我们充分肯定了这些作品所表现的人类在战胜自然力量的过程中张扬个性、实现自我，但这些作品也传达出人类在这个星球上征服、扩张、违反自然规律、置自然于死地的为所欲为的自大狂妄。我以为这样的生态批评就值得商榷，这不是一种历史主义的态度。当人类文明还没有达到需要以生态意识来处理环境问题时，我们就不应该要求当时的作家以生态意识来塑造人物。我们也不应该以今天的生态伦理道德去要求当时的人物。

其次，我们批判人类中心主义，也不能否定人的主体性和自主性。我们不能以为人类不能成为中心了，就以其他的东西做中心，比方有的提出以地球为中心，或以大自然为中心，甚至要以宇宙为中心。其实，以人类之外的任何一个对象作为中心都是不成立的。所谓中心，是指以谁作为出发点和价值标准。比方以地球为中心，就应该从地球的客观规律出发，地球的客观规律不能承载数量巨大的人类，那么我们人类是否就要服从以地球为中心的要求，把现在的人类减少几个亿呢？我们要建设一个美好的大自然，什么是美好，是人类眼中的美好。对于大自然本身来说，并不存在美好与恶劣之说，无论是绿树成荫的大森林，还是飞沙走石的大戈壁，都是大自然的一种存在方式。而对于人类来说，大森林和大戈壁，是两种完全不同的生存环境，尽管人类也能够在大戈壁中艰难地生存下来，但显然人类更愿意在大森林般的生态环境中生活，因此人类将大森林般的大自然称为美好的大自然，将大戈壁般的大自然称为恶劣的大自然。这就是说，当我们说美好的大自然时，其中已经包含人类的眼光和人类的选择了，体现了人类的主体性。人类中心主义的错误从根本上说不是"中心"这个词，而是"主义"这个词，当我们把人类的眼光和选择主义化时，也就是把人类完全孤立了起来，把人类的价值标准绝对化。生态意识的觉悟使我们纠正了绝对化的观念，懂得了人类与大自然是相互依赖的关系，但是，我们在纠正绝对化观念时，也不能走向另一种绝对化，即完全放弃人类的主体性。在生态文学中有一些似是而非的价值判断都与我们放弃了人的主体性有关。比如以自私来批判人与动物的关系，就是简单地以人与人之间的道德标准来处理人与动物的关系。生态文学不能丧失人的主体性，生态文学是将生态主义与人道主义有机结合起来的文学，是将人道主义推进到更高层次的文学。

第三，生态文学不仅要面对自然生态，也要面对社会生态。因为自然生态危机归根结底是社会生态恶劣造成的。生态文学要探寻生态危机的社会根源，进行文明批判。所谓社会生态，是借用生态学的理论来描述社会人文的复杂关系。社会人文的复杂关系包括了政治、经济、文化、法律、伦理道德等诸多方面，构成了社会繁多的制度、信仰、习俗、理念，规定和制约着人们的行为方式。社会生态也像自然生态一样，需要各种因素达成平衡、互补，获得良性循环，社会才能得到健康发展。社会生态是由人类依靠自己的思想智慧建构起来的，但是，人类的思想智慧是完全可能出现错误的，人类对真理的认识和把握也是有一个过程的，因此人类建构起来的社会生态并不完善，甚至存有巨大的缺陷，这种缺陷对人类文明发展产生了极其恶劣的反作用。这也就能够解释清楚，为什么人们早就对自然生态保护有了清醒的认识，但在现实社会中，仍有大量破坏自然生态的事件发生。因此，不修补社会生态的缺陷，就不能从根本上解决自然生态的问题。多年以前，赵本夫曾写过一部小说《无土时代》，他把城市化称为"无土时代"，这倒是非常贴切。在城市几乎看不到裸露的土地，全都铺上了柏油和水泥。但土地是自然生态的基本元素，有的生态学家提出土地伦理学的理念，呼吁人们善待土地，尊重土地。但赵本夫也意识到，解决城市化的这一问题并非像小说中的农民工私自在马路边的草坪上种上一片稻子那么简单。城市是人类理性的结晶，过去我们绝对相信人类的理性，但今天我们必须对理性抱有质疑的态度。小说中的市长马万里曾经对他所领导和主持的木城建设非常满意，但他后来对此有了反省，特别是发现了城市隐秘处有黄鼠狼在出没时，他醒悟到城市化不仅要依靠科学的理性，也要靠人类与自然沟通的智慧，也就是说人类的社会生态还要在对自然神性的领悟下进行调整。这就是一部能够将社会生态与自然生态综合起来进行思考的小说。

第四，生态危机说到底是文化危机，人类文明是大自然进步和发展的伟大成果，但人类所掌握的改造大自然的知识远远超前于人类对大自然发展规律的认识，于是就用人类自己的手制造了生态危机。这就是一种文化危机，是人类文明发展链条出了问题，解决问题还得依赖文化的调整和更新。生态意识的觉醒和普及是一种进步，但文化危机就像是一种病毒，也会感染到生态意识上，我们应该对此保持警惕。比如今年初，在新西兰发生的清真寺枪击事件，袭击者在事前发布了一份宣言，在宣言中他称自己是一个"生态法西斯主义者"。一些深层生态主义者的激进行动也给社会带来麻烦，一些国家的政府将其认定为"生态恐怖主义"。有些生态主义组织则将生态保护与种族优越论、反对移民政策等政治问题相提并论。

以上是我对生态文学的一些粗浅认识，就教于大家。总之，我认为，大自然是人类的大自然，美好的大自然要靠人类来维护和建设，我们保护和建设一个美好的大自然，其目的就是要让人类有一个美好的未来；同时，人类又是大自然的人类，是大自然孕育了人类，塑造了人类，大自然的盛衰决定着人类的盛衰，人类也许永远属于大自然。

2020年

短篇小说：文学性的活标本

  中国当代文学以1949年中华人民共和国成立为标志，至今已经有七十周年了。可以说，当代文学是伴随着新中国的诞生而诞生的。新中国诞生七十年，也意味着当代文学诞生七十年，所不同的是，新中国是推翻了一个腐朽的旧政权而建立起一个人民的新政权，而中国当代文学并不是对过去文学的否定和颠覆，而是在中国现代文学的基础上开出的新枝。因此当我们欣喜地采摘当代文学七十年来的丰收果实时，不要忘记这也是现代文学的甘露浇灌出来的果实。在现行的大学学科体制中，中国当代文学与中国现代文学合并在一起，称为"中国现当代文学"。它其实告诉人们，这两个专业具有内在的一致性。它们研究的对象都是以现代汉语为基础的文学。对于短篇小说来说，在这一点上表现得尤为突出，因为短篇小说是现代文学重要的标识。在19世纪末期，闭锁的中国在洋枪洋炮的威逼下被迫门户开放，开始迈出了中国现代化的艰难一步，它带来社会的一系列变化，其中一个突出变化就是兴办现代报刊，这些现代报刊以城市市民为主要读者对象，基本采用白话文或文白夹杂的语言，以白话文为主要叙述语言的文学作品逐渐在这些报刊中占据更多的版面，这类文学作品可以视为以现代汉语为基础的文学形态的雏形。但标志着一个新的文学时代的诞生，却是自觉提出文学革命的"五四"新文化运动，新文化运动的主要阵地仍然是现代报刊，而最适合在报刊上登载的文体则是短篇小说和诗歌。因此中国现代文学最早结出的文学硕果也是短篇小说和诗歌。短篇小说的代表性作家是鲁迅。他的短篇小说集《呐喊》和《彷徨》成为中国文学的经典。这两部小说集所收入的小说基本上都是在《新青年》等报刊上发表出来的。文学期刊在当代文学的七十年间得到了前所未有的发展，这就为短篇小说的繁荣提供了坚实的基础。

我们在为短篇小说叫好的同时，不要忘记旁边还站着一个"中篇小说"。文学期刊不仅是短篇小说的阵地，也是中篇小说的阵地，甚至现在文学期刊多半都偏爱中篇小说。也许我们把短篇小说和中篇小说放在一起来讨论一番，才能更好地体会到短篇小说的独特价值。短篇小说与中篇小说是两个极其相近的小说样式，区分二者的外部标准就是篇幅的长短，目前一般是将两万字以下的称为短篇小说，两万字到十万字的称为中篇小说，十万字以上的则是长篇小说了（有些评奖机制将长篇小说限定在十二万字以上）。无论是短篇小说还是中篇小说，基本上都由两大材料组成：一是故事因素，二是艺术意蕴。短篇小说和中篇小说除了篇幅有长短外，它们对材料的依重又有所不同，中篇小说主要发挥了故事因素的优势，而短篇小说则有赖于艺术意蕴的把握。这种差异正是短篇小说在发展过程中所形成的，更准确地说，是短篇小说在发展过程中分化出了一个新的小说文体：中篇小说。在现代文学诞生之初并没有中篇小说的说法，刊登在文学期刊上的小说统称为短篇小说。短篇小说是"五四"新文化的先驱们从西方引进的新文体，它不同于中国古代的小说。中国古代小说是一种"说书人"的情景模式，是讲故事的"章回体"。先驱们彻底反传统的决心也体现在对于文体的取舍上。他们有一个明确的思想：文学是进行思想启蒙的有力武器，但他们不主张用旧的文学样式来进行启蒙，在他们看来，用旧瓶装新酒的方式是无法有效推广新思想的，于是他们便将西方短篇小说文体引入中国。胡适当年在推广短篇小说的《新青年》上专门写过一篇文章《论短篇小说》，他给短篇小说是这样定义的："短篇小说是用最经济的文学手段，描写事实中最精彩的一段，或一方面，而能使人充分满意的文章。"胡适所说的短篇小说显然是针对传统小说的"故事化"叙事和"说书人"情景模式而提出的一种新叙事，它不追求故事的完整性，只是利用一个场面、一段对话、一种心理或瞬间情感流动来结构小说。从当时发表的短篇小说也能看出作家们多半都是借鉴了西方小说的叙述手法和表现方式。胡适在短篇小说的定义中一是强调"最经济的文学手段"，二是强调"最精彩的一段"，二者缺一不可。在创作实践中，作家们才发现，"经济"和"精彩"这两个词真是考量一个人的功力。于是，功力不够的作家，或者不愿在这方面下苦力修炼的作家顾不上经济不经济，只图把故事讲圆满。另一方面，中国的读者习惯于从小说中看故事，突然让他们从情节完整、曲折的古典小说转向片段化、情绪化的现代短篇小说，他们还很不适应，读起来觉得很不过瘾。所以，短篇小说风头正健时，不断有读者抱怨短篇小说太"平淡"了。读者的习惯爱好也助长了作家讲故事的行为。为了把故事讲充分就不得不拉长篇幅，于是短篇小说在这些作家笔下变得越来越长，一般来说，三万字上下是讲述一个完整故事的时间长度。当如此长度的小说越来越普遍并深受读者喜欢时，人们干脆将其命名为中篇小说。中篇小说可以说完全是由于充分发挥了小说的故事因素而从短篇小说中独立出来的新的小说文体。中篇小说表面看上去是抢去了短篇小说的风头，但细究起来，其实是中篇小说把短篇小说逼到了绝境：既然故事因素的长处被中篇小说占去了，短篇小说就必须在艺术意蕴上做文章。

中国现代文学诞生的短短十年，涌现出不少短篇小说优秀作家。鲁迅毫无疑问是现代小说史上的短篇小说大家，他也是中国现代短篇小说的开创者之一。鲁迅在他开始短篇小说创作之前就对短篇小说的特质有了比较清晰的认识。当年他和周作人共同翻译和编辑《域外小说集》时，接触了大量的西方短篇小说名作。但后来他发现，读惯了一二百回章回体的中国读者并不喜欢短篇小说，鲁迅说："《域外小说集》初出的时候，见过的人，往往摇头说：'以为他才开头，却已完了！'那时短篇小说还很少，读书人看惯了一二百回的章回体，所以短篇便等于无物。"短篇便等于无物，显然是针对故事来说的，如果单纯为了寻求故事性，短篇的篇幅的确不能解气。既然如此，短篇小说就必须到故事以外去寻找东西，使短篇小说变得"有物"。鲁迅后来写短篇小说确实就是这么做的。如《社戏》，是在缅怀童年情趣上做文章，如《药》和《祝福》，是在揭示事件和人物背后的内涵。鲁迅的小说整体来说更注重于精神的开掘，可以将其称为"精神小说"。将短篇小说变得"有物"的途径应该不止一条，鲁迅以及同代的作家们为此做了大量开拓性的尝试，比如有的把情感和情绪渲染得非常饱满，有的则是写得富有诗意，不妨将这些短篇小说称为"情绪小说""诗性小说"。我们给短篇小说加上"精神""情绪""诗性"等定语，正是短篇小说艺术意蕴的不同呈现形态。

当代文学的七十年，可以说是短篇小说在绝境中求生存的七十年，也是短篇小说在绝境中得到升华的七十年。短篇小说不必依重故事性，相对来说便使其更为超脱，不会受到外在的干扰。这一点在七十年的前半段显得尤为重要。20世纪五六十年代政治运动频仍，文学写什么的问题一直在困扰着作家们，但他们在进行短篇小说构思和写作时，这种困扰相对来说就要减轻许多，他们的心理感受、艺术领悟，可以借助短篇小说得到恰当的表现，作家们可以在"怎么写"上施展出自己的才华，从而使这一时期的短篇小说创作呈现出风格多样的局面。以收入本集的小说为例，既有孙犁《山地回忆》的质朴清新，也有赵树理《登记》的民间喜庆；既有王蒙《组织部新来的青年人》的青春热血，也有宗璞《红豆》的书香典雅；既有玛拉沁夫《花的草原》的明亮，也有陈翔鹤《陶渊明写挽歌》的凝重，等等。即使在政治禁忌完全束缚了作家思想的"文革"时期，也会出现何士光《梨花屯客栈一夜》这样完全摆脱政治话语约束的沉郁之作。应该说，在当代文学七十年的前半期（即1949年—1976年），短篇小说的文学性从整体上胜过中篇小说和长篇小说，短篇小说因其文学风格的百花齐放，为这一段比较平庸的文学注入了亮色。

20世纪80年代起，中篇小说得到了前所未有的发展，成为文学最引人注目的明星。短篇小说从很少形成轰动性效果，进入稳步发展的阶段，逐渐成为一种中年化的小说文体。所谓中年化的小说文体，是说它像一个人步入中年，思想成熟，处事成稳，而事业也渐入辉煌。那些长期执着于短篇小说写作的作家，并非要在这个领域制造轰动效应，而是要在这个相对稳定的空间里寄托或抒发自己的文学理想，因而中年化的小说文体就为一些作家提供了一个磨炼艺术功力的场所，使其创作保持着相对稳定的艺术水平，体现出中年化的成熟、成稳。当短篇小说逐渐成为一种中年化的小说文体时，故事性就不会构成唯一的要素，我们就能从中读出更多的深层内涵和艺术韵味。从这个角度说，八九十年代的短篇小说是代表这一时期文学性的活标本。

进入到21世纪，短篇小说逐渐成为小说大家族中的弱势群体。一方面中篇小说继续被文学期刊捧为主角，另一方面长篇小说越来越具有举足轻重的分量。随着现代化的节奏加快，文化在大幅度地分化和世俗化，社会审美时尚的文学醇度也大幅度淡化。长篇小说甚至包括中篇小说倒是能够适应这些变化，因此我们能明显地感到，21世纪以来的长篇小说在美学风格上越来越世俗化和通俗化。但短篇小说基本上保持着浓郁的文学醇度。从这个意义上说，短篇小说就像是一块磨刀石，作家们在短篇小说的写作中不断磨砺着自己的文学性。

因此我们也不必为短篇小说成为弱势群体而伤感，相反，我们要为短篇小说而感到骄傲。作为弱势群体的短篇小说，其内心并不是懦弱的，它具有强大的韧劲，它坚守着文学的理想。短篇小说是美丽的，因为只有短篇小说还在承载着纯小说的审美功能，但短篇小说又是脆弱的，因为它无法适应市场化和娱乐化的需求，它只能蜷缩在文学期刊里。站在短篇小说的立场上，我们要特别感谢目前尚存在着的上百种文学期刊，这些文学期刊的势力范围虽然在各种新媒体的侵略下变得越来越萎缩，但只有这些文学期刊还存在，短篇小说就不会灭亡。

中国现代的短篇小说从"五四"写起，一直写到21世纪，经历了一个世纪的反复磨炼，应该说已经成为一个相当成熟的文体了。21世纪前后出现了一系列社会的和文化的变革，比如市场经济、互联网、建立在高科技基础上的新媒体，等等，这些变革对文学的冲击不容低估。但唯有短篇小说似乎在这些外来的冲击下显得无动于衷。这说明短篇小说这一文体已经成熟为一个相当坚固的堡垒，它代表了传统小说的审美形态，不会去适应外在的变化。因此，短篇小说在多媒体和网络化的时代逐渐式微也就是理所当然的事情了。从一定意义上说，短篇小说的式微，是短篇小说呈现自己成熟的一种方式。因为自21世纪以来，文学生产系统在现代化的不断加速进程中发生了巨大的变化，文学已经不像传统时代那样基本上统一在一条文学链上，而是处于多样化的、生态化的文学环境之中，文学一方面更加丰富多样，另一方面也变异得非常厉害，纯正的文学显得相当脆弱。为了适应新的文学生产环境，许多文学样式不得不改头换面，而改来改去无非是两种方式：一是把许多适应当下消费时代的新因素强行往文学里面塞，二是把传统意义上的文学性尽可能地淡化。但文学为了适应消费时代的改变，带来的并不是文学的新生，而是文学的泛化、矮化和俗化。当然，文学同样也会遵循大自然的生命规律，旧的文学死亡了，会诞生一个新的文学形态，比如来势凶猛的网络文学、手机文学，等等。但我始终认为，文化和文学不能简单地以进化论来对待，能够将一种传统的文学形态保存完好，将是人类文明的幸事。从这个角度来看待短篇小说的式微，就能发现其中所包含的积极意义。这种式微其实是一种有力的退守，退守是为了更好地保持自己的纯粹性。在编辑新中国成立七十年中国当代短篇小说精选时，我对此体会尤深。七十年来比较好的短篇小说，都可以从中看到一个传统的影子；而七十年来比较成熟的短篇小说作家，也都是在艺术意蕴上下功夫。正是这一原因，七十年来的短篇小说就成了保持文学性的重要文体，许多作家通过短篇小说的写作，磨砺了自己的文学性。而短篇小说的价值和意义也在于此。

新中国成立七十年来的短篇小说就像是晴朗的夜空上"星汉灿烂"，要做出取舍也是颇费踌躇的。为了让更多的作家能够走到读者面前，我武断地做出了一个决定，每一位作家只选其一篇小说。有的作家在不同的时期都写出了优秀之作，这时候我就只能忍痛割爱了，尽量选取最能代表某一时期的作品。在这一原则下，尽管一些优秀作品没有入选，但我们由此有了七十余位作家的强大阵营。这七十余位作家各有特点，都值得我们念记。

（注：此文为主编《建国七十年中国当代短篇小说精选》所写的序言）

从"中学西渐"的角度看当代作家的思想变化

新世纪以来的长篇小说创作呈现出日益繁荣的景象。长篇小说几乎成了小说家证明自己实力的一种标志,它的直接后果便是,长篇小说的作者队伍空前壮大,长篇小说创作的数量也空前扩充。但是长篇小说的繁荣不应该仅仅是一种数量上的繁荣,长篇小说在文体和叙述上明显要比过去更加成熟,小说内涵也要更加深邃。当我准备撰文对这一阶段的长篇小说进行梳理和回顾时,发生了一件非常重要的事情,瑞典文学院宣布,将今年的诺贝尔文学奖授予中国作家莫言。我以为,这件事情给我们认识和总结新世纪以来的长篇小说创作,提供了一个非常好的视角。国学大师饶宗颐最近在接受一家媒体的采访时说了这样一段话:"我认为21世纪应该是一个中学西渐的年代。作为现代东方的学人,应该意识到这个世纪不单只是一个东方文艺复兴的年代,更应该是东方的学术与艺术思想,会对西方产生巨大的影响。因为尤其是在中国,不少新的资料及文物出土,使得我们更知道东方文化悠久的传统,及它的世界性及普及性。"饶老对东方文化充满了信心,在他看来,东方文化在21世纪不仅会走向复兴,而且会对西方产生巨大影响,因此他将21世纪称为"中学西渐"的年代,"中学西渐"显然不是一个突发事件,它是一个漫长的、渐行渐远的进程,也许现在我们还没有看到显著的痕迹,但我相信,它早已迈出了万里长征的第一步,它已经在行走之中。从这个角度来说,我愿意将莫言的获诺贝尔文学奖看成是"中学西渐"进程中的一个醒目的路标。瑞典文学院从莫言身上看到,中国的当代文学给西方带来了新的元素,他们把这种新元素命名为"hallucinatory realism"。中国的新闻媒介在第一时间接收到这一新命名时还没有丝毫的准备，因此他们将其翻译为"魔幻现实主义"。这个翻译肯定是不准确的，魔幻现实主义的英语表达是"magic realism"。magic 和 hallucinatory 这两个英语单词的意义虽然有重叠之处，但它们之间的细微差别是很耐人寻味的。magic 的意思是魔术、巫术，hallucinatory 的意思是幻觉、幻象。魔术、巫术首先是一种客观行为，这种客观行为造成了神秘的景象，而幻觉、幻象则是指人们内心产生的非现实的景象。从这两个词语的细微差别就可以看出魔幻现实主义与瑞典文学院对莫言的概括是有所不同的，魔幻现实主义强调了小说的神秘性是与现实的神秘性相关的，表现了"拉丁美洲光怪陆离、虚幻恍惚的现实"，因为拉丁美洲的现实是一个巫术流行的现实，人们流行用一种非现实的观念去看待和理解现实，因此也有学者认为拉丁美洲的作家的魔幻现实主义作品"是从拉丁美洲土著人眼里看见、头脑中理解和口中表述出来的'真实'，是一种类似于'原型神话'的'真实'。"而瑞典文学院看重的是莫言作品中的主观性，因此他们用"hallucinatory realism"来修饰莫言的现实主义创作，也就是说，莫言在作品中所展示的现实是现实场景在他头脑中折射出的幻象，是莫言面对现实的幻觉。以这样的理解为基础，我倾向于将"hallucinatory realism"翻译为幻化的现实主义。据徐贲介绍，hallucinatory realism 是一个大约在20世纪70年代开始被批评家使用的新词，曾将其译为"谵妄现实主义"。尽管如此，我觉得瑞典文学院在用这个词组评价莫言时，已经赋予这个词组以新义。因此我们不妨认为，莫言所创造的幻化的现实主义正是中国当代文学奉献给世界文学的一份礼物。

现实主义和中国经验

从"中学西渐"的角度去总结新世纪以来的中国当代文学，也就是把新世纪以来的中国当代文学看成是一个发展过程的合乎逻辑的结果。新时期开始，当代文学为了从僵化的格局中走出来，急切地学习和模仿西方现代以来的思想和文学，这是新一轮的"西学东渐"，虽然有些学习和模仿比较生硬，但它确实带来了当代文学的大突破，随着时间的推移，作家们逐渐消化吸收了来自异域的思想资源，也逐渐改变了自己的思维定式，重新认识和处理本土的经验，于是就有了真正属于自己的东西。在此基础上，"西学中渐"向着

"中学西渐"的转变才具有可能性。这个过程也是东西方文化对话在发生悄悄变化的过程。莫言是新时期成长起来的作家之一，他的创作历程就具有代表性和典型性。莫言在新时期刚刚走上文坛的时候，正处在"西学中渐"的鼎盛阶段，莫言以极大的热情从西方汲取新的资源。他的风格明显受到拉美魔幻现实主义的影响。但他到了20世纪90年代后期，自觉地意识到要确立自己的东西，《檀香刑》是其标志性的作品。莫言是一位洋溢着理想主义精神的作家。他的理想主义是建立在民间狂欢和生命自由基础上的理想主义，这种理想主义针对着死板、实际、空洞的中国文化现状，因此具有突出的中国个性。当然，在早期阶段，莫言过于放纵了狂欢与自由的情绪，而到了新世纪以后，莫言的自主性更加成熟，自控能力也变得越来越强大，这一点在《蛙》中表现得十分突出。

　　从"中学西渐"的角度来看新世纪以来的长篇小说，也许有两个关键词值得关注：一是现实主义，一是中国经验。瑞典文学院将莫言的作品归属到现实主义上，我以为也包含着他们对中国文学的一个整体认识。因为事实上莫言的作品与传统的、经典意义上的现实主义相去甚远，但中国当代作家都是在一个强大的现实主义语境下进行各自的探索的。这一方面体现在中国自现代文学以来就建设起非常深厚的现实主义传统，另一方面体现在自当代文学以来，现实主义具有了最强势的话语权。新世纪以来的长篇小说的突破首先就体现在大大拓展了现实主义的表现空间。另一个关键词是中国经验。中国近三十年来的现代化实践取得了令世界瞩目的成就，中国在探索一条繁荣和发展的独特道路的实践中积累了丰富的经验，人们欣喜地将其称为"中国经验"。一些海外研究中国问题的学者还提出了"北京共识"的概念，表现出他们对中国经验的极大兴趣。毫无疑问，中国经验将为人类文明添加上精彩辉煌的一笔。中国经验也给当代长篇小说创作提供了最新鲜的、最独特的养分，为作家的突破与创新搭建起一个宽广的平台。当代作家曾经有一段时间主要依赖向西方文学的学习和借鉴来寻求突破，往往是以他者的眼光来处理自己的生活经验，因而缺乏自主性。这种状况自新世纪以来得到了很大的改观，作家们力图从中国经验的特殊性中找到自己的叙事，作品中有很强的本土意识，包含着文学对中国社会和历史的认知，具有较强的现实品格和人文情怀。

从反映到表现

　　中国现代文学具有深厚的现实主义传统，这一传统在当代长篇小说创作中不是削弱了，而是有所发展。事实上，中国变革中的现实正在挑战中国当代文学，现实中不断创造出来的中国经验考验着当代作家的认知能力和叙述能力。不少作家勇敢地接受了这一挑战，他们以文学的方式对中国经验做出了独特的阐释。曹征路的《问苍茫》通过讲述深圳某电子公司的劳资矛盾的故事，鲜明地批判了资本至上、资本崇拜的社会现象，小说不仅是告诫人们，资本主义美梦做不得，而且也提醒我们要关注那些在中国现实土壤上产生的新的因素，比如民间维权，比如劳动法，等等。小说写到在生产出现困难的时候，老板陈太采取了撤资逃逸的恶劣做法，导致劳资矛盾白热化，工人们拥上街头堵塞了交通，最终是由政府出面解决矛盾，"这次真是政府出了大血，不但工资加班费照发，愿意回家的还出了车票。"也许有的读者会对这样的结局不满，认为这是作家添加的一个光明尾巴。我并不认为这是光明尾巴。事实上，在中国社会发展的进程中，政府应该起到越来越重要的作用。这本来就是"中国特色社会主义"的题中应有之义。曹征路的"问苍茫"之问，其实就是要问出中国自己的特色、中国自己的经验在哪里。格非的《春尽江南》让我们对现实主义有了更为准确的认识。现实主义并不是一面纯粹反映现实图景的镜子，现实主义是作家观察世界的一种方式，因此作家主体是现实主义的灵魂。现实主义必然是作家对现实世界的认识和把握。格非在面对现实时有着清醒的主体意识，主人公谭端午可以说就是他的化身。他不过是写了一个对现实越来越不适应的小知识分子身边的生活，这样一种生活描写当然不会是全景式的或史诗性的。但他从这个人物狭窄的生活视镜里看到了现实最致命的问题。他将这个最致命的问题归结为"浮靡之美"。今天的社会显得多么繁荣啊，就像是热带雨林，蒸腾着旺盛的气息。追逐物质和享受成为人们唯一的目标，人们可以不择手段地挣钱，也可以毫无羞耻地沉湎在声色犬马之中。问题在于这种"浮靡之美"已经深入社会的骨髓，几乎无处不在，无一幸免。格非的死亡意念由此而来，也许在他看来，现实已经到了无可救药的地步。人们沉浸在浮靡之美之中。但谭端午清醒地知道，这只是死水微澜的反应罢了。格非不正是把谭端午当成一个对抗者来塑造的吗？但这是一种特别的对抗，他是以做一个失败者的方式来表达他的对抗。因为这是一个"恶性竞争搞得每个人都灵魂出窍的时代"，你只有成为一个失败者，才能守住自己的灵魂，才不会同这个时代同流合污。谭端午是格非为我们精心打造的时代勇士。这个勇士显然并不被现实所认可，他在现实中无所适从，甚至无法解决自己日常生活中的细小问题，情节的发展却是，谭端午的妻子家玉是一个成功者，但最终这个成功者需要失败者谭端午来拯救。必须看到，谭端午敢于做一个失败者，并非他要去践行老庄思想。今天那些萎靡颓废、不思进取的人都愿意从老庄那里找到口实。谭端午的内心是强大和丰富的，并不是他的内心装着老庄，而是装着另一个现实。这个现实就是中国20世纪80年代的现实。格非的文学理想大概也是在那个年代建构起来的。他至今对那个年代仍充满着景仰和缅怀。那是一个思想解放的年代，浪漫的精神自由飞翔，更是一个诗歌的时代。

新世纪长篇小说不仅积极面对现实的挑战，而且在如何反映现实上也大大突破了镜子式反映论的约束。过去我们在坚持现实主义精神中过于强调客观反映，把文学对现实生活的反映看成是镜子式的反映，以为客观反映现实就是像照镜子一样，将现实中的景象一成不变地搬到文学作品中，它带来的一个后果就是，作家越来越被现实牵着鼻子走，作家的主体性得不到充分的展现和发挥，另一个后果便是使得小说越来越形而下，缺少精神上的能指。但这种状况在新世纪长篇小说中得到了很大的改变，作家们不再满足于客观地反映现实，而是强化了主体对现实的体验和思考。因此，在叙述上逐渐从反映走向了表现，作品的精神内涵从而也获得了大大的提升。蒋韵的《行走的年代》就是这样一部长篇小说。小说写了两个女子陈香和叶柔，两个女子的爱情都是由一位叫莽河的诗人点燃的。两个女子的爱情悲剧呈现出一个残酷的现实：我们的肉体和精神难以完美无缺地行走到一起。小说固然写到改革开放时代的种种现实，但作者并不纠缠于现实中的人和事，而是从中抽象出生命的意义，并将生命意义与诗歌精神放到一起去思考。我以为，这就是一种世界性的眼光。宁肯的《天·藏》则是通过作家扎实的实践性大大深化了小说的精神内涵。宁肯在20世纪80年代，以志愿者的身份到西藏工作，西藏文化深深影响了他。回到内地以后，他虽然以西藏生活经历写过一些作品，但他始终没有中断对这段实践的反思——我将此看成是作家的思想实践，它是建立在社会实践基础上的自觉的思考。据说他为此读了大量哲学和历史文化的著作，记了大量读书笔记。《天·藏》几乎就是他的思想实践的真实记录。小说写一个内地高校的哲学老师王摩诘在20世纪80年代末主动来到西藏，在一所小学教书，当时的社会陷入一种方向性的迷茫，王摩诘则选择了西藏这块净地，让维特根斯坦的现代哲学与藏传佛教对话，并努力重建自己的精神家园。作者将一种形而上的思考融入洁白的雪山、明亮的阳光、飘动的经幡之中，使思想也变得富有形象感和神圣感。宁肯的这部小说也是对当下物质主义崇拜的严肃诘问。小说中的王摩诘说过一句话："我的思想就是我的生命。"这句话应该对文学和社会都是适用的。

从乡土到都市

作家们在长篇小说创作中主动介入对中国经验的阐释中，就有可能拓展和深化以往的文学主题。这一点在乡土叙事的作品中表现得特别突出。农村是现代化最艰难的关隘，农村面临着极大的困境，因此乡土叙事也多半是沉重的主题，比如贾平凹的《秦腔》，面对土地的日益凋敝，唱的是一首乡土文化的挽歌。关仁山的《麦河》也像贾平凹的《秦腔》一样写到了乡村的困境，关仁山同样为土地的凋敝而忧虑，他借小说中的人物喊出了"救救土地"的警语。但与此同时，河北农村进行土地流转的试验让关仁山感到了土地复苏的希望。他以土地流转作为《麦河》的基调，将乡土叙事的主题由挽歌转化为颂歌。但他的这首颂歌是浸着忧伤的颂歌，关仁山站在今天时代的高度，对土地的认识更加深化。他将土地人性化和精神化，他关注土地，最终是为了关注与土地密不可分的农民。他意识到，土地流转可以解决农民经济上的困境，却并不能直接带来农民与土地的和谐关系，这种和谐关系要靠农民自身来创造。所以关仁山在小说中提出了小麦图腾的概念，力图营造一幅小麦文化图景。赵本夫的《无土时代》同样具有一种小麦图腾的意识，他想象出一群进城的农民工在大都市里种植了一片又一片的小麦地。赵本夫的想象其实意味着我们应该将乡土和城市勾连起来去观察现实的新变。

城市生活更加直接地折射出现代化进程，反映城市生活的长篇小说从数量上说逐渐超出了乡土题材的小说，在城市生活的叙述中，时代的气息和现代性的精神表现得更加鲜明。今年出版的孙颙的《漂移者》和彭名燕的《倾斜至深处》这两部作品就不约而同地涉及了全球化的话题。全球化被看成是人类社会不可逆转的文明进程，它让物质和精神产品的流动冲破区域和国界的束缚，影响到地球上每一个角落的生活，它同时也在改变我们的思维路径，也在创造新的景观和新的人物。有专家说，移动是全球化的最大价值。孙颙将小说命名为"漂移者"，显然，他是将小说主人公马克作为一名"漂移者"来塑造的。这个称谓很有意思。以往讨论文学形象时，用得较多的是"漂泊者"，也许正是这一字之差，蕴含着作者孙颙对当今世界新的认识。在移民文学中，漂泊者形象基本上都是由殖民地向欧美帝国迁移的形象，至于欧美帝国向殖民所在地迁移的形象，多半具有一种占领者的心理和情感优势，这样的形象是难以用"漂泊者"来概括的。孙颙写《漂移者》，也可以说是从后殖民文化的身份来写一个殖民文化的迁移者，这个迁移者无疑会带着殖民文化的心理优势。但是在孙颙的写作中给人们提供了一个非常重要的信息：作者并没有因此就具有一种后殖民文学难以摆脱的被殖民文化的心理劣势。孙颙在叙述中表现出一种文化自信心，他看到了中国在经济崛起之后的文化语境的新变：在东西方文化的碰撞中，中国不再是被动和弱者的姿态，冲突和对抗也不再是碰撞的主旋律。这也是孙颙对中国社会现状以及发展趋势的一种认识和把握。马克正是在这一文化语境中逐渐学习和适应如何在一个崛起的后发展国家中生存的。这也就是这一形象带给移民文学的新因素。彭名燕《倾斜至深处》的主人公杰克则可以说是被全球化精心打造出来的一个异类。因此，我愿意把杰克称为典型化的"全球人"。我们每一个人无论自愿还是不自愿，都会被裹挟进全球化的浪潮之中。杰克属于能够把握住"全球化"潮汛的知识者，从在美国的积累，到回新加坡的创业，他逐渐磨砺出一副适应"全球化"的品格。作为典型化的"全球人"，杰克有这么几个鲜明的特征：其一，制定规则，遵守规则。一切按程序进行。其二，工作狂。其三，物质主义。其四，享受生活。其五，自我中心。其六，有极高的智商，却只有很低的情商。杰克在"全球化"的进程中习惯于与移动中的世界和虚拟世界打交道，而如何与正常人来往则变得很陌生了。他所依赖的是法律和条规，是电脑上的操作程序，以为所有的事情只要按照预设的程序办就一定能达到结果。所以他常常是好心办坏事。专家说，"全球化"最令人艳羡的顶层价值就是它的"移动性"以及移动的自由。杰克正是在"移动性"

中获得了巨大的成功，但他的内心仍是焦虑的，所以他热爱飞机，热爱大船，热爱大海，最终，他消失在大海之中。我们或许可以从杰克的失踪中得到一种暗示：当"全球化"渗透在我们家庭的日常生活中时，也要警惕它给人的内心所造成的变异。

应该看到，都市文化在中国本土经验中占有越来越大的比重。许多作家正是在处理都市生活时表现出他们新的思考。且以陈继明的《堕落诗》为例。这部小说塑造了一个非常独特的女性形象巴兰兰。巴兰兰可以说一个女强人。当代小说不乏女强人的形象，而且女强人的故事大致上都与揭露社会的黑暗具有某种相关性，因为女强人的成功几乎总是与官员腐败、黑幕阴谋等等有着密不可分的联系。有人曾经把男性作家所写的女性形象分为两大类：一类是天使形象，或者叫淑女形象；一类是妖女形象，或者叫淫妇形象。而这两类形象都是站在父权制的立场上设计的，前者是父权制支配和控制女性的"美化"策略，后者是父权制支配和控制女性的"丑化"策略。尽管今天许多男性作家从理性上认识到男权中心的错愕，他们并不想维护父权制的绝对权威，但他们在塑造女性形象时，却不由自主地陷入预设的叙述套路中。陈继明作为一位男性作家，对此似乎有着格外的警惕，他对巴兰兰的塑造可以看作是他有意摆脱这种套路的一次尝试，以理解的心态进入到巴兰兰的精神世界，愿意把她所做的一切看成是一种"奇观"，认为"她的喜怒哀乐都是奇观"，于是陈继明笔下的巴兰兰完全颠覆了我们心目中关于"天使"和"妖女"的概念，也超越了现有价值观。或许陈继明是想以真正理解女性的姿态去塑造巴兰兰的。我希望陈继明的这种姿态能够被更多的男性作家所接纳。

新的都市生活经验直接哺育出新一代的作家，因此我们不应该忽略年轻作家的创造。石一枫就是这样一位作家，近两年相继写出了《红旗下的果儿》《节节最爱声光电》《恋恋北京》三部长篇小说，从情节元素上看，可以把它们归入到爱情小说，或是青春小说，但我注意到，尽管爱情是石一枫讲述故事的核心元素，然而在叙述过程中作者只是把爱情作为一个外壳来处理，在这个爱情外壳里承载着作者对于社会文化的思虑和情绪。所以他写的不是一个纯粹的爱情小说，更不是言情小说。他通过年轻人的爱情故事，表达了他对社会现实的思虑，他看上去也是写小人物，但是他所写的小人物和我们以前所说到的所谓底层写作，或者写小人物的作品，有一个很重要的不同，这就是价值判断的不同。石一枫写的小人物，从来不屑于做大事情，但他们又不像王朔所写的小人物那样自甘堕落，以颓废为美；他们并不追求堕落，他们也是觉悟者，但他们的觉悟并不是因为他们要去做大事情，要去当什么英雄人物，他们只是在苦苦地寻找，寻找到真正体现生命价值的途径。因此石一枫的小说在爱情故事的背后隐藏着一个寻找的主题。石一枫的小说是有思想追求和精神诉求的，单纯从这一点看，就完全修正了人们对于所谓"80后"的刻板印象。

从现实到历史

中国经验也给作家提供了一条重新审视中国本土文学资源的有效途径。自新世纪以来，革命历史题材创作再一次红火起来，如邓一光的《我是我的神》、艾伟的《风和日丽》、都梁的《亮剑》、铁凝的《笨花》、徐贵祥的《历史的天空》等，这些作品突破了以往革命历史题材在主题上的局限性，也匡正了一度流行的在革命历史叙事中的去政治化倾向，赋予作品更丰富的文化内涵。在这些作品中，作家明显从中国经验的启发性思维中去反思历史，他们对历史的书写可以看作是对中国经验的溯源。如邓一光在《我是我的神》中所写到的主人公乌力图古拉、萨努亚夫妇俩，他们一生的信念就是创造自己的黄金时代，到了改革开放年代，当乌力图古拉即将逝去时，终于认可了他的儿子们"寻找新的生活"的努力。这意味着从革命战争年代到和平建设年代，我们的信念是一以贯之的，而先辈们梦想的黄金时代，在儿子们的努力下其内涵变得更加丰富和精彩。

应该承认，反思历史都是与现实密切相关的，现实的巨大变化促使人们去重新认识历史。这些反思历史的作品，能否具有历史的深度，首先就取决于作家具备怎样的现实眼光。因此，革命历史题材创作的红火可以说是作家从现实重新进入历史的结果。我们处于后革命时代的现实之中，这些反思历史的作品具有后革命叙事的明显特征。在这方面，严歌苓是一位代表性的作家。她在新世纪以来，先后创作了以革命历史为素材的长篇小说《第九个寡妇》《一个女人的史诗》《小姨多鹤》《陆犯焉识》等。相对于充满斗争和冲突的革命叙事，后革命叙事是一种强调平等和对话的叙事。如《一个女人的史诗》是讲述参加到革命队伍中的青年女性田苏菲的爱情故事，田苏菲无论是面对爱情还是面对革命，都忠实于自己的内心感受。这一点使得田苏菲区别于革命叙事中的林道静（杨沫《青春之歌》中的主人公），林道静听从革命的教诲和改造，因而革命统领和指挥了她的内心感受，这使她改变了对余永泽的爱恋，并在革命者江华的身上实现了革命与爱情的统一。这一点也使得田苏菲区别于反写革命叙事中的陈清扬（王小波《黄金时代》中的主人公），陈清扬被革命者批判为破鞋，暗寓着革命对欲望的掌控，陈清扬虽然以同王二的做爱抵消了革命批判的威力，但即使她认为只有爱才是最大的罪孽，她也无法实现性与爱的和谐统一。田苏菲却是爱情革命两不误，她在舞台上的"戏来疯"，反倒迎合了革命文艺的需要，她俨然是一名革命文艺战士；而她在爱情上的莽撞和执着，却也征服了心气很高的欧阳萸。于是她携着革命和爱情开始了人生的马拉松。她的马拉松并没有明确的终点，但她从来没有偏离跑道。这就是严歌苓这部小说的独特之处，她通过田苏菲的史诗告诉我们，革命年代的红色记忆虽然是一种大叙事，但在大叙事中仍能看到个人的精神。《第九个寡妇》可以说是乡村普通寡妇王葡萄的生活史。苦难往往是乡村叙事的基本主题，严歌苓在这部小说中当然要写以苦难，但严歌苓既没有以启蒙主义的方式或是人道主义的方式去写苦难，她是以一种生活的乐观主义者的姿态进入写作的，她不去写人们如何被苦难所压倒，而是要写在苦难中磨砺得更加闪亮的韧性。严歌苓所塑的王葡萄逸出了意识形态化的掌控——无论是政治意识形态化，还是道德意识形态化，让一个乡村的寡妇在民间生存哲学引领下，自由翱翔在自由的精神王国里。在《小姨多鹤》里，严歌苓掀开历史的地表，去寻问历史的隐藏者，但她这样做并不是代表历史的权力，而是试图代表历史的良心。《陆犯焉识》则是一部从历史的角度反思知识分子自由精神的小说。从这些小说可以看出，严歌苓的后革命叙事使得历史资源生出了新意。

在全球化时代，文化对话变得越来越重要。"中学西渐"其实就是文化对话中的一种状态，莫言获得诺贝尔文学奖将文化对话的大门开启得更大，我们期待，从这里出发，"中学西渐"的文化对话状态逐渐变成一种常态。而新世纪以来长篇小说的发展趋势为这种文化常态提供了种种可能性。

2012年

类型小说的娱乐性及其他

类型小说这个概念逐渐引起批评界的关注。但是，不要高兴太早，听听这些批评家发言，你就会发现，他们中有的人其实连什么叫类型文学还没有搞懂，就在那里夸夸其谈。他们有时候望文生义，以为具有相似性的文学都可以归为一类，都可以叫作类型文学，于是在他们眼里，几乎古今中外的文学作品都成了类型文学。比如在文艺报召开的会上，有的人就说，《红楼梦》也是类型小说，他把《红楼梦》归入言情小说类型里，还有的说，《西游记》是最早的穿越小说，这更是一种高级的牵强附会了，他大概是觉得，《西游记》里那些妖魔鬼怪神通广大，经常穿越于神界和人间，所以理所当然是穿越小说了。从这里也可以看出，面对类型小说红火的现实，文学理论和批评家的反应是迟钝的，也没有做好充分的准备就匆匆忙忙地发言了。

人们最容易犯的毛病就是把类型文学和文学类型相混淆。

类型文学不等同于文学类型，我们对文学有各种分类方法，比方说，最大的最广泛的文学分类就是从文学体裁上将文学分为小说、散文、诗歌、评论，所谓的四大块，是我们的文学刊物办刊的基本原则。又比方说，小说可以按照篇幅的长短分为长篇小说、中篇小说、短篇小说，按题材的不同分为工业题材、农业题材、军事题材，等等。美国学者艾布拉姆斯认为，类型"在文学批评中指文学的种类、范型以及现在常说的'文学形式'。文学作品的划分向来为数众多，划分的标准也各自悬殊。"文学类型是指人们对文学进行分类的方式，类型文学则是指文学类型化倾向的固定形式。文学类型化倾向应该是文学的一种常态，大家可能觉得奇怪，文学不是最强调独创性的吗，怎么类型化倾向又是它的一种常态呢。事实上，文学仅仅有独创性是不行的，如果每一部作品都是与以往的作品毫无共通之处，都是完全的独创、完全的创新，这就带来一个问题，读者无法在已有的阅读经验基础上和审美经验基础上来接受这个作品。不管是创作也好，还是阅读欣赏也好，都是人类经验的积累和展开，如果永远都是独创的，没有共同之处的，人类的经验就不可能积累、深化。因此，当文学创作过程中有一种新的因素被人们接纳并受到人们的欢迎时，这种新的因素就会产生一种吸引力，作者会被这种吸引力所吸引，自然地靠近这种新因素，而读者则会在阅读中认同这种新的因素，形成固定的审美经验。这就是我说的文学类型化倾向，由于存在着文学类型化倾向，审美经验才有可能获得不断的积累和提高。所幸的是，文学不仅仅存在着文学类型化倾向，而且还存在着创新性倾向，创新性是反类型化的，创新性倾向就避免了因为类型化而导致文学的千人一面。从一定意义上说，文学就是在类型化和反类型化的相互抗衡相互争夺的张力中发展的。类型文学是什么，类型文学就是将文学类型化倾向以一定的形式将其固定下来，用一个比喻来形容，类型文学就是搭建起一个固定的舞台，作家要在程式化的表演中展现文学的独创性。

具体在小说中，我们就会有小说类型一说，小说类型同样也是不同于类型小说的。小说类型是指在分类上更宽泛一些，也可以有多种分类方式，比方说，在某种理论视野下，小说就分为了纯小说和通俗小说两类。类型小说则是指那些具备相当的历史时段、具有稳定的形式或者内涵样貌、具有一系列典范性作品，同时又在读者心目中能引起比较固定的阅读期待的小说样式。葛红兵近些年致力于类型文学的研究，他对类型小说的概括比较全面。他认为，类型小说通常具有四方面的显著特点：第一，作品形成一定规模，具有一定的时间跨越度。单篇，少量的作品显然不可能成为一种类型。类型一般都有一定的历史跨越度，如中国的武侠小说的渊源可以上溯到唐传奇，有一千多年的历史；侦探小说则诞生于19世纪上半期而延续至今。第二，具有较一致的态度、情调、目的，或具有连续的主题、题材。比如武侠小说，复仇、比武、夺宝、伏魔等是经常的主题，大漠古刹等是其常见背景。第三，具有较特定的审美风貌，特有的语符选择和编码方式。正是由于选择不同的编码方式，不同小说类型呈现出风格各异的审美风貌。第四，从读者的接受而言，能产生某种定型的心理反应和审美感受。如恐怖小说常常给读者以"怜悯"和"恐惧"的感受，小说家着力于通过阴森氛围的渲染，恐怖意象的创造，造成读者心理上的惊悚感，而读者普遍对此含有阅读期待。

我以为，类型小说有四个值得我们注意的特点：

第一，类型小说是通俗小说的基本存在方式。

第二，类型小说是文学娱乐化功能最优化的通道。

第三，类型小说的发展依赖于媒体的发展，媒体是类型小说的助推器。

第四，反类型化是类型小说保持活力的内在动力。

类型小说古已有之，但我觉得今天我们谈论的类型小说主要还是指现代小说以来的类型小说。因为只有进入到现代化社会，类型小说才会发展得更加充分。现代化社会的市场经济和市民阶层，是通俗文学发展兴盛的两大基础，在这样的背景下，类型小说具有了更完整的形态，更充分的发展，也更加丰富多彩。中国现代意义上的通俗文学是产生于19世纪末，当时一个重要的条件就是现代报刊的兴办，这些现代报刊为通俗文学的诞生提供了一块新鲜的沃土。当然，在这些现代报刊中，与通俗文学关系尤其密切的是小报。据统计，从清末到辛亥革命前，上海出版过四十余种小报。第一份小报是李伯元于1897年创办的《游戏报》。我们讲中国现代文学史，一般都是说现代文学是"五四"新文化运动的产物，因为"五四"新文化运动提倡白话文，现代文学就是白话文学。"五四"新文化运动的先驱们为什么要提倡白话文，是因为他们要用白话文宣传民众，进行思想启蒙。文学也是他们进行思想启蒙的武器。第一篇白话文的现代小说就是鲁迅的《狂人日记》，现在看来，这种历史描述还是成问题的。这种历史描述是要服从于中国革命史的需要，是把现代文学看成是中国革命的先声，是为启蒙运动服务的。中国现代文学无疑承担了这样的历史责任，但这不是它的全部。事实上，在新文化运动之前，以白话文为基础的现代意义上的小说就已经存在了，并且发展得如火如荼，这就是清末到民国初年的通俗文学。所以，准确地说，应该是通俗文学最早拉开中国现代文学的序幕。当时对待白话文学这一新的文学，有两种观点：一种是政治家和思想家的观点，他们要把小说改造成启蒙群治的利器。我们印象最深的应该就是梁启超写的一篇《论小说与群治之关系》的文章，他说："欲新一国之民，不可不先新一国之小说。故欲新首先，必新小说，欲新宗教，必新小说，欲新政治，必新小说，欲新风俗，必新小说，欲新学艺，必新小说，乃至欲新人格，必新小说。

何以故？小说有不可思议之力支配人道故。"但当时的通俗文学作家和组织者（特别是小报的主编们）则强调了小说的游戏和娱乐功能，他们走的就是类型小说的路子。所以李伯元将他办的报纸直接取名为"游戏报"，当然他也不是唯游戏而游戏，唯娱乐而娱乐，当时他的报纸成功了，也有不少人攻击他，他在报纸上写了一篇《论〈游戏报〉之本意》的文章答复这些攻击者，说："岂真好为游戏哉？盖有不得已之深意存焉者也。恰如其分夫当今之世，国日贫矣，民日疲矣，士风日下，而商务日亟矣。……故不得不假游戏之说，以隐喻劝惩，亦觉世之一道也。"但不管怎么说，他把握了一点，小说一定要写得好看好读，要让普通读者能接受。就是在他的极力推崇下，迎来了第一波现代意义上的类型小说——谴责小说的高潮。

谴责小说是鲁迅命名的，鲁迅在《中国小说史略》中将四部小说作为谴责小说进行了论述，这四部小说就是《官场现形记》《二十年目睹之怪现状》《老残游记》和《孽海花》，后来这四部小说被称为"四大谴责小说"，读这些小说，就发现它们具备了类型小说的一些基本特征。鲁迅特别还说到它们是"特缘时势要求"而产生的一股创作潮流，这其实是指出了类型小说是具有时尚性的，是与时俱进的产物。所以，类型小说是一个动态发展的过程，是将类型化逐渐固化和定型的过程，固化和定型的工作做得漂亮，这种类型小说的生命力就比较长，也比较有欣赏价值。现在网络上对小说的分类分得非常详细，这是出于阅读和吸引眼球的需要，但其中的分类严格说来，有些并不构成类型小说。比方说，青春小说，职场小说，因为这类小说在类型化的固化和定型上并不充分。青春小说，或者更严格一些，青春校园小说，只是限定了作品的题材范围以及作者的年龄。一般来说，青春小说都是正处在青春期的年轻人写与自己的青春期有关的小说。从这个角度看，每一个时代都有每个时代的青春小说，每一代人都会有每一代人的青春小说。但每一个时代的青春小说，以及每一代人的青春小说，无论在主题设置上、审美风格上、叙述方式上都不会是相同的，即使是现在流行于网络的青春小说，他们多半出自"80后"，现在又由"90后"接过了接力棒，也很难说有比较明显的类型化特征。当代文学是从新中国成立算起的，新中国成立后大放异彩的就是青春小说。王蒙、路翎、宗璞、邓友梅、刘绍棠都是在新中国成立后成长起来的青年作家，他们的作品一方面自然而然地强烈地流露出他们内心的青春喜悦和青春自信，另一方面，他们又以青春的脚步去追赶时代的大潮，力图将自我融入时代大潮之中。最有代表性的作品就是王蒙的长篇小说《青春万岁》，他写这部小说时才二十岁上下，小说典型地体现了青春文学的三个主题词：理想、爱情、自我。但是新中国成立后始终坚持的一条革命化路线，是要求知识分子将自己改造成与工农兵相一致的头脑。这条路线体现在文学上就不可避免地要否定青春的书写，因此王蒙当时写出了这部小说却得不到出版，直到1982年才由人民文学出版社正式出版，而此刻的青春文学已经被规约为一种"乖孩子"式的青春文学了，丢失了青春文学的精髓。现在的青春小说成为一股强大的文学潮流，但它更多地打上了市场化的烙印，其青春的自由性和个人性仍大打折扣。青春小说显然不是典型的类型小说。总的来看，网络上排列清晰的类型小说名录，大致上有几种情况，一种是在类型化上基本定型的、成熟的类型小说，一种是正在固化其类型化的类型小说，一种就是不过是分类上便于吸引读者的所谓类型小说。

网络的发展大大推进了类型小说的成熟和定型。比如穿越小说和架空小说，这是在网络发达之后兴起的类型小说，这种类型小说充满了网络文学的后现代特征，绝对是与时俱进的产物。穿越小说就是打破时空局限，主人公由于某种原因从其原本生活的年代离开，穿越时空，到了另一个时代，与另一个时代的人物所发生的故事。穿越小说这种形式给作家的想象提供了一个全新的空间，比方说一个现代人将现代科技带到了农耕文明的古代，让一个满口网络语言的"80后"去和之乎者也的唐宋时期的相公对话，显然可以让其出现许多匪夷所思的东西。有研究者认为，穿越小说根据穿越主体的不同方式可以分为三种：一种是仅仅灵魂穿越，一种是身体灵魂一起穿越，一种是身体和灵魂对换。另外，穿越的方式也是多种多样，从目前的穿越小说所写的情节看，比较多的像出车祸、跳楼、上厕所时掉进马桶、睡觉睡过去的、利用高科技、见到外星人，他杀穿越等。穿越小说在类型化的固化和定型方面速度还是比较快的，所以我们比较容易归纳出一些共同性的特点来。穿越的主人公可能天生丽质，可能风流潇洒，可能沉着冷漠，可能知书达理，无一不把现代的东西带到穿越所在地。主人公如果是男性，大多智慧超群；也有天生异能，无人能敌；也有表面看是"废物"其实有很强实力的；还有就是本来就是废物，可是拥有很强精神力被大魔法师或武林高人相中，灌顶大法成为高人。如果是女子，会成为超强的武技师，与男主角浪迹天涯；也会体弱多病，被人抛弃后又有一个

"哥哥"把她抱起扶养，最后或成亲或由于哥哥的嫉妒造成三人（女主角，男主角，收养女主角的哥哥）惨死的悲剧。另外最频繁出现在穿越小说中的角色是王妃、皇后、和亲公主、丫鬟、下堂妻等。女主人公穿越后，年纪通常变小，若是灵魂穿越通常还会穿越到所谓绝世佳人的身上，以倾国倾城之色，以现代女子的风范学识打动美男。她们通常有跆拳道、歌、舞、琴艺、诗词、兵法、经商、医学等这些特长。在性格上，小说的女主人公大多拥有现代女性独立自强的特点，开朗、直率、自信、坚强，但又存在自恋倾向，几乎所有穿越的女主人公都能在穿越时空后得到真爱，开展一段甚至几段轰轰烈烈的恋情。架空小说与穿越小说有某种程度的相似性，都是与历史元素有关的，所谓"架空"就是指架空历史，即"并非真实发生的虚构历史"，包括历史背景及未来。历史成了一个由作者随意设定的世界。架空小说分为完全架空和不完全架空。如果回去的环境是真实的环境就是不完全架空；环境是作者虚构，根本没有存在过的，那么就是完全架空。一般来说架空类历史小说都带有玄幻色彩。穿越小说与架空小说的特性有时也会结合起来，成为一种穿越架空小说，也就是说，主人公穿越到了一个虚构的历史时期。

　　类型小说既然是娱乐化的最优化通道，那么，是不是就注定了类型小说是短命的呢，前面还说到类型小说具有时尚性，时尚也是一种稍纵即逝的东西，时尚总是在长江后浪推前浪，新的时尚出现，就会把正红火的时尚打入冷宫，类型小说是不是也和时尚有同样的遭遇呢？有些类型小说可能就像时尚一样，只能红火那么一段时间，就像前面提到的谴责小说，因为当时社会正处在转型期，混乱不堪，怨声载道，谴责小说正好迎合了这种社会情绪。但是类型小说同样留下了经典性的作品，即使流行的时尚已经烟消云散，这些经典性的作品仍然受到读者的喜爱。眼下的类型小说还要经过时间的考验，先放下不评，就说以前的类型小说吧，科幻小说有儒勒·凡尔纳的《海底两万里》，侦探小说有柯南·道尔的《福尔摩斯探案集》，有克里斯蒂的系列，武侠小说则有金庸的作品。读这些类型小说的经典性作品，就会发现，这些作家将类型小说的类型化功能发挥到极致。类型化功能是与娱乐性相关联的。有位研究者在研究类型文学时提到一个"核心趣味"的概念，我以为这个概念很好，抓住了类型小说为什么会给读者带来娱乐性的本质。类型小说就是在核心趣味上做文章，让喜欢这种趣味的读者能够得到精神上的极大满足。比如侦探小说可以说是为读者提供了一次复杂的智力游戏。而武侠小说显然是与人类的尚武精神相关的。但另一方面，这些经典性作品并不停留在类型化上，又都包含着鲜明的反类型化的努力。就是说，这些作家能够恰当地处理类型化与反类型化的张力，单纯靠类型化，成不了经典，还必须有反类型化的加入。这也就是我在前面所说的类型小说的基本特点之一：反类型化是类型小说保持活力的内在动力。我想举一个成功的例子，这就是丹·布朗的《达·芬奇密码》，这部小说2003年在美国出版，后来翻译成多种文字在各国出版，至今在全球的销售量已经突破六千万册，它是最成功的畅销书。我们也可以把它看成是一部类型小说，但它糅合进了多种类型小说的元素，如侦探、惊悚、悬念，甚至还有架空的元素，比如小说涉及很多历史事实，包括大量的达·芬奇的名画，但作者完全以自己想象的方式重新加以处理，所以小说出版后，不少批评者就批评小说有太多的歪曲事实和捏造之处。小说写的是哈佛大学的宗教符号学教授罗伯特·兰登在破获巴黎罗浮宫的馆长雅克·索尼埃被谋杀一案所发生的故事。索尼埃死得就很神秘，他的赤裸的尸体以达·芬奇的名画维特鲁威人的姿态躺在罗浮宫里，索尼埃死前在身边写下一段隐秘的信息并且用自己的血在肚子上画下五芒星的符号。小说是一个逐渐解谜的过程，并牵出好几条线索，一个神秘接着一个神秘，把我们都压得喘不过气来，但最后都真相大白，从而体会到一次智力拼搏的快感。可以说，丹·布朗非常巧妙地在类型小说中展开反类型化的想象，他大获成功。

强调类型小说的娱乐性，那么，我们要不要关注类型小说的思想性和精神价值呢。我们常常会听到人们这样责问通俗小说或类型小说，这的确是一个应该认真回答的问题，但我觉得这个问题的核心其实是在贬低和指责类型小说乃至通俗小说。也就是说，这个问题一提出来，就把类型小说置于一种被贬低和被攻击的处境上，因为这个问题预设了一个理论前提，就是将娱乐性同思想性和精神价值对立起来，仿佛这二者是你死我活、有你无我的关系，如果你强调了小说的娱乐性，就必然会损伤小说的思想性和精神价值。我以为这个理论前提是不成立的，因为小说作为一种语言艺术，我们是无法剔除掉小说的思想性和精神价值的，问题在于，一部小说给我们传达了什么样的思想性和精神价值。这不是由娱乐不娱乐来决定的，而是由作家的主体决定的，是由作家的世界观和人生观决定的。一个纯文学的作家，他根本不讲究小说的娱乐性，但也许他在小说中传达的是一种颓废的、厌世的、灰色的思想性，传达的是一种陈旧落后的精神价值。至于类型小说，尽管它强调娱乐性，但这种娱乐性仍然是一种精神上的消遣，不是一种身体上的消遣，是与在洗浴中心和按摩房里获得的消遣不一样的，后者是一种身体的消遣，而阅读类型小说的消遣激发了精神的活动。当然，类型小说既然把娱乐性放在第一位，势必就会稀释了小说的思想性和精神价值，另外，在很多情况下，类型小说所包含的思想性和精神价值并不见得非常深刻、非常独特，可能是一种公共性的思想，是一种常识性的表达，因为公共性的思想和常识性的表达能够争取到更广大的读者的认同。其实，文学作品即使是传达一些公共性的、常识性的思想，其社会作用也是不容低估的。一部很好看的小说，被众多的读者喜爱的小说，也许仅仅在表达"要做一个善良的人"这样一种非常浅显的人生道理，这不也顶好吗？总之，娱乐性是否影响到小说的思想性，这完全是一个伪命题，因此，我们不应该以思想性为由去反对类型小说的娱乐性。尽管大量的类型小说的思想性是属于稀释的、被冲淡了的，而且也缺乏特别有思想冲击力的、有独到见解的作品，但同样也有一些类型小说具有深厚的精神价值以及犀利的思想锋芒。所以我们一定要正确对待类型小说的娱乐性，我们完全可以批评某部类型小说所表达的思想意义不健康，但我们不应该因此就把责任推到娱乐性上，我们可以对类型小说说，你们要寓教于乐，但我们更要防止以教伤乐。

新世纪带给文学的一份厚礼
——关于网络文学的革命性和后现代性及其他

讨论新世纪文学必须讨论网络文学。人们总是希望新世纪文学能给传统的文学赋予一些新的因素，而从影响之众和更替之新来说，舍网络文学无有其他。网络作为一种新科技被应用于社会生活也就短短几十年的工夫，而网络文学，在新世纪来临前夕更是星星点点的散兵游勇，根本不成阵势，那时候大多数作家对网络文学是不屑一顾的。仅仅十来年的光景，现在的网络文学大有要与传统的文学分庭抗礼的劲头。而未来的网络文学将是什么样的情景，我们更是难以预料，仅从它目前所显示出的巨大能量和超强的变异性来看，也许可以用得上一句广告语来描述它的未来："一切皆有可能。"毫不夸张地说，网络文学是新世纪带给文学的一份厚礼。

从传统文学的角度看，网络文学对传统文学构成了一种挑战，有的人会把这种挑战看成是一种威胁，会感到恐慌，会把网络文学当成负面的东西，要对网络文学行使扼杀权。但我觉得这种挑战对传统文学来说是一种积极的、有益的挑战，将会给传统文学开辟更为广阔的空间。

一、网络文学具有革命性的意义

网络其实就是一种新的载体，有人总是强调，网络文学不能说是一种新的文学样式，他们的理论依据就是把网络看成不过是一种载体而已，文学不过是从原来我们习惯的纸媒载体移到新的载体网络上罢了，网络文学的区别只不过是我们阅读的方式改变了而已，过去我们是捧着一本书在读文学，网络文学则是让我们坐在电脑前，用鼠标上下移动着阅读文学。把网络看成是一种新的载体并没有错，但它显然不仅仅是一种新的载体，这个也是非常明显的。但是，即使我们把网络仅仅看成是一种载体，也不要轻估了它的影响力。从几千年的文学发展史来看，新的载体往往会带来一场文学的革命。远的就不必讨论了，就说我们现在作为主流的文学，即中国现当代文学，就是"五四"新文化运动这一场文学革命的结果。这场文学革命之所以能够发生，就因为当时涌现出了新的媒体，这就是现代报刊的诞生。中国的现代报刊诞生于19世纪末，有人做过统计，清末最后五年共创办报刊231种，平均每年为46.2种。民国最初五年共创办报刊457种，平均每年91.4种。1917年至1922年6年中出版期刊1626种，平均每年出版期刊271种。现代报刊最开始刊登的文学作品还是传统的文学样式，有格律诗、文言文的散文随笔，还有半文半白的小说。那时候，人们大概不会想到这些报刊的流行会带来一场翻天覆地的文学革命，从此以文言文为基础的古代文学就基本上退出了文坛。因此，今天我们千万不要轻看了网络这种新的载体，它发展的速度显然要比19世纪和20世纪之交所出现的新载体现代报刊更加惊人。

新的载体只是引起文学革命的一个方面的因素，还需要另外一个重要的因素，这就是要有新语言，一种与新的载体相匹配的语言。还是以20世纪初的文学革命为例，与现代报刊这种新媒体相匹配的新的语言就是白话文。现代报刊面向市场，它必须寻求与广大读者沟通的渠道，语言就是一个绕不过去的大问题。现代报刊从诞生起就在寻找与自己相匹配的语言，白话文的兴起可以说是一个历史的选择，也是一个历史的必然。

今天的网络文学之所以也具有革命性，同样也具备了这两方面的条件，新媒体就是网络，而新的语言就是在网络上流行的网络语言。网络语言是指上网者在网上交流时所使用的一种话语形式，是在标准语言的基础上形成的一种新的社会方言。网络语言由多种元素组合而成，并针对特定的人物或者事件形成其特定的含义。网络语言的表现形式主要有以下几种：一是利用文字组成的语言。如：东东——东西；么么黑——非常黑暗；做脸——整容；偶——我；可爱——可怜而没人爱；大虾——大侠；我倒——用于表示佩服，或出其意料之外；我闪——用于表示惹不起躲得起。二是用汉语拼音字母和外文字母组成的语言。如："BT"表示"变态"、"PMP"表示"拍马屁"、"GG"表示"哥哥"、"JJ"表示"姐姐"，还有用英文谐音的，如："I服了U。"三是用数字组成的语言。如：886（拜拜了）、7456（气死我了）等。四是用符号组成的语言。如，：—）普通笑脸、：—D张开嘴大笑、@>>- -）收下这束漂亮的玫瑰花等。五是网名形成的语言。如："云""秋水""开心鬼""风雨飘摇""陪你到永远""孤独的牧羊人""没有天使的天堂"。六是约定俗成的网上语言：如驴友者，旅游也。这是旅游天下者的昵称，是网民们约定俗成的叫法。博客，一种网上共享空间，让人以日记随笔等不拘一格的方式在网络上表达和展现自己的形式。闪客，使用Flash软件做动画的人。

有人对网络语言深表忧虑，认为是在污染现代汉语的纯洁性。猛地一看，网络语言的确像一只怪兽，它的组词方式和表达方式完全是违反逻辑的。比如"喜欢"叫"稀饭"，"我爱你"叫"爱老虎油"，"为人民"则变成了"4人民"。其实把网络语言看成一个自成系统的语言的话，这些表达又是合逻辑的。在这个系统里，数字、英语字母都成了词素。所以，马屁精就成了MPJ，谢谢就成3Q，再见则成了3166。（在当下的语境里，网络语言的语法规则中还有一条最为重要的规则，就是自由最大化的规则，出于自由表达的需要，网络语言会针对自由的障碍而采取应变的措施，比如为了逃避严厉的网管，网络上就会以一些特殊的词语替代那些被过滤的词语。）新的语言具有强大的自生能力，再经过时间的淘洗，留下经典的词语。现代汉语最初也经历了一个异常活跃也异常不稳定的阶段，大量的新词让人目不暇接。当时有一个重要的组词法，就是音译西方新词，如鲁迅曾在那篇著名的杂文中使用"费厄泼赖"来表示公平忍让的意思。造这样的新词成为当时新派人物乐此不疲的时尚。有些新词流传至今，如沙发、咖啡、迷思等，但大量的新词被淘汰，如今我们还有谁能明白"尖头鳗""奥伏赫变"呢？这都是当时流行的新词，前者是英语"绅士"的音译，后者是德语"扬弃"的音译。现代汉语正是经历了这样一个异常活跃也异常不稳定的阶段，才逐渐被典雅化和规范化。如今，网络语言正处在一个异常活跃也异常不稳定的阶段，它将遵循语言发展的规律逐步走向规范化，我们不必将其视为现代汉语的污染源，像防止洪水猛兽一般地抗拒它。

从新载体和新语言的角度来看，今天的网络文学具备了革命性的因素，它是否也会像20世纪导致一场白话文运动的文学革命呢，可能不能这么简单地进行对比，虽然说新载体和新语言是文学革命的重要条件，但这种革命性因素会造成什么样的后果，革命的程度有多深，会不会导致新的文学完全取代旧的文学的结果，又是一个更为复杂的问题。目前还看不出网络文学会完全取代传统的现代汉语文学。首先，今天的现代汉语文学实际上还是一个未发展成熟的文学，不像传统的古典文学，到了20世纪已经发展得烂熟了，要变革已经很难了，它也就很难去适应现实变革的需要，也就是说，以文言文为基础的古代文学面对新的时代已经失去了表达的能力。因此，"五四"文学革命就会采取一种完全对抗性的革命方式，它要以新的文学形态完全取代以文言文为基础的古代文学。今天，网络语言催生的网络文学虽然方兴未艾，但它并非与现代汉语为基础的文学传统势不两立，二者不是对抗性的，重要的是，现代汉语文学并没有失去生命力，它有强大的能力去表现新的时代。这反映了两个时代的根本区别。前一个时代是一个一元的时代，新的必须取代旧的，才有生存的位置。今天这个时代是一个多元的时代，是一个多中心的时代，每一种文学都对应于一元，各自确定了各自的位置，并产生互动效应。可以预见的是，未来的文学格局应该是现代汉语文学与网络文学两峰对峙、相得益彰、相互影响、相互渗透。

　　由对抗性到互补性，这反映了两个时代的特征，其实也是一种思想的进步。对抗性能迅速确立新生力量的地位，但它也会带来长久的后遗症。我认为"五四"文学革命因其尖锐的对抗性对后来的现代汉语文学带来的最大后遗症，就是使现代汉语的典雅性的生成过程变得异常艰难。其实，20世纪的关于白话文与文言文之争，站在文言文立场上的学者并不是没有看到白话文的生命活力，没有看到白话文与现实的密切关系，他们却要维护文言文在文学的地位，一个主要原因是因为他们担心文学的典雅性因此而丧失。但是，在当时出于对启蒙和革命的需要，激进主义占了上风，所以对于坚持文言文写作的主张只是简单化地进行了一种保守的解读，完全掩盖了他们在文学传统延续性的思考。比如最初与胡适进行论争的梅光迪是胡适在美国的同学，他反对胡适的白话诗，一个重要的理论依据就是诗歌语言不同于日常口语，诗歌语言是人们对语言锤炼的产物。他说："诗文截然两途，诗之文字与文之文字，自有诗文以来

（无论中西）已分道而驰。"[1]为什么诗歌的文字格外不同呢，因为他认为"诗者，为人类最高最美之思想感情之所发宣，故其文字亦须最高最美，择而又择，选而又选，加以种种格律音调以限制之，而后始见奇才焉，故非白话所能为力者"。[2]因此，他并不是一般地反对白话文，而是认为，应该看到白话文的长处和劣处，不能因为倡导白话文而否定了文言文的典雅性。他说："以白话之为物，如西文之provincialism（方言），slang其源多出于市井伧父之口，不合文字学之根源与法律，且其用途与意义取普及、含糊、无精微之区辨，故有教育者摈之于寻常谈话之外唯恐不及，岂敢用之于文章哉！文章之愈高者，其用字愈主有精细之区别，愈主广博。"[3]他也不是一般地反对文学革命，相反，他也认为，语言文字确实有不适应时代发展的问题，需要进行文学革新。那么，他设想的文学革新是什么样的呢。他说："一曰摈去通用陈言腐语，如今之南社人作诗，开口燕子、流莺等已毫无意义，徒成一种文字上之俗套而已，故不可不摈去之。二曰复用古字以增加字数，如上所言。三曰添入新名词，如科学、法政诸新名词，为旧文学中所无者。四曰选择白话中之有来源、有意义、有美术之价值者之一部分，以加入文学，然须慎之又慎耳。"[4]今天再来看"五四"时期的白话文论争，就会发现反对方的一些意见还是很正确的。他们的担忧和预见都在后来的历史发展中成了事实。如梅光迪就认为胡适们所采取的是一种与欧美现代主义思潮相通的激进思想，这种激进思想将带来文化、道德伦理的失范和无序，所以他将胡适的行为说成是剽窃新潮的行为："盖今西洋诗界，若足下之张革命旗者亦数见不鲜，……"[5]梅光迪预感到胡适的文学革命主张如果实现了，将对传统文化产生破坏性甚至颠覆性的后果。而后来的历史也确实如此，现代汉语为基础的新文学确实对以文言文为基础的传统文学造成了破坏性甚至颠覆性的后果。我觉得，梅光迪的思想方法对于今天我们如何处理网络文学与传统的现代汉语文学之间的关系，有着重要的借鉴意义。梅光迪的思想方法说到底就是一种中庸的方法，一种改良的方法。梅光迪说："凡世界

---

[1] 罗岗、陈春艳编《梅光迪文录》，第159页，辽宁教育出版社2001年版。
[2] 罗岗、陈春艳编《梅光迪文录》，第170页，辽宁教育出版社2001年版。
[3] 罗岗、陈春艳编《梅光迪文录》，第170页，辽宁教育出版社2001年版。
[4] 罗岗、陈春艳编《梅光迪文录》，第171页，辽宁教育出版社2001年版。
[5] 罗岗、陈春艳编《梅光迪文录》，第167页，辽宁教育出版社2001年版。

上事，唯中庸则无弊。学术思想一尊之流弊，在狭隘而无发扬余地。学术思想自由极端之流弊，在如狂澜决堤而不可收拾。"[1]梅光迪也就是从这一思想立场出发反对胡适的"白话入诗"主张和其他文学革命思想的，认为他们的主张和思想是极端的和偏激的，是唯求其而新，缺乏应有的中庸与理性的态度，因此也不可能达到求真的目的。

梅光迪的观点在今天就是非常值得借鉴的，因为梅光迪的中庸和改良的观点适应了今天的互补性时代特征。它可以避免现代汉语文学在成长发展过程中的缺失和遗憾。现代汉语文学最大的缺失和遗憾就是强行将它与传统文学设置在一个对立和对抗的态势之中，使得传统文学的典雅性难以顺畅地转移到现代汉语文学之中，因此，现代汉语文学的经典化过程变得非常艰难和缓慢。

今天，现代汉语文学已经成为主流文学，成为文学的强势，它现在又面临着网络文学的挑战。网络文学虽然来势凶猛，但它不像20世纪的新文学那样气势汹汹，非取而代之不可。现代汉语文学虽然处在主流地位，渐渐地也认可了这个新来的文学伙伴。我觉得这是一种比较好的趋势，主流文学也正是在这一大的背景下向网络文学不断地暗送秋波，不断地传递过去橄榄枝，网络文学当然没有必要拒绝，接受这边的橄榄枝也绝不是一种被招安的结果。因为事实上两种形态在本质上有所不同，是不可能被招安的。当然，对于具体的人和事来说，可能会发生形态上的转变，比如，有的网络作家最终可能转型成为纯粹的纸媒的传统作家。

二、网络文学的后现代性

网络文学与传统的现代汉语文学在本质上的不同是什么呢。我以为，本质上的不同就在于，现代汉语文学是建立在现代性基础上的文学形态，而网络文学是建立在后现代性基础上的文学形态。后现代性就是网络文学的最大特征。后现代性可以说是网络文学的立身之本，凭着这一点，网络文学就不必担心会被强大的传统文学吞没、收购或者说招安。后现代性是对现代性进行质疑和挑战的思想武器，从一点来说，传统的现代汉语文学倒是要提防网络文学的侵蚀

---

[1] 罗岗、陈春艳编《梅光迪文录》，第166页，辽宁教育出版社2001年版。

和同化。

刚才说到了网络文学独立成阵的两个重要条件：一是新的载体，二是新的语言，但是大家可能会发问，尽管网络上流行网络语言，但网络语言并没有成为网络文学的主体语言成分。幸亏还没有成为主体语言成分，不然的话，网络文学取代传统的现代汉语文学就是水到渠成的事情了。但是我想强调的是，网络语言的思维特征渗透进了网络文学之中，使得网络文学的后现代性具有一种不可逆转之势。也就是说，网络语言的思维特征就是后现代性的特征。网络是一个自由进出的世界，也是一个争奇斗艳、花样翻新的世界。网络语言具有随意性、反规范化、简约性、多变性等特点，这一切又是建立在后现代文化的基础之上的，网络语言的思维特征就是后现代文化的思维特征。后现代对于当代文学来说，并不是一个陌生的东西。早在20世纪80年代的先锋文学，以及90年代以后的文学世俗化潮流里，后现代往往成为创新的一个标志。但那时候基本上是处在学习、模仿的阶段，基本上是形式的后现代，他们的后现代多有一种做作、虚假、生硬的成分，有一种"为赋新辞强说愁"的情绪。网络世界提供了一个完全彻底的后现代文化语境，网络文学则是在这种语境中的自然生长物，在思维方式上体现出不确定性、零乱性、非原则化、无我性、卑琐性、内在性、非中心等特征。其审美取向上因而也具备鲜明的后现代性，反讽、戏谑、幽默、反智、自我解构，不仅成为基本的审美形式，而且其本身就成为一种意义表达。

后现代性是针对现代性而言的，后现代主义是要纠正现代性带来的社会问题，对现代性采取批判和否定的态度。中国其实是一个现代化还没有完成的国家，所以有人认为后现代对于中国来说是一种超前的思想，是一种奢求。但是，应该看到中国今天的现代化已经不同于过去西方进行的现代化的历史背景了，在全球化时代，一切都无法再像过去那样按部就班进行了，中国是一个前现代、现代和后现代并存的时代。后现代对于中国来说，也是具有革命性的意义的，它可能会起到一种匡正现代化弊端的作用。但后现代的革命形态与我们熟悉的革命形态不一样，我们是在革命意识形态中成长起来的，对这一点可能感觉更明显。后现代的文化特征是颠倒文化的原有定义，反对传统标准文化的各种创作原则，扬弃传统的语言、意义系统、形式和道德原则。走向零散化、边缘化、平面化、无深度，通过各种炫目的符号、色彩和光的组合去建构使人唤不起原物的幻象和影像，满足感官的直接需要。从思维特征看，后现代不再顾忌逻辑思维和反思等严谨的和系统性的理性活动，只注意"当下"立即可以达到的并直接得到验证而生效的感性活动，它要表达的是一种不确定性、模糊、偶然、不可捉摸、不可表达、不可设定及不可化约等等精神状态和思想品位。

现在人们对网络文学还有很多非议，对这种新的文学形态还是表示了一种拒绝的态度。我以为关键还是对网络文学的后现代本质缺乏认识，当然，归根结底也是对后现代性缺乏认识，对后现代的颠覆性和破坏性难以接受，其实，后现代性也是具有建设性的，它是通过颠覆和破坏的方式达到革命和建设的目的。

三、网络文学的功能提纯

文学包含着多种功能，如娱乐功能、教化功能、抒情言志的功能、审美的功能，等等。传统的文学往往是多种功能汇集于一身，传统文学理论更是强调要寓教于乐，就是说既要娱乐，也要通过娱乐达到教化的目的。但网络文学则是强调功能提纯，就是说，网络文学不是将多种功能汇集到一起，而是功能的目的性很单一、很明确，如追求娱乐性的就纯粹追求娱乐性，不会再去顾及教化目的了，如为了抒发情感，就会把抒情性强调到极致。我们还是可以把网络文学按照传统文学的分类方式分为小说、诗歌、散文三大块。散文的分类可能更为宽泛，它主要表现为博客和帖子的形式。从这样的分类来看网络文学的功能提纯，就是这样一种情况：小说的娱乐化，诗歌的率性化，散文的载道化。

功能提纯显然与网络的传播方式有关，功能越纯粹、功能性越突出，也才会吸引网民的眼球，才会留得住鼠标。所以对网络文学的功能要从整体上来把握，文学的多种功能是通过不同的渠道、不同的文学种类综合实现的，单独一个作品，或者一个种类的作品，可能只是满足人们对于文学一个方面的需求。

网络小说充满着娱乐性，它真是把文学的娱乐功能发挥到极致，读网络小说绝对没有精神负担，不会有一种思想的沉重感，通过阅读会获得一种极大的消遣，只要你是喜欢这部小说，你就会愉快地消遣一段阅读的时光。所以真正能在网络上站住脚的小说作家多半都是把娱乐功能强调到极致的作家，他们把握到了网络的本质,就是它的后现代性。网络文学与网络的文学往往区分不清,其实只要看它是不是功能单纯就大致上能分出一二来。比方说,一些大的网站经常进行一些网络小说征文、网络小说大奖赛之类的,参加者中有很多其实还是传统文学的写法,写的是传统的文学,不过是贴到网上而已,有的人因此还获了奖,但这类人肯定不会在网上立住脚。2004年前我参加了新浪网的原创文学大奖赛,这是他们举办的第二届大奖赛,这一届获金奖的是湖北的一位新手,网名千里烟,是一位中学语文老师,他一直进行文学创作,但始终没有成功,没有得到认可,这次参赛的作品是《豆豆的爱情》,典型的传统写法,写年轻人经历、现实感,叙述上日常化,有励志的主题、青春的主题。她或许可以在传统文坛打拼一番,但网络显然不会是她长久的平台。小说的娱乐性决定了网络小说基本上走的是类型小说的路子。在各个网站基本上也是按类型来划分的,如"玄幻""武侠""仙侠""盗墓""穿越""后宫"等。类型小说完全以愉悦读者为目的,特定的读者在相应的类型小说里怎样才能获得愉悦,他们期待读到什么,通过小说的类型化得到了实现。小说的娱乐化再向前发展一步,就变成了网络游戏,也就是说,读者不满足于在阅读中获得愉悦和快感,还要亲自参与其中,于是网络小说就被网络商开发成网络游戏。有一个网站有一篇"新手必读"的文章,告诉你要想写网络小说,就得注意一些什么的规律。其中就有:不能有政治,不能有思想,不必讲情节的合理性,不要太诗意的铺垫,说到底就是要在娱乐性上下功夫,其他的东西都是多余的。网络还有一个自己的说法,叫作YY小说,也叫作意淫小说。这个YY,显然不仅是性的意思,按北大邵燕君的解释,是"一切放纵想象的白日梦",是"讲究无限制地夸大个人实力,把一切不合理变成合理,把一切不实际变成实际,这就是它最大的魅力所在。"[1]网络小说在功能上的娱乐化,是网络小说遭到批评指责的最根本的原因,进而人们推广到整个网络文学,认为网络文学只是追求娱乐性和消遣性,因此只是一堆一次性消费的垃圾,是对人的思想精神没有多少教育和启迪的东西。这样的指责还是欠推敲的。首先,关于教育和启迪就可以讨论一番,阅读中的启迪其实是多方面的,读者在阅读中即使纯粹想获得一种消

---

[1] 邵燕君《传统文学生产机制的危机和新型机制的生成》,《文艺争鸣》2009年第12期。

遣，也与在洗浴中心按摩房里获得一次消遣是不一样的，虽然都是纯粹的消遣，但阅读的消遣激发了精神的活动，而按摩完全是一种身体的消遣。因此，即使一部文学作品仅仅给我们提供了娱乐性的功能，也是可取的。比如榕树下网络原创文学奖最佳小说大奖的获得者《灰锡时代》，是富有想象力的一部作品，讲述了一个发生在30世纪的故事：未来世界，地球环境遭到严重的破坏，城市环境污染严重，"从早到晚都是灰蒙蒙的，好像海底世界一样，每呼一口气，就会有一种劈波斩浪的感觉；灰尘很快分成左右两边，当中是一条清爽的以二氧化碳为主的人的气息……"人们不得不戴着防毒面具才可以出门，而且因之也产生一些非常奇怪的社会制度，像犯了罪的人，"每进一次局子，都要在身上敲一个钢印，以便登录档案。"小说在构思和语言上都有独到之处，特别是作者非凡的想象力、戏谑幽默的语言风格，令网友们纷纷惊叹仿佛"文坛外高手"王小波的手笔。

　　问题还在于，网络文学既然是采取的功能提纯的方式，我们就不应该这样去指责网络文学，不能因为网络小说强调了娱乐性就看不到网络文学通过另外的途径去发挥文学的其他功能。比方说，我们能说网络文学缺少思想的锋芒吗？看看这几年的社会大事件，很多产生重大社会影响的言论正是通过网络发出的，没有网络，这些言论还出不来，而这些文章不就是类似于传统文学的散文、随笔、杂文吗？这就是我说的网络文学中的散文载道化，散文更强调思想的直接表达，更强调锋芒，强调批判性，强调针对性。网络文学针砭时弊，指点江山，一点也不比"五四"时期的《新青年》逊色。谈到网络文学中的散文，我特别要提到韩寒。这位"80后"的领军人物，后来又成了一位网络作家。他在网络上的贡献就是博客，这就是典型的网络文学中的散文。有人曾夸韩寒是新世纪的鲁迅。虽然这种说法有些夸张，但还是抓住了韩寒的实质。也就是说，韩寒的博客类似于鲁迅的杂文写作，这是一种时效性特别强的文体，直接针对社会现实发言，最鲜明地干预现实，这还不是典型的"载道"吗？韩寒的思想言行是典型的后现代，具有破坏性，同时也具有建设性。在尖锐、一针见血、见解犀利、立论独辟蹊径等方面，韩寒的博客确实与鲁迅有相似之处。不同之处在思维方式，鲁迅是建立在理性主义基础上的思维方式，韩寒则是建立在后现代基础上的思维方式，所以更明显地具有反讽、正话反说、举重若轻、调侃等特点。再看看各种文学刊物和报刊上的散文，尽是一些做作的情感、虚伪的思想，如果说传统的现代汉语文学中还存在着一种鲁迅风的批判精神的话，那么，真的可以说，这种批判精神更多地保存在网络文学之中。

网络文学中的诗歌更是值得我们关注的了。网络诗歌显然与网络小说不一样，因为很简单，功能不一样，诗歌不像小说那样强调娱乐化的功能。诗歌是率性化的，它体现了文学的自我宣泄和自我表现的功能。既然是率性化的，因此各种各样的诗歌都存在，充分自由地表现诗人的性情，其中也不乏神圣的、崇高的、具有纯粹文学精神的诗歌。2008年汶川大地震，最感人的一首诗歌就来自网络诗歌。"孩子，快，抓紧妈妈的手，去天堂的路，太黑了，妈妈怕你，碰了头。"这首《孩子快抓紧妈妈的手》在网上一出现，便广为传诵，虽然后来围绕汶川大地震写的诗歌不计其数，但最终最为真诚也最为感人的不得不说是这首网络诗歌。所以于坚、韩东这样的成名诗人也会说，当下中国诗歌的现场在网络，好诗在网络。汶川大地震后，网络上出现了不少感人的好诗，当时很多人还大惊小怪，意思是他们根本就没有想到，网络诗歌会这么好，言外之意，网络上就应该只有垃圾。这只能说明，他们根本不了解网络文学，他们对网络文学一直存在偏见。

在网络文学中，始终都是多元化的，既有垃圾，也有佳肴；既有谩骂，也有神圣；既有恶俗，也有崇高。可是在大多数人眼里，或者说在一种公共的舆论里，只看到网络文学中的前者，看不到网络文学的后者。当然这也与网络的特点有关，这涉及网络的自由精神的问题。

四、网络的自由

网络文学的自由度是人们最乐于谈论到的。的确如此，没有比在网络上再自由不过的了。与其说网络是一个文学创作的空间，不如说它首先是一个自由交往的空间。这个自由交往的空间撤除了社会的一切屏障，没有等级约束，也没有各种条条框框的限制，人们以任何一种姿态与他人交流、对话，想怎么说就怎么说，因此，网络上的许多作品大部分属于"泛文学文本"，它们是较传统纸介媒体的文学更松散随意的作品。传统文学界限比较分明的小说、散文、诗歌、戏剧四大家族的文体界限被淡化，一种相互渗透、互为融合、你中有我、我中有你的"四不像"文体在网络的写作空间里大行其道，确如万花筒式变幻多端，此消彼长。另外，网络的虚拟性也使得网络写作获得了表达的充分自由。一些网络写手的言论都表明了网络写作虚拟性所带来的多种变化，邢育森说："说实在的，在上网之前，我生命中很多东西都被压抑在社会角色和日常生活之中。是网络，是在网络上的交流，让我感受了自己本身一些很纯粹的东西，解脱释放了出来成为我生命的主体。"[①]宁财神说："以前我们哥几个曾经探讨过这个问题，就是说咱们是为了什么而写，最后得出结论：为了满足自己的表现欲而写、为写而写、为了练打字而写、为了骗取美眉的欢心而写，当然，最可心儿的目的，是为了那些个在网上度过的美丽而绵长的夜晚而写，只是该换个名字，叫记录。"[②]安妮宝贝也说："我觉得自己的文字是独特的，但现在的传统媒介不够自由和个性化，受正统的导向压制太多。就像一个网友对我说的，我的那些狂野抑郁的中文小说如果没有网络，他就无法看到。"[③]写作的虚拟性能够最大限度地让写作者把自己最真挚的情感与体验传达出来。

网络上的双向交流，唤起了被主流意识形态所遮蔽的那份民间的存在，使它得以自由流露。民间精神说到底是一种自由精神，而网络，起码在现时给予了人们一份相对自由地表达的承诺。网络文学的存在方式不同于传统的纸媒文学，网络文学的公共空间也与传统纸媒文学的公共空间截然不同。传统纸媒文学的公共空间是有警卫保守着大门的，符合条件的文学作品才会放行，而大量的文学作品是被"警卫"挡在了公共空间的门外。而网络文学的公共空间是一个没有围墙也没有警卫保守的空间，任何文学作品都可以自由地进入。所以在网络文学的公共空间里，作品的思想和艺术水平相互之间差距很大，读者只能以沙里淘金的方式寻觅到质量上乘的作品。如果我们要求网络文学的公共空间里只能存在质量上乘的作品，那就只有像传统纸媒文学那样立上大门，安置警卫。但如此一来，网络文学的自由品质也就丧失了，网络文学也就蜕变成了传统纸媒文学，只不过是将载体从纸质改成了网络而已，最终，网络文学的创新性和革命性的意义也不复存在了。认识到网络文学的公共空间的特点，在讨论提高网络文学的质量时就会观照得更全面一些。从根本上说，要提高网络文学

[①] 吴过《青春的欲望和苦闷——网路访邢育森》，转引自杨新敏《网络文学刍议》，《文学评论》2000年第5期。

[②] 吴过《藏身网络侃江湖——网路访宁财神》，《青年作家》2001年第10期。

[③] 吴过《桀骜不驯的美丽——网路访安妮宝贝》，《星伴文苑》2000年第1期。

的质量，首先要让参与到网络文学写作中的广大网民提高自身的文学素养和思想素养，于是，提高网络文学质量的问题就转换成了提高全民族文化素养的问题。另一方面，网络文学既然是沙里淘金，提高网络文学的质量也意味着如何使沙堆里的金子含量更大一些，金子的成色更纯一些。这就需要为那些脱颖而出的网络文学高手创造更好的写作条件，也为那些高手能够脱颖而出创造有利的条件。

网络文学的确给我们带来一个自由度非常大的空间，但自由并不是网络文学所独有的。文学就其本性来说就应该是自由的，文学的诞生缘于人类心灵的自由表现，自古以来的文学都莫不如此，从本质上说，自由是文学的生命之源。但自由作为文学的生命之源，主要是指心灵和精神的自由，而不是指文学外部空间所提供的自由度。伟大作家为了让心灵和精神的自由得到充分的表达，就不得不与外部的不自由进行抗争。这种抗争对于文学来说又是非常重要的，因为正是在这种抗争中，作家心灵和精神的自由得到了锤炼和锻造，在这种锤炼和锻造的过程中自由之光芒照亮了文学。所以，伟大的文学作品往往是在内在自由与外在不自由的紧张关系中磨砺出来的。但我们似乎更看重文学的外部自由，甚至将自由等同于舒适和没有压力，以为在一个鸟语花香、无忧无虑的环境中就能写出伟大的作品，这实在是对自由精神的极大误解。文学的自由必须具备两个条件：其一，文学的自由不是别人给予的，更不是靠施舍得到的，它必须是通过争取和追求而获得的。其二，文学的自由凝聚着人类文明的精华，具有清晰的价值判断，因此它是一种负责任的自由。网络文学的自由在很大程度上恰恰缺乏这两个条件。对于大多数的网络写手来说，他们缺乏争取和追求的环节，他们的自由写作多半只是一种率性的、个人放纵的自由写作，而缺乏一种凝聚着人类文明精华的自由精神的烛照；因此他们的自由纯粹对自我有意义，而缺少一种对人类对文化的责任担当。更重要的是，网络的自由主要是一种外部的自由，许多写手在外部自由最大化的情景下，由于彻底消除了内心自由与外部不自由的紧张关系，心灵和精神的自由仿佛处在真空状态，反而容易被忽略。事实上，我们看到的一些网络写作，是在服从于网络经济利益原则下的写作，这时候，你还能说这是一种自由的写作吗？在网络越来越成为一种强势的利益体的趋势下，心灵和精神的自由就会逐渐从网络上退位和缺席。因此，不要以为，网络有了一个相对于传统媒体自由大得多的空间，就一定会产生充满自由精神的文学作品。如果我们的内心始终处在不自由的状态之中，就相当于我们的内心没有被阳光照亮，一个缺乏内心自由的作家，即使你给他提供最自由的空间，他也不可能写出充满自由精神的作品的。所以，我对文学未来的期待是传统文学与网络文学的深度融合，互动互补，也许就能产生出伟大的作品，这个伟大的作品也许产生在传统媒体中，也许产生在网络之中，产生在哪里并不重要，重要的是它产生了。

2011年